L'OR DE SPARTE

DU MEME AUTEUR AUX ÉDITIONS GRASSET

LA POURSUITE, coll. « Grand Format », 2009.

série DIRK PITT

VENT MORTEL, coll. « Grand Format », 2007.
ODYSSEE, coll. « Grand Format », 2004.
WALHALLA, coll. « Grand Format », 2003.
ATLANTIDE, coll. « Grand Format », 2001.
RAZ DE MAREE, coll. « Grand Format », 1999.
ONDE DE CHOC, 1997.
L'OR DES INCAS, coll. « Grand Format », 1995.
SAHARA, 1992.
DRAGON, 1991.
TRESOR, 1989.

Avec Dirk Cussler

LE TRESOR DU KHAN, coll. « Grand Format », 2009.

série NUMA

Avec Paul Kemprecos

LE NAVIGATEUR, coll. « Grand Format », 2010.
TEMPETE POLAIRE, coll. « Grand Format », 2009.
A LA RECHERCHE DE LA CITE PERDUE, coll. « Grand Format », 2007.
MORT BLANCHE, coll. « Grand Format », 2006.
GLACE DE FEU, coll. « Grand Format », 2005.
L'OR BLEU, coll. « Grand Format », 2002.
SERPENT, coll. « Grand Format », 2000.

série ORÉGON

Avec Jack du Brul

QUART MORTEL, coll. « Grand Format », 2008.

Avec Craig Dirgo

PIERRE SACREE, coll. « Grand Format », 2007.
BOUDDHA, coll. « Grand Format », 2005.

série CHASSEURS D'EPAVES

CHASSEURS D'EPAVES, NOUVELLES AVENTURES, 2006.
CHASSEURS D'EPAVES, 1996.

CLIVE CUSSLER

GRANT BLACKWOOD

L'OR DE SPARTE

roman

Traduit de l'anglais (États-Unis)
par
FRANÇOIS VIDONNE

BERNARD GRASSET
PARIS

L'édition originale de cet ouvrage a été publiée par G.P. Putnam's Sons, à New York, en 2009, sous le titre :

SPARTAN GOLD

Photo de couverture :
© Michael Hall/GettyImages
© Augustus Butera/GettyImages

ISBN 978-2-246-76771-8
ISSN 1263-9559

Prologue

Col du Grand-Saint-Bernard, Alpes, mai ***1800.***

UNE RAFALE DE NEIGE FOUETTA les pattes de Styrie, qui s'ébroua, nerveux, et fit plusieurs écarts. Son cavalier le calma de quelques claquements de langue. Napoléon Bonaparte, futur Empereur des Français, remonta le col de son manteau et plissa les yeux pour se protéger des flocons. Il distinguait à peine, vers l'est, les contours déchiquetés du mont Blanc qui culminait à plus de quatre mille huit cents mètres d'altitude.

Il se pencha en avant sur sa selle et caressa l'encolure de Styrie.

— Tu en as vu d'autres, mon vieux compagnon.

Pur-sang arabe capturé deux ans plus tôt au cours de la campagne d'Égypte, Styrie était un magnifique cheval de guerre, mais le froid et la neige s'accordaient mal à son tempérament. Né et élevé dans le désert, Styrie était habitué aux morsures du sable, et non à celles du froid.

Napoléon Bonaparte se retourna et adressa un signe à son valet, Constant, qui menait un groupe de mules. À sa suite, les quarante mille soldats de l'Armée de réserve avançaient sur des kilomètres de piste tortueuse avec leurs chevaux, leurs mules et leurs caissons de vivres et de munitions.

Constant détacha la mule de tête et fonça en avant. Bonaparte lui tendit les rênes de Styrie, mit pied à terre et étira ses jambes qui s'enfonçaient jusqu'aux genoux dans la neige.

— Laissons-le se reposer un peu, ordonna-t-il. C'est sans doute son sabot qui le gêne encore.

— Je vais m'en occuper, mon général.

En France, Napoléon préférait le titre de Premier Consul, mais en campagne, il se faisait appeler « général ». Il prit une grande inspiration, enfonça un peu plus son bicorne bleu sur son crâne et leva les yeux vers les flèches de granit qui dominaient la scène.

— Belle journée, n'est-ce pas, Constant ?

— Puisque vous le dites, mon général, grommela le valet.

Bonaparte ne put s'empêcher de sourire. Constant, qui l'accompagnait depuis des années, était l'un des rares subordonnés chez qui il tolérait une pointe de sarcasme. Après tout, songea-t-il, Constant était un vieil homme, et le froid devait lui transpercer les os.

Napoléon Bonaparte était de taille moyenne, avec un cou puissant et de larges épaules. Son nez aquilin dominait une bouche ferme et un menton carré, et ses yeux d'un gris perçant semblaient disséquer tout ce qui lui tombait sous le regard, les êtres humains comme le reste.

— Des nouvelles de Laurent ?

— Non, mon général.

Le général de division Arnaud Laurent, ami proche de l'Empereur et l'un des chefs militaires auxquels il accordait le plus de confiance, était parti la veille en éclaireur sur la route du col, à la tête d'une escouade. Une rencontre avec l'ennemi était fort peu probable, mais Bonaparte avait appris depuis longtemps à envisager l'impossible. Trop de grands hommes étaient tombés au combat pour s'être fiés à de simples hypothèses. Mais pour l'instant, ses ennemis les plus redoutables étaient le terrain et le temps.

À deux mille quatre cent soixante-neuf mètres, le col du Grand-Saint-Bernard était depuis des siècles un carrefour de voyageurs. Les Alpes, aux frontières de la Suisse, de l'Italie et de la France, avaient vu défiler bien des armées : les Gaulois en 390 avant Jésus-Christ, qui partaient mettre Rome à sac ; Hannibal et ses fameux éléphants en 217 avant Jésus-Christ ; et enfin Charlemagne en l'an 800, de retour de son couronnement à Rome en tant que premier souverain du Saint Empire romain.

Une fort estimable compagnie, songea Napoléon. Pépin le Bref avait d'ailleurs lui aussi franchi les Alpes en 753 pour se porter à la rencontre du pape Étienne II.

Là où d'autres ont failli, bien qu'avec grandeur, je ne faillirai point, se dit-il. Son futur empire dépasserait les rêves les plus audacieux de ses prédécesseurs. Rien ne l'arrêterait. Ni les armées, ni le temps, ni les montagnes – et en aucun cas ces parvenus d'Autrichiens.

Un an plus tôt, alors que lui et son armée se lançaient à la conquête de l'Égypte, les impudents Autrichiens s'étaient attaqués à la République cisalpine qu'ils avaient pourtant reconnue lors de la signature du traité de Campo Formio. Mais leur victoire serait de courte durée. Comment pourraient-ils s'attendre à une attaque menée aussi tôt dans l'année, ou s'imaginer qu'une armée puisse traverser les Alpes l'hiver à peine terminé ? Ils avaient d'ailleurs de bonnes raisons de ne pas se méfier.

Avec ses imposantes murailles de pierre et ses gorges sinueuses, les Alpes pennines représentaient un véritable cauchemar pour les voyageurs solitaires, et plus encore pour une armée de quarante mille hommes. Depuis le mois de septembre, le col avait reçu plus de dix mètres de neige, et les températures étaient souvent négatives. Des congères hautes comme dix hommes surgissaient à chaque tournant et menaçaient de les écraser. Le brouillard tapissait le terrain jusqu'en milieu d'après-midi, même les jours les plus ensoleillés. Des tempêtes se levaient brusquement, et une journée calme se transformait alors en un cauchemar hurlant de neige et de glace où nul ne voyait à plus d'un mètre devant lui. Et les avalanches étaient encore plus terrifiantes que tout le reste – des cascades de neige dévalaient en rugissant les pentes des montagnes et ensevelissaient quiconque avait le malheur de se trouver sur leur passage. Jusque-là, Dieu avait jugé bon de ne rappeler à lui que deux cents hommes de l'armée napoléonienne.

— Le rapport de l'intendance ? demanda Bonaparte en se tournant vers Constant.

— Ici, mon général.

Le valet sortit une liasse de papiers de son manteau et la tendit à Bonaparte, qui examina les chiffres. Au sens littéral du terme, la puissance d'une armée reposait sur son estomac. Ses hommes avaient déjà consommé dix neuf mille huit cent dix-sept bouteilles de vin et des tonnes de fromage et de viande.

Un cri leur parvint d'un peu plus loin sur la piste qui redescendait du col.

— Laurent, Laurent !

— Enfin..., murmura Bonaparte.

Un groupe de douze cavaliers émergea de la neige tourbillonnante. C'étaient de fiers soldats, les meilleurs dont il disposait, tout comme leur commandant. Tous, sans exception, se tenaient droit, le menton haut. Le général de division Laurent fit ralentir le trot de son cheval en arrivant vers Bonaparte, qu'il salua avant de mettre pied à terre. Bonaparte l'étreignit, puis fit un pas en arrière et attira d'un geste l'attention de Constant. Le valet se précipita et tendit une bouteille de cognac à l'officier. Laurent en prit une gorgée, puis une seconde, avant de lui rendre la bouteille.

— Eh bien, ton rapport, mon vieil ami ?

— Nous avons parcouru treize kilomètres, mon général. Aucun signe des forces ennemies. Le temps s'améliore à plus basse altitude, et la neige est moins épaisse. Notre progression sera maintenant plus aisée.

— Bien... Très bien.

— Je voulais également vous signaler un point intéressant, ajouta Laurent en mettant la main sur le coude de Bonaparte pour l'attirer à l'écart. Nous avons découvert quelque chose, mon général.

— Aurais-tu la bonté de m'éclairer sur la nature de cette chose ?

— Il vaudrait mieux que vous vous rendiez compte par vous-même.

Bonaparte observa le visage de Laurent ; il y décela une lueur d'impatience à peine contenue. Ils se connaissaient depuis l'âge de seize ans, alors qu'ils servaient tous deux dans le régiment d'artillerie de la Fère avec le grade de lieutenant. Laurent n'était guère enclin à l'exagération, ni sujet à un enthousiasme débordant. Quelle que soit la nature de sa découverte, elle ne devait pas manquer d'intérêt.

— Est-ce loin ?

— Quatre heures de cheval.

Bonaparte examina le ciel. C'était déjà le milieu de l'après-midi. Une ligne de nuages sombres bordait les sommets. L'orage approchait.

— Très bien, dit-il avec une tape amicale sur l'épaule de Laurent. Nous partirons dès les premières lueurs de l'aube.

*

Bonaparte dormit cinq heures, conformément à son habitude, et se leva à six heures, bien avant l'aube. Il prit son petit déjeuner, puis lut en buvant un thé noir les dépêches apportées au cours de la nuit par les commandants de ses demi-brigades de ligne. Laurent arriva peu avant sept heures avec son escouade, et ils se mirent en route vers la vallée.

L'orage de la nuit précédente avait apporté peu de neige, mais de nouvelles congères s'étaient entassées, formant d'impressionnantes murailles qui se resserraient autour de Bonaparte et de ses hommes. Le souffle des chevaux se changeait en vapeur et, à chaque pas, de la neige poudreuse s'élevait en tourbillonnant dans les airs. Bonaparte lâcha la bride à Styrie, certain que le pur-sang arabe saurait évoluer de sa propre initiative le long du sentier, et contempla, fasciné, les congères sculptées en volutes et en spirales par le vent.

— Un paysage plutôt étrange, n'est-ce pas, mon général ? commenta Laurent.

— Et si paisible. Je n'ai jamais rien vu d'aussi tranquille.

— Magnifique, approuva Laurent. Et dangereux.

Comme un champ de bataille, songea Bonaparte. Plus que nulle part ailleurs, sauf peut-être dans l'intimité avec Joséphine, c'était sur le champ de bataille qu'il se sentait vraiment dans son élément. Le rugissement des canons, le crépitement des mousquets, l'odeur piquante de la poudre... Bonaparte adorait tout cela. *Et d'ici quelques jours*, se dit-il, *dès que nous serons sortis de ces maudites montagnes...* Il ne put réprimer un sourire.

Plus loin devant eux, le cavalier de tête leva un poing fermé pour ordonner une halte. Bonaparte l'observa pendant qu'il mettait pied à terre et se déplaçait avec effort dans la neige qui lui montait jusqu'aux cuisses, la tête inclinée en arrière pour observer les murs formés par les congères. Il disparut derrière un tournant.

— Que cherche-t-il ? demanda Bonaparte.

— L'aube est le moment le plus dangereux pour les avalanches, lui répondit Laurent. Pendant la nuit, le vent durcit la couche supérieure de neige et en fait une véritable carapace, mais dessous, la poudreuse reste souple. Et lorsque les rayons du soleil atteignent cette couche en surface, elle se met à fondre sans avertissement, si ce n'est ce bruit – comme si Dieu lui-même rugissait du haut du ciel.

Le cavalier revint quelques minutes plus tard. Il signala à Laurent que la voie était libre, puis se remit en selle et avança.

Ils poursuivirent leur chemin pendant encore deux heures sur la piste sinueuse. Bientôt, ils pénétrèrent dans une gorge étroite de granit gris déchiqueté et parsemé de glace. Le cavalier de tête signala une nouvelle halte et mit pied à terre. Laurent l'imita, suivi par Bonaparte, qui parcourut du regard les alentours.

— C'est ici ?

Le général de division eut un sourire malicieux.

— En effet, mon général, répondit-il en décrochant deux lanternes à huile de sa selle. Si vous voulez bien me suivre...

Ils descendirent le long de la piste en dépassant les six chevaux dont les cavaliers se mirent au garde-à-vous. Bonaparte adressa à chacun un signe de tête, puis s'arrêta avec Laurent. Quelques minutes passèrent ; soudain, le premier cavalier sortit de derrière un affleurement de rocher et s'avança vers eux à pas pesants.

— Vous vous souvenez peut-être du sergent Pelletier, mon général ?

— Bien entendu, répondit Bonaparte. Je suis à votre disposition, Pelletier, nous vous suivons.

Pelletier salua, retira un rouleau de cordage de sa selle, puis avança sur le sentier, suivant les traces qu'il avait creusées sur les congères à hauteur de poitrine. Ils gravirent une pente qui les mena à la base d'un mur de granit, qu'ils contournèrent pour arriver à une anfractuosité qui formait un angle droit par rapport au mur.

— Voilà un endroit bien plaisant, Laurent. De quoi s'agit-il ?

Laurent adressa un signe de tête à Pelletier, qui éleva son mousquet bien haut au-dessus de sa tête et frappa la pierre de sa crosse. Au lieu du choc du bois contre la pierre, Bonaparte entendit un craquement de glace. Pelletier frappa encore à quatre reprises jusqu'à ce qu'une brèche verticale apparaisse, large de soixante centimètres et haute d'un mètre quatre-vingts.

Bonaparte jeta un coup d'œil à l'intérieur, mais ne put rien distinguer dans l'obscurité.

— Selon toute probabilité, commenta Laurent, l'entrée est bouchée en été par des plantes et des broussailles et couverte par les congères en hiver. Je pense qu'il y a une source d'humidité quelque part à l'intérieur, ce qui expliquerait ce mince rideau de gel qui se reforme chaque nuit.

— Intéressant. Et qui a découvert cet endroit ?

— C'est moi, mon général, répondit Pelletier. Nous avons fait halte à proximité pour laisser les chevaux se reposer. J'avais, comment dire... un besoin pressant et...

— Je comprends, sergent. Poursuivez.

— Eh bien, je suppose que j'ai dû m'aventurer un peu trop loin, mon général. Lorsque j'ai terminé, je me suis appuyé contre la roche et la glace s'est cassée derrière moi. Je me suis penché un peu à l'intérieur, et je n'y ai rien vu d'extraordinaire jusqu'à ce que je découvre... Mais voyez plutôt vous-même, mon général.

Bonaparte se tourna vers Laurent.

— Tu es entré à l'intérieur ?

— Oui, mon général. Moi et le sergent Pelletier. Personne d'autre.

— Parfait, Laurent. Je te suis.

*

Le passage s'allongeait encore sur cinq ou six mètres en se rétrécissant, et les trois hommes durent bientôt avancer courbés. Soudain, le tunnel s'élargit et Bonaparte se retrouva debout dans une caverne. Laurent et Pelletier, qui le précédaient, s'écartèrent pour lui laisser le passage, puis levèrent leurs lanternes, qui projetèrent une lueur vacillante sur les parois.

La caverne, d'environ quinze mètres sur dix-huit, évoquait un véritable palais de glace. Celle-ci recouvrait le sol et les parois, épaisse par endroits d'une dizaine de centimètres. Ailleurs, elle était si fine que Bonaparte distinguait l'ombre de la roche grise par-dessous. Des stalactites étincelantes pendaient de la voûte et descendaient si bas qu'elles se mêlaient aux stalagmites du sol pour former des sculptures semblables à de gigantesques sabliers. La glace de la voûte, contrairement à celle des murs et du sol, était rugueuse, et reflétait la lueur des lanternes comme un ciel parsemé d'étoiles. Un ruissellement d'eau leur parvenait des profondeurs de la grotte, ainsi que le sifflement affaibli du vent.

— Magnifique, murmura Bonaparte.

— Et voici ce qu'a découvert Pelletier, annonça Laurent en se déplaçant vers la paroi.

Bonaparte se dirigea vers l'endroit où son général de division éclairait un objet posé au sol. Un bouclier.

Haut d'un mètre cinquante environ et large d'une soixantaine de centimètres, sa forme rappelait celle d'un huit. Il semblait fait d'osier recouvert de cuir, sur lequel étaient peints des carrés entremêlés aux couleurs rouge et noir délavées.

— Ceci est très ancien, constata Bonaparte.

— Au moins deux mille ans, approuva Laurent. Mes cours d'histoire sont bien loin, malheureusement, mais je crois qu'il s'agit d'un *gerron*. C'était le bouclier utilisé par les soldats de l'infanterie légère perse.

— Mon Dieu...

— Et il y a autre chose, mon général. Par ici.

Laurent se fraya un chemin dans la forêt de stalactites et conduisit Bonaparte vers le fond de la caverne, où se trouvait un nouveau tunnel.

Derrière eux, Pelletier posa son rouleau de corde. À la lueur de sa lampe, il en noua une extrémité à la base d'une colonne de calcaire.

— Nous allons descendre par là ? demanda Bonaparte. Dans ce puits de l'enfer ?

— Pas aujourd'hui, mon général, lui répondit Laurent. Nous allons seulement traverser.

Il dirigea la lumière vers le passage. À moins d'un mètre, Bonaparte distingua une sorte de pont de glace de cinquante centimètres de large qui s'étendait par-dessus une crevasse avant de disparaître dans un nouveau tunnel.

— Tu as déjà traversé ? demanda Bonaparte.

— Oui. C'est solide, il y a de la pierre sous la glace. Mais on n'est jamais trop prudent.

Il attacha la corde autour de la taille de Bonaparte, puis de la sienne. Pelletier serra une dernière fois le nœud à l'autre extrémité et hocha la tête en direction de Laurent.

— Attention à vos pieds, mon général, dit celui-ci en s'avançant dans le tunnel.

Bonaparte attendit un court instant et le suivit.

Ils entamèrent la traversée. Arrivé à mi-chemin, Bonaparte jeta un regard de côté, mais il ne vit que l'obscurité, et les parois d'un bleu translucide qui s'évanouissaient dans le néant.

Ils atteignirent enfin l'autre côté du pont. Ils s'enfoncèrent dans le nouveau tunnel, qui zigzaguait sur plusieurs mètres avant de pénétrer dans une autre caverne, plus petite que la précédente, mais plus haute, avec une voûte en arc de cercle. Sa lanterne tendue devant lui, Laurent se dirigea vers le centre de la grotte et fit halte devant ce qui ressemblait à une paire de stalagmites.

Bonaparte s'approcha de l'une d'elles, puis s'arrêta et plissa les yeux. Il comprit alors qu'il ne s'agissait de rien d'autre qu'un pilier de glace. Il posa la paume sur sa surface et pencha la tête en avant.

Le visage doré d'une femme lui rendit son regard.

CHAPITRE 1

Grands marais de la rivière Pocomoke,
Maryland, de nos jours.

Sam Fargo quitta sa position accroupie et lança un regard vers sa femme, qui était debout, couverte de boue noire jusqu'à la taille. Ses hautes cuissardes jaunes formaient un contraste séduisant avec ses cheveux auburn lustrés. Elle sentit son regard, se tourna vers lui, pinça les lèvres et écarta d'un souffle une mèche de cheveux de sa joue.

— Qu'est-ce qui t'amuse, Fargo ?

Lorsqu'elle avait enfilé les cuissardes pour la première fois, il avait commis l'erreur de la comparer à une caricature de vieux loup de mer, ce qui lui avait valu un regard peu amène. Il s'était empressé d'ajouter le qualificatif « sexy », mais sans effet notable.

— Toi, répondit-il. Tu es si belle, Longstreet. (Lorsqu'il agaçait Remi, celle-ci l'appelait toujours par son nom de famille, et il lui répondait en utilisant son nom de jeune fille.)

Elle leva ses bras enduits de boue visqueuse jusqu'aux coudes.

— Tu es complètement fou, dit-elle en essayant sans succès de masquer son sourire. J'ai la figure couverte de piqûres de moustiques, et les cheveux comme du carton.

Elle se gratta le menton en y laissant une traînée brune.

— Tu n'en es que plus charmante.

— Menteur.

En dépit de l'expression de dégoût qu'arborait Remi, Sam savait qu'elle jouait la comédie à la perfection. Une fois l'objectif fixé, aucune gêne, aucun désagrément ne parvenait jamais à la décourager.

— Très bien, dit-elle. Je dois admettre que tu n'es pas mal, toi non plus.

Sam souleva son panama en un salut ironique, puis se remit au travail. Il écopait de la boue autour d'une longueur de bois en partie immergée, et espérait bien qu'il s'agirait d'une caisse ou d'un coffre.

Depuis trois jours, Remi et Sam arpentaient non sans peine le marais à la recherche du moindre indice susceptible de prouver qu'ils étaient sur la bonne piste. S'ils se trompaient, ce n'était pas bien grave – ce sont les aléas de toute chasse au trésor –, mais ils auraient préféré ne pas rentrer bredouilles.

Dans le cas présent, leur quête se fondait sur une obscure légende. La baie de Chesapeake et celle du Delaware, toutes proches, étaient censées abriter près de quatre mille épaves, mais le « trésor » que recherchaient Sam et Remi se trouvait à terre. Un mois plus tôt, Ted Frobisher, un collègue chasseur de trésor qui s'était rangé depuis peu pour s'occuper de son magasin d'antiquités de Princess Ann, leur avait fait parvenir une broche d'une provenance mystérieuse.

Le bijou d'or et de jade, en forme de poire, aurait appartenu à une femme de la région, Henrietta Bronson, l'une des premières victimes de la célèbre Martha « Patty » (alias Lucretia) Cannon.

Selon la légende, Martha Cannon, femme dure et impitoyable, ne s'était pas contentée d'écumer dans les années vingt les étendues sauvages qui séparent le Delaware du Maryland en compagnie de sa bande, volant et massacrant pauvres et riches sans distinction ; elle tenait également une auberge dans un lieu alors appelé Johnson's Corner – aujourd'hui connu sous le nom de Reliance.

Martha Cannon attirait les voyageurs dans son établissement. Elle les nourrissait, leur fournissait spectacles et distractions et les envoyait au lit avant de les faire passer de vie à trépas au beau milieu de la nuit. Elle traînait alors les corps jusqu'à la cave, les délestait d'éventuels objets de valeur, puis les empilait dans un coin de la pièce comme des bûches de bois de chauffage jusqu'à ce qu'ils soient assez nombreux pour justifier un voyage en chariot vers la forêt la plus proche, où elle les enterrait pêle-mêle. Aussi horribles que fussent ces crimes, le plus abominable restait encore à venir.

Cannon fonda ce que des historiens locaux appelèrent plus tard le « chemin de fer souterrain[1] à l'envers » en kidnappant des esclaves du Sud libérés et en les emprisonnant, ligotés et bâillonnés, dans les pièces secrètes de l'auberge ou dans des oubliettes creusées dans la terre. Elle les emmenait ensuite clandestinement, en pleine nuit, à Cannon's Ferry. Là, ils étaient vendus et chargés à bord de bateaux qui redescendaient la rivière Nanticoke pour se rendre aux marchés aux esclaves de Géorgie.

En 1829, un travailleur agricole qui labourait un champ sur l'une des fermes de Martha découvrit plusieurs corps en partie décomposés. Martha fut rapidement inculpée de quatre homicides, reconnue coupable et condamnée à la prison. Elle mourut quatre ans plus tard dans sa cellule. De l'avis général, il s'agissait d'un suicide à l'arsenic.

Au cours des années qui suivirent, les crimes de Martha et sa mort alimentèrent un véritable mythe. Elle se serait évadée et aurait continué à voler et à tuer jusqu'à quatre-vingt-dix ans passés ; des histoires couraient, selon lesquelles son fantôme hantait encore la péninsule de Delmarva et attaquait des randonneurs sans méfiance. Tout le monde ou presque s'accordait cependant sur un point : Martha n'avait dépensé qu'une infime partie de son butin, et le reste n'avait jamais été découvert. Selon les estimations, sa valeur se situait entre cent mille et quatre cent mille dollars actuels.

Sam et Remi connaissaient bien sûr la légende de Patty Cannon. Cependant, en l'absence de pistes solides, ils reléguèrent le dossier parmi les affaires susceptibles de les intéresser un jour ou l'autre. Mais l'apparition de la broche d'Henrietta Bronson et les quelques données précises dont ils disposaient enfin les décidèrent à s'attaquer au mystère.

Ils procédèrent à une étude détaillée de la topographie historique de la région et examinèrent la carte des caches probables de Martha en tenant compte du lieu de découverte du bijou. Ils purent ainsi

1. L'*Underground Railroad* (chemin de fer souterrain) était un réseau de lutte contre l'esclavage qui aidait les Noirs à fuir les plantations et à se reconstruire une vie libre dans les États du Nord. Dans ce « chemin de fer souterrain », les fugitifs étaient des « passagers » tandis que les haltes étaient les « gares » où se cachaient les esclaves. Source : RFO France Télévisions.

réduire leur champ de recherche à une zone d'environ cinq kilomètres carrés, dont la majeure partie se trouvait au plus profond des marais, un labyrinthe de tourbières encerclées de broussailles et de cyprès couverts de mousse. D'après leurs études, cette zone, qui se trouvait en milieu sec dans les années 1820, abritait à l'époque l'une des cachettes de Martha Cannon, une cabane délabrée.

L'intérêt de Sam et Remi n'avait rien à voir avec l'appât du gain, du moins en ce qui les concernait personnellement. Lorsqu'ils avaient entendu pour la première fois parler de l'histoire de Patty Cannon, ils s'étaient promis que s'ils découvraient le butin, les recettes obtenues seraient versées au *National Underground Freedom Center* de Cincinnati, dans l'Ohio. Martha allait sans doute se retourner dans sa tombe – et son fantôme aurait du mal à se remettre d'un tel scandale !

— Remi, quel était donc ce poème... celui qui parlait de Patty Cannon ?

Remi pouvait s'enorgueillir d'une mémoire quasi photographique, pour les choses importantes comme pour des détails les plus obscurs.

Elle réfléchit un instant avant de réciter :

Silence, scelle tes lèvres
Et dors
Ou la vieille Patty Ridenour t'ensevelira
Ils sont sept, elle et sa bande
Ils s'emparent des esclaves
Comme des hommes libres
Nuit et jour elle chevauche
Son coursier d'un noir de jais

— Oui, c'est bien cela, approuva Sam.

Autour d'eux, les racines à nu des cyprès se dressaient hors de l'eau comme les serres désarticulées d'un monstrueux dinosaure ailé. La semaine précédente, un ouragan s'était déchaîné sur la péninsule, abandonnant derrière lui des monceaux de branchages qui évoquaient des barrages de castors construits à la hâte. La voûte de feuillages bruissait de bourdonnements, de cris d'oiseaux et de battements d'ailes. De temps à autre, Sam, ornithologue amateur à ses heures, isolait un cri parmi les autres et annonçait le nom de l'oiseau à Remi, qui lui répondait par un sourire ironique.

— C'est très bien, mon chéri.

Sam était persuadé que cet exercice l'aidait à jouer du piano à l'oreille, une habitude héritée de sa mère. Remi, quant à elle, maîtrisait assez bien le violon, un don qu'elle mettait régulièrement en pratique lors de leurs fréquents duos impromptus.

En dépit de son passé d'ingénieur, Sam était un esprit intuitif qui se fiait à son cerveau droit, tandis que Remi, anthropologue et historienne universitaire formée à Boston, basait ses réflexions sur la solide logique du cerveau gauche. Cette dichotomie faisait d'eux un couple équilibré et aimant, mais suscitait aussi de vigoureux débats sur une quantité de sujets, qu'il s'agisse du meilleur interprète du rôle de James Bond ou de la façon dont il convenait de jouer le concerto *L'Été* de Vivaldi. La plupart du temps, ces discussions se terminaient par un éclat de rire et un désaccord persistant, mais toujours bon enfant.

Le buste penché en avant, Sam fouilla sous la surface avec ses doigts, qu'il fit glisser le long du bois jusqu'au moment où il sentit le contact d'un objet métallique... quelque chose de carré, avec un arceau en forme de U.

Un cadenas, se dit-il, tandis que des visions d'antiques fermoirs incrustés de bernacles lui traversaient l'esprit.

— J'ai trouvé quelque chose, annonça-t-il.

Remi se tourna vers lui, ses bras ballants couverts de boue.

— Et voilà, s'écria Sam en sortant l'objet de l'eau.

Alors que la boue glissait du métal pour retomber dans le marais, il distingua un reflet argenté, la couleur de la rouille, puis une suite de lettres en capitales : MASTERLOCK.

Remi était habituée aux enthousiasmes parfois prématurés de Sam.

— Eh bien ? demanda-t-elle d'un ton sceptique.

— Ma chère, je viens de découvrir un cadenas de marque Master, authentique et datant probablement des années soixante-dix, répondit Sam en soulevant le morceau de bois auquel était fixé l'objet. Ainsi que cet objet, qui ressemble à un montant de porte.

Il le laissa retomber avant de se redresser avec un grognement.

— Mon intrépide chasseur de trésor adoré, lui dit-elle. Eh bien, tu as eu plus de chance que moi.

Sam consulta sa montre.

— Six heures, annonça-t-il. Il est peut-être temps de rentrer ?

Remi racla d'une main la couche de boue sur son avant-bras et gratifia Sam d'un large sourire.

— Je commençais à désespérer de t'entendre dire ça.

*

Ils rassemblèrent leurs affaires et regagnèrent leur barque amarrée à une souche de cyprès. Sam défit le cordage et poussa l'embarcation dans une eau plus profonde où il s'enfonçait jusqu'à la taille, tandis que Remi tirait la corde de démarrage du moteur. Sam grimpa à bord dès que celui-ci se mit à gronder.

Remi dirigea la proue vers le chenal et accéléra. Leur base d'opérations était la ville la plus proche, Snow Hill, à cinq kilomètres en amont sur la rivière Pocomoke. Leur chambre d'hôte disposait d'une cave étonnamment bien fournie et proposait au menu une bisque de crabe qui avait plongé Remi, la veille au soir, dans un état proche de la béatitude.

Ils avançaient sans parler, bercés par le gargouillis tranquille du moteur, et contemplaient les feuilles des arbres au-dessus d'eux. Soudain, Sam se retourna sur son siège, le regard fixé vers la droite.

— Ralentis, Remi.

— Que se passe-t-il ? répondit-elle en baissant les gaz.

Sam sortit une paire de jumelles de son sac et les porta à ses yeux. À cinquante mètres de là, sur la rive, s'ouvrait une brèche dans les feuillages – un bras de rivière caché parmi les dizaines d'autres qu'ils avaient déjà dépassés. L'entrée était en partie bloquée par un enchevêtrement de branches entassées par l'ouragan.

— Qu'est-ce que tu as vu ?

— Quelque chose... je ne sais pas, murmura Sam. J'ai cru apercevoir une forme... quelque chose de courbe, peut-être, qui ne faisait pas partie de la végétation. Tu peux nous y emmener ?

Remi tourna le gouvernail et dirigea l'embarcation vers l'entrée du bras.

— Tu as des hallucinations, Sam ? Tu es sûr d'avoir bu assez d'eau aujourd'hui ?

Sam hocha la tête, toute son attention fixée sur la surface.

— Oh oui ! Largement assez.

Avec un craquement étouffé, le nez de la barque s'enfonça dans les branchages emmêlés. Le bras de rivière était plus vaste qu'il n'y paraissait. Sam enroula l'amarre à l'une des plus grosses branches, puis passa une jambe par-dessus le plat-bord et se laissa glisser à l'eau.

— Sam, mais qu'est-ce que tu fais ?

— Je reviens tout de suite. Reste ici.

— Tu plaisantes ?

Avant que Remi ait pu réagir, Sam inspira, plongea sous la surface et disparut. Vingt secondes plus tard, Remi perçut un clapotement de l'autre côté des branches, et entendit Sam aspirer une grande goulée d'air.

— Sam, est-ce que tu...

— Tout va bien. Je reviens dans une minute.

La minute passa, suivie d'une seconde, puis d'une troisième. Enfin, Remi entendit la voix de Sam à travers le feuillage.

— Remi, tu veux bien venir me rejoindre ?

Remi connaissait bien cette intonation malicieuse de la voix de Sam. Elle aimait ce côté aventureux et impulsif de son mari, mais elle imaginait déjà avec délices le plaisir magique d'une bonne douche bien chaude.

— Qu'as-tu trouvé ?

— Il faut que tu viennes voir.

— Sam, je commence tout juste à me sécher. On ne pourrait pas... ?

— Non, non, il faut absolument que tu voies ça. Crois-moi.

Remi poussa un soupir, puis passa à son tour par-dessus bord. Dix secondes plus tard, elle nageait sur place à côté de Sam. Les arbres formaient au-dessus de l'eau une voûte presque solide qui semblait les enfermer dans un tunnel de verdure. Par endroits, la lumière du soleil mouchetait la surface recouverte d'une pellicule d'algues.

— Hello, merci d'être venue ! lança Sam, qui l'embrassa sur la joue en souriant.

— Et maintenant, gros malin, qu'est-ce que...

De son poing fermé, Sam donna un coup sec sur l'objet qu'il entourait de ses bras, une sorte de rondin. Au lieu du bruit sourd du bois, l'objet rendit un son métallique creux.

— Qu'est-ce que c'est ?

— Je n'en suis pas encore sûr. Ce n'est qu'une partie – mais je ne saurai laquelle qu'en plongeant et en regardant ce qu'il y a à l'intérieur.

— Une partie de quoi ? À l'intérieur de quoi ?

— Par ici, viens.

Sam prit Remi par la main et l'entraîna plus loin en brasse indienne. Après un virage, le bras se rétrécissait pour se réduire à une largeur d'un peu plus de six mètres. Sam fit halte et désigna de la main un tronc de cyprès couvert de plantes grimpantes, près du rivage.

— Là. Tu vois ?

Remi plissa les yeux, pencha la tête à gauche, puis à droite.

— Non. Qu'est-ce que je suis censée voir ?

— Cette branche qui s'élève de la surface, celle qui forme un T à son extrémité...

— Eh bien oui, je la vois.

— Regarde mieux. Plisse les yeux, ça aide.

Remi obéit, et rétrécit son champ de vision jusqu'à ce que l'image qu'elle voyait s'imprime dans son cerveau. Elle en eut le souffle coupé.

— Mon Dieu, mais ce serait un... ce n'est pas possible.

— Si, c'est possible, répondit Sam, le visage fendu d'un large sourire. Ceci, ma chère, est le périscope d'un sous-marin.

CHAPITRE 2

Sébastopol, Ukraine

HADEON BONDAROUK, DEBOUT DEVANT la baie vitrée de son bureau, contemplait la mer Noire. La pièce sombre n'était éclairée que par des plafonniers tamisés qui diffusaient des flaques de lumière douce dans les coins de la pièce. La nuit était tombée sur la péninsule de Crimée, mais vers l'ouest, sur les côtes roumaines et bulgares, on distinguait une ligne de nuées d'orage qui se déplaçait vers le nord au-dessus des flots. À des intervalles de quelques secondes, les nuages semblaient vibrer de l'intérieur, et lançaient des lignes brisées d'éclairs à travers l'horizon. L'orage serait là dans une heure, et que Dieu vienne en aide aux imprudents qui se laisseraient surprendre au beau milieu d'une tempête sur la mer Noire.

Et puis après tout, songea Bondarouk, que Dieu les oublie... Quelle importance ? Les tempêtes, la maladie, et oui, la guerre elle aussi, c'était ainsi que la nature prélevait son dû dans le troupeau humain. Il n'éprouvait qu'une patience très limitée à l'égard de ceux qui n'avaient ni l'intelligence ni la chance de se protéger de la violence de la vie. C'était une leçon qu'il avait apprise alors qu'il était encore un petit garçon, et il ne l'avait jamais oubliée.

Bondarouk était né en 1960 au Turkménistan, dans un village situé au sud d'Achgabat, haut dans les montagnes du Kopet-Dag. Sa mère, son père, et leurs parents avant eux, étaient des fermiers et des bergers qui vivaient dans cette zone floue entre l'Iran et ce qui était autrefois l'Union soviétique. Comme tous les natifs du Kopet-Dag, ils ne comptaient que sur eux-mêmes, durs, farouchement indépendants et refusant toute allégeance à un pays quelconque. Mais la guerre froide avait d'autres projets en réserve pour Bondarouk et sa famille.

À la suite de la révolution iranienne et de la déposition du Shah, l'Union soviétique amassa peu à peu des troupes sur les frontières du nord de l'Iran. Bondarouk, alors âgé de dix-neuf ans, assista à la fin de l'indépendance de son village lorsque les bases de l'Armée rouge et les sites de missiles antiaériens se multiplièrent dans les paisibles paysages de ses montagnes natales.

Les troupes soviétiques traitèrent les habitants du Kopet-Dag comme des sauvages arriérés ; ils envahissaient les villages comme un fléau, s'emparaient des femmes et des vivres, massacraient le bétail par simple amusement et regroupaient les « éléments iraniens séditieux » pour des exécutions sommaires. Bondarouk et les siens ne savaient presque rien du monde extérieur et de la politique, mais la proximité de l'Iran et leur religion musulmane les rendaient suspects.

Un an plus tard, deux chars d'assaut apparurent à l'entrée du village, flanqués de deux compagnies de l'Armée rouge. La nuit précédente, annonça leur commandant aux villageois, une escouade de soldats était tombée dans une embuscade. Huit hommes avaient été égorgés et dépouillés de leurs vêtements, de leurs armes et de tous leurs objets personnels. Les anciens avaient cinq minutes pour livrer les coupables, faute de quoi la communauté tout entière serait considérée comme responsable du forfait.

Bondarouk avait entendu parler des combattants de la résistance turkmène qui se battaient dans la campagne, aidés par des commandos iraniens, mais à sa connaissance, aucun des villageois n'était impliqué. Incapable de livrer le moindre coupable, le chef implora la miséricorde du commandant soviétique. On le fusilla. Au cours de l'heure qui suivit, les tanks firent pleuvoir des obus sur tout le village jusqu'à ce qu'il n'en reste que des ruines fumantes. Dans la panique, Bondarouk se trouva séparé de sa famille. Il gagna les hauteurs en compagnie d'une poignée d'hommes et d'adolescents, assez loin pour échapper aux soldats, mais cependant assez proches pour assister la nuit venue au spectacle de leurs maisons rasées jusqu'au sol. Le jour suivant, ils revinrent chercher des survivants. Ils trouvèrent surtout des cadavres, dont ceux des parents de Bondarouk, qui s'étaient réfugiés dans la mosquée jusqu'à ce que celle-ci s'écroule et les enterre vivants.

Quelque chose en lui avait changé, comme si Dieu avait tiré un rideau noir sur son ancienne vie. Il rassembla les villageois les plus vaillants et les plus forts, femmes et hommes, puis ils partirent dans la montagne constituer un groupe de partisans.

Au bout de six mois, Bondarouk n'avait pas seulement acquis un statut de chef incontesté, il était devenu une légende vivante parmi la population rurale du Turkménistan. Ses hommes frappaient la nuit, tendaient des embuscades aux patrouilles et aux convois soviétiques, puis disparaissaient comme des fantômes dans le Kopet-Dag. Un an après la destruction du village, la tête de Bondarouk était mise à prix. Il était même parvenu à attirer l'attention des dirigeants soviétiques de Moscou, englués dans un face-à-face tendu avec l'Iran, dans une guerre ouverte en Afghanistan et aussi, désormais, dans une lutte contre une guérilla armée au Turkménistan.

Peu de temps après son vingt-quatrième anniversaire, Bondarouk apprit que des agents des services secrets iraniens faisaient circuler une rumeur selon laquelle ses partisans du Kopet-Dag disposaient d'un allié à Téhéran ; il lui suffisait de bien vouloir s'asseoir et écouter, ce qu'il fit un jour dans un petit café des faubourgs d'Achgabat.

L'homme que Bondarouk rencontra s'avéra être un colonel de l'organisation paramilitaire d'élite iranienne connue sous le nom de Pasdaran – les Gardiens de la Révolution. Le colonel proposa à Bondarouk et à ses combattants des armes, des munitions, de l'entraînement et des fournitures essentielles à sa guerre contre les soviets. Méfiant, Bondarouk chercha la faille dans l'accord que lui proposait l'officier – une condition qui les ferait passer, lui et ses partisans, sous la botte des Iraniens après avoir subi le joug des Russes. Le colonel le rassura : il n'y avait aucune condition préalable ; n'avaient-ils pas une foi, une cause et des ancêtres communs ? Ces liens n'étaient-ils pas suffisants ? Bondarouk accepta l'offre qui lui était faite et, pendant les cinq années qui suivirent, lui et ses hommes, sous la direction du colonel iranien, épuisèrent peu à peu la puissance de l'occupant soviétique.

Aussi gratifiante que fût cette situation pour Bondarouk, ce furent ses relations avec le colonel qui le marquèrent le plus. L'officier avait semble-t-il enseigné l'histoire de la Perse avant de servir la cause révolutionnaire. L'empire perse, expliqua-t-il à Bondarouk, remontait à presque trois mille ans et à son apogée, il englobait les bassins de la Caspienne et de la mer Noire, la Grèce, l'Afrique du Nord et une partie importante du Moyen-Orient. D'ailleurs, ajouta le colonel, Xerxès Ier, Xerxès le Grand, qui avait envahi la Grèce et écrasé les Spartiates aux Thermopyles, était né dans les mêmes montagnes que lui, Bondarouk, et l'on disait qu'il avait engendré des dizaines d'enfants dans la région du Kopet-Dag.

Cette idée ne quitta guère Bondarouk tandis que lui et ses guérilleros continuaient à harceler les Russes, jusqu'au moment où enfin, en 1990, plus de dix ans après avoir investi le Kopet-Dag, l'Armée rouge se retira. Peu de temps après, ce fut l'Union soviétique elle-même qui s'effondra.

La bataille menée à son terme, Bondarouk se sentit peu attiré par un retour à la vie de berger. Grâce à l'aide de son ami le colonel iranien, il se rendit à Sébastopol qui, avec l'éclatement de l'empire soviétique, était devenue le Far-West de la mer Noire. Une fois arrivé, ses aptitudes naturelles au commandement et sa facilité à agir avec une brutale vivacité lui assurèrent une place de choix dans les trafics du marché noir ukrainien, puis au sein de la *Krasnaïa Mafiïa*, la mafia rouge ukrainienne. À trente-cinq ans, multimillionnaire, Hadeon Bondarouk contrôlait la majeure partie des entreprises criminelles d'Ukraine.

Sa position, sa richesse et son pouvoir désormais assurés, Bondarouk put alors se consacrer à l'idée qui n'avait jamais vraiment quitté son esprit depuis tant d'années : Xerxès le Grand était-il né sur sa terre natale, les montagnes du Kopet-Dag ? Y avait-il grandi ? Lui et le grand roi, séparés par des siècles, avaient-ils suivi les mêmes sentiers, s'étaient-ils émerveillés à la vue des mêmes paysages ? Et se pourrait-il que lui, Bondarouk, soit issu de lignée royale ?

La réponse se fit attendre. Pour l'obtenir enfin, il fallut cinq ans, ainsi que des millions de dollars et une équipe complète d'historiens, d'archéologues et de généalogistes entièrement dédiée à cette tâche. Mais lorsqu'il atteignit la quarantaine, Hadeon Bondarouk en avait acquis la certitude : il était un descendant direct de Xerxès Ier, souverain de l'empire achéménide perse.

Sa curiosité pour tout ce qui touchait à la Perse devint vite une obsession. Il usait de toute sa richesse et son influence pour acquérir des antiquités perses, de la coupe utilisée lors du mariage de Cyaxare jusqu'à l'estrade de pierre des rituels zoroastriens de la dynastie Sassanide, en passant par le *gerron* incrusté de pierreries porté par Xerxès lui-même à la bataille des Thermopyles.

Sa collection était presque complète – à une très notable exception près, songeait-il pourtant. Son musée personnel, caché dans les tréfonds de son hôtel particulier, était une merveille qu'il ne partageait avec personne, en partie parce que personne n'était digne d'une telle gloire, mais surtout pour la raison même qu'elle était incomplète.

Pour le moment, se dit-il. Il allait très vite y remédier.

La porte s'ouvrit soudain et son valet entra dans la pièce.

— Veuillez m'excuser, Monsieur.

Bondarouk se retourna.

— Qu'y a-t-il ?

— Un appel pour vous. Monsieur Arkhipov.

— Passez-le-moi.

Le valet sortit et referma doucement la porte derrière lui. La sonnerie du téléphone posé sur le bureau retentit quelques instants plus tard. Il souleva le combiné.

— J'espère que vous m'apportez de bonnes nouvelles, Grigorii ?

— En effet, monsieur. Selon mes sources, l'homme tient un magasin d'antiquités dans la région. Le site Internet où il a présenté l'image est un forum bien connu, fréquenté par des antiquaires et des chasseurs de trésors.

— Le tesson de bouteille a-t-il commencé à susciter un certain intérêt ?

— Quelques personnes s'y sont intéressées, mais rien de bien sérieux. Jusqu'à présent, tout le monde pense qu'il s'agit d'un quelconque éclat de verre sans valeur.

— Très bien. Où êtes-vous en ce moment ?

— À New York. J'attends le départ de mon vol.

Bondarouk sourit en entendant la réponse d'Arkhipov.

— Vous avez toujours l'esprit d'initiative. J'aime ça.

— C'est pour cela que vous me payez, répondit le Russe.

— Et si vous parvenez à entrer en possession de cet objet, il y aura une prime supplémentaire pour vous. Comment comptez-vous approcher cet homme, cet antiquaire ?

Le Russe demeura silencieux un instant. Bondarouk imagina sans peine le sourire cruel si familier qui fendait le visage d'Arkhipov.

— Je considère que l'approche directe est toujours la meilleure, qu'en pensez-vous ?

Lorsque Grigorii Arkhipov évoquait l'approche directe comme meilleure méthode pour obtenir des résultats, il savait de quoi il parlait. Arkhipov, ancien des groupes d'intervention spéciaux russes, était intelligent, sans scrupules et implacable. Depuis douze ans qu'il était à son service, Arkhipov n'avait jamais connu l'échec, aussi dangereuses et louches qu'aient pu être ses missions.

— C'est également mon avis, répondit Bondarouk. Je laisse tout cela à votre appréciation. Mais soyez discret.

— Je le suis toujours.

C'était la vérité. Pour autant que les autorités puissent en juger, de très nombreux ennemis de Bondarouk semblaient s'être purement et simplement évaporés de la surface de la Terre.

— Appelez-moi dès que vous avez du nouveau.

— Entendu.

Il allait raccrocher lorsqu'une question lui traversa l'esprit.

— Simple curiosité, Grigorii... Où se trouve la boutique de cet homme ? Est-elle proche de l'endroit que nous avions prévu ?

— Très proche. C'est une petite ville du nom de Princess Anne.

CHAPITRE 3

SNOW HILL, MARYLAND

SAM FARGO ÉTAIT AU BAS de l'escalier, le dos appuyé à la rampe, jambes et bras croisés. Remi était en retard, comme d'habitude. Ayant décidé à la dernière minute que sa robe noire Donna Karan était un peu trop glamour pour le repas au restaurant, elle avait regagné la chambre pour se changer. Sam consulta une nouvelle fois sa montre. Ce n'était pas tant la réservation qui l'inquiétait, mais une sensation de creux à l'estomac, qui gargouillait sans discrétion depuis leur retour à leur chambre d'hôte.

La réception de l'établissement, décorée dans un style folklorique à la fois rustique et chic, était d'un pittoresque presque excessif, avec ses paysages au pastel exécutés par des artistes locaux ; un feu crépitait dans la cheminée et l'on entendait des accents assourdis de musique celtique diffusée par des haut-parleurs cachés.

Sam entendit craquer une marche et leva les yeux juste à temps pour voir Remi descendre l'escalier, vêtue d'un pantalon Ralph Lauren, d'un pull à col montant en cachemire, une étole brun roux sur les épaules. Ses cheveux auburn étaient rassemblés en une queue-de-cheval nouée lâche qui laissait quelques mèches effleurer sa nuque délicate.

— Je suis désolée, nous ne sommes pas trop en retard ? demanda-t-elle en prenant le bras que lui offrait Sam.

Son mari la contempla quelques secondes sans répondre, puis s'éclaircit la voix.

— Lorsque je te regarde, j'ai l'impression que le temps s'arrête.

— Allons, tais-toi !

Mais la pression sur le bras de Sam démentait ses propos et prouvait bien que le compliment avait été apprécié à sa juste valeur.

— À pied ou en voiture ? demanda-t-elle.

— Si nous marchions ? La nuit est si belle.

— Et puis cela nous évitera une nouvelle contravention.

Juste avant d'arriver en ville, Sam avait un peu lâché la bride à leur BMW de location, ce qui n'avait pas échappé au shérif local, occupé à déguster son sandwich à la mortadelle, caché derrière un panneau publicitaire.

— En effet, dut admettre Sam.

Le petit vent printanier qui soufflait ce soir-là n'avait rien de gênant, et l'on entendait coasser les grenouilles dans les fourrés qui bordaient les trottoirs. Le but de leur promenade, un restaurant familial italien, avec un auvent à carreaux verts et blancs, n'était qu'à deux pâtés de maisons, et il ne leur fallut que cinq minutes pour y arriver. Une fois installés à table, ils prirent quelques minutes pour parcourir la carte des vins, avant de se décider pour un Barsac.

— Alors, lança soudain Remi, tu es vraiment sûr ?

— Tu veux dire, au sujet de ce que tu sais ? murmura Sam d'un ton de conspirateur.

— Tu peux prononcer le mot, Sam, je doute que quelqu'un ici s'y intéresse.

— Le sous-marin, répondit Sam en souriant. Oui, je suis quasiment sûr. Il va falloir y retourner, bien entendu, mais je ne peux pas croire qu'il s'agisse d'autre chose.

— Mais que fait-il là ? Si loin en amont ?

— C'est précisément le mystère que nous allons devoir éclaircir, tu ne crois pas ?

— Et nos recherches sur Patty Cannon ?

— Patty attendra bien quelques jours. Nous allons d'abord identifier le sous-marin, demander de l'aide à Selma et aux autres pour éclaircir l'affaire, et puis nous pourrons à nouveau nous intéresser à notre meurtrière sociopathe tueuse d'esclaves.

Remi prit le temps de réfléchir un instant avant de hausser les épaules.

— Pourquoi pas ? La vie est courte.

Selma Wondrash, une femme aux allures de sergent instructeur, dirigeait le trio qui constituait l'équipe de recherche de Sam et Remi à San Diego. Selma avait perdu son mari, pilote d'essai de l'armée de l'air, dans un accident d'avion dix ans plus tôt. Ils s'étaient rencontrés à Budapest au début des années quatre-vingt-dix. Elle était alors étudiante et lui pilote en permission. En dépit des quinze années passées aux États-Unis, Selma avait toujours gardé une trace de son ancien accent.

Après avoir passé un diplôme à Georgetown, Selma devint citoyenne américaine. Elle travailla ensuite au sein de la direction des collections spéciales de la Bibliothèque du Congrès, jusqu'à ce que Sam et Remi la convainquent de se joindre à eux. En plus de savoir diriger une équipe, Selma avait démontré d'excellentes capacités d'organisatrice de voyages ; véritable magicienne pour les questions d'ordre logistique, elle savait planifier leurs déplacements avec une efficacité toute militaire.

Si Sam et Remi aimaient le côté documentation de leur domaine d'activité, Selma et son équipe étaient quant à eux de vrais fanatiques ; ils ne vivaient que pour débusquer le chaînon manquant, explorer la piste la plus ténue, décrypter les énigmes obscures qui accompagnaient invariablement chaque affaire en cours. À d'innombrables reprises, Selma et son équipe avaient empêché une enquête de se perdre dans des voies sans issue.

Le terme « affaires » était d'ailleurs mal choisi pour décrire les activités de Sam et Remi. Pour eux, l'important n'était pas la rétribution financière, mais l'aventure, et la satisfaction de voir prospérer la Fondation Fargo, qui faisait bénéficier de ses dons des œuvres diverses, de la protection animale à la préservation de la nature en passant par la défense des enfants démunis ou maltraités. Elle s'était développée, avec des hauts et des bas, au cours de la décennie précédente, et l'année passée avait permis de verser presque cinq millions de dollars à des organisations de toutes sortes. Une partie plus que conséquente de cet argent venait des comptes personnels de Sam et de Remi, le reste provenant de dons privés. Pour le meilleur et pour le pire, leurs exploits attiraient l'attention des médias, qui à leur tour suscitaient la générosité de mécènes aux moyens financiers considérables.

Sam et Remi adoraient ce qu'ils faisaient. C'était pour eux une aubaine, mais ils ne considéraient rien comme définitivement acquis, car ils avaient tous deux travaillé dur pour arriver là où ils se trouvaient.

Le père de Remi, entrepreneur avant de prendre sa retraite, avait construit des résidences d'été sur les côtes de la Nouvelle-Angleterre. Sa mère, pédiatre, était l'auteur d'ouvrages à succès sur l'éducation des enfants. Remi suivit les traces de son père et fit ses études au Boston College, qu'elle quitta avec une maîtrise en anthropologie et en histoire. Son mémoire portait sur les grandes routes marchandes de l'Antiquité.

Le père de Sam, décédé quelques années plus tôt, avait été l'un des principaux ingénieurs des projets Mercury, Gemini et Apollo pour la NASA. C'était aussi un amoureux des livres rares, une passion transmise à Sam dès son plus jeune âge. La mère de Sam, Eunice, vivait à Key West où, malgré ses soixante-dix ans, elle emmenait en mer, à bord de son bateau, des touristes amateurs de plongée et de pêche en eau profonde.

Tout comme Remi, Sam avait imité son père, non pour le choix de son cursus universitaire, mais en obtenant un diplôme d'ingénieur avec mention très honorable au Caltech, le *California Institute of Technology*, ainsi que divers trophées sportifs en Lacrosse et en football.

Au cours de ses derniers mois d'étude au Caltech, Sam fut approché par un homme dont il découvrit plus tard qu'il travaillait pour l'agence du ministère de la Défense, dont le gouvernement se servait pour développer et tester les gadgets les plus modernes et les plus sophistiqués destinés à l'armée et aux services secrets. Le salaire qu'on lui proposait était bien inférieur à ce qu'il aurait pu espérer dans le privé, mais la perspective de donner libre cours à sa créativité dans le domaine de l'ingénierie pure tout en servant son pays balaya toute hésitation.

Au bout de sept ans, Sam quitta l'agence avec l'idée encore vague de concrétiser quelques-uns de ses rêves les plus audacieux. Il partit s'installer en Californie. C'est là que deux semaines plus tard, il rencontra Remi au Lighthouse, un club de jazz d'Hermosa Beach. Sam arpentait la salle, une bière bien fraîche à la main, tandis que Remi célébrait avec des amis le succès d'une mission destinée à confirmer la présence de l'épave d'un vaisseau espagnol coulé au large d'Abalone Cove.

Plus tard, Sam et Remi n'évoquèrent jamais un coup de foudre immédiat, mais ils admettaient volontiers avoir compris en moins d'une heure que leurs sorts étaient liés. Six mois plus tard, ils se marièrent au cours d'une cérémonie discrète au Lighthouse, lieu de leur première rencontre.

Encouragé par Remi, Sam se lança tête baissée dans la création de sa première entreprise. Un an plus tard, il touchait le jackpot avec la création d'un scanneur laser à argon capable de détecter et d'identifier à distance métaux et alliages, de l'or à l'argent en passant par le palladium et le platine. Des chasseurs de trésors, des universités, des entreprises et des compagnies minières se bousculèrent pour obtenir des licences d'utilisation et en l'espace de deux ans, le Groupe Fargo engrangeait un bénéfice net de trois millions de dollars. Un an plus tard, c'étaient les plus grandes entreprises du pays qui sonnaient à sa porte. Sam et Remi vendirent l'affaire au plus offrant, récoltant au passage assez d'argent pour vivre confortablement jusqu'à la fin de leurs jours, et s'empressèrent de passer à la suite sans un regard en arrière.

— J'ai procédé à quelques recherches pendant que tu prenais ta douche, annonça Sam. D'après les données que j'ai pu rassembler, il se pourrait que l'on ait fait une véritable trouvaille.

Le serveur arriva, déposa devant eux un panier de ciabattas tièdes, une soucoupe d'huile d'olive vierge et prit leur commande. Ils choisirent des calamars à la sauce rouge et aux cèpes, suivis de pâtes aux coquilles Saint-Jacques et au homard accompagnées de pesto pour Sam, et de raviolis aux crevettes et au crabe, sauce crémée au basilic, pour Remi.

— Que veux-tu dire ? demanda Remi. Un sous-marin n'est rien d'autre qu'un sous-marin, non ?

— Mon Dieu, femme, comment peux-tu proférer de tels propos ? s'exclama Sam d'un ton faussement scandalisé.

Si Remi se passionnait pour l'anthropologie et l'Antiquité, Sam préférait quant à lui l'histoire de la Seconde Guerre mondiale, autre passion héritée de son père, mobilisé dans les marines pendant la campagne en sauts de puce du Pacifique. Sam était souvent désespéré de constater que Remi se moquait de savoir qui avait coulé le *Bismarck* ou de comprendre les véritables enjeux de la bataille des Ardennes.

Remi, anthropologue et historienne de tout premier plan, avait tendance à toujours privilégier une approche analytique. Pour Sam en revanche, l'histoire était la somme des réalisations de personnes bien réelles qui accomplissaient des actes tout aussi réels. Remi disséquait la réalité. Sam la rêvait.

— J'ai gaffé, j'en suis désolée, dit Remi.

— Tu es toute pardonnée. Bref, voici les données dont nous disposons : si l'on prend en compte les dimensions du bras de rivière, il ne peut s'agir d'un submersible de taille normale. D'ailleurs, le périscope paraît bien trop petit.

— Un mini-sous-marin, alors ?

— Peut-être. Mais il y avait sur le périscope beaucoup de végétation, qui a bien dû mettre dix ans à pousser. Et puis quelque chose ne cadre pas : pour autant que je sache, les sous-marins privés, ceux que l'on utilise pour la cartographie marine ou l'hydrographie, ne sont pas équipés de périscopes.

— C'est donc un bâtiment militaire.

— Forcément.

— Nous aurions donc un mini-submersible militaire, à quelque quarante-cinq kilomètres en amont de l'embouchure de la rivière Pocomoke..., murmura Remi. Très bien. J'admets que c'est intéressant. Tu peux considérer que je suis officiellement intriguée.

— Je m'en réjouis, ma chère, répondit Sam en souriant. Alors, qu'en penses-tu ? En sortant de table, allons à Princess Anne voir ce que Ted peut nous dire à ce sujet. Il connaît le passé de la région mieux que personne. Si quelqu'un peut avoir la moindre idée de ce qu'est cet engin, c'est bien lui.

— Eh bien, je ne sais pas... Il se fait tard, et tu sais que Ted déteste les visites impromptues.

Ted Frobisher, en dépit de tout son talent et de sa gentillesse bourrue, n'était pas le plus sociable des hommes. Si sa boutique prospérait, elle le devait plus à son savoir encyclopédique et à son sens des affaires qu'à ses talents en matière de communication.

— Une petite surprise lui fera le plus grand bien, conclut Sam avec un sourire.

CHAPITRE 4

Après le dessert, un délectable tiramisù qui laissa Sam et Remi sans voix pendant plusieurs minutes, ils regagnèrent leur chambre d'hôte, prirent les clefs de la voiture et partirent aussitôt pour Princess Anne. Ils empruntèrent la Highway 12 vers le nord-ouest jusqu'aux faubourgs de Salisbury avant de mettre le cap sud-ouest. Le ciel serein de la veille avait cédé la place à des nuages annonciateurs de pluie et une brume fine, mais persistante, s'accrochait au pare-brise de la berline allemande.

— J'ai l'impression que tu roules un peu vite, commenta Remi en fronçant les sourcils.

La voiture de location lui plaisait beaucoup, mais elle appréciait moins la conduite musclée de Sam.

— Je suis tout juste à la vitesse réglementaire. Ne t'inquiète pas, Remi. Je n'ai jamais eu d'accident, n'est-ce pas ?

— Il y a tout de même ce petit incident à Bombay...

— Oh, non ! Si tu te souviens bien, les pneus étaient presque lisses, et nous étions poursuivis par cet homme passablement énervé dans son énorme camion-benne. Et puis ce n'était pas vraiment un accident, je me suis seulement... écarté de la route.

— C'est une façon de voir.

— Une façon très précise, si tu veux mon avis.

— Bon, bon ! Et puis il y a eu cette autre fois en Écosse...

— Là, je dois reconnaître que c'était ma faute.

— Mais non, ne culpabilise pas ! C'est cette tourbière qui a eu la mauvaise idée de surgir de nulle part, juste devant nous.

— Très drôle.

— Mais tu as réussi à nous en sortir, Sam, et c'est bien le principal.

Et c'est en effet ce qu'avait fait Sam ce jour-là, à l'aide d'un rouleau de corde, d'un cric, d'une souche, d'une branche en guise de levier et de quelques connaissances en matière de physique appliquée.

Ils roulèrent en silence, regardant défiler le paysage assombri jusqu'au moment où apparurent, à sept ou huit cents mètres, les lumières de Princess Anne. La ville – ou plutôt le hameau, car les habitants tenaient à cette appellation – devait son nom à la fille du roi George II. Elle était peuplée de deux mille deux cents âmes, sans compter les étudiants qui vivaient sur le campus de l'University of Maryland Eastern Shore. Lors de leur première visite quelques années plus tôt, sans les voitures et l'éclairage électrique, Sam et Remi auraient pu se croire revenus aux temps prérévolutionnaires du Maryland, tant un charme vieillot émanait du « hameau » de Princess Anne.

Sam prit la Highway 13 jusqu'au centre, puis vira à l'ouest sur Mount Vernon Road, qu'il suivit sur un bon kilomètre et demi avant de bifurquer vers le nord sur East Ridge Road. Ils se trouvaient maintenant dans les faubourgs de Princess Anne. La maison de Frobisher se dressait non loin de là, au bout d'une allée bordée d'érables.

Au moment où Sam allait s'y engager, une Buick Lucerne noire en sortit et s'éloigna vers le sud en direction de Mount Vernon Road. Lorsque ses phares éclairèrent le pare-brise de la Buick, Sam aperçut Ted Frobisher installé sur le siège passager.

— C'était lui, lança Remi.

— Oui, je sais, murmura Sam d'un ton absent.

— Que se passe-t-il ?

— Je ne sais pas... une expression sur son visage, comme si quelque chose n'allait pas...

— Mais de quoi parles-tu ?

— Il paraissait... effrayé.

— Ted Frobisher a toujours l'air effrayé. Ou contrarié. Ce sont ses deux seules expressions, tu le sais bien !

— Oui, peut-être, marmonna Sam, qui recula dans l'allée et s'engagea sur la route derrière la Buick.

— Oh, mon Dieu, gémit Remi, c'est reparti !

— Comprends-moi, il faut que je sache... mais ce n'est sans doute rien de grave.

— Bon. Mais promets-moi que s'ils s'arrêtent dans un fast-food, on fera demi-tour et on le laissera en paix.

— Promis.

*

La Buick ne s'arrêta devant aucun fast-food et ne resta pas longtemps sur la route principale. Au bout de quelques kilomètres, elle tourna au sud sur Black Road. Les réverbères avaient disparu depuis longtemps, et seuls les phares perçaient la nuit d'encre. La bruine avait cédé la place à une pluie incessante, et les essuie-glaces de la BMW balayaient le pare-brise sur un rythme assourdi.

— Tu as une bonne vision nocturne ? demanda Sam à Remi.

— Oui, pourquoi ?

Sans répondre, Sam éteignit les phares et accéléra pour raccourcir la distance entre eux et la Buick.

Remi se tourna, les yeux plissés, vers son mari.

— On dirait que tu t'inquiètes vraiment, n'est-ce pas ?

Sam hocha la tête, les mâchoires serrées.

— Juste une impression, répondit-il enfin. J'espère me tromper.

— Je l'espère aussi. Tu me fais un peu peur, Sam.

Sam tendit le bras et posa la main sur la cuisse de Remi.

— Allons, est-ce que je nous ai déjà attiré des ennuis...

— Il y a eu cette fois où...

— Sans réussir à nous en sortir ?

— Non.

— Est-ce que nous avons accès au réseau ?

Remi sortit son mobile et vérifia le signal de réception.

— Rien.

— Bon Dieu... On a encore cette carte ?

Remi fouilla la boîte à gants et y dénicha la carte. Elle l'ouvrit et l'étudia pendant trente secondes.

— Il n'y a rien du tout par ici, Sam. Pas de maisons, pas de fermes – rien sur des kilomètres.

— De plus en plus étrange.

Devant eux, les feux de stop de la Buick s'éclairèrent une fois, puis deux. Enfin, la voiture tourna à droite et disparut derrière des arbres. Sam accéléra vers le virage et ralentit juste à temps pour voir la Buick tourner à nouveau, cette fois vers la gauche, pour s'engager sur une allée, à cent mètres environ de la route. Il coupa le moteur et baissa la vitre côté passager. À travers les arbres, ils virent s'éteindre les phares. Une portière s'ouvrit, se referma, puis une deuxième, dix secondes plus tard. Et enfin, une voix...

— Hé ! Non !

La voix de Frobisher... qui semblait très agité.

— Eh bien, voilà qui est clair, cette fois, dit Sam.

— En effet. Que comptes-tu faire ?

— Trouve la maison la plus proche, ou n'importe quel endroit où tu pourras téléphoner, et appelle la police. Je vais...

— Ah non, Sam, tu ne vas sûrement pas...

— Je t'en prie, Remi.

— J'ai dit non, Sam.

— Remi...

— Tu perds ton temps.

Sam connaissait assez bien son épouse pour savoir interpréter le ton de sa voix et le pli de ses lèvres. Rien ne la ferait céder.

— Très bien, mais pas de risques absurdes, d'accord ?

— Même chose en ce qui te concerne.

Il lui sourit et lui adressa un clin d'œil.

— Tu sais que je suis l'incarnation même de la prudence, non ? Et merci de ne pas répondre !

— Tant qu'à chercher les ennuis..., commença Remi.

— Autant ne pas faire les choses à moitié ! conclut Sam.

CHAPITRE 5

PHARES TOUJOURS ÉTEINTS, SAM FIT lentement avancer la voiture en essayant d'éviter les nids-de-poule. Lorsqu'ils se trouvèrent à moins de cinquante mètres de l'allée, il coupa le moteur.

— Tu veux bien m'attendre ici ? demanda-t-il à Remi.

Son épouse fronça les sourcils.

— Je crois que nous n'avons pas eu le plaisir d'être présentés, dit-elle en lui tendant la main. Je m'appelle Remi Fargo.

— Ça va, tu as gagné, je n'insiste pas !

Il s'ensuivit une rapide discussion stratégique, puis Sam passa son blouson de sport à Remi et ils quittèrent la voiture.

Ils s'engagèrent dans un fossé d'écoulement d'eau, bordé de chaque côté par de hautes herbes. Le fossé rejoignait l'allée en formant une sorte de caniveau.

Ils avancèrent baissés, s'arrêtant régulièrement au bout de quelques pas, à l'affût du moindre bruit, puis regagnèrent le passage goudronné entre les arbres. Au bout de six ou sept mètres, ceux-ci se firent plus rares, et ils arrivèrent en lisière d'une clairière.

C'était un espace immense de près de quatre-vingts ares, peuplé d'énormes formes tubulaires, certaines de la taille d'un garage, d'autres grandes comme une voiture ordinaire, et disposées à des angles incongrus comme les baguettes d'un jeu de mikado.

Les yeux de Sam s'adaptèrent peu à peu à l'obscurité, et il comprit qu'ils se trouvaient dans une sorte de décharge pleine de vieilles chaudières. Comment et pourquoi elles avaient atterri là, en plein cœur du Maryland, il l'ignorait, mais il ne pouvait que prendre acte de leur présence. À en juger par leur taille, elles étaient d'origines très diverses : locomotives, bateaux, usines... La pluie crépitait sur les feuilles et tintait doucement sur l'acier en envoyant des échos à travers les arbres qui encerclaient la clairière.

— C'est bien la dernière chose que je m'attendais à trouver ici, murmura Remi.

— Moi aussi.

Quant à l'agresseur de Ted, soit il connaissait cet endroit, soit il s'était bien renseigné avant de s'y rendre. Dans un cas comme dans l'autre, ce n'était guère rassurant.

La Buick était garée au beau milieu de la clairière, mais ni le conducteur ni Ted Frobisher n'étaient visibles. Selon toute probabilité, ils s'étaient enfoncés quelque part dans ce labyrinthe de cuves. *Mais pourquoi venir ici ?* se demanda Sam. La première réponse qui lui vint à l'esprit le fit frissonner d'effroi. Ce que le ravisseur avait prévu de faire de Ted, il l'ignorait, mais une chose semblait certaine : l'homme avait besoin d'un lieu tranquille. Ou d'un endroit où il puisse abandonner un corps. Ou les deux. Sam sentit son pouls s'accélérer.

— Nous couvririons plus de surface en nous séparant, suggéra Remi.

— N'y pense même pas. Nous ne savons pas qui est ce type, ni de quoi il est capable.

Il s'apprêtait à quitter la lisière et à s'approcher lorsqu'une idée prit forme dans son esprit. Une Buick, modèle Lucerne. Buick... General Motors. Sam attira Remi sous le couvert des arbres.

— Attends ici, je reviens tout de suite.

— Mais que...

— Ne bouge pas. Je ne vais pas loin.

Il jeta un regard autour de lui pour détecter d'éventuels mouvements, puis s'élança droit vers la Buick. À demi accroupi, il atteignit la portière côté conducteur et tira sur la poignée après une brève prière silencieuse. La portière s'ouvrit, et le plafonnier s'alluma. Sam referma aussitôt.

Au moins, il n'avait pas eu droit à la voix de synthèse lui demandant de mettre la clef de contact !

Tant pis, il fallait prendre le risque.

Sam ouvrit à nouveau la porte, se glissa à l'intérieur du véhicule, referma derrière lui, puis attendit trente secondes en jetant de temps en temps un coup d'œil au-dessus du tableau de bord. Aucun mouvement dehors. Il se concentra alors sur l'intérieur de la voiture, trouva presque aussitôt ce qu'il cherchait et appuya sur le bouton OnStar[1] inséré dans un des panneaux du tableau de bord. Vingt secondes s'écoulèrent, puis Sam entendit une voix dans les haut-parleurs de la radio.

— Ici Dennis, du service OnStar. Que puis-je faire pour vous ?

— Euh... je viens d'avoir un accident, grogna Sam. Je suis blessé. J'ai besoin de secours.

— Connaissez-vous votre localisation exacte, monsieur ?

— Euh... non.

— Un instant, monsieur. (Cinq secondes passèrent.) Très bien, monsieur. Je vous ai localisé près de Black Road, à l'ouest de Princess Anne, dans le Maryland.

— Oui... oui, je crois que c'est ça.

— Je viens d'alerter la police locale, monsieur. Les secours sont en route.

— Combien de temps ? bredouilla Sam, qui interprétait de son mieux le rôle du conducteur blessé.

— Six ou sept minutes, monsieur, mais je reste en communication avec vous.

Mais Sam se glissait déjà hors de la Buick et refermait derrière lui. À l'aide de son couteau de poche, il perça un trou dans la tige de valve du pneu arrière gauche, puis rampa jusqu'à l'autre côté et répéta l'opération sur le pneu droit avant de courir rejoindre Remi à l'abri des arbres.

— OnStar ? lui demanda-t-elle avec un sourire.

Sam l'embrassa sur la joue.

---

1. Système de sécurité, de communication et de diagnostic embarqué, disponible sur de nombreux modèles General Motors. Il suffit d'appuyer sur un bouton pour entrer immédiatement en communication avec un conseiller qui pourra demander l'envoi des services d'urgence à l'endroit exact où se trouve l'automobiliste. (Source : www.onstar.com.)

— Les grands esprits se rencontrent...

— Dans combien de temps la cavalerie arrivera-t-elle ?

— Six ou sept minutes, mais je préférerais que nous ayons déjà disparu à leur arrivée. Je n'ai pas très envie de me livrer au petit jeu des questions-réponses.

— Moi non plus. Je pencherais plutôt pour un bon grog.

— Prête pour une partie de cache-cache ?

— C'est parti.

*

Les espoirs de découvrir des empreintes dans la boue étaient minces, aussi Remi et Sam s'élancèrent-ils dans la clairière pour se faufiler entre les chemins et les tunnels formés par l'amoncellement de chaudières. Sam trouva des barres de fer semblables à celles utilisées pour la fabrication du béton armé. Il donna la plus courte à Remi et garda l'autre. Ils n'avaient franchi qu'une quinzaine de mètres lorsque le son d'une voix affaiblie leur parvint à travers la pluie.

— Je ne sais pas de quoi vous parlez... Quel morceau ?

C'était la voix de Ted.

Une voix d'homme lui répondit, mais ni Remi ni Sam ne purent comprendre ce qu'il disait.

— Ça ? C'était un tesson de bouteille, rien de plus.

Sam tourna la tête pour tenter de localiser les voix. Il tendit la main devant lui, puis vers la gauche, désignant à Remi une voûte formée par une chaudière en partie effondrée sur sa voisine. Remi hocha la tête. Dès qu'ils furent installés sous l'arche métallique, les sons devinrent plus nets.

— Je veux savoir précisément où vous l'avez trouvé, dit l'inconnu.

Il parlait avec un accent, russe ou d'un pays d'Europe de l'Est.

— Je vous l'ai dit, je ne m'en souviens pas. C'était quelque part près de la rivière.

— La rivière Pocomoke ?

— Oui.

— Où exactement ?

— Pourquoi faites-vous cela ? Je ne comprends pas.

Sam et Remi entendirent comme un claquement, le son d'un objet dur sur la chair, puis un grognement de Ted, et enfin, un « plouf ». Ted venait sans doute de s'affaler dans une mare de boue.

— Debout !

— Je ne peux pas !

— J'ai dit, debout !

Sam fit signe à Remi de l'attendre tandis qu'il avançait en silence, plaqué contre la paroi de la chaudière, le plus loin possible pour voir ce qui se passait de l'autre côté.

Là, entre deux énormes cuves de la taille d'une fourgonnette, il aperçut Ted Frobisher. Il était agenouillé, les mains liées derrière le dos. Son agresseur était debout devant lui, une lampe-torche dans une main et dans l'autre, un pistolet braqué sur la poitrine de Ted.

— Dites-moi où vous l'avez découvert. Je vous ramènerai chez vous et nous oublierons tous les deux cette histoire.

Pur mensonge, songea Sam. L'inconnu, quelle que puisse être son identité, n'avait certainement pas emmené Ted ici pour le raccompagner ensuite chez lui et le border dans son lit. *Je vous souhaite une nuit paisible, désolé pour le dérangement...* Que l'homme obtienne ou non ce qu'il voulait, le destin de Ted était scellé, à moins que Sam n'agisse très vite.

Il réfléchit quelques secondes et imagina une stratégie rudimentaire. Il aurait préféré une solution plus élégante, mais le temps et les ressources lui faisaient défaut. D'un autre côté, les solutions les plus simples étaient parfois les meilleures. Il se renfonça à l'abri, puis rejoignit Remi.

Il lui décrivit ce qu'il venait de voir et lui exposa son plan.

— C'est toi qui hérites de la partie la plus dangereuse, on dirait..., commenta-t-elle.

— J'ai une confiance absolue en tes talents de sniper.

— Et en mon sens du timing.

— Aussi. Je reviens.

Sam disparut parmi les arbres pendant trente secondes, puis revint et lui tendit une pierre de la taille d'un pamplemousse.

— Tu penses que tu pourras grimper là-dessus en te tenant d'une seule main ? demanda Sam en lui désignant d'un mouvement de tête l'échelle de service rouillée qui grimpait sur le flanc de la chaudière la plus proche.

— Si tu entends un grand bruit dans l'obscurité, tu auras la réponse, lui répondit Remi, qui se pencha en avant, agrippa Sam par le devant de sa chemise et l'attira contre elle pour un baiser rapide. Écoute-moi, Fargo. Essaie d'avoir l'air aussi inoffensif que possible et pour l'amour du ciel, sois prudent. S'il te tuait, je ne te le pardonnerais jamais.

— Alors, nous serions deux dans ce cas.

Sam souleva sa barre de fer, reprit à petites foulées le chemin qu'il venait de parcourir, puis tourna à droite et se mit en marcher en décrivant des cercles. Il s'arrêta pour consulter sa montre. Six minutes s'étaient écoulées depuis sa communication avec OnStar. Impossible d'attendre plus longtemps.

Il coinça la barre derrière sa ceinture, prit une grande inspiration pour se calmer, puis se remit en marche jusqu'au moment où le halo de lumière de la lampe-torche apparut au détour d'une chaudière. Il s'immobilisa.

— Hé, salut ! Tout va bien ?

L'étranger se retourna d'un geste vif et braqua le faisceau de la torche sur les yeux de Sam.

— Qui êtes-vous ?

— Je passais dans le coin et j'ai vu votre voiture. Je me suis dit que vous étiez peut-être en panne. Dites, vous pourriez écarter cette lampe de mes yeux ?

Déjà, au loin, en entendait le son affaibli des sirènes.

Arme levée, l'homme reporta son regard vers Ted avant de se tourner à nouveau vers Sam.

— Mais dites donc, qu'est-ce que vous faites avec cette arme ? lança celui-ci en levant les mains et en s'avançant d'un pas avec prudence.

— Ne bougez pas. Restez où vous êtes !

— Hé, je voulais juste rendre service !

Retenant son souffle, Sam fit un pas de plus. L'inconnu n'était plus qu'à cinq mètres.

Prépare-toi, Remi...

— Si vous voulez que je parte, pas de problème, lança-t-il en élevant la voix pour se faire entendre malgré la pluie.

Remi comprit le signal. Sur sa droite, Sam vit une ombre décrire un arc de cercle en jaillissant de l'obscurité par-dessus la chaudière. La pierre resta comme suspendue pendant un temps qui lui sembla durer une éternité, puis atterrit avec un craquement écœurant sur le pied droit de l'inconnu. Un tir parfait. Un coup porté à la tête aurait simplifié la situation, mais peut-être aussi tué l'agresseur, une péripétie bien inutile au vu de la situation.

L'individu trébucha en arrière en poussant un gémissement. Sam sortit la barre de fer de derrière son dos et s'élança. Les bras de l'étranger décrivaient des moulinets alors qu'il tentait de rétablir son équilibre. Il était sur le point d'y parvenir lorsque Sam lui lança un uppercut qui le cueillit au menton. L'arme et la lampe volèrent ; la première tomba dans la boue et la seconde roula vers Ted Frobisher. Du coin de l'œil, Sam vit Remi surgir derrière leur ami, qu'elle souleva pour l'aider à se relever. Ils partirent tous deux en courant.

L'étranger, étendu sur le dos, à moitié enfoncé dans la boue, poussait des grognements. *Un dur-à-cuire*, se dit Sam. L'uppercut aurait dû l'envoyer au pays des rêves. Sam agrippa d'une main ferme sa barre de fer.

Les sirènes se rapprochaient. La police serait là en moins de deux minutes.

Sam ramassa la lampe et éclaira le sol jusqu'à ce qu'il trouve enfin le pistolet à demi enfoui dans la boue à un ou deux mètres de là. Il dégagea l'arme du bout de sa chaussure, puis l'envoya d'un coup de pied parmi les arbres.

Il se retourna et braqua la lampe sur le visage de l'inconnu, qui s'immobilisa, les yeux plissés. Un visage mince, tanné, de petits yeux mauvais, et un nez qui avait sans doute été cassé plus d'une fois. La ligne blanche d'une cicatrice courait de l'arête jusqu'au-dessus de la tempe en traversant le sourcil droit. *Dur-à-cuire, sûrement. Mais cruel aussi.* Sam le lisait dans son regard.

— Je suppose que vous ne tenez pas à me dire qui vous êtes, ni les raisons de votre présence ici ?

L'homme cilla rapidement, cherchant à reprendre ses esprits, puis se concentra sur Sam et éructa un unique mot. *En russe.* Sam connaissait assez bien la langue pour suivre une conversation courante, mais il ne comprit pas le sens du mot. Sans doute une allusion à sa mère, à des activités d'ordre sexuel, ou les deux à la fois...

— Tout cela ne me paraît pas très amical. Essayons encore : qui êtes-vous, et que vouliez-vous à notre ami ?

Sam se pencha en avant. Il leva la barre de fer, puis la fit retomber en un arc de cercle serré, frappant juste derrière l'oreille avec une puissance qu'il espérait maîtrisée. L'homme grogna, puis sombra dans l'inconscience.

— Au plaisir de ne plus jamais vous voir.

Sam fit volte-face et repartit en courant.

CHAPITRE 6

ALLEZ, TED, AVALE ÇA, dit Sam en lui tendant un petit verre de cognac chaud.

— Qu'est-ce que c'est ? grogna Ted.

Conformément à leurs attentes, l'agression dont il venait d'être victime n'avait en rien amélioré le caractère de leur ami. Mais bien sûr, Ted ne serait plus lui-même sans ses humeurs de dogue.

— Bois sans discuter, lui ordonna Remi en lui donnant une petite tape sur la main.

Frobisher avala une gorgée, fit la grimace, puis en engloutit une seconde.

Sam déposa une bûche supplémentaire dans la cheminée et vint rejoindre Remi sur le canapé. Ted était installé dans un fauteuil à oreilles en face d'eux, enveloppé d'une couverture en pilou, tout propre et frais après une douche bien chaude.

Après avoir laissé l'inconnu étendu dans la boue, Sam avait couru jusqu'à la BMW que Remi avait déplacée pour qu'elle soit prête à repartir dans le bon sens, puis garée à l'entrée de l'allée. Sa décision de partir avant l'arrivée de la police devait tout à l'instinct. Ils ne s'étaient rendus coupables d'aucun délit, mais le fait d'être mêlés à une enquête policière aurait créé un lien avec l'agresseur de Ted. Et l'intuition de Sam lui soufflait que plus ils mettraient de distance entre eux et l'étranger, mieux ils se porteraient.

Ils avaient redescendu Black Road à vive allure avant de mettre le cap à l'ouest par Mount Vernon Road. Trente secondes plus tard, des gyrophares apparurent dans le virage derrière eux avant de disparaître dans Black Road. Suivant le conseil de Sam, Remi fit demi-tour, remonta jusqu'au virage et éteignit ses phares. Ils attendirent jusqu'à ce que les équipes de secours, un véhicule de patrouille de la police et une dépanneuse des pompiers, atteignent la décharge, puis ils repartirent aussitôt vers Princess Anne. Quarante minutes plus tard, ils étaient installés avec Ted dans leur chambre d'hôte.

— Comment te sens-tu ? demanda Sam à son ami.

— À ton avis ? J'ai été enlevé et agressé.

Ted Frobisher avait environ soixante-cinq ans. Il était chauve, à l'exception d'une couronne de cheveux gris qui évoquait la tonsure d'un moine, et portait des lunettes demi-lune derrière lesquelles brillaient des yeux d'un bleu pâle délavé. À part le froid, le fait d'être trempé et encore sous le choc, seules les vilaines ecchymoses sur sa joue enflée, là où son agresseur l'avait frappé, trahissaient l'épreuve qu'il venait de subir.

— Il vaut mieux être kidnappé et agressé que kidnappé, agressé et tué, lui fit observer Sam.

— Sans doute, répondit Ted avant de grommeler quelques mots incompréhensibles.

— Je te demande pardon, Ted ?

— Je vous remerciais de m'avoir porté secours.

— C'était si difficile à dire ?

— Plus que tu peux l'imaginer. Mais je suis sincère. Merci. Merci à vous deux.

— Alors, que s'est-il passé au juste ?

— Je dormais. Je me suis réveillé en entendant quelqu'un tambouriner à ma porte et crier : « C'est Stan Johnson, j'habite un peu plus loin sur la route ! » Le gars disait que sa femme, Cindy, était malade, et que son téléphone était hors service.

— Il existe vraiment, ce Stan Johnson ? demanda Sam.

— Bien sûr, il existe. Il vit dans une ferme tout près d'ici, vers le nord.

Un fait significatif, Sam en était persuadé. À en juger par l'accent de l'inconnu, il paraissait raisonnable de conclure qu'il n'était pas de la région ; il avait donc planifié en détail son attaque, allant jusqu'à se renseigner sur le nom des voisins.

À l'époque où il travaillait pour le ministère de la Défense, Sam avait eu l'occasion de travailler avec des agents de terrain du *National Clandestine Service* de la CIA, et il connaissait bien leur mode de pensée et d'action. Il était sûr et certain que l'agresseur de Ted était un professionnel. Mais un professionnel au service de qui ? Et dans quel but ?

— Et tu as donc ouvert la porte..., l'encouragea Sam.

— J'ai ouvert la porte et ce type s'est précipité à l'intérieur, m'a plaqué au sol et a appuyé son arme sur mon visage. Il a commencé à poser des questions en hurlant.

— Quel genre de questions ?

— À propos d'un éclat de verre. Ce n'était rien du tout, un morceau de fond de bouteille de vin. Il voulait savoir où il était, et je le lui ai dit. Il m'a ligoté les mains avec un genre de ruban adhésif, et puis il est descendu à la boutique, il a fouillé partout, Dieu seul sait ce qu'il a pu bousiller au passage, et puis il est revenu avec ce bout de verre et m'a demandé où je l'avais trouvé.

— Et où l'avais-tu trouvé ?

— Je ne sais plus très bien. C'est vrai. J'étais sur la rivière Pocomoke, quelque part au sud de Snow Hill. Je pêchais et...

— Parce que tu pêches ? Depuis quand ?

— Depuis toujours, espèce d'idiot ! Qu'est-ce que tu crois, que je reste assis toute la journée dans la boutique à tripoter des assiettes ? Bref, comme je le disais... j'étais en train de pêcher, et j'ai ramené quelque chose. C'était une botte, une vieille botte en cuir. L'éclat était à l'intérieur.

— Tu as toujours cette botte ?

— Tu me prends pour un chiffonnier ? Non, je l'ai remise à l'eau. C'était une vieille godasse pourrie, Sam.

Sam leva les mains, paumes en avant, en un geste d'apaisement.

— Très bien, très bien. Continue. Il t'a interrogé en hurlant et...

— Et le téléphone a sonné.

— C'était moi.

— Il m'a demandé si j'attendais quelqu'un et j'ai répondu que oui, en espérant qu'il parte, mais cela n'a pas été le cas. Il m'a traîné jusqu'à la voiture et m'a emmené à cet endroit, où que cela puisse être. C'est tout. Tu connais la suite.

— Il l'avait sur lui, murmura Sam. J'aurais dû le fouiller.

— Mais combien de fois dois-je te le répéter, Sam ? C'était un simple fragment de verre. Sans étiquette, sans inscription. Il y avait juste ce symbole bizarre.

— Quel genre de symbole ?

— Je ne me souviens pas très bien. J'en ai téléchargé une image sur mon site Internet, pour le cas où quelqu'un saurait de quoi il s'agit.

— Remi, tu permets ? demanda Sam à sa femme.

Remi s'était déjà levée pour aller chercher son ordinateur portable, qu'elle posa sur la table basse avant de l'allumer.

— Et voilà. C'est bien cela, Ted ? demanda-t-elle en tournant l'écran vers Frobisher.

Ted plissa les yeux en regardant l'écran, puis hocha la tête.

— Oui, c'est ça. Rien d'intéressant, vous voyez bien.

Sam s'approcha de Remi et examina l'image. L'objet ressemblait à un culot de bouteille de vin concave, de couleur verte, avec un symbole en son centre. Remi agrandit l'image pour qu'ils puissent l'étudier en détail :

— Cela ne me rappelle rien du tout. Qu'en dis-tu ?

— Non, à moi non plus, répondit Remi. Et toi, Ted ?

— Non, je vous l'ai déjà dit.

— Tu n'as pas reçu de coups de fil ou d'e-mails inhabituels ? Personne ne s'est montré trop curieux au sujet de cet objet ?

— Non, non, et non, grommela Ted. Quand puis-je rentrer chez moi ? Je suis fatigué.

— Ted, je ne pense pas que ce soit une bonne idée, intervint Sam.

— Comment cela ? Et pourquoi ?

— Il sait où tu habites.

— Allons, c'était juste un dingue. Sans doute un camé. Ce n'était qu'un morceau de bouteille, pour l'amour du ciel, et il me l'a pris. C'est fini, terminé.

J'en doute, songea Sam. Et l'inconnu n'était ni fou ni drogué. Pour une raison qui lui échappait, quelqu'un attachait une grande importance à cet éclat de verre. Au point d'être prêt à tuer pour se l'approprier.

À soixante-dix kilomètres de là, Grigorii Arkhipov gisait, immobile, sous les branches basses d'un arbre, le visage couvert de boue. Ses yeux suivaient les mouvements de l'adjoint du shérif du comté de Somerset, tandis que le chauffeur de la dépanneuse finissait d'arrimer la Buick. Quelque part dans les recoins les plus primitifs de son cerveau, quelque chose le poussait à bouger, à *agir*, mais il réprima son instinct et se concentra pour éviter le moindre geste. Il eût été aussi facile – et beaucoup plus gratifiant – de prendre le policier et le chauffeur par surprise, de les liquider, de s'emparer de l'un des véhicules et de disparaître dans la nuit, mais cela lui aurait causé plus d'ennuis que de satisfaction, il le savait. Le meurtre d'un policier déclencherait une chasse à l'homme immédiate, des barrages routiers, des contrôles impromptus, et peut-être même l'intervention du FBI, ce qui ne ferait que gêner sa mission.

La lumière blanche des gyrophares et les sirènes l'avaient réveillé, et sa première vision en reprenant connaissance avait été celle d'une paire de phares. Il était resté immobile, s'attendant à voir des silhouettes courir vers lui, mais personne n'était venu ; il s'était retourné sur le ventre et avait rampé pour se réfugier derrière les chaudières, puis parmi les arbres, où il se trouvait maintenant.

Il lui fallait rester là, invisible, et attendre leur départ. Il avait loué la Buick avec un faux permis de conduire et payé avec une carte de crédit expurgée de toute information sur le détenteur du compte. La police ne pourrait pas remonter sa piste. La pluie transformait la décharge en bourbier, et il ne restait aucun signe de lutte qui puisse susciter la curiosité de la police. Celle-ci ne disposerait pour toute piste que d'une voiture abandonnée et d'un appel d'urgence à OnStar qu'elle attribuerait à des adolescents en goguette.

Quant à l'embuscade dans laquelle il s'était laissé prendre, songea Arkhipov, c'était du beau travail. Humiliant, certes, mais un professionnel comme lui en appréciait l'ingéniosité à sa juste valeur, ainsi que le cran que cela impliquait. Son pied l'élançait, mais il n'osait l'examiner avant le départ du policier et du chauffeur.

La boue avait absorbé une partie de l'impact de la pierre, mais les deux plus petits orteils étaient probablement fracturés. Ce n'était pas vraiment un handicap, en dépit de la douleur. Il avait connu bien pire. Dans les forces spéciales russes, les *Spetnaz*, un os cassé ne justifiait même pas un traitement médical. Quant à l'Afghanistan... les *moudjahidine étaient des combattants cruels qui aimaient par-dessus tout tuer en combat rapproché, à l'arme blanche, face à face avec leur ennemi. Les cicatrices d'Arkhipov étaient là pour le lui rappeler. La douleur, il le savait, était un problème très simple, d'ordre purement mental, rien de plus.*

Qui étaient-ils, ces mystérieux sauveteurs ? Une chose était sûre : ce n'étaient pas de bons samaritains ordinaires. Leur façon d'agir dénotait du courage, de l'adresse... et de l'intelligence. Des amis de Frobisher, selon l'homme. Un aveu involontaire qu'Arkhipov ne serait que trop heureux d'exploiter. Ce simple renseignement lui suffirait. Avec un peu de chance, il les débusquerait avant de devoir informer son employeur de l'incident.

De toute évidence, ils étaient de mèche avec l'antiquaire. Sinon, pourquoi auraient-ils risqué leur vie ? Deux plus deux font quatre. Si Frobisher refusait de collaborer et de lui révéler le lieu de la découverte de l'éclat, peut-être ses deux amis se montreraient-ils plus coopératifs ?

Dans le cas contraire, il n'aurait plus qu'à régler ses comptes avec eux et poursuivre sa mission. Ils s'étaient bien joués de lui, et il lui paraissait normal de trouver un moyen inventif de leur rendre la pareille.

CHAPITRE 7

RIVIÈRE POCOMOKE, MARYLAND

A TON AVIS, Y A-T-IL la moindre chance pour que Ted se tienne à l'écart ? demanda Remi en tirant sur la corde de démarrage.

Sam grimpa par la proue et s'aida du pied pour éloigner l'embarcation du bord.

— Je pense l'avoir convaincu, mais avec Ted, on ne sait jamais. Cette boutique, c'est toute sa vie.

La veille au soir, après avoir interrogé leur ami pendant une trentaine de minutes supplémentaires et s'être assuré qu'aucun détail n'était oublié, Sam avait demandé un lit de camp à la réception et envoyé Ted, un peu chancelant après ses trois cognacs, sous ses couvertures.

Le lendemain, après le petit déjeuner, ils étaient parvenus à le convaincre de prendre des vacances. Ils avaient passé quelques coups de fil et trouvé sur l'île de Fenwick une maison en bord de plage qui appartenait à l'ami d'un ami d'un ami... Il serait ainsi quasiment impossible de retrouver sa trace. Mais allait-il consentir à y rester ? Nul n'aurait pu le dire, à moins de le ligoter sur place, mais ils ne pouvaient faire mieux.

La question se posait maintenant de savoir si tous deux devaient s'impliquer plus avant dans cette affaire.

Poussé en cela par sa personnalité et ses idéaux libertariens, Ted avait refusé de s'adresser aux autorités. Il n'éprouvait guère de sympathie pour le gouvernement et n'en avait que fort peu besoin. Selon lui, la police se contenterait de rédiger un rapport aussitôt classé ; Sam et Remi n'étaient pas loin de partager son opinion à ce sujet. Il leur semblait peu probable que l'agresseur ait laissé assez de traces pour que l'on puisse remonter jusqu'à lui.

Alors qu'ils soupesaient les données du problème, Sam avait décidé de s'en tenir au plan initial et d'identifier le minisubmersible piégé dans le bras de rivière, puis de repartir sur les traces du trésor de Patty Cannon.

Remi démarra, puis manœuvra pour pointer le nez de la barque vers l'aval, tandis que le moteur ronronnait dans l'air frais du matin.

— C'est vraiment un autre jour, commenta Remi en levant les yeux vers le ciel.

— Amen, répondit Sam.

La pluie de la veille s'était arrêtée juste avant l'aube, cédant la place à un ciel d'un bleu éclatant parsemé de nuages semblables à des balles de coton. Le long des rives, des oiseaux pépiaient et voletaient de branche en branche. La surface de l'eau, étale et recouverte d'une fine brume, n'était troublée que par quelques ondulations lorsqu'un poisson surgissait à la surface pour attraper un insecte imprudent.

— À propos, dit Remi, j'ai oublié de te dire à quel point j'étais fière de toi.

— Pourquoi ? Pour nous avoir trouvé des croissants ce matin ?

— Mais non, idiot ! Pour hier soir. Tu as été héroïque.

— Oui, tu me l'as dit. Merci. Mais n'oublie pas que tu m'as aidée, je n'aurais rien pu faire sans toi.

Remi haussa les épaules et sourit au compliment.

— Tu étais plutôt sexy, tu sais, couvert de boue et brandissant ta barre de fer. Tout le charme d'un homme des cavernes.

— Ough, ough !

Remi se mit à rire.

— Et je suis désolé pour ton pull, ajouta Sam.

Le pull à col montant en cachemire, imprégné de relents de mouton mouillé, n'avait pas survécu aux aventures de la veille.

— Ce n'était qu'un pull. Ça se remplace – contrairement à d'autres choses, répondit Remi avec un sourire tendre.

— Je suis bien placé pour le savoir.

*

— Je suppose que vous avez pris des dispositions pour que ça ne se reproduise plus, demanda Hadeon Bondarouk.

Arkhipov serra le combiné de plus en plus fort dans sa main, au point d'en faire blanchir ses articulations.

— En effet. J'ai trois de mes meilleurs hommes avec moi. À mon avis, ce couple n'a qu'une heure d'avance sur nous.

— Vous connaissez leurs noms ?

Comme prévu, Arkhipov était parvenu sans grande difficulté à découvrir l'identité des sauveteurs de Ted Frobisher.

Après le départ de l'adjoint du shérif et du chauffeur de la dépanneuse des pompiers, il avait pris en sautillant et en boitant le chemin conduisant jusqu'à la ferme la plus proche, où une vieille camionnette Chevy était garée derrière une grange, les clefs sur le démarreur.

Arkhipov reprit alors le chemin de la boutique de Frobisher. Il cacha la voiture derrière le garage, puis entra et fouilla partout dans la maison. Au bout de dix minutes, il trouva ce qu'il était venu chercher. Il n'y avait que quelques dizaines de fiches dans le répertoire de bureau. La moitié concernait des relations d'affaires, les autres étaient d'ordre privé. Parmi celles-ci, il ne trouva que huit couples. Une rapide recherche sur Internet lui fournit les renseignements qui lui manquaient.

Il lui suffit de cinq minutes pour se rendre en camionnette de la boutique jusqu'à la gare routière de Princess Anne. Il gara son véhicule dans une petite rue non loin de là et jeta les plaques d'immatriculation dans une poubelle, sous un tas de marc de café et d'os de poulet provenant d'un fast-food local.

Vingt minutes plus tard, il récupérait son sac à dos dans une consigne automatique et prenait une chambre dans un motel proche avec un nouveau permis de conduire et une nouvelle carte de crédit.

— Sam et Remi Fargo, annonça Arkhipov à Bondarouk. Ils sont...

— Je sais qui ils sont. Des chasseurs de trésors, et pas n'importe lesquels. Bon Dieu ! Ça ne me dit rien qui vaille. Leur présence ne peut être une coïncidence. Ted Frobisher a compris l'importance de ce qu'il détenait et les aura prévenus.

— Je n'en suis pas convaincu. J'ai procédé à de nombreux interrogatoires dans le passé et je sais reconnaître un mensonge. Frobisher disait la vérité, j'en suis certain.

— Vous avez peut-être raison, mais il vaut mieux agir comme s'il mentait. Et tenir pour probable, sinon pour acquis, que les Fargo recherchent la même chose que nous. Agissez en conséquence.

— Bien, monsieur.

— Quand pensez-vous prendre le départ ?

— Le bateau est prêt. Je ne mettrai pas longtemps à les rattraper.

Il lui avait été facile, avec le nom et les coordonnées de Sam et Remi, de remonter la piste de leurs achats par carte de crédit jusqu'à l'agence de location de bateaux de Snow Hill.

*

Sam s'était assuré de bien marquer la position du bras de rivière sur la carte afin de ne pas perdre de temps à le retrouver. La pluie de la nuit précédente avait encore grossi le tas de branches à l'entrée du bras. L'endroit ressemblait à un affût de chasseur, un patchwork de branchages enchevêtrés et de feuilles mortes ou encore vertes. Remi guida l'embarcation le long du tas de branchages, puis l'amarra à l'une des branches les plus solides. Ils la laissèrent dériver jusqu'à ce que le cordage soit bien tendu, puis Remi se glissa dans l'eau et se dirigea vers la rive. Sam la rejoignit en nage indienne en portant les deux sacs de marin qui contenaient leur matériel, puis prit sa main pour grimper sur la berge.

Un sac sur chaque épaule, Sam ouvrit la marche et se fraya un chemin le long de la rive entre les herbes hautes et les arbustes. Ils franchirent six ou sept mètres vers l'intérieur des terres avant d'atteindre le bout du bras. Sur leur gauche, à travers le sous-bois, ils distinguaient à peine le tas de branches et, au-delà, le cours principal de la rivière. Tout comme la veille, il flottait sur le lieu une atmosphère étrange, comme s'ils se trouvaient sous un tunnel de verdure isolé du reste du monde.

Bien sûr, dut s'avouer Sam, cette sensation était sans doute liée à l'existence de ce périscope drapé d'algues qui jaillissait de l'eau tout près d'eux, comme le cou de quelque primitif serpent de mer.

— Un peu sinistre, tu ne trouves pas ? murmura Remi en croisant les bras comme pour réprimer un frisson.

— Ce n'est rien de le dire, reconnut Sam, qui posa les sacs et se frotta les mains à l'idée de se mettre à l'ouvrage. Mais les Fargo sont là, il n'y a rien à craindre.

— Promets-moi tout de même une chose.

— Je t'écoute.

— Après cela, nous prendrons des vacances. De vraies vacances.

— Où tu voudras. Je te laisse le choix de la destination.

*

Leur première tâche consisterait à plonger et à examiner le sous-marin pour en déterminer l'état, rechercher des marques permettant de l'identifier et peut-être trouver le moyen d'y pénétrer. Quant à ce dernier espoir, Sam ne l'avait pas formulé de façon claire à Remi, car il savait qu'elle s'opposerait à ce qu'il entre dans l'épave, une réaction après tout normale et prudente. Pourtant, Sam considérait qu'entre ses talents de plongeur, le sérieux et la fiabilité de Remi, ils seraient à même de faire face à toute éventualité.

Ils s'étaient munis d'un masque de plongée, d'une paire de palmes à voilure courte, de lampes étanches et de piles de rechange, de quatre rouleaux de cordes de remorquage, et de trois poulies à linguets de sécurité pour maintenir le submersible au cas où il glisserait au cours de l'inspection. Si toutefois ils arrivaient jusque-là...

Pour compléter l'équipement, ils avaient demandé la veille à Selma de leur envoyer en service express trois petites bouteilles de plongée à utiliser en cas d'urgence. Elles contenaient chacune assez d'air pour soixante inhalations, soit entre deux et cinq minutes d'immersion.

— Je connais cette expression sur ton visage, Fargo, dit Remi. Tu veux aller voir à l'intérieur du sous-marin, n'est-ce pas ?

— Uniquement si je peux le faire en toute sécurité. Crois-moi, Remi, j'ai eu ma dose d'adrénaline hier soir, et je ne tiens pas à prendre des risques inconsidérés.

— Très bien.

Sam se laissa glisser dans l'eau depuis la berge, puis nagea jusqu'à l'endroit où le périscope émergeait de la surface. Il le saisit, le tira et le secoua à plusieurs reprises. Il paraissait solide. Remi lui lança deux extrémités de corde, qu'il attacha toutes les deux au périscope. Remi fixa les siennes chacune sur une poulie avant d'arrimer celles-ci à des arbres par leurs crochets. Sam ressortit de l'eau et, ensemble, ils actionnèrent les poulies pour tendre les cordages. Sam tira sur chaque corde une dernière fois.

— Elles ne risquent pas de lâcher, commenta-t-il. Très bien, je vais aller jeter un coup d'œil. Trois minutes, pas plus.

— Tu veux que je...

— Chut, murmura soudain Sam, un doigt posé sur ses lèvres.

Il tourna la tête pour écouter. Cinq secondes s'écoulèrent et puis, très doucement, au loin, ils entendirent le bruit d'un moteur de bateau.

— Il vient dans notre direction.

— Sans doute des pêcheurs, suggéra Remi.

— Peut-être, mais compte tenu de ce qui s'est passé hier soir...

Le sous-marin n'était pas très loin de l'endroit où Ted disait avoir trouvé l'éclat de verre, et cette coïncidence lui trottait dans la tête. Les deux faits étaient certainement sans rapport, mais il était en revanche vraisemblable que l'agresseur de leur ami ait choisi d'explorer cette partie du cours d'eau.

Il s'accroupit à côté de l'un des sacs et le fouilla un instant avant d'en sortir une paire de jumelles. Remi sur ses talons, il courut le long du bras jusqu'au point d'amarrage de la barque. Ils se mirent à genoux dans les hautes herbes et Sam ajusta les jumelles.

Quelques secondes plus tard, un hors-bord apparut à la courbe de la rivière. Quatre hommes se trouvaient à son bord. Un au gouvernail, un autre à la proue et les deux derniers assis sur le banc arrière. Sam fit un zoom sur le visage du pilote.

— C'est lui, l'homme aux cicatrices, murmura-t-il.

— Tu plaisantes, j'espère, lança Remi.

— Si seulement...

CHAPITRE 8

LA BARQUE, SOUFFLA SAM. Viens, vite !

Il glissa sur le ventre le long du talus, puis dans l'eau. En amont, le « balafré », ainsi que l'avait surnommé Sam, engageait le hors-bord dans l'embouchure d'un nouveau passage, que l'homme à la proue scrutait maintenant aux jumelles. Sam entendit l'écho de la voix du balafré au-dessus de l'eau, puis une autre voix qui répondait en russe.

Des mafieux de l'Est, il ne manquait plus que cela, se dit Sam. Il nagea jusqu'à l'endroit où était nouée l'amarre de la barque, défit le nœud, puis nagea en sens inverse et attrapa le taquet de proue. Il jeta un coup d'œil par-dessus son épaule. Le balafré manœuvrait le hors-bord dans leur direction.

— Sam...

— Je les vois.

Sam enroula la corde autour de son poignet, et Remi l'aida ensuite à remonter sur la berge.

— Tire, murmura-t-il, tire fort.

Ils tirèrent ensemble sur le filin d'amarrage. La proue de la barque heurta la berge, puis commença à remonter vers le bord.

Le hors-bord était à trois cents mètres de là. Ses passagers semblaient concentrer toute leur attention sur l'autre rive, mais Sam savait qu'ils pouvaient les apercevoir à n'importe quel moment. Un simple regard de côté, et tout était fini pour eux.

— Tire, Remi.

Ils s'acharnèrent de nouveau sur le cordage. Sam écarta ses jambes et planta ses talons dans le sol. L'effort fit saillir les tendons de son cou. Le nez de l'embarcation apparut au bord de la berge, mais le moteur, désormais dégagé de l'eau et soumis aux lois de la gravité, tirait de tout son poids en sens inverse. La barque glissa en arrière sur trente centimètres.

— Allez, on tire encore une bonne fois, dit Sam. Un... deux... trois !

La barque releva le nez, franchit le bord et vint glisser sur le sol plat. En rapprochant leurs pieds et en synchronisant leurs mouvements, Sam et Remi tirèrent encore en arrière. La barque s'enfonça un peu plus dans les hautes herbes.

— Ça ira comme ça, Remi.

Remi se laissa tomber sur le ventre, suivie une fraction de seconde plus tard par Sam. Ils s'immobilisèrent et s'efforcèrent de reprendre leur souffle.

— Tu penses que nous avons réussi ? demanda Remi.

— Nous allons vite le savoir. S'il arrive quoi que ce soit, je veux que tu coures aussi vite que possible. Fonce vers la forêt et ne regarde pas en arrière.

— Non, Sam.

— Chut...

Le bruit du moteur du hors-bord enflait à chaque seconde et semblait se diriger vers eux.

— Vous voyez quelque chose ?

C'était la voix du balafré.

— Rien. Quel genre d'embarcation ont-ils ?

— Une barque à moteur d'environ quatre mètres.

— Alors ils ne sont pas dans le coin, répondit la voix. Je ne vois rien par ici. Ils doivent être de l'autre côté. Il y a des tas d'autres bras de rivière où ils ont pu se cacher.

— C'est vrai.

Le bruit du moteur commença à s'estomper, s'affaiblissant au fil de l'eau jusqu'à ce que Sam et Remi ne distinguent plus qu'un lointain écho.

— Ils sont partis dans un autre chenal, dit Sam en se redressant sur ses genoux pour jeter un coup d'œil au-dessus des herbes. Je ne les vois plus. Ils sont partis.

Remi roula sur le flanc et poussa un soupir.

— Dieu merci.

Sam s'étendit près d'elle. Remi posa sa tête sur son épaule.

— Qu'en dis-tu ? demanda-t-il. On reste ici ou on s'en va ?

— On a fait tout ce chemin pour venir jusqu'ici, ce serait dommage de ne pas trouver la solution du mystère.

— Voilà bien la femme que j'aime, dit Sam.

— Comment cela ? Imprudente et irresponsable ?

— Non. Courageuse et déterminée.

— *Je te suivrai jusqu'au bout du monde...*, commença à chantonner Remi.

— Allons, remettons-nous au travail.

*

Sam cracha dans son masque, le trempa dans l'eau, puis le fixa sur sa tête. Remi se tenait sur la berge, les bras sur les hanches, le visage rongé d'inquiétude.

— Je vais juste jeter un coup d'œil, la rassura-t-il. Nous pourrons peut-être entrer à l'intérieur plus tard. Cela n'arrivera sans doute pas, mais si l'engin basculait dans ma direction, actionne les poulies pour le remettre d'aplomb. Et si je ne suis pas de retour dans, disons, quatre ou six heures, tu pourras commencer à t'inquiéter.

— Très drôle.

— Monte la garde, je reviens très vite.

Sam alluma sa lampe, inspira une grande goulée d'air et plongea sous la surface. La main gauche tendue devant lui, il palma vers le fond. À seulement quelques dizaines de centimètres de profondeur, l'eau envahie d'algues prenait une nuance d'un vert sombre et la visibilité ne dépassait guère un mètre. Les sédiments et la végétation aquatique éparse tourbillonnaient dans le faisceau de la lampe. Sam aurait pu se croire piégé dans une sorte de boule à neige tout droit sortie d'un cauchemar.

Sa main se posa sur une surface solide. La coque. Il continua à avancer, suivant la courbe de métal jusqu'à ce que le fond apparaisse enfin dans le rayon de la torche. La quille était perchée sur un enchevêtrement de rondins de bois. C'était un équilibre précaire, mais cependant assez stable ; Sam fut soulagé de constater que l'engin ne risquait pas de basculer sur lui. La douleur dans ses poumons se changea en brûlure, et il palma pour remonter à la surface.

— Tout va bien ? demanda Remi dès que Sam eut repris son souffle.

— Oui. Bonne nouvelle : le submersible est à peu près stable. J'y retourne.

Sam plongea à nouveau et veilla cette fois à évaluer le diamètre de la coque au passage. Arrivé à la quille, il se dirigea vers l'arrière. Vers le milieu de la coque, il découvrit une sorte de protubérance qui dépassait du corps de l'engin et le parcourait sur sa longueur. Pendant un instant, l'image qu'il avait sous les yeux le laissa sans réaction. Pourtant, c'était quelque chose qu'il avait déjà vu... sur une photographie datant de recherches précédentes. Lorsque la réponse lui traversa l'esprit, Sam sentit un nœud se former au creux de son estomac.

Un rail de lancement de torpille.

Il cessa de nager et éclaira le fond. Ce qu'il voyait prenait soudain un nouveau sens. Que cachaient ces branches immergées d'apparence inoffensive ?

Il nagea vers l'arrière et le faisceau lumineux lui révéla bientôt l'extrémité fuselée, en forme de cigare, du sous-marin. Une forme horizontale dépassait de chaque côté. Lorsqu'il se retrouva à sa hauteur, il se redressa et se laissa remonter le long de la coque. Une nouvelle pièce du puzzle apparut alors. Du haut de la coque, à l'arrière, sortait un tube haut d'un peu moins de cinquante centimètres et d'un diamètre suffisant pour le passage des épaules d'un homme.

L'écoutille d'entrée du sous-marin.

Sam remonta et nagea vers la berge, où Remi l'aida à sortir de l'eau. Il se débarrassa de ses palmes, de son masque, et s'accorda un moment pour reprendre ses esprits.

— Eh bien ? l'interrogea Remi.

— Il y a une enveloppe en papier kraft dans l'un des sacs, tu peux la chercher ?

Remi revint moins de trente secondes plus tard. Sam parcourut les feuillets qui se trouvaient dans l'enveloppe pendant deux minutes, puis en sortit un qu'il tendit à son épouse.

— « *Molch* », lut-elle. Qu'est-ce que cela peut bien...

Sa voix se mua en murmure tandis qu'elle poursuivait sa lecture.

— « Molch » veut dire « salamandre ». C'est le nom d'une classe de sous-marins de poche fabriqués par l'Allemagne nazie en 1944.

*

Créé pour la Kriegsmarine par A.G. Weser, une entreprise de Brême, le *Molch* était une invention du docteur Heinrich Drager. Long de dix mètres cinquante et large d'un peu moins de deux mètres, il était conçu pour emmener un unique homme d'équipage et deux torpilles G7, arrimées sur un rail à tribord et à bâbord, à une profondeur de presque quarante mètres. Son rayon d'action pouvait atteindre cinquante milles nautiques, à une modeste vitesse maximale de trois nœuds en immersion.

En tant qu'arme offensive, le *Molch*, comme la plupart des autres sous-marins de poche allemands, ne connut pas un grand succès : il était difficile à manœuvrer, à faire plonger, et en raison de son autonomie très limitée, il était très dépendant du soutien tactique des autres navires de la flotte, en particulier pour son déploiement.

— Tu es sûr que c'est bien cela, Sam ?

— Tout à fait sûr. Tout concorde.

— Comment a-t-il pu arriver jusqu'ici ?

— Tout le mystère est là. Si j'en crois mes lectures, cet engin a été déployé aux Pays-Bas, au Danemark, en Norvège et dans la Méditerranée. On n'a jamais mentionné la présence de l'un d'entre eux aussi loin à l'ouest.

— Combien d'exemplaires fabriqués ?

— Presque quatre cents, et la plupart ont été perdus, qu'ils aient coulé ou simplement disparu. C'étaient de vrais cercueils sous-marins, Remi. Il fallait être fou pour se porter volontaire pour une mission à bord d'un sous-marin de poche.

— Tu disais qu'il n'y avait qu'un seul homme à bord. Tu ne penses tout de même pas que...

— Nous ne le saurons qu'en entrant à l'intérieur.

— Tu as utilisé un petit mot charmant tout à l'heure... Ah oui... torpille !

— C'est là que les choses se compliquent. Si je me fie à mon intuition, je dirais que si ce sous-marin a échoué aussi loin en amont, c'est qu'il a été poussé par les ouragans qui se sont succédé au fil des six dernières décennies. Les deux torpilles, si toutefois il en était équipé, sont tombées, ou elles ont été arrachées depuis.

— Eh bien, c'est déjà un soulagement d'apprendre cela, répondit Remi. Mais je plains le malheureux pêcheur qui risque d'en accrocher une un de ces jours !

— Il va falloir que nous en touchions deux mots aux gardes-côtes ou à la marine militaire. Quant à savoir comment ils géreront tout ça, je l'ignore.

— Chaque chose en son temps.

— Tout à fait d'accord avec toi. Première étape : s'assurer que cet engin ne repose pas sur une paire de torpilles vieilles d'une soixantaine d'années.

CHAPITRE 9

Équipé d'une des bouteilles de plongée, Sam inspecta le fond de la coque, de l'étrave à la poupe, et donna une petite tape sur chaque rondin avec la pointe de son couteau de plongée, priant pour ne pas obtenir un son métallique en réponse. La chance était de son côté ; il n'entendit que le bruit sourd du bois pourri.

Compte tenu de l'apparence des rondins du sommet de la pile, dont beaucoup présentaient encore des restes d'écorce, Sam déduisit que le *Molch* s'était échoué là récemment, poussé par la tempête. Si tel était le cas, les éventuelles torpilles s'étaient sans doute perdues dans le cours principal de la rivière Pocomoke, entre le bras où le submersible se trouvait à présent et la baie, à un peu moins de quarante kilomètres vers le sud.

Hypothèse tout à fait plausible, mais simple hypothèse, songea Sam.

Il termina son inspection, puis passa à la tâche suivante. En dépit de l'absence d'avaries à l'extérieur du *Molch*, le bâtiment pouvait très bien être inondé, ce qui serait fort regrettable. Comparé à d'autres sous-marins, le *Molch* était de dimensions réduites, mais avec ses onze tonnes, ce n'était pas pour autant un poids plume. Si l'on devait y ajouter le volume d'eau qu'il pouvait contenir, leurs cordes et leurs poulies à linguets ne leur seraient guère plus utiles que s'ils devaient renflouer le *Titanic*.

*

Sam et Remi arrimèrent un nouveau cordage à celui qui était fixé à l'écoutille d'entrée, puis relâchèrent avec prudence les amarres de proue et de poupe, qu'ils renforcèrent en les doublant, puis en attachant les extrémités à des arbres proches de la rive. Sam, tout en se tenant à l'un des filins pour garder son équilibre, sauta avec précaution sur le pont du *Molch*. Le bâtiment grogna, bougea légèrement, s'enfonça de quelques centimètres, mais tint bon.

— À vous l'honneur, madame !

— Avec plaisir, répondit Remi.

— Par ici...

Sam lui lança un marteau qu'elle attrapa au vol avant de mettre pied sur le pont et de s'agenouiller près de l'écoutille. Elle donna un solide coup à chacune des fermetures à levier de l'écoutille, puis essaya de les ouvrir, sans succès. Elle dut répéter l'opération trois fois avant que les attaches se dégrippent et s'affaissent de côté avec un grincement métallique.

Remi reprit son souffle, leva les yeux vers Sam avec une lueur d'anticipation dans le regard, puis souleva l'écoutille. Aussitôt, elle fronça le nez et rejeta la tête en arrière.

— Oh, mon Dieu, c'est affreux...

— La question était de savoir si l'homme d'équipage se trouvait encore à bord. Je crois que nous avons la réponse.

— Aucun doute à ce sujet, répondit Remi, qui contemplait l'ouverture en se pinçant le nez. Il me regarde droit dans les yeux.

*

Le corps était vêtu d'une combinaison bleu foncé et coiffé d'une casquette de la Kriegsmarine – si toutefois le terme « corps » pouvait s'appliquer à ce que Sam et Remi venaient de découvrir.

Piégé dans l'espace sec et confiné du *Molch*, le cadavre avait subi des transformations que Sam attribua en partie à un phénomène de liquéfaction, et en partie à un processus de momification.

— Il me paraît probable qu'il soit mort d'étouffement, commenta Remi. Après son décès, le corps aurait dû commencer à se décomposer, mais en l'absence d'oxygène, la biodégradation n'a pu se poursuivre, ce qui l'a laissé dans cet état... mi-cuit, si je puis me permettre.

— Comme c'est charmant, ma chérie. Voilà une image que je prendrai plaisir à évoquer jusqu'à la fin de mes jours.

La position du cadavre, ou ce qu'il en restait, étendu sur le sol au pied de l'échelle, un bras pétrifié posé sur un barreau, en disait long sur les derniers instants du malheureux. Coincé dans ce cylindre obscur, sachant que la mort resserrait son étreinte à chaque bouffée d'air, il s'était dirigé vers la seule sortie possible, espérant quelque miracle qu'au fond de son cœur, il savait impossible.

— Tu ne verras pas d'inconvénient à rester ici pendant que je descends jeter un coup d'œil ? demanda Sam.

— Pas du tout, bien au contraire.

Sam alluma sa lampe, fit passer ses jambes dans l'écoutille, tâta du pied pour trouver un barreau de l'échelle, puis entama sa descente. À quelques dizaines de centimètres du sol, il quitta l'échelle, en face du corps, et se servit de ses mains pour se positionner dans l'habitacle.

Il se sentit aussitôt envahi d'une sensation sinistre. Il n'était pas claustrophobe, mais cet endroit était étouffant. Le sous-marin n'était pas assez haut pour qu'il puisse y tenir debout, la largeur dépassait à peine la distance entre ses deux bras tendus, et l'ensemble évoquait un obscur cachot. Les cloisons d'un gris terne étaient recouvertes de guirlandes de câbles et de tuyaux qui semblaient partir à la fois de partout et de nulle part.

— Comment est-ce, en bas ? lança Remi depuis le haut de l'échelle.

— Révoltant. C'est le seul mot qui me vienne à l'esprit.

Sam s'agenouilla près du corps et explora les poches avec soin. Elles étaient vides, à l'exception de la poche de poitrine, dans laquelle il découvrit un portefeuille, qu'il passa à Remi avant de se retourner et de poursuivre son exploration.

L'avant de la proue abritait la batterie principale, et derrière, entre deux réservoirs à ballast de correction d'assiette, un siège de pilotage pourvu de contrôles rudimentaires pour la navigation, le cap, la vitesse, la puissance et l'assiette, ainsi qu'un hydrophone primitif destiné à repérer les bâtiments ennemis.

Sous le siège, Sam trouva une petite boîte à outils et un holster en cuir contenant un pistolet Luger et un magasin de munitions de rechange, qu'il empocha.

Sous chacun des ballasts, une cantine rectangulaire était vissée à la cloison. Dans l'une d'elles se trouvaient une demi-douzaine de pots à eau, tous vides, ainsi qu'une douzaine de boîtes en fer-blanc, également vides. L'autre contenait un cartable en cuir et deux livres de bord reliés de cuir noir. Il les glissa dans le cartable, puis jeta un dernier coup d'œil autour de lui. Un morceau de tissu qui dépassait de derrière l'une des cantines attira son regard. Il se mit à genoux et constata qu'il s'agissait d'un sac en toile. À l'intérieur, une boîte en bois avec un couvercle à charnières, de la taille d'une miche de pain. Il fourra le sac sous son bras et revint vers l'échelle, puis tendit ses trouvailles à Remi et remonta à l'air libre. Il marqua alors un temps d'arrêt et son regard redescendit vers le corps, à l'intérieur du *Molch*.

— Nous veillerons à ce que vous rejoigniez votre dernière demeure, capitaine.

Sam tendit l'un des cordages à Remi pour lui permettre de sauter plus facilement sur la berge. Alors qu'il tendait ses muscles, son pied heurta le sac de toile. Il entendit un tintement de verre.

Piqués par la curiosité, ils s'agenouillèrent tous deux sur le pont du sous-marin. Remi ouvrit le sac et en sortit une boîte, dépourvue de toute marque distinctive. Avec prudence, elle défit le loquet de laiton et souleva le couvercle, révélant plusieurs couches de ce qui ressemblait à de la vieille toile cirée. Remi écarta l'une d'elles.

Pendant dix longues secondes, aucun d'eux ne put prononcer un mot, et ils se contentèrent de fixer l'objet qui brillait sous les rayons du soleil.

— Ce n'est pas possible, murmura enfin Remi. Dis-moi que ce n'est pas possible.

C'était une bouteille, une bouteille de vin de couleur verte.

Sam ne lui répondit pas. De son index droit, il souleva une extrémité de la bouteille de quelques centimètres, et le culot apparut.

— Mon Dieu, souffla Remi.

Le symbole gravé dans le verre qu'ils avaient devant les yeux leur était déjà trop familier :

CHAPITRE 10

La Jolla, Californie

Le malheureux, dit Remi. Mourir ainsi... Je ne peux même pas imaginer.

— Pour ma part, je ne tiens *surtout pas* à l'imaginer, répondit Sam.

Ils étaient tous deux dans le solarium, étendus sur des chaises longues entourées de palmiers en pots et de fougères flottantes. Le soleil de la mi-journée soulignait les moindres nuances des dalles de terre cuite de Toscane qui recouvraient le sol. C'était leur pièce préférée dans une maison qui offrait par ailleurs bien d'autres attraits.

La maison des Fargo, qui leur servait aussi de base d'opérations, était perchée au sommet des falaises qui dominent Goldfish Point et les eaux indigo du Pacifique. Le bâtiment de style espagnol, construit sur quatre niveaux, s'étendait sur une surface de plus de onze cents mètres carrés, avec des plafonds voûtés traversés de poutres en bois d'érable et assez de fenêtres et de lucarnes pour occuper le gardien huit heures chaque mois.

Le troisième étage abritait les appartements privés de Sam et Remi. Le second comportait quatre appartements pour les invités, un salon, une salle à manger et un grand espace de vie, également équipé en cuisine, qui dépassait sur le bord de la falaise. Au premier étage était installée une salle de sport équipée de matériel d'aérobic et de circuit-training, d'un bain de vapeur et d'une piscine à remous dotée d'un système de nage à contre-courant. Un espace de presque cent mètres carrés, au parquet de bois dur, permettait à Remi de s'entraîner à l'escrime et à Sam de pratiquer le judo.

Les bureaux de Sam et de Remi, ainsi qu'un espace adjacent réservé à Selma, occupaient plus de cent quatre-vingts mètres carrés au rez-de-chaussée, avec des postes de travail informatiques couplés à des écrans de cinéma de trente pouces et deux téléviseurs LCD muraux de trente-deux pouces chacun. Un immense aquarium d'eau de mer, source inépuisable de joie et de fierté pour Selma, était fixé sur le mur est.

— Tout ce que l'on peut espérer, c'est qu'il soit parti rapidement et sans trop souffrir, conclut Sam.

L'homme en question, le malheureux étendu en bas de l'échelle du *Molch*, avait été identifié grâce au journal de bord. C'était le *Korvettenkapitän* Manfred Boehm. L'un des documents trouvés dans l'épave était le livre de bord du submersible ; l'autre était le journal personnel de Boehm, dont le début remontait aux premiers jours de la Seconde Guerre mondiale.

À l'aide des traductions approximatives fournies par la magie de quelque logiciel informatique, Sam et Remi s'étaient plongés dans ces documents qui, au fur et à mesure qu'ils avançaient dans leur lecture, faisaient de plus en plus figure de testament, qu'il s'agisse de Boehm lui-même ou de son submersible. Celui-ci avait fini par dévoiler enfin son identité : c'était l'*UM-34* – bâtiment sous-marin, type *Molch*, trente-quatrième du nom.

Sam s'était concentré sur le livre de bord de l'*UM-34*, en essayant de déterminer d'où venait le submersible et comment il avait pu finir piégé dans un bras de la rivière Pocomoke. Remi, quant à elle, étudiait le journal de Boehm et apprenait à connaître l'homme, au-delà de son uniforme et de son grade.

Après avoir rejoint leur barque et laissé le *Molch* derrière eux, Sam et Remi avaient jugé plus sage d'éviter Snow Hill et l'agence de location de bateaux *Maxine's Bait'n Boat*, où le balafré et ses hommes risquaient fort de les attendre. Ils préférèrent parcourir un peu moins de vingt kilomètres en aval et mouiller au sud de Willow Grove, à un endroit où la Highway 113 et la rivière Pocomoke suivaient des cours parallèles, toutes proches l'une de l'autre. De là, ils appelèrent un taxi à Pocomoke City, puis l'agence *Maxine*. Sam se contenta d'explications aussi vagues que brèves, et offrit un généreux pourboire pour compenser la gêne occasionnée par le fait de devoir aller récupérer l'embarcation sur place. Enfin, il appela la responsable de la chambre d'hôtes, qui accepta de réexpédier leurs bagages en Californie.

Cinq heures plus tard, ils embarquaient à l'aéroport international de Norfolk.

Dès leur retour, ils confièrent à Selma la bouteille découverte à bord du *Molch*. Ils étaient d'ailleurs sans nouvelles depuis, car leur assistante s'était aussitôt enfermée avec ses collaborateurs, un couple formé de Peter Jeffcoat et de Wendy Corden (à qui leurs prénoms avaient valu d'innombrables et épuisantes plaisanteries sur Peter Pan) pour un marathon d'investigations qui ne se terminerait qu'une fois les réponses obtenues.

Pete et Wendy correspondaient tout à fait au stéréotype du jeune Californien – minces et bronzés, avec des cheveux blonds dorés par le soleil –, mais leur intelligence n'avait rien de conventionnel. Ils étaient sortis de l'université de Californie du Sud parmi les tout premiers de leurs promotions respectives, Pete avec une maîtrise en archéologie et Wendy avec un diplôme en sciences sociales.

Sam et Remi ignoraient encore la nature de leur découverte, mais aucun doute n'était permis : le symbole gravé sur le culot de la bouteille correspondait en tous points à celui de l'éclat de verre trouvé par Ted. Quant à la provenance du flacon, elle était elle aussi établie avec certitude ; l'étiquette était rédigée à la main, et en français.

Mais de nombreuses questions demeuraient sans réponse : quel était le rapport entre les deux objets ? Et la signification de ce symbole ? Les deux bouteilles avaient-elles commencé leur périple à bord de l'*UM-34*, et si tel était le cas, comment et pourquoi avaient-elles été séparées ? Et enfin, qu'est-ce qui les rendait précieuses au point de justifier que l'on aille jusqu'à tuer pour se les approprier ?

Quant à la conduite à tenir au sujet de l'*UM-34* et de la dépouille de Boehm, le problème tourmentait la conscience de Sam et de Remi depuis leur départ du Maryland. Le statut de leur découverte était incertain, mais on pouvait considérer que le sous-marin constituait en soi un site archéologique, ce qui faisait d'eux des pilleurs de tombes. Ils se consolaient en se promettant que dès qu'ils en auraient fini avec leur enquête, tous les objets personnels de Boehm seraient rendus à leur propriétaire légitime : le gouvernement allemand, la famille ou les descendants de l'officier.

Désireux de mettre autant de distance que possible entre eux et l'*UM-34*, Sam et Remi s'étaient mis en rapport avec leur conseiller juridique, qui les avait assurés que le submersible serait découvert de façon opportune par un groupement ou une association officielle, et que les autorités compétentes seraient averties de la possible présence de torpilles dans le lit de la rivière Pocomoke.

— Il avait une épouse et un fils, annonça Remi sans lever les yeux des pages du journal de Boehm. Frieda et Helmut, à Arnsburg, près de Düsseldorf.

— Bonne nouvelle. Il est plus que probable qu'il ait encore de la famille là-bas. Si c'est le cas, nous les trouverons.

— Où en es-tu du journal de bord ?

— J'avance tout doucement. Il va falloir que j'étudie de plus près, sur une carte, certaines des coordonnées indiquées, mais il semble que l'*UM-34* dépendait d'un ravitailleur auxiliaire que Boehm appelait *Gertrude*.

— Gertrude ? La Kriegsmarine baptisait ses bateaux du nom de...

— Non, ce n'était sans doute qu'un nom de code.

— Des codes secrets, des sous-marins perdus et de mystérieuses bouteilles de vin. On se croirait dans un roman à suspense !

— Pourquoi pas, une fois que nous aurons résolu l'énigme ?

— Nous avons déjà de quoi nous occuper, répondit Remi en riant.

— Un jour, nous raconterons tout cela, j'en suis sûr, et cela fera un très bon bouquin !

— Un jour... Lorsque nous serons des vieillards aux cheveux blancs. À propos, j'ai parlé à Ted. Il se tient tranquille.

— Dieu merci ! Qu'as-tu décidé ? Tu lui as parlé du sous-marin ?

— Non.

Ted Frobisher était très attaché à sa petite vie tranquille et bien ordonnée, et les péripéties de sa mystérieuse agression étaient plus qu'il n'en fallait pour étancher sa soif d'aventures. Et puis Sam connaissait bien son ami : une fois la découverte du *Molch* annoncée par les médias, il établirait aussitôt, compte tenu de la proximité des lieux, un lien entre son éclat de verre et le submersible. S'il avait des renseignements supplémentaires à leur communiquer, il les contacterait.

— Écoute donc ça, dit Remi en parcourant de l'index les lignes du journal. *Wolfi m'a donné deux excellentes bouteilles de vin aujourd'hui, sur les trois qu'il a amenées. Il a dit que nous célébrerions ensemble la fin de la mission.*

— Wolfi, répéta Sam. Savons-nous qui était ce Wolfi ?

— Non. Pour l'instant, je me suis contentée de lire en diagonale. Je vais regarder de plus près. Tiens, il en reparle : *Wolfi a dit que j'en méritais deux, parce que c'est moi qui ai hérité de la tâche la plus difficile.* Je me demande bien de quoi il pouvait s'agir ?

— Je l'ignore, mais au moins, nous savons d'où venait l'éclat de verre de Ted. Boehm a perdu l'une des bouteilles en cours de route.

— Monsieur et madame Fargo ? crachota soudain l'interphone fixé au mur au-dessus de la tête de Remi.

Selma ne s'était jamais résolue à appeler Sam et Remi par leurs prénoms.

Remi leva le bras et appuya sur le bouton de communication.

— Oui, Selma ?

— J'ai, euh... C'est-à-dire... J'ai trouvé quelque chose.

Sam et Remi échangèrent un regard intrigué. Selma, avec qui ils travaillaient depuis dix ans, était en général aussi précise et directe que laconique.

— Tout va bien ? demanda Remi.

— Eh bien... Si voulez bien descendre, j'essaierai de vous expliquer.

— Nous arrivons tout de suite.

*

Lorsqu'ils arrivèrent à l'étage inférieur, Selma était installée au poste de travail central, assise sur un tabouret, les yeux fixés sur la bouteille posée devant elle. Pete et Wendy étaient invisibles.

L'apparence extérieure de Selma formait un cocktail détonnant d'influences diverses. Remi décrivait sa coiffure comme une « coupe au carré années soixante revisitée » ; ses lunettes à monture d'écaille, qu'elle portait avec une chaîne en sautoir lorsqu'elle ne les avait pas sur le nez, venaient en revanche tout droit de la décennie précédente. Sa tenue habituelle consistait en un pantalon kaki, une paire de baskets et un des T-shirts décorés au pochoir dont elle semblait posséder une inépuisable collection. Selma ne buvait pas, ne fumait pas, ne jurait pas, et on ne lui connaissait qu'une seule addiction : les tisanes, qu'elle consommait en impressionnantes quantités. Un placard entier leur était d'ailleurs consacré, rempli de mélanges dont Remi et Sam auraient été incapables de prononcer les noms.

— Où sont passés Pete et Wendy ? lui demanda Sam.

— Je les ai renvoyés chez eux plus tôt que d'habitude. J'ai pensé que vous aimeriez entendre ce que j'ai à vous dire en privé. À vous de voir ensuite si vous souhaitez les en informer...

— Très bien, répondit Remi.

— Ne me dites pas que cette bouteille est remplie d'Ebola liquide ? plaisanta Sam.

— Non.

— Alors ?

— Je ne sais pas très bien par où commencer.

— Par où vous voulez, Selma, lui répondit Remi d'une voix douce.

Selma plissa les lèvres et réfléchit pendant quelques instants.

— Bien. Laissez-moi récapituler. D'abord, la boîte elle-même. Les charnières et le fermoir sont en laiton, et le bois vient d'un type de hêtre qui n'existe que dans quelques endroits du monde. La concentration la plus importante se situe dans les Pyrénées, en Espagne et au sud de la France.

« Quant au matériau qui a servi à l'emballage, en soi, c'est déjà une découverte. Ce pourrait bien être un des plus vieux exemples de toile huilée jamais découverts en Europe, mais cela reste à confirmer après datation de l'ensemble. C'est du cuir fin de veau, six couches, trempé dans de l'huile de lin. Les deux couches extérieures sont abîmées et un peu moisies, mais les quatre autres sont en parfait état.

« Le verre est lui aussi assez remarquable, de très grande qualité et très épais, deux centimètres et demi environ. Je suppose qu'il résisterait à des chocs assez importants, même si je ne tiens pas à le vérifier par moi-même.

« Passons à l'étiquette : c'est du cuir travaillé à la main, collé au verre et également attaché, en haut et en bas, par de la ficelle de chanvre. Comme vous pouvez le constater, les inscriptions ont été gravées directement sur le cuir, puis remplies d'encre, une encre d'ailleurs très rare, un mélange d'*Aeonium arboreum "Schwarzkopf"*.

— Traduction, s'il vous plaît ! lança Remi.

— C'est une sorte de rose noire. L'encre est fabriquée à partir d'un mélange de pétales et de scarabées écrasés – des scarabées cracheurs que l'on ne trouve que dans certaines îles de la mer Ligure. Quant aux inscriptions elles-mêmes... *(Selma approcha la bouteille, attendit que Sam et Remi la rejoignent, puis alluma une lampe de travail.)* Voyez cette expression en français, *Mesures usuelles*, c'est un système qui n'a pas été employé depuis cent cinquante ans environ. Et ce mot, *demis*, signifie « moitiés », l'équivalent approximatif d'une pinte anglaise.

— C'est assez peu, compte tenu des dimensions de la bouteille, fit observer Remi. Sans doute en raison de l'épaisseur du verre.

— Et maintenant, passons à l'encre : vous pouvez constater qu'elle est délavée par endroits, et il faudra du temps pour recréer l'image. Mais vous voyez ces deux lettres dans les coins supérieurs à droite et à gauche, ainsi que les deux chiffres en bas, de chaque côté ?

Les Fargo hochèrent la tête.

— Ces chiffres représentent une année. Un et neuf. Dix-neuf.

— Mille neuf cent dix-neuf ? demanda Remi.

— Mille *huit* cent dix-neuf. Quant aux lettres, *H* et *A*, ce sont des initiales.

— Qui appartiennent à... ? intervint Sam.

Selma se redressa et marqua une pause.

— Je ne suis pas sûre à cent pour cent de ce que j'avance. Il me faudra effectuer d'autres recherches pour le confirmer.

— Je comprends.

— Je pense que ce sont les initiales d'Henri Archambault.

Sam et Remi assimilèrent le renseignement, puis échangèrent un regard avant de se tourner à nouveau vers Selma, qui leur offrit en retour un sourire penaud et un haussement d'épaules.

— Très bien. Maintenant, confirmez-nous que nous parlons bien de la même personne, *le* véritable Henri Archambault, c'est bien cela ?

— Le seul et unique, en effet, répliqua Selma. Henri Émile Archambault, sommelier, caviste et maître de chais personnel de Napoléon Bonaparte. Sauf erreur de ma part, vous avez découvert une bouteille provenant de la cave perdue de Bonaparte.

CHAPITRE 11

Sébastopol

Le faisan à collier jaillit du sous-bois et traversa le ciel comme une flèche ; ses ailes s'agitaient à une vitesse folle dans l'air vif du matin. Hadeon Bondarouk attendit, laissa l'oiseau prendre une avance confortable, puis il épaula son fusil et tira. Le faisan eut un brusque tressaillement, se raidit et chuta vers le sol.

— Excellent tir, commenta Grigorii Arkhipov.

— Allez chercher ! lança Bondarouk en farsi.

Les deux labradors qui attendaient assis, patients, aux pieds de leur maître, bondirent sur leurs pattes et s'élancèrent vers l'oiseau. Une douzaine au moins de faisans morts, déchiquetés par les chiens, étaient disséminés autour d'Hadeon Bondarouk.

— Je déteste le goût de ces bêtes, expliqua-t-il à Arkhipov en repoussant l'un des oiseaux du bout du pied. Mais c'est un bon exercice pour les chiens. Et vous, Kholkov, vous aimez la chasse ?

Vladimir Kholkov, qui se tenait un peu en arrière d'Arkhipov, pencha la tête de côté pour réfléchir.

— Cela dépend du gibier.

— Bonne réponse.

Kholkov et Arkhipov avaient passé ensemble le plus clair de leur temps d'engagement dans les *Spetnaz*. Arkhipov avait le grade de commandant, et Kholkov était son fidèle commandant en second. Leurs relations s'étaient poursuivies lorsqu'ils avaient monnayé leurs compétences de mercenaires au plus offrant. C'était Hadeon Bondarouk qui s'était montré le plus généreux depuis quatre ans, et Arkhipov était depuis devenu un homme riche.

Kholkov et Arkhipov, après avoir annoncé à Bondarouk qu'ils n'étaient pas parvenus à retrouver les Fargo, s'étaient vus convoquer dans la propriété de villégiature de leur patron, sur les contreforts de la péninsule de Crimée. Il y était lui-même arrivé la veille dans l'après-midi, mais n'avait encore fait aucune allusion à l'échec des deux hommes.

Arkhipov ne craignait personne, Kholkov avait eu l'occasion de le constater des dizaines de fois sur les champs de bataille, mais ils savaient tous deux reconnaître un homme dangereux, et c'était le cas de Bondarouk. Sans jamais en avoir été le témoin, Arkhipov connaissait la violence dont il était capable. Ce n'était pas la peur qui les mettait sur leurs gardes en sa présence, mais une saine prudence. Bondarouk était aussi imprévisible qu'un requin, rôdant sans hâte, attentif à tout sans paraître s'intéresser à rien et prêt à attaquer en une fraction de seconde. À cet instant même, tandis qu'ils discutaient, Kholkov savait qu'Arkhipov, en soldat bien entraîné, ne cessait de surveiller du coin de l'œil le fusil de Bondarouk et les mouvements du canon.

Kholkov ne disposait que de quelques éléments d'information sur la jeunesse de Bondarouk au Turkménistan. Le fait qu'il ait sans doute tué des dizaines de ses compatriotes, et peut-être même des gens qu'il connaissait, au cours du conflit sur la frontière iranienne, lui importait peu. La guerre était la guerre. Les meilleurs soldats, ceux qui excellent au combat et parviennent à survivre, tuent leurs ennemis sans passion.

— Avec un bon fusil, aucun mérite à être bon tireur, observa Bondarouk en ouvrant la culasse pour extraire la cartouche. Fabriqué sur commande par *Hambrusch Jagdwaffen*, en Autriche. À votre avis, de quand date cette arme, Grigorii ?

— Je n'en ai pas la moindre idée, répondit Arkhipov.

— Cent quatre-vingts ans. Il a appartenu à Otto von Bismarck en personne.

— Vraiment ? C'est incroyable.

— Une véritable pièce historique, coupa Bondarouk comme si Arkhipov n'avait jamais ouvert la bouche. Regardez là-bas, dit-il en allongeant le bras en direction du sud-est, vers les basses terres du long de la côte. Vous voyez cette série de collines au relief peu marqué ?

— Oui, en effet.

— En 1854, pendant la guerre de Crimée, c'est là qu'eut lieu la bataille de Balaklava. Connaissez-vous ce poème de Tennyson, « La charge de la brigade légère » ?

— Je crois l'avoir étudié à l'école primaire, répondit Arkhipov avec un haussement d'épaules.

— La véritable bataille a été occultée par le poème, et la plupart des gens n'ont aucune idée de ce qui s'est passé en réalité. Sept cents soldats britanniques – des cavaliers des 4e et 13e régiments de Dragons Légers, du 17e régiment de Lanciers, ainsi que des 8e et 11e régiments de Hussards – ont donné l'assaut à une position russe défendue par des canons. Lorsque la fumée se dissipa, moins de deux cents de ces cavaliers étaient encore en vie. Vous êtes un soldat, Vladimir. Que pensez-vous de cela ? Est-ce du courage, ou de l'inconscience ?

— Difficile de savoir ce que le commandement avait en tête...

— Encore un fait historique riche en enseignements, poursuivit Bondarouk. L'histoire, ce sont les hommes, et ce qu'ils nous lèguent. De grands exploits et de grandes ambitions. Et bien sûr, de grands échecs. Allons, venez, vous deux, marchons un peu.

Le fusil au creux du bras, Bondarouk avança parmi les herbes hautes, abattant à l'occasion un faisan qui s'élançait vers le ciel.

— Je ne vous blâme pas de les avoir perdus, dit-il enfin. Je me suis renseigné sur les Fargo. Ils ont le goût de l'aventure. Et du danger.

— Nous les trouverons.

Bondarouk agita la main d'un air dédaigneux.

— Savez-vous pourquoi j'attache autant d'importance à ces bouteilles ?

— Non.

— Les bouteilles elles-mêmes, leur origine, le vin qu'elles contiennent, tout cela m'indiffère. En ce qui me concerne, une fois qu'elles auront joué le rôle qui est le leur, vous pourrez tout aussi bien les réduire en morceaux.

— Mais pourquoi ? Pourquoi tenez-vous tant à les trouver ?

— Ce qui compte, c'est ce vers quoi elles peuvent nous conduire. Ce qu'elles cachent depuis deux siècles – et deux millénaires avant cela. Que savez-vous de Napoléon Bonaparte ?

— Pas grand-chose.

— Bonaparte était un tacticien habile, un général impitoyable et un maître stratège – tous les historiens sont d'accord sur ce point, mais pour ma part, je considère que sa plus grande qualité était sa faculté à anticiper. Il avait toujours une bonne longueur d'avance sur les autres. Lorsqu'il a confié à Henri Archambault la mission de créer ce vin et les bouteilles qui le contenaient, Napoléon Bonaparte pensait à l'avenir, au-delà des batailles et de la politique. Il songeait déjà à son héritage. Malheureusement, l'histoire l'a rattrapé. Mais le malheur des uns fait le bonheur des autres.

— Je ne comprends pas.

— Je sais.

Bondarouk commença à s'éloigner en appelant ses chiens derrière lui, puis il s'arrêta net et se retourna vers Arkhipov.

— Vous m'avez bien servi, Grigorii, pendant toutes ces années.

— Je l'ai fait avec grand plaisir.

— Je vous le répète, je ne vous blâme pas d'avoir perdu la trace des Fargo, mais je veux votre promesse que cela ne se reproduira plus.

— Vous l'avez, monsieur Bondarouk.

— Vous seriez prêt à en faire le serment ?

Pour la première fois, une trace d'incertitude apparut dans le regard d'Arkhipov.

— Bien sûr.

Un sourire se dessina sur le visage de Bondarouk, mais ses yeux ne souriaient pas.

— Très bien. Levez la main droite et jurez.

Après un instant d'hésitation, Arkhipov leva la main à hauteur de son épaule.

— Je jure que je...

Le fusil de Bondarouk tournoya entre ses mains, et le canon cracha une flamme orange. La main droite et le poignet d'Arkhipov disparurent dans un ruissellement de sang. L'ancien Spetsnaz recula d'un pas en titubant, contempla un moment son moignon sanguinolent, puis laissa échapper un gémissement et tomba à genoux.

Kholkov, qui se tenait un peu à l'écart, fit un pas de côté, les yeux fixés sur le fusil de Bondarouk. Arkhipov, qui serrait faiblement son moignon de sa main valide, leva le regard vers son camarade.

— Pourquoi... ? gémit-il d'une voix rauque.

Bondarouk s'avança et abaissa son regard vers lui.

— Je ne vous en tiens pas grief, Grigorii, mais dans la vie, tout est affaire de causes et de conséquences. Si vous vous étiez occupé de Frobisher plus vite, les Fargo n'auraient pas eu le temps d'intervenir.

Bondarouk déplaça le canon de son arme, visa la cheville gauche d'Arkhipov et appuya sur la détente. Le pied tout entier disparut. Arkhipov hurla et bascula en avant. Bondarouk ouvrit la culasse du fusil, y introduisit deux nouvelles cartouches qu'il sortit de sa poche, puis il tira sans se presser sur la main et le pied restants. Il observa Arkhipov pendant que celui-ci se tordait de douleur sur le sol avant de s'immobiliser.

Bondarouk leva les yeux vers Kholkov.

— Vous voulez prendre son poste ?

— Je vous demande pardon ?

— Je vous offre une promotion. L'acceptez-vous ?

Kholkov prit une grande inspiration.

— Je dois admettre que vos méthodes de direction donnent à réfléchir...

Bondarouk sourit.

— Arkhipov n'est pas mort parce qu'il a commis une erreur, Vladimir. Il est mort parce que son erreur était irréparable. Maintenant, les Fargo sont impliqués dans nos affaires, et c'est une complication que nous ne pouvons nous permettre. Vous avez le droit de commettre des erreurs – à condition que l'on puisse y remédier. Et maintenant, il me faut votre réponse.

Kholkov hocha la tête.

— J'accepte.

— Parfait ! Allons prendre notre petit déjeuner.

Bondarouk se retourna et commença à s'éloigner, ses chiens dans son sillage, puis il s'arrêta et fit volte-face.

— À propos, lorsque nous aurons rejoint la maison, vous pourriez peut-être consulter les sites d'actualités américains. J'ai entendu dire que quelqu'un, en l'occurrence un officier de la police d'État du Maryland, avait découvert par hasard, à moitié coulé, un sous-marin de poche allemand.

— Vraiment ?

— Intéressant, n'est-ce pas ?

CHAPITRE 12

LA JOLLA

VOUS N'ÊTES PAS SÉRIEUSE, lança Sam à Selma. La cave perdue de Bonaparte n'est pas... Ce n'est qu'une...

— Légende, termina Remi.

— Exactement.

— Peut-être pas, rétorqua Selma. Mais d'abord, parlons un peu histoire, afin de situer l'affaire dans son contexte. Vous êtes tous deux assez bien familiarisés avec l'histoire napoléonienne, mais je vous demande un peu d'indulgence. Je ne vais pas vous infliger le récit de l'ensemble de sa vie, aussi allons-nous commencer par son premier poste de commandement.

« Corse de naissance, Napoléon remporte son premier grand succès en 1793 au siège de Toulon. Il obtient le grade de général de brigade, puis de commandant de l'armée de l'intérieur, et prend ensuite le commandement de l'armée d'Italie. Au cours des années suivantes, il remporte une série de batailles contre les Autrichiens et revient à Paris en héros. Après la campagne d'Égypte – un succès tout au plus marginal –, il est de retour en France et prend part à un coup d'État qui le propulse au rang de Premier Consul.

« Un an plus tard, il traverse les Alpes avec son armée pour la seconde campagne d'Italie...

— Oui, je me souviens de ce fameux tableau qui le représente à cheval, coupa Remi.

— C'est exact, reprit Selma. En selle sur un cheval cabré, le menton volontaire, un bras tendu pour désigner un point au loin... mais la vérité est quelque peu différente. Tout d'abord, la plupart des gens croient que le cheval s'appelait Marengo, mais il était à l'époque connu sous le nom de Styrie ; son nom ne changea qu'après la bataille de Marengo, quelques mois plus tard. Détail amusant, Bonaparte a effectué la majeure partie du périple à dos de mule.

— Ce qui n'était guère valorisant pour son image.

— En effet. Bref, après cette campagne, Bonaparte revient à Paris, où il est nommé Premier Consul à vie, ce qui ouvre la voie à une dictature « éclairée » d'une durée indéterminée. Deux ans plus tard, il se proclame empereur.

« La décennie suivante est une suite de batailles et de traités, jusqu'en 1812, lorsqu'il commet l'erreur d'envahir la Russie. La campagne ne se déroule pas comme prévu, et il est contraint d'opérer en plein hiver une retraite qui décime la Grande Armée. Nouveau retour à Paris. Au cours des deux années suivantes, il combat la Prusse et l'Espagne, non seulement à l'étranger, mais aussi sur le sol français. Paris tombe. Le Sénat proclame la fin de l'Empire. Au printemps 1814, Bonaparte abdique et Louis XVIII, de la dynastie des Bourbons, monte bientôt sur le trône. Un mois plus tard, Bonaparte part en exil sur l'île d'Elbe tandis que son épouse et son fils s'enfuient à Vienne.

— Il ne s'agissait pas de Joséphine, si j'ai bonne mémoire ?

— En effet. Imitant en cela Henry VIII d'Angleterre, Bonaparte divorce de Joséphine en 1809, parce qu'elle ne lui a pas donné d'héritier mâle. Il épouse ensuite Marie-Louise, fille de l'empereur d'Autriche qui, elle, mettra au monde un garçon.

— Très bien. Poursuivez, Selma.

— Environ un an après son départ en exil, Bonaparte s'échappe, revient en France et rassemble une armée. Louis XVIII prend la fuite. C'est le début de ce que les historiens appellent la campagne des Cent-Jours, même si cette période a duré moins longtemps en réalité. Un peu moins de trois mois plus tard, en juin, l'armée de Bonaparte est mise en déroute par les Anglais et les Prussiens à la bataille de Waterloo. Napoléon Bonaparte abdique une fois de plus et les Britanniques l'exilent à Sainte-Hélène – une île caillouteuse en plein milieu de l'Atlantique, entre l'Afrique de l'Ouest et le Brésil. Il y passe le reste de son existence, jusqu'à sa mort en 1821.

— D'un cancer de l'estomac, intervint Sam.

— C'est la théorie la plus communément admise, mais certains historiens pensent qu'il a été empoisonné – à l'arsenic.

— Et donc, reprit Selma, cela nous ramène à la cave perdue de l'Empereur. Ce mythe remonte à 1852, et à l'hypothétique confession sur son lit de mort d'un contrebandier du nom de Lionel Arienne. Cet homme prétendait qu'en juin 1820, onze mois avant la mort de Bonaparte, il avait été contacté par un militaire, agent de l'Empereur, dans une taverne du Havre. Le militaire en question, qu'Arienne appelait « le commandant », loua ses services et son bateau, le *Faucon*, pour l'emmener à Sainte-Hélène, où ils devaient embarquer une cargaison et la conduire à une destination qui ne serait dévoilée qu'après leur départ de l'île.

« Selon Arienne, lorsqu'ils atteignirent Sainte-Hélène six semaines plus tard et mouillèrent dans une petite crique, un homme seul vint à leur rencontre, à bord d'une barque chargée d'une caisse en bois de soixante centimètres de long sur trente de large. Tournant le dos à Arienne, le « commandant » ouvrit la caisse, inspecta son contenu, la referma, puis dégaina soudain son épée et tua l'homme de la barque. Le corps fut lesté d'une longueur de chaîne d'ancre et passé par-dessus bord. La barque fut sabordée.

« On dit que c'est à ce moment du récit que le vieux contrebandier mourut, au beau milieu d'une phrase, emportant avec lui le secret du contenu de la caisse, et de l'endroit où lui et le « commandant » l'avaient emmenée. L'histoire aurait pu se terminer là, sans le vignoble de Lacanau...

— Le vignoble privé de Bonaparte, suggéra Sam.

— C'est exact. Pendant qu'Arienne et son commandant fantôme étaient censés voguer vers Sainte-Hélène, le vignoble, dont le gouvernement français avait autorisé Bonaparte à conserver la propriété, fut détruit en totalité dans un incendie provoqué par un ou plusieurs inconnus. Les vignes, l'exploitation elle-même, les chais, tout fut ravagé de fond en comble. Le sol lui-même fut rendu stérile avec du sel et de la lessive.

— De même que les plants, j'imagine ? demanda Remi.

— En effet. Le nom de vin de Lacanau ne correspondait d'ailleurs pas à la réalité. Les vignes de Lacanau provenaient de plants corses de la région de Patrimonio. Bonaparte avait confié à Archambault la mission de procéder à des greffes afin de créer la variété « Lacanau ». « Alors qu'il était encore au pouvoir, Bonaparte avait ordonné que les plants de Lacanau soient conservés en lieu sûr à Amiens, Paris et Orléans. Selon la légende, pendant que l'incendie faisait rage à Lacanau, les plants disparaissaient de façon mystérieuse et on les supposa détruits. Le cépage Lacanau, qui ne poussait que dans cette région côtière de la France, disparaissait ainsi à jamais.

— Pour le plaisir de la discussion, intervint Remi, imaginons que tout cela soit autre chose qu'une simple légende. Voilà ce qui se serait passé : depuis son exil, Bonaparte ordonne, par messager spécial, pigeon voyageur ou tout autre moyen, à Henri Archambault, son caviste et maître de chais, de produire une dernière cuvée de vin de Lacanau et de l'envoyer à Sainte-Hélène. Il fait en sorte que ses partisans ou ses agents en France rasent le vignoble, endommagent le sol de façon irrémédiable, et s'emparent des plants pour les détruire. Quelques mois plus tard, il demande à ce... commandant de se rendre à Sainte-Hélène et de faire disparaître le vin... on ne sait où. C'est bien cela ?

— Cela pourrait y ressembler, approuva Sam.

Selma, Remi et Sam examinèrent en silence la bouteille posée sur la table avec un regard neuf.

— Combien vaudrait-elle ? demanda soudain Remi à Selma.

— Eh bien, on dit que la caisse que le commandant et Arienne firent sortir de Sainte-Hélène contenait douze bouteilles, et il semble certain que l'une d'elles soit cassée. Si la caisse était intacte... je dirais neuf ou dix millions de dollars – en sachant à quel type d'acheteur s'adresser, bien entendu. Mais la caisse n'est *pas* intacte, ce qui fait baisser le prix de façon sensible. Si je devais faire une estimation au jugé... je considérerais que chaque bouteille vaut entre six et sept cent mille dollars.

— Pour une bouteille de vin..., souffla Remi.

— Mais il faut tenir compte de sa valeur scientifique et historique, objecta Sam. Nous parlons d'un cépage qui, selon toute probabilité, a disparu.

— Alors, que comptez-vous faire ? demanda Selma.

— Nous pouvons supposer que le balafré est plus intéressé par le vin que par l'*UM-34*, dit Sam.

— Il ne m'a pourtant pas fait l'effet d'un grand connaisseur, ironisa Remi.

— Ce qui veut dire qu'il travaille pour le compte de quelqu'un. Je vais passer quelques coups de fil, tirer quelques ficelles par-ci, par-là, et voir ce que je peux trouver. Pendant ce temps, Selma, pouvez-vous appeler Pete et Wendy et les mettre au courant ? Remi ?

— D'accord. Selma, concentrez-vous sur le côté « vin » de l'affaire. Nous devons tout savoir sur le vin lui-même, sur la bouteille, sur Henri Archambault – mais vous savez ce que vous avez à faire.

Selma griffonnait des notes.

— J'y travaille déjà.

— Lorsque Pete et Wendy arriveront, et dès qu'ils seront prêts, lâchez-les sur la piste de Bonaparte et de son mystérieux commandant. Il faut tout savoir, que cela paraisse anecdotique ou non.

— Entendu. Il y a tout de même une chose qui me tracasse. L'encre à base de scarabées écrasés qui a servi à rédiger l'étiquette provient de l'archipel toscan, dans la mer Ligure.

Sam comprit aussitôt ce que Selma avait en tête.

— Et c'est là que se trouve l'île d'Elbe.

— Le lieu du premier exil de Bonaparte, lança Remi. Six ans *avant* qu'Arienne, selon ses dires, soit venu chercher le vin à Sainte-Hélène en compagnie du fameux commandant.

— De deux choses l'une..., dit Sam. Soit Bonaparte avait planifié l'opération depuis son séjour à l'île d'Elbe, soit il avait emmené l'encre avec lui à Sainte-Hélène. On ne le saura peut-être jamais. Selma, vous pouvez commencer vos recherches.

— Très bien. Et vous deux ?

— Nous allons faire un peu de lecture, répondit Remi. Cette bouteille était à bord de l'*UM-34*, laissée là par Manfred Boehm. Quand nous connaîtrons le point de départ de Boehm et de son sous-marin, nous saurons d'où vient la bouteille.

*

Ils travaillèrent jusque tard dans la soirée sur le journal de Boehm et le livre de bord de l'*UM-34*. Remi notait tout ce qu'elle jugeait important pour apprendre à mieux connaître l'homme. Sam tentait de retracer l'itinéraire de l'*UM-34*, en partant de l'endroit où il était venu s'échouer.

— Enfin, dit Remi en se redressant sur son siège et en tapotant le journal. Voici le nom que nous cherchions : Wolfgang Müller. Écoute cela : *3 août 1943. Wolfi et moi allons prendre la mer de concert, pour la première fois en tant que frères d'armes. Je prie Dieu qu'il nous accorde le succès et que nous nous montrions dignes de nos responsabilités de commandement.*

— Frères d'armes, répéta Sam, et cette référence à l'homme de l'autre bouteille. Ainsi Müller faisait lui aussi partie de la Kriegsmarine... Boehm commandant l'*UM-34* et Müller commandant... quoi ? *Gertrude*, le ravitailleur du submersible ?

— Peut-être, répondit Remi en prenant son téléphone mobile pour appeler la salle de travail. Selma ? Pourriez-vous tenter l'un de vos tours de magie pour nous ? Nous avons besoin de tous les renseignements possibles sur un marin de la Kriegsmarine pendant la Seconde Guerre mondiale, un certain Wolfgang Müller. Il a dû commander un bâtiment quelconque pendant l'été ou l'automne 1944. Merci !

Fidèle à sa réputation, Selma rappela trente minutes plus tard. Remi brancha le haut-parleur pour que Sam puisse l'entendre.

— Je l'ai trouvé, annonça Selma. Vous voulez la version longue ou la version courte ?

— Version courte pour l'instant, répondit Sam.

— *Fregattenkapitän* Wolfgang Müller, né en 1910 à Munich. Il a rejoint la Kriegsmarine en 1934. Rien de spécial sur le plan disciplinaire, promotions classiques. En 1944, on lui confie le commandement d'un navire auxiliaire, le *Lothringen*, port d'attache Bremerhaven, zone de navigation, l'Atlantique. Selon la base de données des archives navales allemandes, le *Lothringen* était à l'origine un ferry français, le *Londres*. Les Allemands s'en sont emparés en 1940 et l'ont reconverti en mouilleur de mines. En juillet 1944, on lui assigne une mission de « service spécial », mais on ne dispose d'aucun détail à ce sujet.

— Un mouilleur de mines ? lança Remi. Mais pourquoi ?

— À ce stade de la guerre, les Allemands étaient en train de perdre et ils le savaient, Hitler mis à part, expliqua Selma. Ils étaient au bout du rouleau. Les bâtiments qui servaient à transporter des engins comme l'*UM-34* étaient tous coulés ou convertis en escorteurs pour les convois de troupes.

« J'ai aussi trouvé un site Internet qui s'appelle "Les survivants du *Lothringen*", ainsi qu'un certain nombre de blogs traitant du sujet. Il semble que le bâtiment ait été attaqué et neutralisé par un destroyer américain au cours d'une tempête en septembre 1944, au large de Virginia Beach.

— À environ quatre-vingts kilomètres du détroit de la rivière Pocomoke, constata Remi.

— En effet. La moitié seulement de l'équipage du *Lothringen* survécut à l'attaque. Les rescapés passèrent le reste du conflit à Camp Lodi, un camp de prisonniers de guerre du Wisconsin. Le *Lothringen* fut remorqué jusqu'à Norfolk et vendu aux Grecs après la guerre. Je n'ai trouvé aucune indication concernant un démantèlement ultérieur.

— Et Müller ? A-t-on la moindre idée de ce qu'il est devenu ?

— Rien pour le moment. J'y travaille toujours. L'un des blogs sur le *Lothringen*, tenu par la petite-fille d'un des survivants, un homme du nom de Froch, constitue une sorte de journal. Les différentes entrées du site évoquent avec insistance les semaines qui ont précédé l'attaque. Selon le compte rendu qui en est fait, le *Lothringen* aurait passé environ un mois dans une base allemande secrète des Bahamas pour réparations, et les marins en auraient profité pour batifoler avec les filles du cru. L'endroit s'appelait Rum Cay.

— Selma, le *Lothringen* disposait-il d'installations lui permettant de procéder lui-même à des réparations ?

— Rien de la sorte. Au mieux, ils auraient pu arrimer l'*UM-34* sur le pont, et le dissimuler sous une bâche à l'abri des regards indiscrets avant de se lancer dans une traversée de l'Atlantique.

— Ce qui expliquerait pourquoi ils n'ont pas effectué les réparations nécessaires en mer, suggéra Remi.

— C'est vrai, mais alors pourquoi ne l'ont-ils pas fait à Bremerhaven avant d'appareiller ? Ils étaient peut-être pressés. Comme je vous le disais, à l'époque, leur situation était désespérée.

— Attendez une seconde ! s'écria Sam.

Il attrapa le livre de bord de l'*UM-34* et le parcourut à la hâte.

— Ici, oui, c'est bien ça ! Au début du livre, Boehm mentionne un endroit, mais il n'indique que ses initiales : R.C.

— Rum Cay, murmura Remi.

— Ce doit être cela.

— Cela peut correspondre, admit Selma.

Sam leva un regard interrogateur vers Remi, qui lui sourit en hochant la tête.

— Très bien. Selma, cette fois-ci, vous allez coiffer votre casquette d'agent de voyage. Pouvez-vous nous trouver des places sur le prochain vol pour Nassau ?

— Ce sera fait.

— Et une voiture de location, ajouta Sam. Quelque chose de rapide et sexy.

— J'adore ton sens du style, approuva Remi avec un sourire narquois.

CHAPITRE 13

NASSAU, BAHAMAS

SELMA AVAIT PRIS LES CHOSES en main avec sa compétence habituelle et leur avait réservé deux places en première classe sur le dernier vol de nuit en partance de San Diego. Sept heures et une escale plus tard, peu après midi, ils atterrissaient sur le tarmac du *Nassau International Airport*. Sam eut cependant moins de chance avec la voiture de location, qui se présenta sous la forme d'un cabriolet « Coccinelle » Volkswagen. Remi jura toutefois que c'était sans conteste la voiture la plus sexy et la plus rapide de tous le pays. Sam soupçonna un petit arrangement entre son épouse et Selma, mais il garda le silence jusqu'au moment où une Corvette arborant un autocollant d'une agence de location internationale les croisa alors qu'ils quittaient le parking.

— Tu as vu ? demanda Sam en regardant par-dessus son épaule.

Remi posa la main sur son chapeau de soleil blanc pour l'empêcher de s'envoler et rejeta la tête en arrière pour savourer le soleil tropical.

— C'est pour ton bien, Sam, répondit Remi en lui tapotant le genou. Fais-moi confiance.

Un message les attendait à la réception de leur résidence hôtelière, le *Four Season Resort* :

« J'ai des informations pour vous. Appelez dès que possible. »
— R.

*

— C'est Rubin ? demanda Remi.

Sam hocha la tête.

— Pourquoi ne vas-tu pas au bungalow ? Je vais voir ce qu'il a à nous raconter et je te rejoins.

— Très bien.

Sam s'installa dans un coin tranquille du salon de la réception et composa un numéro direct de son mobile. Rubin Haywood décrocha à la première sonnerie.

— C'est moi, Rubin.

— Ne quitte pas, Sam. *(Il y eut un « clic », suivi d'une sorte de sifflement, tandis que Rubin mettait en marche ce que Sam supposa être un appareil de cryptage).* Comment vas-tu ?

— Très bien, et merci pour tout. Je te revaudrai ça.

Sam connaissait Rubin depuis douze ans. Ils s'étaient rencontrés à Camp Perry, en Virginie, une base de la CIA située en pleine campagne non loin de Williamsburg. Rubin, officier de terrain de la Direction des Opérations, y suivait un entraînement aux opérations clandestines. Sam était là pour les mêmes raisons, mais dans le cadre d'un programme expérimental destiné à former les meilleurs et les plus brillants éléments de l'agence dans des conditions proches de celles que vivaient les agents de la CIA sur le terrain. L'idée était simple : si les ingénieurs de l'agence parvenaient à comprendre à quoi ressemblait vraiment ce travail en l'accomplissant eux-mêmes, ils seraient mieux en mesure de créer des gadgets et des outils capables de relever les défis auxquels étaient confrontés les hommes de la CIA.

Des liens s'étaient très vite tissés entre Sam et Rubin, et leur amitié s'était renforcée au cours des six longues semaines passées ensemble. Ils étaient restés en contact depuis, et se retrouvaient chaque année à l'automne pour une randonnée de trois jours dans la Sierra Nevada.

— Ce que je vais te dire n'est pas classifié – pas officiellement, en tout cas.

Sam comprit le message. Après avoir reçu son appel, Rubin avait à son tour passé quelques coups de fil.

— Très bien, merci. Ton message me disait de rappeler dès que possible...

— En effet. Le gars que tu appelles « le balafré » s'est servi pour louer son bateau à Snow Hills d'une carte de crédit à la confidentialité bien protégée, et reliée à des comptes bidon, alors j'ai dû creuser un peu. Ce type s'appelle Grigorii Arkhipov. C'est un ancien des forces spéciales russes, et il a servi en Afghanistan et en Tchétchénie. Lui et son bras droit, un certain Kholkov, ont quitté l'armée en 1994 pour s'établir à leur compte. Tu connais déjà Arkhipov, mais je vais t'envoyer une photo de Kholkov. Si tu ne l'as pas encore vu, cela ne saurait tarder. Pour autant que je le sache, ils n'ont bossé que pour une seule personne depuis 2005, un certain Hadeon Bondarouk, un personnage assez peu sympathique.

— J'ai déjà entendu ce nom.

— Le contraire m'aurait surpris, répondit Rubin. C'est un pilier de la mafia ukrainienne, et une figure de la haute société de Sébastopol. Il organise des réceptions et des week-ends de chasse dans sa propriété plusieurs fois par an, et ne reçoit que la crème – politiciens, célébrités, membres des familles royales européennes... Il n'a jamais été accusé d'aucun crime, mais on le suspecte de dizaines de meurtres – d'autres parrains du milieu ou des hommes de main qui ont eu le malheur de lui déplaire. Quant à son passé, on ne dispose guère que de rumeurs.

— J'adore les potins. Raconte.

— On dit qu'il a commandé une cellule de guérilleros au Turkménistan pendant ce fichu conflit à la frontière russo-iranienne. Il rôdait comme un fantôme dans les montagnes, tendait des embuscades aux patrouilles et aux convois, et ne laissait jamais de survivants derrière lui.

— Un vrai bon Samaritain !

— Tu l'as dit ! En quoi est-ce qu'il t'intéresse ?

— Je crois qu'il cherche la même chose que nous.

— C'est-à-dire ?

— Il vaut mieux que tu n'en saches pas trop, Rubin. Tu t'es déjà assez mouillé.

— Allons, Sam...

— Laisse tomber, Rubin. Je t'en prie.

Rubin garda le silence un instant, puis soupira.

— Comme tu veux, c'est toi le patron. Mais écoute : tu as eu de la chance jusqu'ici, mais elle pourrait t'abandonner très vite.

— Je sais.

— Laisse-moi au moins t'aider. Je connais un type dans le coin, tu devrais aller le voir. Tu as de quoi écrire ? Je lui fais confiance. Va le voir.

— Je le ferai.

— Et pour l'amour du ciel, faites attention à vous, d'accord ?

— J'ai bien compris. On s'est déjà sortis de sérieux ennuis, Remi et moi. On va gérer ça.

— Et comment, exactement ?

— Ne t'inquiète pas. Nous garderons toujours une longueur d'avance sur eux.

*

Trois heures plus tard, Sam fit entrer la Coccinelle dans un parking, près de la route de la côte, et s'arrêta près d'un hangar métallique rouillé surmonté d'une manche à air et orné d'une pancarte aux couleurs passées : AIR SAMPSON. Un autre hangar, plus vaste, se trouvait à une cinquantaine de mètres de là. Entre les deux battants de la porte à glissières, ils aperçurent le nez d'un avion. Une piste d'atterrissage couverte de coquillages pulvérisés s'étendait de l'autre côté.

— C'est là ? demanda Remi en plissant les yeux.

Sam vérifia la carte.

— Oui, nous y sommes. Selma jure que c'est le meilleur endroit de toute l'île pour louer un avion.

— Si c'est elle qui le dit... Et tu penses vraiment emmener cette chose ? ajouta-t-elle en désignant d'un mouvement de tête un objet enveloppé d'une serviette, posé sur le sol entre les pieds de Sam.

*

Après son coup de fil à Rubin, Sam avait rejoint Remi au bungalow et lui avait raconté leur conversation. Remi s'était contentée de l'écouter avec attention sans poser de questions.

— Je ne veux pas qu'il t'arrive quelque chose, avait-elle conclu en prenant sa main.

— Et moi, je ne veux pas qu'il t'arrive quelque chose, à *toi*. Pour moi, ce serait la fin du monde.

— Eh bien, faisons en sorte que rien de fâcheux ne survienne. Comme tu l'as dit, nous garderons une longueur d'avance sur eux. Et puis si les choses se gâtent...

— Nous appelons la cavalerie et nous rentrons à la maison.

— Voilà exactement ce que nous ferons, approuva Remi.

*

Après leur départ de l'hôtel, et avant de se diriger vers le petit aéroport, Sam et Remi s'étaient rendus à l'adresse indiquée par Rubin, celle d'une cordonnerie du centre de Nassau. Ils découvrirent que Guido, propriétaire et contact de Rubin, les attendait déjà.

— Rubin n'était pas sûr que vous alliez venir, annonça Guido avec un léger accent italien. Il m'a dit que vous étiez un peu du genre entêté.

— Vraiment ?

— Oh oui, c'est ce qu'il a dit !

Guido s'approcha de la porte de la boutique, retourna la petite pancarte SORTI POUR DÉJEUNER contre la vitre, puis les conduisit à travers l'arrière-boutique vers des escaliers. Ils se retrouvèrent dans un sous-sol éclairé d'une unique ampoule pendue au plafond. Sur un banc, parmi un assortiment de chaussures à divers stades de délabrement, se trouvait un revolver au museau court de calibre .38.

— Vous savez tous les deux vous servir d'une arme, je suppose ?

— En effet, répondit Sam.

En réalité, Remi était excellente tireuse et ne craignait pas de manipuler des armes, mais elle préférait s'en tenir à l'écart autant que possible.

— Très bien, répondit Guido. Cette arme ne porte pas de numéro de série, et n'a donc aucune traçabilité. Vous pourrez vous en débarrasser quand vous n'en aurez plus besoin. Je vais tout de même vous demander une faveur.

— Je vous en prie, dites, répondit Sam.

— Ne tuez personne.

— C'est bien la dernière chose dont nous ayons envie, le rassura Sam en souriant. Combien vous dois-je ?

— Rien. Vous êtes des amis de Rubin.

*

— Tu voudrais que je laisse le revolver ? demanda Sam.

— Non, prends-le. Après tout, mieux vaut prévenir que guérir.

Ils quittèrent la Coccinelle, sortirent leurs sacs du coffre, puis entrèrent dans le hangar. Un Noir âgé d'environ soixante-dix ans était assis derrière le comptoir sur une chaise de jardin, un cigare planté entre les lèvres.

— Bien le bonjour ! lança-t-il en se levant. Je suis Sampson, propriétaire, gérant et laveur de bouteilles en chef !

L'homme s'exprimait dans un anglais parfait, digne d'un collège d'Oxford.

— Vous n'êtes pas de la région, n'est-ce pas ? lui demanda Sam après avoir fait les présentations.

— Je suis né à Londres, et je suis venu m'installer ici il y a dix ans pour profiter un peu de la vie. Vous voulez donc vous rendre à Rum Cay ?

— C'est exact.

— Voyage d'agrément, ou d'affaires ?

— Un peu les deux, intervint Remi. Observer les oiseaux, prendre des photographies, vous voyez...

Sam tendit à Sampson son brevet de pilote et remplit les formulaires requis. Sampson y jeta un coup d'œil et hocha la tête.

— Vous passerez la nuit là-bas ?

— Sans doute.

— Vous avez réservé une chambre d'hôtel ?

— Nous aimons bien vivre un peu à la dure. Vous avez d'ailleurs dû recevoir une livraison pour nous, des tentes, du matériel de camping, de l'eau potable...

Se fiant à l'une de ses innombrables check-lists mentales, Selma avait rassemblé tout le matériel nécessaire pour leur expédition, de l'indispensable aux articles simplement utiles « au cas où... ».

Sampson hocha à nouveau la tête.

— Je l'ai bien reçue, votre matériel est déjà chargé à bord. Je vous ai réservé un Bonanza G36, entièrement révisé. Le plein est fait.

— Des flotteurs ?

— Oui, comme vous l'aviez demandé. Allez vers le grand hangar, et Charlie vous indiquera le chemin.

Sam et Remi se retournèrent pour se diriger vers la porte.

— Quel genre d'oiseaux comptez-vous étudier là-bas ? lança Sampson.

Ils firent volte-face.

Sam haussa les épaules en souriant.

— Des espèces locales, nous verrons bien !

CHAPITRE 14

Rum Cay, Bahamas

Compte tenu du fait que Rum Cay occupait une surface inférieure à quatre-vingts kilomètres carrés, des aventuriers sans expérience auraient pu croire que la recherche d'une base cachée serait tâche aisée, mais Sam et Remi n'en étaient pas à leur première expédition de ce genre ; ils savaient que la bordure côtière, coupée par des centaines de criques et de bras de mer, représentait au moins six fois la circonférence brute de l'île.

Autrefois appelée Mamana par les Indiens Lucayan, celle-ci avait été rebaptisée Santa Maria de la Concepción par Christophe Colomb, avant d'adopter son nom actuel après la découverte par des explorateurs espagnols d'un tonneau de rhum solitaire échoué sur l'une de ses plages de sable blanc.

La seule agglomération notable de l'endroit était le village de Port Nelson ; entouré de cocoteraies, il était situé sur la côte nord-ouest. Avec une population qui s'élevait, selon le recensement de 1990, à un chiffre compris entre cinquante et soixante-dix âmes, pour la plupart à Port Nelson, la principale activité de l'île, bien qu'assez anémique, était le tourisme. Venaient ensuite l'exploitation de l'ananas et celles du sel et du sisal, dont la production fluctuait au gré des décennies. D'autres villages, depuis longtemps désertés et envahis par la végétation, portaient des noms exotiques tels que Black Rock ou Gin Hill. De formidables récifs, des canyons de corail et des fonds marins vertigineux encerclaient l'île, destination privilégiée des pirates d'autrefois – c'était en tout cas ce qu'affirmait la brochure que Remi avait trouvée à Nassau.

— Il y a même une épave célèbre, annonça-t-elle à Sam qui amorçait un virage sur l'aile vers la droite en suivant les contours de l'île.

Il était peu probable qu'ils puissent repérer du ciel l'objet de leur quête, mais ils avaient décidé de faire le tour de l'île pour se donner une idée plus précise de ce qui les y attendait.

— Le vaisseau de Barbe-Noire ? demanda Sam. Ou celui du capitaine Kidd ?

— Ni l'un ni l'autre. Il s'agit de l'épave du HMS *Conqueror*, le premier bâtiment de guerre britannique mû par une hélice. Coulé en 1861 dans un goulet au tracé tortueux près de Summer Point Reef, par à peine dix mètres de fond.

— Cela vaudrait peut-être la peine de revenir, à l'occasion.

Rum Cay disposait de quelques résidences hôtelières de luxe et de nombreux bungalows en location. Avec ses eaux d'azur, ses collines verdoyantes et son isolement relatif, l'île était un paradis pour quiconque désirait fuir les contraintes du monde.

— Et voici la piste d'atterrissage, dit Remi en la montrant d'un geste à travers le vitrage.

La piste, longue d'un peu moins de mille quatre cents mètres, se trouvait à quelques kilomètres de Port Nelson, et formait un T tronqué au beau milieu d'une forêt qui semblait menacer de l'engloutir. Sam distinguait au bord du tarmac des employés, réduits à la taille de fourmis par l'altitude, qui taillaient dans les feuillages à coups de machette. À l'est de la piste, Sam et Remi aperçurent Salt Lake, et à quelques kilomètres au nord, Lake George.

Sam n'éprouvait aucune crainte particulière concernant l'atterrissage, mais il avait demandé à Selma de s'assurer que leur appareil de location serait équipé de flotteurs. Il leur aurait fallu des semaines et des kilomètres de pistes impraticables pour explorer l'île en voiture. Grâce aux flotteurs, ils seraient en mesure de procéder par sauts de puce le long du littoral et de découvrir au fur et à mesure les lieux susceptibles de les intéresser.

Sam fit descendre le Bonanza à six cents mètres, prit contact avec les contrôleurs de vol de Port Nelson qui vérifièrent son plan de vol et ses autorisations, puis vira autour de la pointe nord-est avant de longer la côte vers le sud. C'était la partie la moins habitée de l'île, et il avait décidé, en accord avec Remi, que c'était le meilleur endroit pour commencer leurs recherches. La partie ouest de Rum Cay était plus peuplée, du moins selon les critères locaux, et sa topographie était connue. Les restes d'une base navale n'y seraient pas passés longtemps inaperçus. Selma n'avait découvert aucun rapport ou article de journal mentionnant une telle découverte, ce que Sam et Remi considérèrent comme de bon augure. Il ne restait qu'à espérer que la base secrète n'était pas le fruit des divagations d'un vétéran sénile de la Kriegsmarine.

— Il me semble que cela fera une bonne base d'opérations, commenta Sam avec un geste du menton vers l'anse semblable à une lune aux trois-quarts pleine et couverte de sable immaculé qu'ils apercevaient à travers le pare-brise.

La construction la plus proche, sans doute le bâtiment principal d'une plantation abandonnée, se trouvait à plus d'une dizaine de kilomètres à l'intérieur des terres.

Sam vira à nouveau, réduisit la vitesse et l'altitude et, à soixante mètres de la crête des vagues, aligna le museau de l'appareil sur la plage. Il procéda à un rapide check-up visuel pour être sûr de ne pas manquer un récif caché, puis perdit encore de la hauteur, et réduisit la vitesse de descente au dernier moment avant de laisser les flotteurs se poser à la surface de l'eau. Il décéléra et coupa les gaz, laissant l'élan de l'appareil le pousser en avant. Les flotteurs sifflèrent en entrant en contact avec le fond de sable et le Bonanza s'immobilisa avec douceur sur la plage.

— Bel atterrissage, monsieur Lindbergh, le complimenta Remi en détachant sa ceinture de sécurité.

— J'aime à croire que *tous* mes atterrissages sont réussis.

— Bien sûr, mon chéri, ils le sont tous. Sauf peut-être cette fois, au Pérou...

— Oublie cela, veux-tu ?

Remi quitta l'appareil pour mettre pied sur la plage. Sam lui passa les sacs à dos et les sacs de marin qui contenaient leur matériel de camping. Son téléphone sonna soudain et il répondit aussitôt.

— Selma à l'appareil, monsieur Fargo.

— Quel timing, Selma, nous venons tout juste d'atterrir ! Mais avant tout, êtes-vous en sécurité ?

Après s'être renseigné sur les curriculum vitae de Bondarouk, Arkhipov et Kholkov, Sam avait ordonné à Selma, Pete et Wendy de s'installer dans la villa de Goldfish Point et d'activer le système de sécurité que Sam avait depuis longtemps amélioré à sa façon pour satisfaire ses manies d'ingénieur. Son alarme, il le savait, aurait pu donner du fil à retordre à des barbouzes chevronnés de la CIA. Et par chance, le commissaire divisionnaire de San Diego, partenaire de judo de Sam trois fois par semaine, vivait à moins d'un kilomètre de là. Les véhicules de patrouille étaient toujours en dispositif de réaction rapide pour toute alerte concernant le quartier.

— Tout va bien, répondit Selma, nous sommes tous sains et saufs.

— Et vos recherches ?

— Nous avons obtenu quelques résultats. J'ai découvert des lectures qui devraient vous intéresser à votre retour. Mais commençons par de bonnes nouvelles : j'ai élucidé le mystère de l'insecte du fond de la bouteille. Il vient des armoiries du blason de la famille de Bonaparte. À la droite du blason se trouve cet insecte qui ressemble à une abeille. Le débat n'est pas clos parmi les historiens, mais la plupart d'entre eux pensent qu'il ne s'agit pas d'une abeille, mais d'une cigale dorée – c'était du moins le cas à l'origine. Ce symbole, qui fut découvert pour la première fois en 1653 dans la tombe de Childéric Ier, le premier roi de la dynastie mérovingienne, représente l'immortalité et la résurrection.

— Immortalité et résurrection, répéta Remi. Un peu vaniteux, tout cela, mais il est vrai que nous parlons de Bonaparte !

— Pour être clair, intervint Sam, vous voulez dire que le symbole personnel de Bonaparte était une sorte de sauterelle ?

— Nous n'en sommes pas loin, mais ce n'est pas tout à fait exact, corrigea Selma. Il s'agit d'une branche différente de l'« arbre généalogique », en quelque sorte. La cigale se rapprocherait plutôt de la cicadelle ou de la philène spumeuse.

— Ah, je vois, lança Sam en riant, un hémiptère cracheur de rang impérial !

— Si l'on tient compte de la présence de cette cigale et de la marque d'Henri Archambault, aucun doute ne subsiste : cette bouteille provient bien de la cave perdue de Bonaparte.

— Bon travail, la félicita Sam. Autre chose ?

— J'ai fini la traduction du journal de Manfred Boehm. Un passage évoque la « Tête de chèvre »...

— Je m'en souviens, répondit Remi.

Sam et elle avaient pensé qu'il s'agissait d'une taverne de Rum Cay fréquentée par Boehm et ses collègues marins.

— J'ai quelque peu « interprété » la traduction, en me référant aux différences entre haut et bas allemand. Je pense que la « Tête de chèvre » est une sorte de point de repère, peut-être dans le domaine de la navigation. J'ai effectué des recherches dans ce sens, mais je n'ai trouvé aucune « Tête de chèvre » ayant un quelconque rapport avec Rum Cay ou une autre île de la région.

— Nous garderons l'œil ouvert, lui répondit Sam. Si vous avez vu juste, ce doit être une formation rocheuse.

— Sans doute. Et pour terminer, je vous dois des excuses à tous les deux.

— Pour quelle raison ?

— Pour avoir commis une erreur.

— J'ai du mal à y croire !

Selma, toujours exigeante avec les autres et plus encore avec elle-même, ne se trompait que rarement.

— Je me suis un peu fourvoyée en traduisant un extrait des archives navales allemandes. Wolfgang Müller n'était pas le commandant du *Lothringen.* C'était un passager, au même titre que Boehm. Il était lui aussi commandant de sous-marin. On lui avait confié le sous-marin de poche *UM-77.*

— Ainsi, Boehm, Müller et leurs submersibles se trouvent à bord du *Lothringen*, qui navigue sur l'Atlantique et fait escale à Rum Cay pour se réapprovisionner et effectuer des réparations...

— Et une semaine plus tard, le sous-marin de Boehm, l'*UM-34*, se retrouve échoué dans la rivière Pocomoke et le *Lothringen* est coulé. Une question reste entière : où est passé l'*UM-77* ?

— Selon les archives allemandes, le bâtiment fut considéré comme perdu en mer. Et si l'on en croit les archives de la marine américaine, il ne se trouvait pas à bord du *Lothringen* lors de sa capture.

— L'*UM-77* aurait donc sombré au cours de la mission qui lui était confiée, similaire à celle de l'*UM-34*, je serais prête à le parier, suggéra Remi.

— C'est possible, dit Sam, mais il existe une autre possibilité.

— Laquelle ?

— Qu'il soit toujours quelque part par ici. C'est le mot « réparations » qui a attiré mon attention. Quelle pouvait être la longueur du *Lothringen*, entre quarante-cinq et cinquante mètres, peut-être ?

— C'est probable, admit Selma.

— Pour réparer un navire de cette taille, il aurait fallu une installation navale importante. Si tel avait été le cas, elle aurait déjà été découverte. Je commence à croire que les réparations en question concernaient plutôt l'*UM-34* et l'*UM-77*. Si leur mission était classée top secret, ils n'allaient pas procéder au vu et au su de tous – n'oublions pas que l'US Navy disposait d'avions de reconnaissance, des PBY Catalina, qui patrouillaient dans le coin à partir de leur base de Porto Rico.

— Ce qui signifie que...

— ... Nous allons bientôt devoir nous transformer en spéléologues !

*

Sam et Remi finirent de décharger le Bonanza, qu'ils amarrèrent avec des piquets enfoncés aussi profond que possible dans le sable. Ils se mirent ensuite à la recherche d'un emplacement propice pour y installer leur campement.

— Il semblerait que nous ayons un concurrent, observa Remi en désignant l'autre bout de la plage.

Sam plissa les yeux et mit sa main en visière.

— Eh bien, voilà quelque chose que l'on n'a pas l'occasion de voir tous les jours !

À quatre cents mètres de là, nichée contre la bordure d'arbres qui longeait le nord de l'anse, se dessinait ce qui aurait pu passer pour une version hollywoodienne d'une hutte maori, étrange en ces lieux, avec son toit de chaume conique et ses murs de planches. Un hamac était suspendu entre les deux poteaux de la façade. Une silhouette s'y balançait, un pied pendant à l'extérieur. Sans bouger la tête, la silhouette leva une main.

— Salut !

Sam et Remi franchirent la distance qui les séparait de la hutte. Une fosse destinée à faire du feu, devant l'entrée, était entourée de rondins usés par la mer en guise de sièges.

— Bienvenue ! ajouta l'inconnu.

L'homme, hâlé, était d'allure distinguée, avec des cheveux blancs, une barbiche soignée et des yeux d'un bleu scintillant.

— Nous ne voulons pas vous importuner, dit Sam.

— Allons donc ! Les voyageurs sont toujours les bienvenus, et c'est bien votre cas, on ne peut pas s'y tromper. Asseyez-vous.

Sam et Remi déposèrent leurs sacs sur le sable et s'installèrent sur les rondins. Sam fit les présentations.

— Je suis heureux de vous accueillir, répondit l'homme avec simplicité. Je vais d'ailleurs vous confier mon domaine, car il est temps que je parte.

— Nous n'avons aucune intention de vous chasser, s'écria Remi.

— Rien de la sorte, ne vous inquiétez pas ! J'ai un rendez-vous à Port Henry. Je ne serai pas de retour avant deux ou trois jours.

Sur ces mots, l'inconnu disparut au milieu des arbres et revint quelques secondes plus tard en poussant une Vespa.

— Vous trouverez une canne à pêche, des leurres, des casseroles et des poêles à l'intérieur, annonça-t-il. Faites comme chez vous. Il y a aussi une cave, sous une trappe. Vous boirez une bouteille à ma santé.

Sam, de façon inexplicable, éprouvait un sentiment de confiance vis-à-vis de l'étranger.

— Avez-vous jamais entendu une légende au sujet d'une base navale secrète qui aurait existé dans le coin ? lui demanda-t-il.

— Une base de sous-marins nazie, c'est cela ?

— C'est bien ce que nous cherchons, en effet.

L'homme cala le scooter sur sa béquille, entra dans la hutte et en sortit avec ce qui ressemblait à un fin carré de métal de la taille d'un plateau à déjeuner. Il le tendit à Sam.

— Pour transporter votre repas ?

— Il s'agit d'une barre de plongée, fiston. Et d'après sa taille, elle provient d'un sous-marin de dimensions réduites.

— Où l'avez-vous trouvée ?

— À Liberty Rock, au nord, près de Port Boyd.

— Ce serait un bon point de départ pour nos recherches.

— Je l'ai découverte dans un lagon. À mon avis, elle devait venir d'une rivière souterraine. Ici, sur la côte est, elles coulent toutes du sud au nord. Le problème, c'est que le courant est trop faible pour porter quoi que ce soit de plus lourd que cette barre.

— Je vous demande pardon, intervint Remi, mais si vous saviez ce qu'était cet objet, pourquoi n'avez-vous pas poursuivi vos recherches ?

L'étranger sourit.

— Pour ce qui est des explorations, j'en ai déjà fait plus que ma part. J'ai toujours pensé qu'un jour ou l'autre, quelqu'un viendrait et poserait les bonnes questions. Et vous voilà tous les deux ! Vous savez, si j'avais été dans la peau d'un marin allemand de l'époque à la recherche d'un endroit où me cacher, et si j'étais par hasard tombé sur une grotte marine, j'aurais béni ma chance.

— Moi aussi, dans le même cas, approuva Sam.

— Et comme par hasard, Rum Cay regorge de grottes de ce genre. On en trouve des dizaines, ne serait-ce que sur cette portion de côte. La plupart n'ont jamais été explorées, et presque toutes sont reliées à des rivières souterraines.

— Merci ! Et à propos, avez-vous entendu parler d'un endroit qui s'appelle la « Tête de chèvre » ?

L'homme se gratta le menton.

— Non, je ne vois pas. Bien, il faut que j'y aille. Bonne chasse !

Il enfourcha son scooter qui s'éloigna en pétaradant.

Sam et Remi restèrent un moment silencieux.

— Je n'en reviens pas, dit enfin Sam.

— De quoi ?

— Nous n'avons même pas pensé à lui demander son nom.

— Ce n'était pas nécessaire, rétorqua Remi en montrant la hutte d'un geste du bras.

Une plaque de bois fixée près de la porte annonçait en lettres rouges peintes à la main : CASA DE CUSSLER.

CHAPITRE 15

JE M'Y HABITUERAIS TRÈS VITE, commenta Sam en contemplant le feu.

— Je suis bien d'accord avec toi, acquiesça Remi.

Ils avaient tous deux accepté l'invitation de leur hôte à passer la nuit dans la hutte. Alors que le soleil se préparait à plonger à l'horizon, Sam était parti sur la plage, où il avait rassemblé une provision de bois assez sec pour faire un bon feu, tandis que Remi attrapait quelques vivaneaux au milieu des vagues grâce à la canne à pêche télescopique en bambou prêtée par l'inconnu. Le coucher du soleil les surprit adossés à un rondin, devant un feu de camp crépitant, l'estomac lesté de poisson braisé. La nuit était claire et des étoiles scintillantes comme des diamants saupoudraient le ciel. On n'entendait que le son chuintant des vagues et le bruissement occasionnel des feuilles de palmiers.

Leur hôte ne s'était pas moqué d'eux en évoquant sa cave. À peine plus vaste qu'un petit placard, elle contenait tout de même deux douzaines de bouteilles, et Sam y avait prélevé un prestigieux Chardonnay californien pour accompagner les prises de Remi.

Ils étaient assis, à déguster le vin et admirer le ciel étoilé, lorsque Remi rompit le silence.

— Tu penses qu'ils nous retrouveront ?

— Qui ? Arkhipov et Kholkov ? Non, je ne crois pas.

Pour les billets d'avion, la réservation l'hôtel et la location de la voiture, ils s'étaient servis d'une carte de crédit approvisionnée par un compte de la Fondation Fargo, mais dont on ne pouvait retracer les débits que de façon très indirecte. Sam se doutait bien que les hommes de main de Bondarouk parviendraient à suivre sa trace financière, mais il espérait avoir quitté Rum Cay d'ici là.

— À moins, ajouta-t-il, qu'ils ne disposent déjà d'une piste qui puisse les conduire ici.

— Voilà qui est rassurant à entendre. Sam, je pensais à Ted. Ce Russe – Arkhipov – allait le tuer, n'est-ce pas ?

— Sans doute.

— Pour une bouteille de vin. Quel genre d'homme est capable d'une telle chose ? Si Rubin a raison, ce Bondarouk est riche à millions. Ce qu'il empocherait en vendant la cave de Bonaparte ne serait guère plus que de l'argent de poche pour lui. Et il est prêt à tuer pour cela ?

— Pour un homme comme lui, Remi, le meurtre est une chose naturelle. Ce n'est pas seulement un dernier recours, c'est une simple option parmi d'autres.

— Je suppose que tu as raison.

— Mais tu n'es pas convaincue.

— Quelque chose ne colle pas. Bondarouk, un collectionneur de crus rares ? Un admirateur de Bonaparte, peut-être ?

— Je l'ignore. Nous devrons vérifier tout cela.

Remi secoua la tête, en proie à un sentiment de frustration.

— Par où allons-nous commencer ? demanda-t-elle après un instant de silence.

— Nous ne pouvons nous baser que sur des suppositions, lui répondit Sam. Tout d'abord, nous devons admettre pour l'instant que Selma a raison et que la « Tête de chèvre » est un point de repère géographique. Et ensuite, que Boehm et ses hommes ont choisi l'endroit le moins habité de l'île pour s'y installer. Cette partie de la côte leur aurait tout à fait convenu. Dès l'aube, nous embarquerons le matériel à bord du canot.

— Et l'avion ?

— Non, ce ne serait pas la meilleure solution. Boehm voyait les choses depuis la surface. Vue d'avion, notre chèvre peut aussi bien ressembler à une patte de canard, à une oreille d'âne, ou à rien du tout.

— C'est juste. Mais l'érosion risque aussi de nous poser problème. En soixante ans, notre malheureux caprin a eu le temps de changer d'aspect.

— C'est vrai aussi.

Les Bahamas étaient un paradis pour la plongée et la spéléologie marine, Sam ne l'ignorait pas. Il connaissait aussi les quatre principaux types de grottes marines : les « trous bleus », que l'on trouve à la fois au large ou sur la côte – de vastes tubes qui plongent à des dizaines ou centaines de mètres dans l'océan ou dans les strates rocheuses d'une île ; les grottes à géométrie fractale, qui suivent les fissures naturelles du substrat rocheux ; les grottes à formation solutionnelle, qui se construisent au fur et à mesure que les précipitations se mêlent aux minéraux du sol et dissolvent le substrat de calcaire ou de carbonate de calcium ; et enfin, les grottes creusées par le choc perpétuel des vagues pendant des milliers d'années. La plupart de ces grottes ne descendent en général guère au-delà d'une trentaine de mètres de fond, mais elles sont souvent spacieuses et offrent des entrées immergées bien protégées – l'idéal pour quelqu'un qui chercherait à dissimuler un sous-marin de poche.

— Tu en as oublié une, dit Remi. Je veux dire, une supposition.

— Laquelle ?

— Que nous soyons sur une fausse piste, et que tout cela ne nous mène nulle part.

*

Ils s'éveillèrent à l'aube, prirent un petit déjeuner de figues et de fruits de raisinier sauvage qu'ils trouvèrent à moins de cent mètres de la hutte, puis empilèrent leur matériel dans le canot et quittèrent aussitôt les lieux. Le moteur, d'une puissance modeste, ne leur permettrait sans doute pas de battre des records de vitesse, mais il était peu gourmand et tout de même assez vaillant pour franchir la barrière de corail et naviguer au gré des marées. L'eau était d'une teinte turquoise cristalline, si claire qu'ils apercevaient des poissons arc-en-ciel rôdant sous la surface, sur les bancs de sable blanc.

Sam, à la barre, voguait au plus près de la côte, entre cinquante et cent mètres au maximum, tandis que Remi, à la proue, observait les falaises aux jumelles et prenait des photos avec son appareil numérique. De temps à autre, elle attirait l'attention de Sam et le faisait repasser devant une formation rocheuse. Elle penchait alors la tête, plissait les yeux, et prenait de nouvelles images avant de hausser les épaules et de lui faire signe de poursuivre sa route.

Les heures et les paysages défilèrent jusqu'à ce qu'ils arrivent, aux alentours de midi, près de la pointe de l'île et de Junkanoo Rock. Port Boyd et la partie occidentale de l'île, plus peuplée, se trouvaient au-delà, sur le littoral nord. Sam fit virer l'embarcation et mit le cap au sud.

— Nous sommes sans doute déjà passés devant une bonne douzaine de grottes marines, fit remarquer Remi.

C'était le cas. Les façades des falaises étaient souvent couvertes de vignes grimpantes et de feuillages mêlés à des broussailles qui émergeaient du moindre recoin de roche. Il était tout à fait possible de passer devant une entrée de grotte sans soupçonner son existence, mais ils n'avaient en l'occurrence guère le choix. Il aurait fallu des années pour se glisser à l'intérieur de chaque anfractuosité et vérifier chaque mètre carré de falaise. Le résultat était d'autant plus frustrant qu'ils effectuaient leurs recherches à marée basse, ce qui aurait dû leur faciliter la tâche.

*

Soudain, Remi se redressa et pencha la tête de côté dans une posture que Sam connaissait fort bien, l'équivalent gestuel d'un « Eurêka ».

— Alors ? lui demanda-t-il.

— Je pense que nous avons entrepris nos recherches dans le mauvais sens. Nous supposons que Boehm s'est servi de la « Tête de chèvre » comme d'un point de repère maritime alors qu'il procédait à des essais à bord de son *Molch*, c'est bien cela ? Parce qu'il voulait vérifier les réparations effectuées sur son submersible, nous sommes bien d'accord ?

— Cela paraît logique.

— Tout près de la côte, ils n'auraient pas pris le risque d'échouer le sous-marin en plongée, mais dans tous les cas, ils n'ont pas dû aller très loin...

Le *Lothringen* était équipé d'un système complet de navigation au large, mais ce n'était pas le cas du sous-marin de poche, qui ne pouvait se fier qu'à des calculs basés sur la vitesse et la distance, ou à des repères visuels.

— Tu as raison.

— Alors peut-être que la seule fois où Boehm a dû se baser sur un repère quelconque, c'était au retour d'un test de plongée...

— Et en venant du large, termina Sam. Vue de la côte, la « Tête de chèvre » ne ressemble peut-être à rien, mais vue du large à une distance d'un ou deux milles marins...

Remi sourit en hochant la tête.

Sam changea de cap et dirigea la proue vers le large.

*

Après s'être éloignés d'un mille nautique de la côte, Sam et Remi reprirent leur itinéraire côtier en sens inverse. Ils dépassèrent la plage où ils étaient arrivés la veille et se dirigèrent vers Signal Point, à l'extrémité sud-est de l'île, et Port Nelson, où ils firent demi-tour pour remettre le cap au nord.

Vers quinze heures trente, fatigués, assoiffés et brûlés par le soleil malgré leurs chapeaux et des applications répétées de crème solaire, ils se trouvaient à un mille nautique de la pointe nord lorsque Remi, qui observait la côte aux jumelles, leva un poing fermé. Sam mit en panne et attendit. Remi se retourna sur son siège et lui tendit ses jumelles.

— Regarde cette falaise, dit-elle en la lui montrant du doigt. À deux huit zéro position relative.

Sam ajusta les jumelles et parcourut le mur rocheux du regard.

— Tu vois ces deux figuiers de banians, tout près l'un de l'autre ? lui demanda Remi.

— Attends un peu... oui, je les vois.

— Imagine-les il y a soixante ans de cela, avec à peu près un tiers de leur taille actuelle, et moins de branches. Ajoute un peu de volume à la roche.

Sam se prêta à l'exercice et examina à nouveau l'endroit.

— Non, désolé, Remi.

— Plisse les yeux, insista son épouse.

Sam obtempéra et, aussitôt, comme par magie, il comprit. Six décennies d'érosion avaient adouci la forme de la roche, mais aucun doute n'était possible : l'affleurement minéral et les deux arbres dessinaient le profil approximatif d'une tête de chèvre surmontée de deux imposantes cornes enchevêtrées.

Mais peut-être ne voyaient-ils que ce qu'ils avaient envie de voir ? Étaient-ils en proie à un phénomène d'autosuggestion, ou bien venaient-ils vraiment de découvrir quelque chose ? Un regard vers Remi suffit à convaincre Sam qu'elle se posait la même question.

— Il n'existe qu'un seul moyen de le savoir, dit-il.

*

Le passage à travers le récif corallien était large de moins de trois mètres. Avec la marée haute et les remous, la partie supérieure du corail était juste assez immergée pour être invisible à quelque distance, mais cependant assez proche de la surface pour déchiqueter l'enveloppe de caoutchouc du canot si Sam se permettait le moindre écart de trajectoire.

Remi était assise à la proue, les bras appuyés de chaque côté de l'embarcation tandis qu'elle se penchait en avant, le regard fixé sur l'eau.

À travers l'écume, Sam apercevait sous la surface turquoise les coraux affûtés comme des dagues. Il jouait à la fois du gouvernail et de l'accélérateur, à la recherche d'un équilibre délicat entre manœuvrabilité et puissance. Sans la première, le canot pneumatique serait poussé vers le corail ; mais avec trop de puissance, Sam serait incapable de suivre les indications de Remi.

— Très bien... à droite toute !

Sam poussa le gouvernail et vira juste au moment où une vague s'écrasait sur le récif et faisait dévier l'arrière avec brutalité.

— Mets les gaz !

Sam accéléra pour compenser l'écart de direction.

— Bâbord... encore un peu... encore...

— Quelle distance nous reste-il ?

— Encore trois mètres et nous aurons passé la barrière.

Sam regarda par-dessus son épaule. Une houle se levait derrière eux, haute de six mètres, et s'accumulait sur le bord extérieur du récif.

— Elle va nous tomber dessus, s'écria Sam, accroche-toi !

— On y est presque... vire à tribord, tout droit maintenant... c'est ça ! Accélère autant que tu peux !

Sam tourna à fond la poignée d'accélération à l'instant même où la vague se brisait sous la poupe. Il sentit son estomac remonter dans sa gorge. Pendant une seconde, l'hélice se trouva hors de l'eau, gémissant et crachotant à la fois, puis le canot s'aplatit soudain sur des eaux d'un calme paisible.

Remi roula sur le dos, s'appuya contre la proue et laissa échapper un grand soupir.

— Sam Fargo, une chose est sûre, vous savez vous y prendre avec les filles. Avec vous, on ne risque pas de s'ennuyer !

— J'essaie de donner satisfaction. Bienvenue dans le lagon de la Tête de chèvre !

CHAPITRE 16

CAP SUR LE PARADIS, DROIT DEVANT ! lança Sam en redressant la proue.

Après avoir passé huit heures à rôtir sous le soleil et à naviguer dangereusement près des récifs de corail, le lagon ombragé prenait des allures enchanteresses. D'un diamètre d'une trentaine de mètres, il était abrité au nord et au sud par des croissants de terre parsemés de palmiers et de pins de Virginie. La falaise, qui s'élevait à une dizaine de mètres de la surface de l'eau, était recouverte de vignes grimpantes, de feuillages et de figuiers de banians poussant en surplomb, et dont les deux plus imposants formaient les cornes de la chèvre. Un croissant de sable blanc, d'une longueur équivalente à celle d'une maison de bonne taille, s'étendait à gauche de la muraille rocheuse. Le soleil poursuivait sa course vers le couchant, et le lagon était plongé dans une ombre profonde. L'eau était si calme que sa surface évoquait celle du verre. De la végétation environnante jaillissait une symphonie de bourdonnements d'insectes et de cris d'oiseaux.

— C'est un bon endroit pour passer la nuit, reconnut Remi. Ce n'est peut-être pas le Ritz, mais c'est charmant. Mais sommes-nous vraiment au bon endroit ?

Sam tourna le gouvernail, vira vers la falaise et décéléra en s'alignant sur elle.

— Je ne connais pas encore la réponse, mais j'ai au moins une certitude : il existe bel et bien une grotte.

À cet endroit, l'eau, qui ne trahissait qu'un infime mouvement circulaire dans le sens des aiguilles d'une montre, était parcourue d'un léger scintillement iridescent, signe de la présence d'un écoulement d'eau douce. Sam sortit ses lunettes de plongée de son sac de marin, les pressa contre ses yeux et plongea son visage sous la surface. L'eau lui procura une agréable sensation de fraîcheur, malgré la chaleur accumulée tout au long de la journée. Des dizaines de poissons filaient comme des flèches dans toutes les directions, se disputant d'invisibles particules de précieux aliments soulevés par le courant d'eau douce.

Sam releva la tête. Il mit un doigt dans le lagon et le ramena à ses lèvres. L'eau paraissait deux ou trois fois moins salée que l'eau de mer pure.

— Une rivière souterraine ? demanda Remi.

— C'est probable.

C'était un phénomène assez peu courant, mais les grottes marines de la région en rejoignaient parfois d'autres, de formation solutionnelle ou à géométrie fractale, qui à leur tour rejoignaient des ruisseaux souterrains à l'intérieur des terres.

— Il faut que je vérifie sur une carte, poursuivit Sam. Je crois que nous ne sommes qu'à trois ou quatre kilomètres de Lake George. Je ne serais pas étonné que ce réseau souterrain vienne se jeter là-bas. Ou même à Salt Lake.

— Je n'en serais pas surprise non plus, mais si cela ne t'ennuie pas, je préférerais remettre l'exploration complète du sous-sol de l'île à plus tard.

— Accordé.

Sam vérifia sa montre. La marée avait atteint son point le plus haut trente minutes auparavant. Mieux valait commencer maintenant leur exploration de la grotte, afin de ne pas avoir à subir toute la puissance du reflux. L'idéal aurait été de pénétrer dans la grotte vers la fin de la marée montante, d'exploiter au mieux les quarante-cinq ou soixante minutes de mer étale pour l'explorer, puis de profiter du reflux pour en sortir. Mais il ne s'agissait en l'occurrence pas d'une grotte classique fermée. La source de la rivière risquait de créer des courants instables qui pouvaient les piéger à l'intérieur ou les aspirer vers des tunnels fractals conduisant jusqu'aux tréfonds du sous-sol de l'île. Deux options peu engageantes aux yeux de Sam, qui fit part de ses réflexions à Remi.

— Je préférerais attendre, mais je connais par cœur cette lueur dans ton regard : tu veux y aller tout de suite, n'est-ce pas ? répondit-elle.

— Il vaut mieux s'assurer dès maintenant que nous sommes sur la bonne piste. Nous allons arrimer l'extrémité d'un cordage aux racines d'un figuier, et l'autre à ma ceinture lestée. Ainsi, je pourrai me tirer hors de la grotte en cas de problème.

— Et si tu te cognes la tête et perds connaissance ?

— Toutes les soixante secondes, je tirerai trois petits coups sur la corde. Si je ne le fais pas, tu me sortiras de là en te servant du canot.

— Combien de temps t'accordes-tu ?

— Dix minutes, pas une de plus.

Remi réfléchit quelques instants, fixa Sam, puis poussa un soupir.

— Très bien, monsieur Cousteau. Mais souviens-toi : si tu meurs, je ne te le pardonnerai jamais.

— Affaire conclue, répondit Sam avec un clin d'œil.

*

Dix minutes plus tard, Sam, équipé de sa combinaison et de sa bouteille, était assis à la proue. Remi fit glisser le canot pneumatique avec douceur et l'arrêta contre la falaise. Sam, se déplaçant avec d'infinies précautions, se leva et noua un cordage autour d'une racine saillante, puis se rassit et attacha l'autre bout à l'anneau fixé à sa ceinture lestée. Remi opéra un demi-tour et immobilisa le canot à trois mètres de l'entrée de la grotte, en donnant de temps en temps de tout petits coups d'accélérateur pour maintenir sa position.

Sam cracha dans son masque, frotta la salive contre l'intérieur de la visière et rinça le masque dans l'eau avant de le glisser sur sa tête, le bord inférieur reposant juste au-dessus de ses sourcils. Il enfila ses palmes, testa l'arrivée d'air dans le détendeur, puis hocha la tête vers Remi.

— Bonne chance, dit-elle.

— Je reviens vite.

Sam ajusta son masque sur ses yeux et bascula en arrière.

*

Il resta un moment comme suspendu, immobile, prenant plaisir à la soudaine immersion et à la clarté de l'eau. Il attendit que l'écume et les bulles disparaissent, puis se redressa et fit un plongeon carpé vers le fond. La force du courant était déjà sensible. Il se laissa entraîner et roula de côté pour apercevoir le miroitement du soleil à la surface pendant quelques secondes, puis le bord de la falaise apparut et il glissa soudain dans les ténèbres. Il balaya les alentours du rayon de sa lampe de plongée.

*

L'entrée de la grotte formait un demi-cercle approximatif, large de trois à quatre mètres et haut d'un peu moins de sept. À marée basse, son sommet ne laissait sans doute qu'une ouverture de dix à vingt centimètres à l'air libre, ce qui devait la rendre presque invisible, compte tenu de la végétation qui tapissait la paroi. Sans l'indice de la « Tête de chèvre », ils n'auraient jamais pu la découvrir.

Sam palma et s'approcha du fond, laissant ses doigts tracer un sillon dans le sable. Au bout de six ou sept mètres, le sol de la grotte disparaissait dans l'obscurité. Sam se pencha de côté, dirigea sa lampe vers le haut et constata que le demi-cercle formé par l'entrée avait disparu, remplacé par le reflet de la surface. Il consulta sa montre et tira à trois reprises sur le cordage pour signaler à Remi que tout allait bien.

Il se sentit soudain enveloppé d'eau froide. Un nouveau courant le poussait cette fois sur sa droite. Il s'aperçut que son corps effectuait une très légère rotation sur lui-même, comme mû par une main invisible. *Un tourbillon*, songea-t-il avec un bref soupçon de panique. C'était là que se rencontraient le courant du lagon et celui de la rivière souterraine, le plus froid passant sous l'eau la plus chaude pour créer une sorte de tornade hydrique. Sam se trouvait sur la bordure extérieure du vortex, et malgré le courant, il pouvait encore se déplacer à l'aide de ses palmes. Il savait cependant que la force de l'eau allait croître au fur et à mesure qu'il approcherait du centre. Il se positionna en face de ce qu'il espérait être un mur rocheux, fit un mouvement de palmes en ciseaux, puis un deuxième, et se retrouva à la surface.

Sa main tendue toucha la roche et il tenta de s'y agripper, mais ses doigts rebondirent sur l'eau avant qu'il puisse trouver prise sur une saillie. Il se força à s'immobiliser, ses pieds tournoyant toujours dans le courant. Il tira trois coups sur la corde et vérifia à nouveau l'heure : deux minutes écoulées. Il lui en restait huit. L'endroit était d'une tranquillité presque irréelle ; Sam n'entendait que l'écoulement le long des murs de pierre et le son des gouttes qui tombaient, quelque part, plus loin dans la grotte.

Il se servit de ses dents pour ôter le gant de sa main libre, leva les doigts vers le haut et sentit aussitôt un souffle d'air frais sur sa peau mouillée. C'était rassurant. L'éventualité que la connexion de la grotte avec un cours d'eau souterrain ait entraîné la présence d'éléments polluants était peu probable ; Remi et lui en auraient sans doute décelé certains signes dans le lagon : rareté du poisson, décoloration de la roche ou présence d'éponges marines mortes. Mais la possibilité d'une accumulation gazeuse était quant à elle plausible. Par bonheur, l'afflux d'air frais qu'il venait de constater semblait démentir cette hypothèse. Il sortit l'embout du détendeur de sa bouche, inhala un peu d'air, puis prit une grande inspiration. Tout allait bien. Il envoya un nouveau signal à Remi, remit son gant et éclaira l'espace environnant.

Ce qu'il vit soudain au-dessus de sa tête le confirma dans sa conviction qu'ils étaient sur la bonne piste : une passerelle de planches, suspendue à la voûte par des câbles d'acier rouillé, s'étendait jusqu'à la muraille opposée, au-dessus d'une jetée de bois improvisée soutenue par des piliers enfoncés sous la surface de l'eau. Une seconde passerelle rejoignait la première en son centre et s'étirait jusqu'au mur de derrière, en formant avec lui un angle droit. L'installation n'était guère sophistiquée, mais quelqu'un s'était donné le mal de créer cette structure et, à en juger par la rouille sur les câbles et le revêtement d'algues gluantes qui recouvrait les planches, les travaux ne dataient pas d'hier.

La grotte, de forme ovale, mesurait une quinzaine de mètres de large ; elle était dominée par une voûte couverte de stalactites qui culminait à six ou sept mètres. Il dirigea sa lampe vers le mur rocheux, mais ne vit rien d'autre qu'un noir opaque. Il avait cru que la jonction avec la rivière s'opérerait par un jaillissement à travers une fente rocheuse, mais il s'apercevait maintenant que la grotte n'était que l'entrée d'un système plus profond. Au fond, l'intervalle entre les parois se réduisait à une dizaine de mètres, mais il ne put discerner aucune séparation entre la grotte et le système à géométrie fractale attenant. Où et à quelle distance cette caverne menait-elle ?

Quant à ce dispositif de passerelles et cette jetée, étaient-ils suffisants pour permettre la réparation d'un ou deux sous-marins de poche ? se demanda-t-il. Tout dépendait de la nature et de l'importance des travaux à effectuer. Une autre question se posait, quelle que soit la réponse à la précédente : pourquoi n'avaient-ils pas effectué ces réparations en mer, à bord du *Lothringen* ? Selma serait peut-être en mesure d'y répondre.

Le cordage attaché à sa ceinture s'agita soudain avec violence. Il n'était convenu avec Remi d'aucun système d'alerte pour le cas où elle se trouverait confrontée à des difficultés, mais Sam comprit aussitôt le message.

Il glissa l'embout du détendeur entre ses dents, se retourna et plongea, puis palma avec vigueur vers l'entrée en suivant le cordage. Lorsque la lumière de la surface du lagon apparut, il remonta, roula sur le dos et s'aida de ses palmes pour s'écarter de la roche. Il sortit de la grotte par le bord le plus avancé dans le lagon et fit surface derrière un rideau de vignes grimpantes.

Il réprima le réflexe d'appeler Remi et regarda autour de lui.

Le lagon était vide.

Le canot pneumatique avait disparu. Remi aussi.

CHAPITRE 17

LA PEUR QUI S'INSINUAIT EN LUI s'évanouit lorsqu'il vit une main émerger des broussailles, tout près du rivage, de l'autre côté du lagon. La main était dirigée vers lui, paume vers le haut. Le message était clair : *attendre*. Une seconde plus tard, Remi sortit des fourrés. Elle se tapota le bord de l'oreille, désigna le ciel, et fit un mouvement tournoyant de l'index. Dix secondes passèrent, puis vingt. Une minute. Puis Sam entendit à son tour... le battement des pales d'un hélicoptère, assez faible, mais qui semblait se rapprocher. Il sortit la tête de sous les vignes grimpantes et regarda vers le ciel pour localiser le son.

Les pales d'un hélico apparurent vers le bord de la falaise, suivies une fraction de seconde plus tard par un pare-brise de Plexiglas bombé qui étincelait au soleil couchant. La surface du lagon se ridait sous la pression de l'air pulsé par l'engin, et une fine brume de gouttelettes se répandait au-dessus du lagon. Sam recula la tête, tandis que Remi disparaissait de sa vue.

L'appareil resta en vol stationnaire pendant un temps qui parut interminable. Il vira soudain et s'élança vers le sud le long de la côte. Sam attendit que la pulsation des pales s'affaiblisse, puis il plongea sous la surface et nagea avec ardeur pour traverser le lagon, jusqu'à ce que son ventre touche le sable. Lorsqu'il refit surface, il vit devant son visage la main tendue de Remi, qui saisit la sienne pour l'aider à se mettre à couvert.

— Ce sont eux ? demanda-t-elle.

— Je n'en sais rien, mais je préfère admettre l'hypothèse plutôt que d'être pris par surprise. Et puis ce n'est pas un hélicoptère acheté au rabais – un Bell 430, je crois. Un joujou de quatre millions de dollars, au moins.

— Le moyen de transport idéal pour un mafieux.

— Et assez spacieux pour accueillir un tueur russe et huit de ses excellents amis. Ils t'ont vue ?

— Je n'en suis pas sûre. Quand ils sont arrivés, ils allaient vite, mais ils ont tout de suite fait demi-tour et ont refait deux passages. Soit cet endroit les intéresse, soit ils savent que nous sommes ici.

— Où est le canot ?

Remi désigna un endroit sur la gauche. Quelques centimètres de caoutchouc gris dépassaient des feuillages.

— Je l'ai caché aussi vite que j'ai pu.

— Très bien. Allons dans la grotte. C'est la meilleure cachette dont nous disposions, au cas où ils décideraient de se poser et de fouiller les environs.

À l'affût du moindre bruit pouvant indiquer un retour de l'hélico, Sam se débarrassa de son équipement de plongée et le passa à Remi, qui enfila à son tour la tenue.

— Comment allons-nous procéder ? lui demanda-t-elle.

— Tu traverses le lagon, tu entres dans la caverne et tu m'attends. Sois prudente, il y a un courant circulaire. Tends bien la corde et ne t'éloigne pas de l'entrée. Je tirerai trois fois sur la corde en cas d'urgence. Deux coups pour « tout va bien, ne bouge pas ».

— Compris.

— Je vais prendre le canot et essayer de le faire entrer dans la grotte. Nous attendrons qu'il fasse nuit, et puis nous aviserons.

Remi hocha la tête, finit de s'équiper, regarda une dernière fois autour d'elle, puis se glissa dans l'eau et disparut sous la surface. Sam vit son sillage de bulles traverser le lagon puis s'effacer à l'entrée de la caverne. Il rampa dans les broussailles pour rejoindre le canot. Il s'arrêta un instant afin de déceler le moindre bruit, mais n'entendit rien de suspect.

Après avoir rangé le reste de leurs affaires dans des sacs étanches et attaché ceux-ci à un taquet, il noua l'amarre, longue de deux mètres cinquante, à sa ceinture, puis il s'enfonça dans l'eau et commença à nager pour atteindre l'autre extrémité du lagon. Il était à mi-chemin lorsqu'il entendit soudain, en direction de la plage, la pulsation du rotor de l'hélico. Juste au moment où il regardait par-dessus son épaule, le Bell apparut au-dessus des palmiers et vint s'immobiliser au-dessus de lui. La porte de l'engin était ouverte, et une silhouette vêtue d'une combinaison de travail sombre se pencha pour l'observer. Ce n'était pas Arkhipov, l'agresseur de Frobisher, constata aussitôt Sam, mais l'autre, celui dont Rubin lui avait envoyé la photographie par e-mail : Kholkov. Quant à l'objet court, de forme cylindrique, que l'homme tenait entre ses mains, Sam ne pouvait s'y tromper. C'était une mitraillette compacte.

Sam aspira une rapide goulée d'air et plongea. Sa tête s'immergea juste au moment où le boudin latéral de l'embarcation explosait et laissait échapper tout son air en un brusque sifflement. L'eau se rida en surface tandis que des balles s'enfonçaient en entraînant derrière elles un sillage d'écume. Le canot tremblait à chaque impact, tressautant et sifflant avant de s'affaisser et de glisser sous la surface, le poids du moteur l'entraînant par la poupe.

Sam palma de toutes ses forces, bras tendus pour atteindre au plus vite l'entrée de la grotte. Le tir cessa pendant deux secondes – sans doute le temps de recharger – puis reprit aussitôt. Les balles criblaient l'eau comme une grêle et s'enfonçaient de plus d'un mètre avant que leur poussée ne s'affaiblisse ; elles finissaient alors par tomber vers le fond, inoffensives. Sam se retrouva dans l'obscurité dès qu'il passa sous l'arche de pierre. Le crépitement de la mitraillette et le bruit des pales du Bell furent aussitôt assourdis.

Il se retourna et donna un coup de palmes pour remonter, une main levée afin de repérer la voûte à tâtons. *La corde... la corde... Allons, vite...* Il sentit un contact sous ses pieds : le canot pneumatique. En coulant, il avait été entraîné vers la grotte. La corde d'amarrage se raidit à sa ceinture et le tira vers le bas. Il entendait encore, de façon indistincte, les tirs étouffés de la mitraillette. Ses doigts touchèrent enfin la corde. Il sortit son couteau de plongée de son étui et commença à cisailler l'amarre. Il se retrouva soudain en mouvement, aspiré vers le bas.

Ses poumons étaient en feu, et le manque d'oxygène lui faisait battre les tempes. Il tenta avec maladresse de nouer le cordage autour du manche du couteau, qui glissa et s'échappa de ses mains. Il parvint à le rattraper, redoubla d'efforts, réussit à faire un nœud plat, puis s'élança vers la surface. Lorsque sa tête émergea, il vit du coin de l'œil Remi qui se cramponnait à la muraille rocheuse. Il sentit le vortex se saisir à nouveau de lui et le tirer vers le bas.

— Sam, qu'est-ce que...

— Donne-moi autant de corde que tu le peux !

Il lança le couteau en l'air aussi haut que possible par-dessus la passerelle. Lorsqu'il retomba à l'eau, Sam palmait déjà à toute allure dans la même direction, la main tendue pour saisir la corde. Soudain, il se sentit rejeté de côté, vers le mur, tandis que l'embarcation s'enfonçait dans le courant tournoyant.

— Remi, la corde... Lance-la !

— Compris !

Sam entendit un éclaboussement, et vit Remi nager derrière lui. Le canot n'était plus qu'un énorme poids mort. Sam se trouva plongé sous la surface, le nez et la bouche remplis d'eau.

— Attrape ! lança Remi. Juste devant toi !

Sam sentit quelque chose lui frotter la joue. Il referma le poing dès que ses doigts touchèrent la corde et se força à rester immobile.

Il reprit son souffle et attendit que les étincelles qui lui irradiaient les yeux s'estompent enfin, puis il regarda derrière lui.

Suspendue à l'autre bout de la corde, Remi avait le buste hors de l'eau. La lampe de plongée allumée dansait au bout de son anneau de ceinture et projetait des ombres mouvantes sur les parois de la grotte.

— Joli lancer, commenta Sam.

— Merci. Tu vas bien ?

— Oui, et toi ?

— Je pourrais aller mieux.

Ils restèrent accrochés aux deux extrémités du cordage pendant un moment, essayant de se repérer du mieux qu'ils le pouvaient.

— Je vais essayer de te hisser sur la passerelle, annonça Sam. Une fois arrivée, attache la corde, je te rejoindrai tout de suite.

— Entendu.

Les quarante-cinq minutes trihebdomadaires de yoga intensif que s'imposait Remi, tout comme sa maîtrise du Pilates, firent vite la preuve de leur efficacité. Elle grimpa comme un singe le long de la corde avant de rouler sur la passerelle. Les planches émirent un claquement sec, suivi par le bruit prolongé du bois en train de se fendre. Remi se figea.

— Étends-toi bien à plat, lui dit Sam, répartis ton poids... doucement.

Remi suivit son conseil et, s'aidant des coudes et des genoux, appuya sur les planches pour s'assurer qu'aucune ne céderait.

— Je pense que ça ira.

Elle ôta ses palmes et les accrocha à sa ceinture.

— Le canot et le matériel sont encore attachés, lui annonça Sam. Je vais essayer de les récupérer.

— Compris.

Il n'y avait que six ou sept mètres de cordage à l'air libre entre Remi et lui. Le reste était immergé dans le courant. Sam tira vers lui une longueur d'un peu plus de trois mètres, se confectionna un harnais de ceinture improvisé puis, travaillant à l'aveuglette, noua une demi-clef autour de sa taille avec l'extrémité de l'amarre. La main droite serrée autour de la corde au-dessus de sa tête, il tira sur la boucle du harnais pour la relâcher. Avec un bruit mouillé, la corde se tendit. Elle se souleva de la surface, trembla quelques secondes, puis se raidit.

— Je pense que ça devrait tenir, lança Sam avant de grimper et de venir rouler près de Remi.

Elle le serra contre lui, ses cheveux mouillés contre son visage.

— Je crois que ce tir de mitraillette a répondu à certaines de nos questions, murmura-t-elle.

— On le dirait, en effet.

— Tu es sûr que tu n'es pas blessé ? demanda Remi en lui tâtant la poitrine, les bras et l'estomac.

— Oui, j'en suis certain.

— Nous ferions bien de bouger, quelque chose me dit qu'ils ne vont pas en rester là.

Remi avait sans doute raison, mais Sam savait aussi que les options disponibles n'étaient pas légion. Ils pouvaient quitter la grotte en empruntant le même chemin qu'à l'aller, trouver une autre sortie, se battre ou se cacher. La première option n'était pas envisageable ; cela reviendrait à se jeter dans les bras de leurs ennemis. La seconde se résumait à un énorme point d'interrogation : la grotte pouvait fort bien conduire à une impasse, au sens propre comme au figuré. Quant à la troisième, elle était vouée à l'échec. Ils ne disposaient pour tout armement que du revolver .38 à canon court du cordonnier Guido, alors que Kholkov et ses hommes étaient équipés de mitraillettes. Seule la quatrième option – se cacher – leur permettrait de s'en sortir vivants.

Mais combien de temps leurs poursuivants allaient-ils attendre avant d'investir la grotte ? Sam vérifia l'heure. Ils disposaient au moins d'un atout, songea-t-il. D'ici quelques minutes, la marée commencerait à redescendre, rendant plus difficile l'accès à la grotte.

— Ainsi, nous voilà dans une base sous-marine secrète nazie, commenta Remi en ôtant son équipement de plongée.

— C'est probable, mais nous n'en serons certains que lorsque...

— Ce n'était pas une question, Sam. Regarde.

Sam se retourna. Remi éclairait la muraille de pierre au-dessus de la jetée. Un rectangle de quatre-vingt-dix centimètres sur un mètre vingt apparut devant lui. Improvisé à partir de tôle martelée et de peinture qui avait depuis longtemps perdu tout éclat, le motif était reconnaissable entre mille.

— La version nazie du drapeau de la Kriegsmarine, murmura Sam, qui ne l'avait pas remarqué au cours de sa première exploration hâtive de la grotte. Le symbole de la légitime fierté du propriétaire, sans doute !

Remi étouffa un rire.

Pas à pas, avec d'infinies précautions, sondant au passage les endroits qui semblaient les plus vermoulus, Sam et Remi traversèrent la passerelle jusqu'à la jetée. À part quelques craquements et grincements assez éprouvants pour leurs nerfs, les planches tinrent bon. Les câbles, bien qu'enrobés d'une épaisse couche de rouille gluante, étaient robustes et fixés de façon solide aux parois et à la voûte par des boulons d'acier de la taille d'un pouce. Grâce au faisceau de la lampe de Remi, Sam put retraverser la passerelle, récupérer l'amarre et regagner la jetée en tirant le canot derrière lui. Ensemble, ils le hissèrent sur la plate-forme. L'embarcation elle-même était déchiquetée, mais le moteur et le jerrycan de combustible avaient survécu de façon quasi miraculeuse, à quelques éraflures près. De même, si l'un des sacs étanches était percé d'une bonne douzaine de trous, l'autre était intact.

— Nous ferons le tri plus tard, et nous verrons bien ce qui peut être sauvé, commenta Sam.

Ils marchèrent le long de la jetée jusqu'à la paroi du fond. La seconde caverne, ainsi que l'avait soupçonné Sam, était une structure à géométrie fractale. Si les milliers d'années d'érosion hydrique avaient poli les surfaces de la chambre principale, la chambre secondaire était quant à elle déchiquetée et ses parois présentaient les angles les plus incongrus. À la jonction entre les deux, deux tunnels formaient un large Y. L'un d'eux montait vers la gauche, tandis que l'autre obliquait en pente descendante vers la droite. De l'eau s'écoulait du tunnel de gauche. Une moitié de son volume environ semblait s'écouler vers la grotte principale, et l'autre moitié se déversait dans le tunnel de droite.

— Et voici la rivière que tu cherchais, dit Remi.

— Elle ne doit pas exister depuis très longtemps, observa Sam. Les parois sont trop rugueuses.

— Depuis combien de temps, à ton avis ?

— Pas plus d'une centaine d'années, selon moi. Tiens, passe-moi ta lampe. Tu veux bien attraper ma boucle de ceinture, s'il te plaît ? *(Remi se pencha en arrière tandis que Sam se baissait pour éclairer le tunnel.)* Tiens ! Qu'est-ce que c'est ? Très bien, Remi, tu peux tirer.

— Que se passe-t-il ? l'interrogea Remi.

— Le passage tourne encore sur la droite, et juste au coin du virage, je distingue une autre jetée et d'autres passerelles.

— Le mystère s'épaissit...

CHAPITRE 18

Avec ce qui leur restait de cordage – environ dix-huit mètres sur vingt-deux –, Sam et Remi mirent en place un dispositif destiné à les faire descendre avec leur matériel le long du tunnel de droite. Remi ouvrit la marche. Sam contrôlait son avance en donnant peu à peu du mou à la corde enroulée autour d'un pilier, jusqu'à ce qu'elle atteigne la seconde jetée.

— Tout va bien ! lança-t-elle. Il y a dix mètres, à peu près.

Sam retira sur la corde, y attacha le moteur, puis le canot pneumatique, car il ne tenait guère à ce que leurs poursuivants le découvrent et sachent que leur gibier se trouvait toujours dans la grotte. Il y ajouta les deux sacs étanches et le matériel de plongée. Il secoua ensuite la corde pour avertir Remi.

— Bien reçu, je le remonte !

Venant de l'entrée, Sam entendit une sorte de gargouillement, puis le crachotement caractéristique d'un détendeur de plongée fonctionnant hors de l'eau. Il s'affala sur le ventre et se figea, le visage plaqué contre les planches de la passerelle. Une lampe s'alluma et son faisceau balaya les parois et la voûte de la grotte. Dans la lueur indistincte, Sam parvint cependant à voir le visage de l'homme. Un objet en forme de balle de fusil surdimensionnée flottait à ses côtés. Un petit scooter de plongée alimenté par batterie, constata Sam. Combiné à de bonnes palmes et à des jambes bien entraînées, un engin de ce type était capable de propulser un homme de quatre-vingts kilos à une vitesse de quatre à cinq nœuds. Leur seul avantage – le reflux de la marée – était désormais réduit à néant.

L'homme lança ce qui ressemblait à un grappin au-dessus de la passerelle et tira sur la corde.

— La voie est libre, venez ! lança-t-il dans un anglais teinté d'accent russe.

Il tourna le scooter de plongée vers la jetée et entama la traversée de la grotte.

Sam ne prit pas le temps d'y réfléchir à deux fois. Il tira trois fois sur sa corde pour envoyer le signal d'urgence à Remi, puis se tourna de côté et se laissa glisser dans l'eau. Le courant s'empara de lui et l'entraîna dans le tunnel. Quelques secondes plus tard, la jetée suivante apparut. Remi était agenouillée au bord et tirait sur la corde. Sam porta son index à ses lèvres. Remi hocha la tête et l'aida à se hisser sur la jetée.

— Les méchants sont de retour, souffla-t-il.

— De combien de temps disposons-nous ?

— Juste assez pour nous cacher.

Sam regarda autour de lui. Un système de passerelles en forme de E parcourait la grotte et reliait la jetée sur laquelle ils se trouvaient à une autre, adossée à la paroi opposée. Sur les deux structures étaient posées des caisses en bois portant l'emblème de la Kriegsmarine.

Bien que deux fois plus vaste que la précédente, cette grotte était à géométrie fractale, ce qui impliquait l'absence de sortie donnant sur la mer. *À moins que... ?* se demanda Sam en éclairant les contours rocheux. À l'autre bout de la grotte, dans un coin, il observa ce qu'il avait d'abord pris pour une stalactite particulièrement longue. À la lumière de sa torche, il comprit qu'il s'agissait en réalité d'un enchevêtrement desséché de racines et de feuilles qui pendaient tout près de la surface de l'eau.

— Une sortie ? demanda Remi.

— Peut-être. Le courant est moins fort par ici.

— Un demi-nœud, pas plus.

Ils entendirent soudain, venant de la première grotte, deux voix qui se répondaient, puis une troisième. L'écho d'un tir retentit, puis un autre, suivi par une salve de dix secondes.

— Ils tirent dans l'eau pour nous débusquer, chuchota Sam.

— Regarde par ici, Sam.

Sam braqua sa lampe vers l'endroit qu'indiquait Remi. Une forme incurvée reposait juste sous la surface.

— Une coque, dit Remi à voix basse.

— Tu as raison, on dirait...

— Nous avons peut-être trouvé l'*UM-77*.

— Allons, viens, nous avons du pain sur la planche.

Pendant que Sam faisait part de son plan à Remi, ils empaquetèrent le moteur et le reste de leur matériel dans l'enveloppe déchiquetée du canot, fixèrent l'ensemble avec l'amarre et immergèrent le tout. Ils coupèrent ensuite une dizaine de mètres de cordage et firent des boucles tous les mètres environ.

— Quelle partie du travail préfères-tu ? demanda Sam.

— Tu plonges, je grimpe.

Remi le gratifia d'un baiser rapide, puis attrapa la corde et s'élança sur la passerelle, rampant et courant tour à tour.

Sam prit la lampe, se laissa glisser vers la surface et plongea.

*

Il comprit aussitôt que l'épave n'était pas celle d'un sous-marin de poche de type *Molch*. Il était beaucoup plus petit, plus court d'au moins trois mètres et moitié moins large que l'*UM-34*. Il s'agissait sûrement d'un submersible de la classe *Marder*. Ce type de sous-marin se résumait à une paire de torpilles empilées, celle du dessus étant creusée pour former un cockpit, avec un compartiment pour la batterie surmonté d'un dôme de Plexiglas ; la partie inférieure, détachable, était une arme active.

Sam suivit la courbe de la coque jusqu'au fond, et constata que la torpille détachable brillait par son absence. Seul le tube équipé du cockpit était étendu de côté, le dôme à demi enfoui sous le sable. Il palma sur toute la longueur du bâtiment jusqu'au dôme, posa sa lampe sur le sable, et se mit en devoir de desserrer les boulons. Sans succès, tant ils étaient grippés.

Ses poumons commençaient à le brûler. Il saisit un boulon à deux mains, s'arc-bouta, les jambes contre la coque, et essaya de tourner. Rien. Nouvelle tentative. Toujours rien.

À travers l'eau, il entendit des voix étouffées, plus proches cette fois. Il éteignit la lampe, prit ses repères, puis s'élança du submersible pour atteindre la paroi opposée. Les piliers de la jetée apparurent, encore flous, dans son champ de vision. Il se faufila entre eux et vira sur la droite en longeant la paroi. Il s'éloigna alors de la jetée, se laissa remonter en souplesse et apparut à la surface.

À l'intérieur de la grotte et dans le tunnel attenant, des lumières dansaient sur les murs : Kholkov et ses hommes, au bout de la jetée ; ils allaient arriver d'un instant à l'autre. À la gauche de Sam, à trois mètres peut-être, l'enchevêtrement de broussailles et de racines pendait juste au-dessus de l'eau. De près, la fausse stalactite était plus grosse qu'il ne l'avait imaginé, d'une largeur comparable à celle d'un baril de pétrole. Il nagea en brasse indienne jusque-là, fouilla l'eau de la main, finit par trouver la corde de Remi, et se mit à grimper.

Une minute plus tard et cinq mètres plus haut, sa main toucha le pied de Remi, entouré d'une boucle de cordage. Il le pressa avec douceur pour la rassurer et obtint un petit rire en réponse. Il posa un pied dans une boucle, puis une main, et put s'installer plus à son aise.

— Tu as trouvé ce que tu voulais ? murmura Remi.

— Non, les boulons étaient bloqués.

— Et maintenant ?

— Nous attendons.

*

Ils n'attendirent pas longtemps.

Les hommes de Kholkov se déplaçaient vite, en recourant, pour rejoindre la seconde jetée, au même dispositif de cordages que Sam et Remi. À travers les feuillages, Sam compta six hommes. L'un d'eux examinait la jetée en éclairant les caisses de bois, l'eau en contrebas et les passerelles.

— Où diable sont-ils passés ? aboya-t-il.

Sam reconnut aussitôt Kholkov.

— Vous quatre, trouvez-les ! ordonna le Russe avant de hocher la tête en direction d'un de ses sbires. Et toi, viens avec moi !

Tandis que Kholkov fouillait autour des caisses avec son compagnon, les autres s'alignèrent au bord de la jetée et tirèrent des salves courtes, précises, pendant presque une minute, vers la surface de l'eau.

— Cessez le feu, cessez le feu ! ordonna alors Kholkov.

— Il y a quelque chose là-dessous, lança l'un des hommes en braquant sa lampe vers l'eau.

Kholkov s'approcha, regarda un instant puis, d'un geste, désigna deux hommes.

— Vous ! Équipez-vous et allez voir.

Les deux hommes revinrent cinq minutes plus tard. Vêtus de leurs tenues de plongée, ils se mirent à l'eau.

— Fouillez la grotte d'abord, commanda Kholkov. Assurez-vous qu'ils ne se cachent pas dans un recoin quelconque.

Dans un nuage de bulles, les plongeurs disparurent sous l'eau sombre. Sam observa la lumière de leurs lampes qui parcouraient le fond sous les deux jetées et le long des parois. Ils refirent surface au bout d'un moment.

— Ils ne sont pas là, dit l'un d'eux. Il n'y a aucun endroit où se cacher.

Sam, qui avait jusqu'alors retenu son souffle, poussa un soupir de soulagement. Ils n'avaient pas trouvé le matériel empaqueté dans l'enveloppe du canot.

— Ils sont peut-être descendus le long du tunnel de la rivière, suggéra l'homme qui accompagnait Kholkov.

Celui-ci réfléchit un instant.

— Vous êtes sûrs qu'il n'y avait rien ? demanda-t-il aux deux plongeurs.

Les deux hommes hochèrent la tête, et Kholkov se tourna vers son subordonné.

— Prends Pavel avec toi, encordez-vous et fouillez le tunnel.

L'homme acquiesça, alla jusqu'à l'extrémité de la jetée et commença à dérouler une corde.

— Fouillez aussi le sous-marin, ordonna Kholkov aux plongeurs.

Les deux hommes remirent leurs embouts de détendeurs en bouche et plongèrent.

Sam vit les lumières se déplacer le long de la coque, puis s'immobiliser vers ce qu'il estima être le dôme du cockpit. Les lampes vacillaient et leurs faisceaux changeaient sans cesse de direction.

Sam entendit le tintement du métal contre le métal. Au bout de trois minutes, l'un des plongeurs remonta et sortit l'embout de sa bouche.

— C'est un *Marder*, annonça-t-il. Le 77.

— Bien, répondit Kholkov.

— Mais les boulons sont grippés, il nous faut la pince à levier.

L'un des hommes présents sur la jetée s'agenouilla près d'un sac à dos pour en extraire l'outil. Le plongeur vint le rejoindre, prit la pince et disparut sous l'eau.

Les claquements métalliques étouffés retentirent pendant encore cinq minutes, suivis par quelques instants de silence : soudain, une énorme bulle éclata à la surface.

Le temps s'écoula avec lenteur, puis les deux plongeurs apparurent enfin. L'un d'eux poussa un cri de victoire et souleva de l'eau un objet de forme allongée.

— Sortez-le ! ordonna Kholkov.

Lorsque les plongeurs atteignirent la jetée, il s'agenouilla et prit l'objet. Sam reconnut une boîte en bois à l'allure déjà familière. Kholkov l'examina pendant une bonne minute, la tourna, la retourna, étudia avec soin sa surface, puis souleva avec précaution le couvercle et regarda à l'intérieur. Il le referma et hocha la tête.

— Bon travail.

Un cri retentit, venant du tunnel de la rivière souterraine.

— À l'aide, vite ! Tirez-nous de là !

Plusieurs des hommes de Kholkov coururent sur la jetée et joignirent leurs efforts pour remonter la corde. Au bout de dix secondes, un homme apparut. Les lampes convergèrent vers lui. Il était à demi inconscient, et son visage était en partie couvert de sang. Ils le hissèrent sur la jetée et l'étendirent.

— Où est Pavel ? aboya Kholkov.

L'homme murmura des propos incohérents. Kholkov le gifla et l'attrapa par le menton.

— Réponds ! Où est Pavel ?

— Les rapides... le cordage a cédé... il s'est cogné la tête. J'ai essayé de l'atteindre, mais il n'était plus là. Il était avec moi, et une seconde plus tard... parti ! Disparu !

— Bon Dieu !

Kholkov fit volte-face et franchit la moitié de la longueur de la jetée avant de se retourner.

— Très bien. Vous deux, prenez-le avec vous et retournez au lagon. *(Il désigna un autre de ses hommes.)* Nous deux, nous allons installer les charges. Si les Fargo sont encore de ce monde, nous allons les enterrer vivants ! Allons, vite !

CHAPITRE 19

KHOLKOV ET SES HOMMES QUITTÈRENT la grotte. Sam fit signe à Remi de le suivre, puis redescendit le long de la corde avec un mouvement de balancier. Il hocha ensuite la tête en direction de Remi, qui sauta sur la passerelle, où Sam la rejoignit. Ils s'agenouillèrent.

— Il a l'intention de faire ce qu'il disait, tu crois ? chuchota Remi.

— Je doute qu'ils disposent d'assez d'explosifs pour cela, mais ils peuvent sans doute bloquer l'entrée principale de la grotte. Tu as vérifié là-haut ? demanda-t-il en désignant d'un mouvement de tête l'enchevêtrement de broussailles.

— Oui, mais ce n'est qu'une fissure d'à peine cinq centimètres, et à presque deux mètres de la surface.

— Mais tu as tout de même vu la lumière du jour ?

— Oui, le soleil se couchait.

— Eh bien sortie ou pas, nous avons au moins une arrivée d'air. Malheureusement, ils ont emporté cette fichue bouteille.

— Une chose à la fois, Sam...

— Tu as raison. Descendons avant que...

Une explosion assourdie retentit soudain dans la chambre principale, suivie de deux autres, presque coup sur coup.

— À plat ventre !

Sam poussa Remi sur le sol et s'étendit au-dessus d'elle pour la protéger. Quelques secondes plus tard, une rafale d'air froid déferla sur eux. Un nuage de poussière s'engouffra à travers le tunnel et envahit la grotte, les particules les plus lourdes criblant la surface comme des gouttes de pluie. Sam et Remi levèrent les yeux.

— Enfin seuls, murmura Remi.

Sam sourit, se leva, ôta les débris qui recouvraient ses vêtements et aida Remi à se relever.

— Tu veux rester ici un moment ?

— Non merci.

— Alors nous ferions mieux de nous occuper de notre module de sauvetage.

Remi posa ses mains sur ses hanches.

— Mais de quoi est-ce que tu parles ?

Sam décrocha la lampe de sa ceinture et la braqua vers le haut pour éclairer la coque du sous-marin.

— Voilà ce dont je parle.

— Allons, explique-toi, Fargo.

— Je vais vérifier, bien entendu, mais il y a peu de chances que nous puissions ressortir par le chemin emprunté à l'aller. Personne ne sait de manière précise où nous sommes, et nous ne pouvons donc compter sur aucun secours. Ce qui ne nous laisse qu'une seule possibilité : la rivière souterraine.

— Oh, tu veux dire cette rivière qui a tué l'un des hommes de Kholkov en l'engloutissant on ne sait où ? *Cette* rivière-là ?

— Elle aboutit bien quelque part. Le tunnel a un diamètre de cinq bons mètres et l'écoulement de l'eau est rapide et régulier. Si le passage se rétrécit en cours de route, nous verrons des signes de reflux ou des marques sur les parois indiquant les crêtes des marées les plus hautes. Crois-moi, cette rivière se jette quelque part, soit au niveau du sol dans une mare ou un lac, soit dans une autre grotte marine.

— Et tu es sûr de ce que tu avances ?

— Il me paraît en tout cas raisonnable de le penser.

— Voilà un jugement un peu trop subjectif à mon goût, répondit Remi, qui se mordilla les lèvres un instant. J'ai une autre idée : si tu nous faisais un tour d'ingénierie magique en faisant sauter une de ces bouteilles d'air comprimé pour élargir cette fissure ?

— Pas assez de puissance, sans compter le risque que toute la voûte dégringole sur nos têtes.

— Ce n'est pas faux. Très bien. Alors attendons le lever du jour, et enflammons cet enchevêtrement de feuilles et de broussailles. Ce sera un peu comme un signal de fumée. Non, oublions ça ; nous mourrions asphyxiés bien avant l'arrivée des secours.

— Tu as fait autant de spéléologie marine que moi, répondit Sam, et tu connais bien la géologie. La rivière est notre meilleure chance. Notre seule chance.

— D'accord, mais il nous reste un petit problème : notre « module de sauvetage », selon ton expression, est rempli d'eau, et il repose à cinq mètres sous la surface.

Sam hocha la tête.

— C'est un petit problème, en effet.

*

Après avoir vérifié que l'entrée de la grotte principale était bien bloquée, Sam et Remi retournèrent dans la chambre secondaire et se mirent au travail. Ils commencèrent par hisser leur matériel hors de l'eau, puis fouillèrent les caisses en bois de la Kriegsmarine à la recherche d'objets qui puissent leur être utiles. En plus d'une boîte à outils bien garnie, mais où les instruments étaient pour la plupart recouverts de rouille, ils découvrirent quatre lanternes et une douzaine de bougies courtes. Leurs mèches s'allumèrent dès le premier contact avec la flamme du briquet de Sam. Très vite, la jetée et l'eau environnante furent éclairées d'une lueur jaune vacillante. Pendant que Remi triait le reste du matériel et passait en revue le contenu de la boîte à outils, Sam se tenait immobile au bout de la jetée et plongeait son regard sous la surface.

— Très bien, dit enfin Remi. Nous avons deux bouteilles d'air, l'une remplie aux deux tiers, et l'autre pleine ; deux lampes en état de marche, charge inconnue ; si mon appareil photo a rendu l'âme, les jumelles, elles, sont indemnes ; le revolver est sec, mais j'ignore si les munitions sont utilisables. Nous avons aussi deux jerrycans d'eau et du bœuf séché quelque peu ramolli ; une trousse de premiers secours ; ton outil multifonctions ; deux sacs étanches, l'un en parfait état, l'autre troué comme du Gruyère. Et enfin, deux téléphones mobiles, chargés, qui fonctionneraient sans doute si nous avions accès au réseau.

— Et le moteur ?

— Je l'ai séché aussi bien que j'ai pu, mais il faudra le faire démarrer pour en savoir plus. Quant au jerrycan de carburant, en l'absence de trous, et compte tenu du fait qu'il semble fermé de façon hermétique, je dirais qu'il est intact.

Sam hocha la tête et retourna observer la surface.

Dix minutes plus tard, il vint rejoindre Remi.

— Eh bien, je crois qu'on peut y arriver, annonça-t-il après s'être éclairci la gorge.

Il alla s'asseoir près de Remi.

— Raconte-moi ça, lui dit-elle.

Sam lui expliqua son plan. Lorsqu'il eut terminé, Remi pinça les lèvres, pencha le visage de côté, puis approuva d'un hochement de tête.

— Par où allons-nous commencer ?

*

Pour Sam, tout débuta par une déplaisante séance de plongée, tendue et à la limite de la claustrophobie. Il ne craignait ni l'eau ni les espaces confinés, mais la combinaison des deux était éprouvante.

Avec pour seul équipement son masque et sa ceinture lestée, il commença par une série de plongeons d'entraînement afin d'augmenter sa capacité pulmonaire. Il resta ensuite une bonne minute en surface pour quelques exercices de respiration profonde destinés à oxygéner son sang au maximum.

Enfin, il prit une dernière goulée d'air et se dirigea vers le fond. Sa lampe braquée devant lui, il se faufila dans l'écoutille du dôme du submersible, puis se tourna vers l'arrière de l'engin. Il savait, grâce à son étude rapide des sous-marins de la Kriegsmarine, entreprise après la découverte de l'*UM-34*, que le « nez » des submersibles de la classe *Marder* n'était équipé que d'un seul siège et de contrôles de plongée et de direction rudimentaires. Ce qu'il cherchait à présent – les valves d'écoutille – se trouvait à l'arrière du sous-marin. Tout en tirant et en poussant tour à tour pour se mouvoir le long de l'engin, Sam sentait les parois cylindriques se refermer autour de lui. L'eau et l'obscurité semblaient vouloir l'écraser de tout leur poids. La peur irradiait sa poitrine. Il la refoula et se força à se concentrer. *Les valves d'écoutille, Sam. Les valves.*

Il projeta le rayon de sa lampe sur la gauche, puis sur la droite, et devant lui. Il cherchait une installation cylindrique sur la paroi de la coque, un levier... et il le vit soudain, devant lui vers la gauche. Il s'élança, l'attrapa et tira. Bloqué. Il sortit son couteau de plongée de son fourreau, l'inséra entre le levier et la coque, et essaya encore. Le levier céda dans un bruit de succion et un jaillissement de particules de rouille. Les poumons en feu, Sam répéta l'opération avec l'autre valve, fit demi-tour pour quitter le submersible et palma jusqu'à la surface.

— Tout va bien ? lui demanda Remi.

— Qu'entends-tu au juste par « bien » ?

— Tu n'as pas de blessures mortelles ?

— Non. Alors tout va bien, en effet.

*

La seconde partie du plan leur prit trois heures, passées pour la plus grande part à trier et à épisser les cordes laissées là par les Allemands, et dont la moitié étaient pourries ou si endommagées que Sam ne voulut pas prendre le risque de les utiliser. Ils n'auraient pas droit à une seconde chance, expliqua-t-il à Remi. En cas d'échec, il ne leur resterait plus qu'à allumer un feu de broussailles et espérer que les secours arrivent avant qu'ils soient asphyxiés par la fumée.

À deux heures du matin selon la montre de Sam, ils étaient presque prêts. Ils se tenaient au bord de la jetée et contemplaient le résultat de leur travail.

Deux cordages à quadruple tressage, le premier fixé à la proue du sous-marin et l'autre à ses taquets de poupe, s'élevaient jusqu'à la voûte où Remi, acrobate émérite, les avait fait passer par un œillet emprunté à la passerelle. À partir de là, chacune des cordes redescendait et était amarrée sous les planches de la passerelle. Les câbles de soutien vertical étaient reliés entre eux, en leur milieu, par un dispositif de cordes mis en place avec soin. Sam avait attaché l'une de leurs bouteilles de plongée à l'un d'eux, le plus éloigné des cordages attachés au sous-marin.

— Bien, dit Remi, résumons les détails de l'opération. Tu fais exploser la bouteille, ce qui provoque une brusque tension des câbles et les fait vibrer. La passerelle s'effondre, le sous-marin jaillit à la surface et l'eau qu'il contient s'en échappe. C'est bien cela ?

— Plus ou moins. La bouteille ne va pas exploser, mais elle va décoller comme une fusée. Si j'ai bien réussi mon bricolage, la poussée devrait faire céder les câbles les plus affaiblis. Ensuite, les mathématiques et la théorie du chaos décideront du reste...

— Ainsi que la gravité, ajouta Remi en passant son bras sous celui de Sam. Quel que soit le résultat, je suis fière de toi. *(Elle lui tendit le revolver.)* Et voilà l'outil indispensable pour la mise à feu. À toi l'honneur !

Ils s'installèrent derrière le mur protecteur formé par les caisses de bois rassemblées au bout de la jetée et s'assurèrent que leur abri était bien clos, mis à part la fine meurtrière aménagée pour le revolver.

— Prête ? demanda Sam.

Remi se couvrit les oreilles et hocha la tête.

Sam appuya la main droite, qui tenait l'arme, sur son avant-bras gauche, visa avec soin et appuya sur la détente.

La détonation fut aussitôt couverte par une explosion et un souffle, suivis d'un éclair de lumière, d'un gémissement de métal déchiré et d'un éclaboussement tonitruant.

— Je savais que ça allait marcher, murmura Remi.

Le sous-marin de poche *UM-77* de classe *Marder*, après soixante ans passés au fond d'une grotte marine, flottait bien droit à la surface tandis que l'eau se déversait de ses écoutilles.

— Magnifique.

Ce fut le seul commentaire que put émettre Sam.

CHAPITRE 20

Avec un bruit de gong que Sam et Remi sentirent résonner jusqu'à l'intérieur de leur crâne, le sous-marin alla heurter un rocher, s'inclina brusquement vers bâbord, se redressa bien droit, puis repiqua du nez dans le courant de la rivière. L'eau ruissela sur le dôme en Plexiglas, obstruant pendant un moment le champ de vision de Sam avant de disparaître. Il alluma sa lampe et braqua le faisceau au-delà de la proue, mais ne put distinguer que les murailles de roches qui filaient de chaque côté et l'eau qui s'écrasait sur le museau de l'engin. En faisant abstraction des dangers bien réels de l'aventure, on aurait pu se croire à Disneyland, songea-t-il.

— Tout va bien, derrière ? lança-t-il.

— Ça va ! Depuis combien de temps est-ce que cela dure ? répondit Remi, étendue derrière le siège du cockpit, les bras plaqués contre la coque.

Sam consulta sa montre.

— Vingt minutes.

— Mon Dieu, pas plus ?

Après s'être remis de l'authentique surprise que constituait la réussite de leur plan, Sam et Remi avaient plongé pour se suspendre au cordage attaché à la proue du submersible et le relever de quelques centimètres supplémentaires, ce qui avait permis à l'engin de se vider du reste de son eau. Remi s'était alors glissée à l'intérieur pour fermer les deux valves d'écoutille.

Le plus gros du travail étant fait, ils avaient alors vérifié l'étanchéité du sous-marin et étayé l'intérieur avec des planches empruntées à la passerelle. Les réservoirs de ballast de presque deux cents litres chacun – sous forme de tuyaux qui longeaient la coque de chaque côté, de la proue à la poupe – étaient pleins et assuraient une stabilité correcte au petit bâtiment.

Satisfaits de constater qu'ils étaient aussi prêts que l'on peut l'être en de telles circonstances, ils s'étaient accordés quatre heures de sommeil, recroquevillés l'un contre l'autre sur la jetée au milieu d'un cercle de lanternes. Ils s'étaient levés à l'aube, s'étaient sustentés d'un petit déjeuner d'eau tiède et de bœuf séché ramolli, puis avaient rassemblé quelques objets indispensables avant de monter à bord. En guise de rame, Sam s'était servi d'une planche de la passerelle pour conduire le submersible jusqu'à l'entrée du tunnel, avant de refermer l'écoutille et de laisser le courant les emporter.

Jusqu'à présent, la coque en aluminium renforcé tenait bon, mais ils savaient tous les deux que la géologie était aussi de leur côté : si les parois du tunnel étaient irrégulières et déchiquetées, le lit du cours d'eau quant à lui était depuis longtemps érodé, et ne présentait aucune saillie acérée susceptible d'entailler la coque.

— Accroche-toi ! s'écria Sam. En voilà un gros !

Le nez du sous-marin heurta le rocher de front, s'éleva au-dessus de l'obstacle puis se détourna vers bâbord. Le courant rattrapa la poupe et fit virer la coque qui alla frapper la paroi la plus proche.

— Ouille ! cria Remi.

— Ça va ?

— Très bien, je suis en train de me constituer une superbe collection d'hématomes !

— Je t'offrirai un massage suédois dès notre retour au *Four Season Resort*.

— Compte sur moi pour te le rappeler !

*

Une heure s'écoula, puis une autre, tandis que le submersible chevauchait les rapides en heurtant les parois, sautant sur les rochers et rebondissant d'un côté à l'autre du lit de la rivière. Ils se retrouvaient parfois dans une partie plus calme du cours d'eau ; Sam ouvrait alors le dôme pour laisser entrer un peu d'air frais, en plus de l'oxygène que Remi insufflait par intermittence dans l'habitacle grâce à la bouteille de plongée restante.

Le sous-marin entrait régulièrement en collision avec un amas de roches et s'échouait, couché sur le côté ou perché en équilibre au-dessus des rapides. À chaque fois, il fallait le renflouer en le balançant d'un côté à l'autre jusqu'à ce qu'il regagne le lit de la rivière. Sinon, Sam devait ouvrir le dôme et déséchouer l'engin avec sa planche de bois.

Au bout de presque trois heures de voyage, le ruissellement de l'eau cessa soudain. Le submersible ralentit et se mit à tournoyer en décrivant des cercles paresseux.

— Que se passe-t-il ? demanda Remi.

Sam pressa son visage contre le dôme, leva les yeux et aperçut une voûte incrustée de stalactites. Il entendit un raclement et tourna son regard vers la gauche, juste à temps pour voir un rideau de vignes grimpantes recouvrir peu à peu le dôme à la manière des rouleaux des stations de lavage automatiques de voitures. Puis le soleil apparut à travers le Plexiglas, remplissant l'habitacle d'une lueur jaune.

— C'est vraiment le soleil ? demanda Remi, incrédule.

— Bien sûr ! s'exclama Sam.

La coque se traîna un instant sur le sable, ralentit et s'arrêta sans heurt. Sam regarda vers la proue. Ils venaient de s'échouer dans un nouveau lagon.

— Je crois que nous sommes arrivés, Remi !

Il défit les attaches du dôme et l'ouvrit. Un air frais et salé s'engouffra par l'écoutille. Il sortit les bras, les laissa pendre au-dehors, puis bascula la tête en arrière et sentit le soleil lui caresser le visage.

Il entendit alors un bruit sur sa gauche. Il ouvrit les yeux et tourna la tête. Un jeune couple, équipé de palmes et de gilets de plongée, était assis sur le sable à trois mètres du sous-marin. Ils contemplaient Sam, figés sur place, la bouche grande ouverte. Le hâle de l'homme évoquait la campagne, et les cheveux de sa compagne étaient d'un blond presque blanc – sans doute des touristes du Middle West en quête d'aventures tropicales.

— Bonjour ! lança Sam. Vous aimez aussi la spéléo marine, à ce que je vois ?

Le couple se contenta de hocher la tête à l'unisson.

— Attention à ne pas vous perdre, il est parfois difficile de retrouver la sortie ! À propos, en quelle année sommes-nous ?

— Laisse donc ces braves gens tranquilles, Sam, lui murmura Remi, toujours installée à l'arrière du cockpit.

CHAPITRE 21

UN PARADIS. UN VÉRITABLE PARADIS, murmura Remi.

Dès leur retour à leur bungalow du *Four Season Resort*, Sam et Remi avaient partagé une longue douche bien chaude, puis déjeuné d'une somptueuse salade de fruits de mer accompagnée de pains chauds au levain et d'une salade de fruits tropicaux. Ensuite, fidèle à sa promesse, Sam requit les services de deux masseuses qui passèrent une heure à leur prodiguer des soins aux pierres chaudes avant de passer au massage suédois. Sam et Remi étaient maintenant étendus côte à côte sous la véranda tandis que les fins rideaux voletaient sous la légère brise tropicale. Sur la plage, les vagues se brisaient avec douceur avant de refluer, comme si la nature chantait sa propre berceuse.

— C'est *ça*, la vraie vie, se contenta de soupirer Sam, déjà au bord du sommeil.

*

Le couple rencontré à leur sortie de la grotte venait bien du Middle West – Mike et Sarah, du Minnesota, étaient venus passer leur lune de miel à Rum Cay. Sam leur avait demandé où ils se trouvaient à présent, mais il dut réitérer trois fois sa question avant d'obtenir une réponse : ils étaient sur la côte nord de Rum Cay, entre Junkanoo Rock et Liberty Rock. Selon les calculs de Sam, ils avaient parcouru la rivière souterraine sur une distance d'environ quinze kilomètres.

Mike et Sarah leur proposèrent de bonne grâce de les accueillir à bord de leur bateau de location et de remorquer le submersible, auquel Sam avait fini par s'attacher, le long de la côte. Quarante-huit heures après leur arrivée à Rum Cay, Sam et Remi étaient de retour près du lagon où ils avaient amerri. Leur hôte, le mystérieux inconnu aux cheveux blancs, était invisible. Ils cachèrent le petit sous-marin et laissèrent un message sur le mur de la hutte : *Merci de surveiller cet engin pour nous. Nous reviendrons nous en occuper.* Sam ignorait encore ce qu'il comptait en faire, mais il ne lui paraissait guère envisageable de l'abandonner en pleine nature.

Ils regagnèrent ensuite le Bonanza et mirent le cap sur l'île principale et leur résidence hôtelière.

*

Une fois la séance de massage terminée, Sam et Remi restèrent étendus un moment, à demi assoupis, avant de se lever et de regagner leur bungalow. Sam avait déjà pris soin d'envoyer un télémessage à Selma pour l'informer qu'ils étaient sains et saufs, mais il l'appela au téléphone en branchant le haut-parleur, et lui fit un compte rendu rapide de leurs aventures dans la grotte.

— Eh bien, personne ne peut accuser les Fargo de gâcher leurs vacances en mondanités, commenta Selma. Quant à moi, j'ai peut-être trouvé la solution d'une énigme : la raison pour laquelle c'est Kholkov qui vous a pris en chasse. Rubin a appelé ; Grigorii Arkhipov a été trouvé mort dans un parking de Yalta. Le corps n'avait plus de mains ni de pieds. Amputation au fusil... Rubin m'a aussi demandé...

— D'insister pour que nous soyons prudents, termina Sam. Nous le sommes.

— Mais je me pose tout de même une question : comment Kholkov vous a-t-il découverts ?

— Nous nous le sommes demandé, en effet. Vous avez vérifié nos...

— Aucune trace des comptes en banque que vous avez utilisés, et ici, les ordinateurs sont protégés par un pare-feu efficace. Je ne pense pas qu'ils aient pu obtenir votre itinéraire par ce moyen. Idem en ce qui concerne vos passeports ; le gouvernement est plutôt strict à ce sujet.

— Ce qui nous laisse la compagnie aérienne ou bien..., commença Remi.

— Ou bien ils disposent d'une piste qui nous échappe, termina Sam. Mais pourquoi n'ont-ils pas exploré la grotte avant nous ?

— Je continue à chercher, dit Selma, mais je ne pense pas que les fuites viennent de notre côté.

— Tant que nous ne serons pas fixés, tenons-nous prêts au pire et assurons nos arrières, dit Remi.

— Très bien. Quant à ce sous-marin...

— L'*UM-77*, précisa Sam.

— Oui. Vous voulez que je le fasse rapatrier ici ?

— Il vaut mieux, oui, répondit Remi, sinon Sam risque de bouder.

— C'est tout de même un vestige historique, maugréa Sam.

Avant d'appeler Selma, Sam et Remi s'étaient mis d'accord sur le fait qu'il conviendrait, une fois l'affaire terminée, de révéler au gouvernement allemand et à celui des Bahamas l'existence de la base sous-marine et du submersible, et de les laisser décider de la suite.

— Et si personne n'en veut ? avait demandé Remi.

— Nous le mettrons sur notre cheminée.

— C'est bien ce que je craignais.

La voix de Selma résonna à nouveau dans le haut-parleur.

— Je vais m'en occuper. Cela prendra peut-être quelques jours, mais je le récupérerai. Mais c'est Kholkov qui a la bouteille...

— Je le crains, en effet. D'autres nouvelles ?

— Oui, j'ai quelques éléments qui pourraient vous intéresser. En dehors des scarabées cracheurs, devinez ce qui ne se trouve que sur l'archipel toscan ?

Ce fut Remi qui réagit la première.

— Notre rose noire.

— Exact. Il reste des vides à remplir sur le plan chronologique, mais il est probable que l'encre ait été appliquée sur les étiquettes à l'époque où Bonaparte se trouvait sur l'île d'Elbe.

— Ou plus tard, avec une encre ramenée de là-bas, ajouta Sam. Quoi qu'il en soit, c'est une pièce de plus dans notre puzzle.

— Je vous en propose une autre, ajouta Selma. Notre bouteille recèle elle aussi des mystères successifs, un peu comme des pelures d'oignon dont chaque couche représenterait une énigme. L'étiquette en cuir n'est pas faite d'une seule pièce, mais de deux couches superposées. J'ai réussi à en retirer une sans provoquer de dégâts.

— Et... ?

— Je n'ai pas trouvé d'encre, mais des motifs gravés – une grille de symboles, huit à l'horizontale et quatre à la verticale, soit un total de trente-deux.

— Quel genre de symboles ?

— Toute la question est là : il pourrait aussi bien s'agir de symboles alchimiques que cyrilliques, voire astrologiques. Voici mon opinion à ce sujet : ce sont des codes de formes sans rapport avec leur origine. Sam, vous savez sans doute ce que sont les codes de formes.

C'était le cas. Au cours de son entraînement pour la CIA à Camp Perry, Sam avait passé trois jours à travailler sur l'histoire de la cryptographie.

— À la base, c'est un système de chiffrage de substitution, expliqua-t-il à Remi.

Il attrapa un bloc de papier et un stylo sur la table de nuit et dessina à la hâte trois symboles :

□ ◆ ○

— Supposons que le premier symbole représente la lettre « m », poursuivit-il, le second la lettre « a » et le troisième la lettre « l ».

— « Mal », dit Remi. Cela ne paraît pas très compliqué.

— Le système est assez simple en lui-même, mais d'un autre côté, il est presque inviolable. L'armée en utilise sa propre version, l'OTP, « one time pad », ou système du « masque jetable ». Voilà ce que cela donne : deux personnes possèdent chacune un livre d'encodage et de décodage. L'une d'elles envoie à l'autre un message à base de codes de formes, que l'autre déchiffre en substituant des lettres aux symboles. Mais sans le livre, on n'a que des symboles aléatoires dépourvus de sens.

— Et nous n'avons pas le livre en question, observa Remi.

— Selma, pourriez-vous nous envoyer...

— C'est déjà parti. Ce n'est pas l'image originale de l'étiquette, mais Wendy a utilisé un logiciel de dessin vectoriel pour reproduire certains des symboles. Il s'agit d'un simple échantillon.

Un instant plus tard, un signal sonore avertissait Sam de l'arrivée d'un e-mail. Il cliqua pour afficher l'image :

— Pour ce qui est du décodage, j'ai peut-être une idée – ou tout au moins un point de départ, poursuivit Selma. Vous souvenez-vous de cet homme mystérieux, le « commandant » qui avait loué les services du contrebandier Arienne pour se rendre à Sainte-Hélène ?

— Bien sûr.

— Je crois savoir qui est le « commandant ». Je suis tombée par hasard sur une obscure biographie allemande de Bonaparte, rédigée dans les années 1840. En 1779, alors que Bonaparte n'avait que neuf ans, on l'a envoyé dans une école militaire française à Brienne-le-Château, près de Troyes. Il y fit la connaissance d'un garçon du nom d'Arnaud Laurent. Ils devinrent amis et le restèrent, à l'époque de l'Académie royale militaire, puis de l'École d'Artillerie, et plus tard encore jusqu'à Waterloo. Selon l'auteur, jusqu'au milieu de l'année 1790, juste avant la première campagne d'Italie, Laurent surclassait Bonaparte en grade. On dit qu'en privé ou en petit comité, Bonaparte plaisantait en appelant Laurent « le commandant ». Au fil des années, Bonaparte a eu plusieurs confidents, mais aucun n'était aussi proche que Laurent.

— Reste-t-il quelque chose de lui, une succession, un domaine ? Une bibliothèque Arnaud-Laurent, peut-être ?

— Hélas non. On ne sait pas grand-chose de Laurent, mais d'après les quelques renseignements que j'ai pu rassembler, lorsqu'il est mort en 1825, quatre ans après Bonaparte, il aurait été enterré avec « l'objet auquel il attachait le plus grand prix ».

— Qui pourrait bien être, intervint Sam, notre fameux livre de décodage.

— Selma, où Laurent a-t-il été enterré ? s'écria Remi.

— Après la déroute de Waterloo, Bonaparte a présenté sa reddition à bord du HMS *Bellérophon*, accompagné de son état-major, dont Laurent faisait sans aucun doute partie, car il était à l'époque son principal conseiller militaire. Le *Bellérophon* a ensuite mis le cap sur Plymouth, et après deux semaines d'attente, Bonaparte a été transféré à bord du HMS *Northumberland* – seul, sans sa suite – pour le voyage final jusqu'à Sainte-Hélène. À la mort de Laurent, sa veuve, Marie, a demandé aux autorités britanniques l'autorisation de l'enterrer à Sainte-Hélène près de Bonaparte, mais les Anglais ont refusé. Marie a alors décidé que son mari défunt reposerait à l'île d'Elbe.

— Étrange, commenta Remi.

— C'est plutôt poétique, fit remarquer Sam. Bonaparte, son meilleur ami mort en exil, était enterré sur le lieu de cet exil. La veuve de Laurent a choisi une forme de... solidarité symbolique.

— C'est une très belle idée, Sam, dit Remi en penchant la tête vers son mari.

— Cela m'arrive parfois. Selma, la dépouille de Bonaparte n'est pas restée à Sainte-Hélène ?

— Non, en effet. C'est d'ailleurs une histoire assez intéressante. En 1830, les Bourbons, qui étaient remontés sur le trône après la défaite de Bonaparte à Waterloo, furent eux-mêmes destitués par la dynastie des Orléans. Ceux-ci éprouvaient une certaine nostalgie de l'épopée napoléonienne, aussi demandèrent-ils aux Anglais l'autorisation de ramener sa dépouille en France. Au bout de sept ans de tractations, les Anglais donnèrent leur accord et les restes de l'Empereur revinrent de Sainte-Hélène à Paris. Sa tombe officielle se trouve sous le dôme des Invalides.

« Quant à la tombe de Laurent, elle est toujours sur l'île d'Elbe. Il s'agit d'ailleurs plutôt d'une sorte de crypte. Mais comment faire ? Je suppose que vous voulez éviter d'y entrer par effraction et de jouer les pilleurs de sépultures ?

— Ce serait préférable, en effet, répondit Sam.

— Il vous faut donc obtenir une autorisation officielle. Et comme vous avez beaucoup de chance, Laurent a une descendante qui vit aujourd'hui à Monaco.

— Ah, Monaco au printemps, murmura Sam. Comment pourrions-nous laisser passer une telle occasion ?

— Impossible, renchérit Remi.

CHAPITRE 22

PRINCIPAUTÉ DE MONACO, CÔTE D'AZUR

SAM ENGAGEA LE 4×4 PORSCHE de location dans le chemin bordé de lilas et le gara devant une villa de trois étages au toit de tuiles, recouverte de stuc blanc, qui dominait les eaux de la Pointe de la Veille.

Héritière des intérêts de feu son mari dans un certain nombre d'affaires monégasques, dont une dizaine de stations balnéaires et quelques clubs de sport automobile, Yvette Fournier-Desmarais, lointaine descendante d'Arnaud Laurent, jouissait d'une fortune presque insolente. Si l'on en croyait les potins locaux, Yvette, qui était à cinquante-cinq ans le meilleur parti de Monaco, avait été courtisée par un nombre impressionnant de membres de la jet-set, princes, célébrités ou capitaines d'industrie. Elle était parfois sortie avec eux, mais jamais plus de quatre mois, et l'on murmurait qu'elle avait décliné des dizaines de demandes en mariage. Elle vivait seule dans sa villa avec son limier écossais, qui répondait au nom d'Henri, et un personnel peu nombreux.

L'obtention d'un rendez-vous ne posa guère de problèmes, à la grande surprise de Sam et de Remi. Ils présentèrent d'abord leurs références et leur demande d'entretien à l'avocat niçois de Mme Fournier-Desmarais, qui ne fit aucune difficulté pour contacter sa cliente. Vingt-quatre heures plus tard, elle leur adressait elle-même un e-mail les priant de se rendre chez elle dès que possible.

Ils sortirent de voiture et traversèrent la cour dans le murmure des fontaines qui longeaient l'allée, puis gagnèrent la porte d'entrée, formée de deux panneaux d'acajou ornés de vitraux qui culminaient à plus d'un mètre au-dessus de leurs têtes. Sam appuya sur la sonnette et entendit un doux carillon résonner à l'intérieur.

— *A Marcia de Muneghu*, commenta Remi.

— Je te demande pardon ?

— Le carillon. La Marche de Monaco, *A Marcia de Muneghu*. C'est l'hymne national monégasque.

— Tu as bien potassé tes guides touristiques pendant le vol, à ce que je vois.

— Comme dit le proverbe : « A Rome, fais comme les Romains ! »

La porte s'ouvrit et un homme d'âge mûr, très mince, vêtu d'un polo et d'un pantalon bleu marine assorti, se matérialisa devant eux.

— Monsieur et madame Fargo, je suppose.

Son accent était anglais. Il n'attendit pas de réponse et se contenta de s'effacer en leur indiquant le chemin d'un mouvement du menton.

Sam et Remi pénétrèrent dans le hall d'entrée, aménagé avec goût et simplicité : sol d'ardoise d'Égypte gris clair et murs bleu Méditerranée. Un miroir cerclé d'argent était installé au-dessus d'une table-console Sheraton du XIXe siècle, peinte et en forme de demi-lune.

— Mon nom est Langdon, annonça l'homme. Madame est sur la terrasse. Par ici, je vous prie.

Sam et Remi traversèrent le hall à sa suite, dépassèrent les pièces d'apparat les plus formelles pour gagner la partie privée de la demeure, puis franchirent une baie vitrée qui menait à une terrasse à gradins en loupe de noyer poli.

— Vous la trouverez par ici, dit Langdon en désignant un escalier adossé au mur extérieur de la villa. Si vous voulez bien m'excuser...

Il se retourna et disparut par la baie vitrée.

— Mon Dieu, Sam, admire cette vue ! s'exclama Remi en se dirigeant vers la rampe.

Sam la rejoignit. Au-delà de la berge agrémentée de rochers, de palmiers et d'arbustes tropicaux en fleurs s'étendait la Méditerranée, immense tapis indigo sous un ciel sans nuages.

— Moi non plus, je ne me lasse jamais de ce spectacle, dit une voix féminine derrière eux.

Sam et Remi se retournèrent. Une femme vêtue d'une simple robe bain-de-soleil blanche et coiffée d'un chapeau jaune tournesol à larges bords se tenait au sommet des marches. Sam et Remi supposèrent qu'ils avaient en face d'eux Yvette Fournier-Desmarais, mais jamais ils ne lui auraient donné plus de quarante ans. Sous les bords de son chapeau, son teint était hâlé, mais sans excès, et quelques rides d'expression à peine visibles soulignaient ses yeux noisette.

— Vous êtes Sam et Remi, n'est-ce pas ? demanda-t-elle en descendant les marches, main tendue. Je suis Yvette. Merci d'être venus.

Sam et Remi lui serrèrent la main, puis montèrent l'escalier derrière elle jusqu'à un solarium découvert à l'arrière de la villa. L'espace était drapé de rideaux de gaze et meublé de fauteuils en teck et de chaises longues. Un grand chien au pelage brun et noir lustré, assis à l'ombre près d'un fauteuil, se leva en voyant arriver Sam et Remi.

— Assis, Henri, lui dit sa maîtresse d'une voix douce.

Le chien se rassit aussitôt.

— Je ne corresponds guère à ce que vous imaginiez, est-ce que je me trompe ? leur demanda-t-elle lorsqu'ils furent installés.

— Pour être honnête, non, madame, lui répondit Sam.

— Appelez-moi Yvette.

— Yvette. Eh bien en effet, vous êtes très différente de l'image que je m'étais faite de vous.

Yvette éclata de rire en découvrant des dents d'un blanc éclatant.

— Quant à vous, Remi, poursuivit-elle, vous vous attendiez sans doute à rencontrer une matrone snob couverte de bijoux, un caniche sous un bras et une coupe de champagne à la main ?

— Je suis navrée, mais c'est en effet ce à quoi je m'attendais.

— Oh, au nom du ciel, ne vous excusez pas ! La femme que je viens de décrire est plutôt la règle que l'exception, ici à Monaco. Il se trouve que je suis née à Chicago. J'y ai fréquenté l'école primaire avant que mes parents viennent s'installer à Nice. Mon père et ma mère étaient des gens simples ; ils n'étaient certes pas pauvres, mais leurs goûts étaient modestes. Sans eux, je serais sans doute tout à fait conforme au stéréotype que nous évoquions.

Langdon apparut au sommet de l'escalier et posa sur la table un plateau avec une carafe de thé glacé et des verres givrés.

— Je vous remercie, Langdon.

— Je vous en prie, Madame, répondit l'homme en s'éloignant.

— Amusez-vous ce soir, Langdon. Et bonne chance !

— Merci, Madame.

Langdon parti, Yvette se pencha vers Sam et Remi.

— Langdon sort avec une veuve depuis un an déjà. Il compte lui présenter sa demande en mariage. Vous savez, Langdon est l'un des meilleurs pilotes de Formule 1 de Monaco !

— Vraiment ? demanda Sam.

— Oh oui, il est très connu.

— Veuillez pardonner ma curiosité, mais pourquoi...

— Pourquoi travaille-t-il à mon service ? Nous nous connaissons depuis trente ans. A l'époque, je commençais à fréquenter mon futur mari, aujourd'hui disparu. Je le paie bien, et nous nous apprécions beaucoup. En réalité, ce n'est pas tout à fait un majordome, mais plutôt, comment dirais-je ? ... mon dernier rempart. Il porte plusieurs casquettes pour moi. Avant de prendre sa retraite, il faisait partie des troupes commandos, le *Special Air Service* britannique. Un vrai dur. Quoi qu'il en soit, nous organiserons le mariage et la réception ici – si cette personne accepte sa demande, cela va de soi. Vous devriez venir, vraiment ! Le thé glacé ne vous dérange pas, j'espère ? poursuivit-elle en leur versant à boire. Ce n'est pas le genre de boisson qu'apprécient les riches Monégasques, mais j'adore ça.

Sam et Remi prirent leur verre de bonne grâce.

— Venons-en donc à Arnaud Laurent... Mon arrière-arrière-arrière-grand-père, et j'en oublie sans doute. Vous vous intéressez à lui, n'est-ce pas ?

— Beaucoup, répondit Remi. Mais puis-je vous demander d'abord pourquoi vous avez accepté de nous recevoir ?

— J'ai lu beaucoup de choses à votre sujet, et je connais un peu vos aventures, de même que votre travail humanitaire. J'admire votre façon de vivre. Au risque de me montrer grossière, je dirais qu'il y a par ici des familles d'une richesse extravagante, au point qu'ils ne parviendraient sans doute jamais à la dépenser en totalité. Mais pour rien au monde ils n'accepteraient d'en céder la moindre part. Quant à moi, je considère que plus on s'attache à l'argent, plus il s'attache à vous. N'est-ce pas votre avis ?

— Je suis tout à fait d'accord, acquiesça Sam.

— Voilà pourquoi j'ai accepté de vous recevoir. Je savais que vous me plairiez. Et puis je me demandais aussi quel rôle jouait Arnaud dans la quête que vous avez entreprise. Il s'agit bien d'une quête, d'une aventure, en quelque sorte ?

— Oui, plus ou moins.

— Merveilleux. Peut-être pourrais-je y participer moi aussi ? Mais veuillez m'excuser, je me laisse emporter. Cela vous ennuierait-il de me dire quelle est la nature de votre travail ?

Sam et Remi échangèrent un regard, chacun essayant de déchiffrer l'expression de l'autre. Leur instinct, qui ne les avait pas souvent trompés jusque-là, leur disait qu'ils pouvaient se fier à Yvette Fournier-Desmarais.

— Nous avons découvert par hasard une bouteille de vin, commença Sam, une bouteille très rare, qui pourrait avoir un rapport avec Arnaud...

— Vous voulez parler de la cave perdue de Napoléon Bonaparte, c'est bien cela ?

— Oui. Enfin, peut-être.

— C'est fabuleux ! s'écria Yvette en riant. Fantastique ! Si quelqu'un est capable de retrouver cette cave, c'est bien vous deux. Qu'il soit entendu que je vous aiderai autant que je le pourrai. Vous saurez très bien comment vous y prendre, j'en suis convaincue. Mais revenons à Arnaud. En toute honnêteté, je dois vous dire que vous n'êtes pas les premiers à vous y intéresser. Il y a quelques mois, quelqu'un a appelé mon avocat.

— Vous connaissez le nom de cette personne ?

— Je ne m'en souviens pas, mais mon avocat le connaît. Un nom russe, je crois. L'homme était plutôt insistant, et même assez grossier, aussi ai-je décidé de ne pas le recevoir. Sam, Remi, je vois bien à votre expression que cela évoque quelque chose pour vous. Vous connaissez cette personne ?

— C'est possible, répondit Sam. Nous avons eu nous-mêmes l'occasion de rencontrer un Russe dont les manières laissaient à désirer, et compte tenu de ce qu'il est prêt à faire pour obtenir ce qu'il veut, il s'agit sans doute de la même personne.

— Quelqu'un est venu vous importuner ? demanda Remi.

— Non, non. Et je n'ai aucune inquiétude à ce sujet. Entre Langdon et ses trois hommes, qui sont quelque part à l'affût en ce moment même, mon système d'alarme et Henri ici présent, je me sens tout à fait en sécurité. Et je suis d'ailleurs moi-même assez bonne tireuse.

— Voilà un point commun entre vous et Remi, fit observer Sam.

— Vraiment, Remi, vous pratiquez le tir ?

— Je n'irais pas jusque-là, mais...

Yvette se pencha en avant et donna une petite tape sur le genou de Remi.

— À l'occasion, lorsque vous pourrez rester plus longtemps, nous irons faire quelques séances de tir, entre filles. Nous avons un excellent club sur une plage à Menton, pas très loin d'ici, avec un stand de tir à l'intérieur du bâtiment. Mais j'oubliais notre méchant Russe ; il s'intéressait beaucoup au tombeau d'Arnaud sur l'île d'Elbe. Je suppose que c'est aussi la raison de votre visite ?

— C'est exact, répondit Remi.

— Eh bien nous ne lui avons rien dit. Je pense qu'il s'y était déjà rendu et qu'il était rentré bredouille, ce qui expliquerait son comportement désagréable.

— Que voulez-vous dire ?

Yvette se pencha une nouvelle fois en avant.

— Des actes de vandalisme ont été commis il y a quelques années sur l'île d'Elbe, murmura-t-elle d'une voix de conspirateur. Ce n'étaient que des folies de gamins, mais cela m'a fait réfléchir. Sachant qui était Arnaud et... enfin, vous savez à quel point les nostalgiques de Bonaparte peuvent être excessifs, bref, nous avons pris la décision de déplacer le sarcophage d'Arnaud.

— Mais où ? demanda Sam. Hors de l'île ?

— Non, non, il se trouve toujours sur l'île d'Elbe. Arnaud n'aurait pas voulu quitter l'île. Non, nous avons trouvé un autre cimetière avec une crypte vide, et nous l'y avons déposé. Il y est en sécurité. Je suppose que vous aimeriez avoir l'autorisation de jeter un coup d'œil à l'intérieur du cercueil de pierre ? C'est bien pour cela que vous êtes venus ?

— Je suis heureux de vous entendre exprimer les choses ainsi, répondit Sam en souriant. Je suis désolé, mais je ne sais pas très bien comment l'on est censé se comporter lorsque l'on demande à quelqu'un la permission d'examiner la dépouille d'un parent disparu.

Yvette écarta les excuses de Sam d'un revers de la main.

— Ne vous inquiétez pas. Vous ne lui manquerez pas de respect, j'en suis sûre. Et vous remettrez en place tout ce que vous aurez pris ou déplacé, n'est-ce pas ?

— Bien entendu, répondit Remi. Mais ce ne sera peut-être pas nécessaire. Selon certaines sources, Arnaud aurait été inhumé avec un ou plusieurs objets auxquels il tenait. Avez-vous une idée de la nature de ces objets ?

— Non, je l'ignore, j'en suis navrée. Je pense que la seule personne à connaître la réponse à cette question était son épouse, Marie, mais je peux vous assurer que le cercueil d'Arnaud n'a jamais été ouvert depuis sa mort. Et maintenant, je vais volontiers vous révéler où se trouve le tombeau, mais à une seule condition.

— Nous vous écoutons, dit Sam.

— Vous resterez dîner ce soir avec moi.

— Ce sera avec plaisir, répondit Remi en souriant.

— Merveilleux ! Vous arriverez sur l'île d'Elbe à Rio Marina. De là, vous prendrez la direction de l'ouest vers la montagne, par la route SP26...

CHAPITRE 23

Île d'Elbe, Italie

SAM LAISSA LE SCARABÉE RAMPER le long de son doigt et sur le dos de sa main avant de le faire retomber d'une chiquenaude dans la paume de son autre main. Il quitta sa position accroupie sur le bas-côté du chemin de terre et se tourna vers Remi, qui prenait des photographies de la mer en contrebas.

— L'histoire est tout de même une chose curieuse, dit-il.

— Comment cela ?

— Ce scarabée. Qui sait ? C'est peut-être un lointain parent de celui qui a servi à fabriquer l'encre de Bonaparte ?

— Est-ce qu'il t'a craché dessus ?

— Pas que je sache.

— Selma disait que l'encre provenait d'un scarabée cracheur.

— Tu ne comprends pas où je veux en venir. Quel manque cruel d'imagination !

Remi abaissa son appareil photo et se tourna vers lui.

— Je suis désolé, reprit Sam, j'oubliais à qui je parlais.

— Mais je comprends ton point de vue, tempéra Remi en consultant sa montre. Nous ferions mieux d'y aller. Il est presque trois heures. C'est une vraie fournaise.

La veille au soir, le dîner en compagnie d'Yvette Fournier-Desmarais s'était poursuivi tard dans la nuit et, après trois bouteilles de vin, Yvette avait convaincu ses hôtes d'annuler leur réservation d'hôtel et de passer la nuit à la villa. Le lendemain matin, Sam et Remi partagèrent le petit déjeuner avec elle sous la véranda – café, croissants, ananas frais, œufs brouillés aux poireaux avec du poivre fraîchement moulu et de la menthe – avant de gagner l'aéroport.

Pour des raisons que ni Sam ni Remi ne parvinrent à élucider, les vols quotidiens vers l'île d'Elbe étaient monopolisés par une compagnie, Inter-Sky, qui ne desservait que trois autres destinations, Friedrichshafen, Munich et Zürich. Deux autres compagnies, SkyWork et Elbafly, offraient un meilleur choix d'aéroports de départ, mais ne volaient que trois jours par semaine, aussi décidèrent-ils de prendre un vol Air France de Nice à Florence, puis le train jusqu'à Piombino et enfin, un ferry pour traverser le bras de mer de dix milles nautiques qui les séparait de Rio Marina, sur la côte est de l'île d'Elbe.

Leur voiture de location, une petite Lancia Delta, faisait pâle figure comparée au 4×4 Porsche, mais la climatisation fonctionnait et le moteur, en dépit de sa cylindrée modeste, ne manquait pas de souplesse.

Se fiant aux instructions d'Yvette, ils avaient rejoint l'intérieur des terres en partant de Rio Marina, traversé l'un après l'autre de pittoresques petits villages toscans – Togliatti, Sivera, San Lorenzo –, des vignobles et des collines verdoyantes, et serpenté toujours plus haut dans les montagnes jusqu'à ce promontoire qui dominait la côte est de l'île.

Sans l'exil de Bonaparte, le nom de l'île serait sans doute demeuré quasi inconnu, ce qui eût été injuste, compte tenu de son passé.

Au cours de sa longue histoire, l'île d'Elbe avait subi bien des occupations, des Étrusques aux Romains en passant par les Sarrasins. Au XIe siècle, elle tomba sous la coupe de la République de Pise, et changea ensuite de destin une demi-douzaine de fois, vendue ou annexée. Un processus qui débuta avec les Visconti de Milan et se termina en 1860 lorsque l'île devint un protectorat du royaume d'Italie.

Remi prit quelques photos supplémentaires, puis ils remontèrent en voiture et poursuivirent leur route.

— Quel est l'endroit précis où Bonaparte a passé son exil ? demanda soudain Sam.

Remi parcourut son guide hérissé de marque-pages.

— À Portoferraio, sur la côte septentrionale. Il disposait de deux maisons, la Villa San Marino et la Villa dei Mulini, et entretenait une suite nombreuse, entre six cents et mille personnes. Il a d'ailleurs pris le titre d'empereur d'Elbe.

— Se l'est-il attribué, ou bien était-ce juste une dernière humiliation que l'on a voulu lui infliger ? demanda Sam. Après avoir dominé la plus grande partie de l'Europe, l'« empereur d'Elbe » devait trouver son empire bien réduit !

— C'est vrai. Mais voici une autre anecdote : avant son départ pour l'exil, Bonaparte aurait tenté de s'empoisonner.

— Incroyable.

— Selon certaines sources, le poison se trouvait dans une fiole qu'il portait autour de son cou ; c'était un mélange d'opium, de belladone et d'ellébore blanc. Il l'avait fait préparer avant la campagne de Russie.

— Il ne voulait sans doute pas tomber vivant aux mains des Cosaques.

— On ne peut guère l'en blâmer. Ils le détestent aujourd'hui encore. Pour en revenir à ce poison, il l'a bu, mais le mélange datait de deux ans et avait perdu de son efficacité. Bonaparte a passé la nuit à se tordre de douleur sur le sol, mais il a survécu.

— Remi, tu es un véritable puits de science.

Remi l'ignora et poursuivit sa lecture.

— Les historiens ont du mal à s'accorder sur la façon exacte dont il s'est échappé. Des gardes prussiens et français étaient en poste sur toute l'île et un bâtiment de guerre anglais patrouillait en permanence au large.

— Quel diable d'homme, ce Bonaparte !

*

— Une voiture derrière nous..., annonça Sam quelques minutes plus tard. Remi se retourna pour regarder par la lunette arrière. Sept cents mètres plus bas, une Peugeot couleur crème négociait un virage. Elle disparut un instant de son champ de vision, puis revint aussitôt.

— Il a l'air pressé.

Depuis leur départ des Bahamas, Sam et Remi étaient restés très vigilants, à l'affût de la moindre tentative de filature. Sans résultat. Leur sécurité n'était pourtant que relative, car une île de dimensions aussi modestes offrait un nombre très limité de points d'accès, et la fortune d'un homme tel que Bondarouk lui permettait sans doute d'obtenir bien des informations.

Sam resserra les mains sur son volant. Son regard alternait entre le rétroviseur et la route devant lui.

Deux minutes plus tard, la Peugeot apparut derrière eux et commença à gagner du terrain jusqu'à ce que son pare-chocs ne soit plus qu'à deux ou trois mètres de celui de la Lancia. L'éclat du soleil empêchait de distinguer plus que de simples silhouettes, mais Sam put constater que deux hommes se trouvaient à bord.

Il passa le bras par la vitre et leur fit signe de doubler.

La Peugeot se contenta de continuer à coller derrière eux, puis elle déboîta soudain et accéléra. Sam tendit les muscles du pied droit, prêt à écraser la pédale de frein. Remi jeta un coup d'œil à droite. Le bas-côté était très étroit, et aussitôt suivi d'une pente abrupte. Cent cinquante mètres plus bas, des chèvres, réduites à la taille de fourmis, paissaient dans un champ. Le pneu avant, côté passager, fit un léger écart sur la droite et des graviers crépitèrent contre la carrosserie. Sam redressa le volant et le pneu regagna l'asphalte.

— Tu as bouclé ta ceinture ? demanda-t-il, les dents serrées.

— Oui.

— Où sont-ils ?

— Ils nous dépassent.

La Peugeot ralentit pour s'aligner au niveau de la portière de Sam. Un homme basané, à la moustache en guidon de vélo, le regardait. L'inconnu hocha la tête une seule fois, d'un mouvement brusque, le moteur monta en régime et la voiture accéléra, puis disparut au virage suivant.

— Des gens charmants, commenta Remi en laissant échapper un bruyant soupir.

Sam laissa se détendre ses mains sur le volant, faisant jouer ses articulations pour rétablir la circulation sanguine.

— Nous sommes bientôt arrivés ?

Remi déplia la carte et retraça leur itinéraire d'un doigt.

— Huit ou neuf kilomètres.

*

Ils atteignirent leur destination en fin d'après-midi. Perché sur les pentes du Monte Capanello et entouré de forêts de genévriers et de pins d'Alep, le village de Rio nell'Elba, neuf cents habitants, était niché à l'ombre du château du Volterraio. C'était un village médiéval toscan typique, avec ses étroites ruelles pavées, ses places ombragées et ses balcons de pierre qui débordaient de lavande et d'orchidées.

— On dit ici que Rio nell'Elba est le paradis des collectionneurs de minéraux. Il existe même des mines de fer qui remontent à l'époque des Étrusques.

Ils se garèrent en face de l'ermitage de Santa Caterina. Selon Yvette, leur contact, un certain Umberto Cipriani, était conservateur adjoint du *Museo dei Minerali*, le musée de la Mine. Remi s'orienta sur le plan du village. Ils se mirent en marche et arrivèrent au musée dix minutes plus tard.

— Je vais te prendre en photo ! s'exclama soudain Sam alors qu'ils traversaient la place. Va donc près de la fontaine.

Remi alla vers la fontaine, prit la pose, sourit à l'objectif pendant que Sam la photographiait à plusieurs reprises, puis le rejoignit alors qu'il examinait les images sur l'écran de l'appareil.

— Tu devrais en prendre une autre, Sam, je vais être floue sur celles-ci.

— Je sais. Mais il y a quelqu'un ici qui n'est pas flou. Regarde et n'arrête pas de sourire.

Remi examina à son tour l'image de plus près. À une quinzaine de mètres derrière sa propre silhouette indistincte, elle aperçut le capot d'une automobile de couleur crème qui dépassait de l'entrée d'une ruelle ombragée. Derrière le volant, un homme les observait avec une paire de jumelles.

CHAPITRE 24

REMI, TOUT À SON RÔLE de touriste insouciante, sourit et pressa son visage contre celui de Sam tandis qu'ils regardaient l'écran de l'appareil.

— Nos aimables poursuivants, murmura-t-elle sans cesser de sourire. Une coïncidence ?

–J'aimerais le croire, mais les jumelles me rendent un peu nerveux. À moins qu'il ne s'agisse d'un passionné de l'observation des oiseaux ?

— Peut-être espionne-t-il son ex-petite amie ?

— Je crois que nous devrions prévoir le pire.

— Est-ce que tu vois l'autre, l'homme à la moustache ?

— Non. Allons, viens, entrons. Reste naturelle et ne regarde pas trop autour de toi.

Ils franchirent la porte du musée, s'arrêtèrent à l'accueil et demandèrent Umberto Cipriani. Le réceptionniste décrocha le téléphone et prononça quelques mots en italien. Quelques instants plus tard, un homme corpulent, aux cheveux poivre et sel clairsemés, apparut dans l'embrasure d'une porte.

— *Buongiorno. La posso aiutare ?*

— À toi de jouer, Remi.

Sam et Remi maîtrisaient plusieurs langues, mais sans qu'il sache très bien pourquoi, Sam se sentait toujours pris de court lorsque l'on s'adressait à lui en italien. Remi éprouvait la même sensation avec l'allemand.

— *Buongiorno. Signor Cipriani ?*

— *Sì.*

— *Parla inglese ?*

Cipriani adressa un large sourire à Remi.

— Je parle anglais, en effet, mais votre italien est excellent. Que puis-je faire pour vous ?

— Je m'appelle Remi Fargo, et voici Sam, mon mari.

Ils échangèrent une poignée de main.

— J'attendais votre visite, dit Cipriani.

— Pouvons-nous vous parler en privé ?

— Bien entendu. Mon bureau est par ici.

Il les conduisit le long d'un petit couloir jusqu'à un bureau dont la fenêtre donnait sur la place. Ils s'assirent. Sam sortit la lettre d'Yvette de sa poche et la tendit à Cipriani, qui l'examina avec soin avant de la lui rendre.

— Veuillez me pardonner, mais... puis-je m'assurer de vos identités ?

Sam et Remi lui donnèrent leurs passeports.

— Comment va Yvette ? Bien, j'espère ?

— Elle va très bien, répondit Sam, et vous envoie ses amitiés.

— Et comment va sa petite chatte Moira ?

— Elle a un chien, qui s'appelle Henri.

Cipriani étendit les mains devant lui et gratifia Sam et Remi d'un sourire penaud.

— Je suis un homme prudent, peut-être trop. Yvette m'a confié le soin de traiter avec vous, et je veux me montrer digne de sa confiance.

— Nous comprenons tout à fait, le rassura Remi. Depuis combien de temps la connaissez-vous ?

— Oh, vingt ans, et même plus ! Elle possède une villa par ici, près du *castello*. Elle a rencontré des problèmes d'ordre juridique au sujet des droits de propriété de la terre. J'ai été en mesure de l'aider.

— Vous êtes avocat ?

— Oh non ! Mais j'ai quelques relations utiles.

— Je vois. Et vous pensez pouvoir nous aider ?

— Bien sûr. Vous voulez examiner le caveau, mais pas déplacer le cercueil ?

— C'est bien cela.

— Cela ne devrait pas poser de problème. Cependant, par mesure de sécurité, nous attendrons qu'il fasse nuit. Nous sommes assez curieux de nature, par ici. Avez-vous trouvé où vous installer ?

— Pas encore.

— Eh bien soyez mes invités.

— Nous ne voulons pas..., commença Sam.

— Ce n'est pas une obligation, mais ce serait un plaisir pour nous. Nous dînerons à la fortune du pot et ensuite, je vous emmènerai au cimetière.

— Nous vous remercions, dit Remi.

— Pourrions-nous utiliser votre bureau pendant quelques minutes ? intervint Sam.

— Bien entendu. Prenez tout votre temps.

Cipriani sortit en fermant la porte derrière lui. Sam sortit son téléphone mobile de sa poche et composa le numéro de Selma. Après quelques cliquetis et crachotements, il entendit enfin sa voix.

— Monsieur Fargo ! Tout va bien ?

— Jusqu'ici, pas de souci. Et de votre côté ?

— Tout est tranquille.

— Pourriez-vous vérifier une plaque d'immatriculation pour moi ? Ce ne sera peut-être pas facile, c'est une plaque de l'île d'Elbe. En cas de difficulté, appelez Rubin.

Il indiqua aussi à Selma le numéro du bureau de Cipriani.

— Très bien, monsieur Fargo, je vais voir ce que je peux faire. Je vous tiens au courant dès que possible.

*

Selma rappela vingt minutes plus tard.

— Cela n'a pas été tout seul, mais par bonheur, la base de données des immatriculations italiennes est assez mal protégée contre le piratage informatique.

— C'est bon à savoir, dit Sam.

— Cette plaque est celle d'une Peugeot, c'est exact ?

— En effet.

— Dans ce cas, j'ai de mauvaises nouvelles pour vous. Cette voiture est celle d'un officier de la *Polizia Provinciale*. Je vous envoie tout de suite les détails.

Sam attendit trois minutes l'arrivée de l'e-mail, en étudia la teneur, puis remercia Selma, raccrocha et fit part de ses informations à Remi.

— De deux choses l'une : soit j'ai dépassé les limites de vitesse, soit quelqu'un s'intéresse à nous d'un peu trop près.

— Si tu avais commis une infraction, ils nous auraient arrêtés dès l'arrivée du ferry à Rio Marina, objecta Remi.

— C'est vrai.

— Nous voilà au moins prévenus.

— Et nous connaissons le visage de notre vilain petit curieux.

*

Sam et Remi passèrent une heure à arpenter les ruelles de Rio nell'Elba, mais avec la plus grande prudence, en s'assurant de ne pas franchir les limites du village et de ne jamais se retrouver isolés. Ils ne virent aucun signe de la Peugeot ni de ses occupants.

— Je pensais à ce que Yvette nous disait, commença Sam en marchant, le bras passé sous celui de Remi. Elle suspectait Kholkov d'être déjà venu ici à la recherche du caveau d'Arnaud. Bondarouk devait savoir que nous viendrions nous aussi à un moment ou à un autre, c'est logique.

— Tu veux dire qu'il attend, bien tranquille, que nous fassions le boulot à sa place ?

— Ce serait assez malin de sa part.

Vers dix-sept heures trente, ils revinrent au musée, dont Cipriani fermait déjà la porte principale, et le suivirent chez lui.

Sa maison, située derrière une oliveraie, n'était qu'à un peu plus d'un kilomètre du musée. La signora Cipriani, une femme aux yeux marron étincelants, bien en chair comme son mari, les accueillit en les embrassant sur les joues. Elle échangea un feu roulant de questions et réponses en italien avec Umberto, qui les conduisit sous la véranda où étaient rassemblées quelques chaises. Un rideau de clématites qui pendait de l'avant-toit transformait l'endroit en un havre douillet.

— Vous nous excuserez un instant, dit Umberto. Mon épouse a besoin de moi à la cuisine.

Sam et Remi s'assirent. Quelques minutes plus tard, Umberto et sa femme, qui répondait au nom de Teresa, revinrent avec un plateau et des verres.

— J'espère que vous aimez le limoncello ? s'enquit Umberto.

— Nous l'apprécions beaucoup, répondit Sam.

— *Cento anni di salute e felicità*, lança Umberto en levant son verre. Vous connaissez ce toast, *Cento anni di salute e felicità ?*

Remi réfléchit un instant.

— Cent ans de santé et de bonheur ?

— Bravo ! À la vôtre ! Nous allons bientôt passer à table.

*

Après le repas, Umberto et ses hôtes regagnèrent la véranda et s'installèrent pour savourer un expresso en profitant de la beauté du crépuscule, tandis que les lucioles luisaient parmi les arbres. On entendait dans la cuisine le cliquetis de la vaisselle. Teresa avait refusé avec obstination les offres de service de Sam et Remi, et les avait chassés de son domaine à petits coups de tablier.

— Depuis combien de temps vivez-vous ici, Umberto ? demanda Sam.

— J'ai toujours vécu ici, ma famille y est installée depuis... trois siècles, peut-être ? Oui, c'est cela. Lorsque Mussolini est arrivé au pouvoir, mon père et mes oncles ont rejoint les rangs des partisans et se sont cachés dans les collines pendant des années. À l'arrivée des Britanniques en 1944, mon père a combattu avec les commandos de la Royal Navy. Il a même été décoré. Je n'étais pas encore né à la fin du conflit.

— Votre père a-t-il survécu à la guerre ?

— Mon père, oui, mais aucun de mes oncles. Ils ont été capturés et exécutés par un escadron de la mort envoyé par Hitler pour éliminer les partisans.

— Je suis navré.

Cipriani leva les mains en l'air et haussa les épaules. *Nous n'y pouvons plus rien, ni vous ni moi...*

Sam sortit son téléphone de sa poche et échangea un regard avec Remi, qui hocha la tête. Ils avaient déjà eu une discussion à ce sujet peu de temps auparavant.

— Ce nom vous est-il familier, Umberto ?

Cipriani prit le téléphone, examina l'écran un moment, puis le rendit à Sam.

— Oh oui, bien sûr. Carmine Bianco. Mais dites-moi, comment se fait-il que vous le connaissiez vous aussi ?

— Une voiture nous a suivis aujourd'hui. Elle est immatriculée à son nom.

— Ce n'est pas une bonne nouvelle. Bianco est officier de police, mais il est corrompu. Il est de mèche avec l'*Unione Corsa*. La mafia corse. Mais pour quelle raison s'intéresseraient-ils à vous, je me le demande ?

— Ce n'est pas la mafia corse qui est après nous, à notre avis. Il s'agit sans doute d'un service qu'ils rendent à quelqu'un d'autre.

— Je vois. Non pas que cela fasse la moindre différence. Bianco n'est qu'un pion. Était-il seul dans cette voiture ?

— Non, répondit Sam en secouant la tête. Il y avait un autre homme : teint basané, moustache en guidon de vélo.

— Cela ne me rappelle rien.

— Pourquoi la police ne fait-elle rien ? demanda Remi. Si ce Bianco est corrompu, pourquoi ne l'arrête-t-on pas ?

— Les choses ne sont pas si simples. Je vais vous poser une question. Je connais déjà la réponse, mais il faut que je vous la pose. Je suppose que je ne parviendrai pas à vous convaincre de partir ? Cette nuit, avant que Bianco ne trame quelque chose ?

Sam et Remi se regardèrent et chacun devina aussitôt les pensées de l'autre. Ce fut Sam qui formula leur réponse.

— Nous vous remercions, mais nous devons aller au fond de cette affaire.

— C'est bien la réponse que j'attendais, dit Umberto en hochant la tête d'un air sombre.

— Nous ne voulons à aucun prix vous mettre en danger, Teresa et vous. Si vous pouviez nous indiquer...

— Pas question, lança Umberto, qui se levait déjà de son siège. Attendez ici.

Il entra dans la maison et revint une minute plus tard, avec à la main une boîte à chaussures.

— Vous en aurez peut-être besoin, dit-il en la tendant à Sam.

À l'intérieur de la boîte, Sam découvrit un pistolet Luger neuf millimètres datant de la Seconde Guerre mondiale, ainsi que deux chargeurs pleins.

Umberto adressa un sourire sinistre et un clin d'œil à ses invités.

— Mon père l'a subtilisé à l'officier de la Gestapo qui a exécuté mes oncles. Si j'en crois le récit de mon père, l'officier n'en avait plus besoin.

— Nous ne pouvons l'accepter, objecta Sam.

— Bien sûr que si. Lorsque vous aurez terminé ce que vous avez à faire, vous pourrez me le rendre. J'en ai d'ailleurs un autre. Mon père était un combattant redoutable. Allons, venez avec moi, maintenant.

CHAPITRE 25

Le cimetière où Yvette avait fait transférer la dépouille d'Arnaud Laurent n'avait pas de nom, leur apprit Umberto, mais il datait de plusieurs siècles, à l'époque où Elbe était encore un protectorat français. Aucune carte ne mentionnait son existence.

Ils prirent la Lancia, suivirent la route principale qui sortait du village, puis tournèrent au nord vers les montagnes désormais masquées par la pénombre du crépuscule. Au bout de dix minutes, Umberto, assis à l'arrière, leur demanda d'arrêter la voiture.

— Que se passe-t-il ? demanda Sam.

— Arrêtez-vous, s'il vous plaît.

Sam obtempéra, gara la voiture sur le bas-côté et éteignit les phares. Sam et Remi se retournèrent.

— J'ai commis un acte terrible, dit Umberto en se frottant le front.

— Quoi ?

— Je suis en train de vous mener vers un piège.

— Mais de quoi parlez-vous ? lança Remi.

— Cet après-midi, quand nous étions encore dans le village, Bianco est passé chez moi. Teresa m'a appelé. Il a menacé de nous tuer si nous ne l'aidions pas.

— Et pourquoi nous le dire maintenant ?

— Le pistolet. Mon père l'a pris à un homme qui menaçait sa famille, ses amis. Lui aussi avait peur, j'en suis certain, tout comme moi, mais il s'est battu. Je dois agir de même. Je suis désolé.

Sam et Remi gardèrent un moment le silence.

— Vous nous avez prévenus, dit enfin Remi. Cela suffit. Est-ce qu'ils nous attendent ?

— Non, mais ils vont arriver. D'ici trente minutes au plus. Je suis censé vous laisser ouvrir le cercueil de pierre et découvrir ce que vous êtes venus chercher. Ensuite, ils comptent vous emmener et vous tuer, j'imagine. Et moi aussi, peut-être.

— Combien sont-ils ? demanda Sam.

— Je l'ignore. (Umberto ôta le chargeur de son propre Luger et le tendit à Sam.) Je vous avais donné des balles à blanc.

— Merci, mais pourquoi nous avoir confié une arme, dans ce cas ?

— Je devais m'assurer de votre confiance. J'espère que vous pourrez me pardonner.

— Nous vous le dirons dans une heure ou deux. Si vous jouez double jeu avec nous...

— Si c'est le cas, je vous autorise à m'abattre.

— Je m'en souviendrai, répliqua Sam et le regardant droit dans les yeux.

— Et Teresa ? demanda Remi. Est-ce qu'elle ne va pas...

— Elle est déjà partie, répondit Umberto. J'ai des cousins à Nisporto. Ils la protégeront.

— Nous avons un téléphone mobile. Appelons la police. Umberto ?

— Ils n'arriveront pas à temps, répondit l'Italien en secouant la tête.

— Nous pouvons faire demi-tour, ou alors nous dépêcher de faire ce que nous avons à faire avant qu'ils arrivent.

— Il n'existe que deux routes pour venir ici ou en repartir, objecta Umberto, et Bianco les fait surveiller. Vous pouvez en être sûrs.

— Tu ne dis rien, dit Remi en se tournant vers Sam.

— Je réfléchis.

En bon ingénieur, Sam se creusait la tête à la recherche d'un plan bien élaboré, mais il comprit vite qu'il perdait son temps. Tout comme lors de leur rencontre avec Arkhipov dans la décharge, ils ne disposaient pas de moyens suffisants, ni de temps, pour mettre sur pied un stratagème sophistiqué.

— La fortune sourit aux audacieux, conclut-il enfin.

— Oh, non, gémit Remi.

— Qui ne risque rien n'a rien.

— Je ne sais que trop bien où cela va nous mener, dit Remi.

— Que se passe-t-il ? demanda Umberto depuis la banquette arrière.

— Nous allons peaufiner cela en cours de route.

Sam démarra, enclencha la boîte automatique et la Lancia s'élança sur la route.

*

Le cimetière apparut dans un champ en friche entouré sur trois côtés par de petites collines couvertes de pins et de chênes-lièges. Il ne couvrait qu'une quarantaine d'ares, et était entouré d'une grille en fer forgé d'un mètre de haut, depuis longtemps envahie par la rouille et la vigne grimpante. Comme pour souligner l'ambiance, un brouillard tapissait le champ et tournoyait autour des pierres tombales et des caveaux. Le ciel était clair, la lune pleine et brillante.

— Je peux vous l'annoncer de façon officielle, je suis terrorisée, annonça Remi en regardant par la vitre tandis que la voiture s'arrêtait devant le portail. *(Sam coupa le moteur et laissa les veilleuses. Quelque part parmi les arbres, une chouette ulula à deux reprises, puis se tut.)* Il ne manque que le hurlement des loups, poursuivit-elle dans un murmure.

— Il n'y a pas de loups sur l'île d'Elbe, répondit Umberto. Mais on trouve des chiens sauvages. Et des serpents. Beaucoup de serpents.

L'agencement du cimetière semblait répondre aux seules lois du hasard, sans le moindre souci de symétrie ou d'espacement entre les tombes. Les stèles jaillissaient des mauvaises herbes à des angles improbables, certaines à trente centimètres de leur voisine, tandis que des monuments funéraires de toutes les formes et à tous les stades de délabrement sortaient du sol, à moitié effondrés, croulant sous un amas de feuillage ou affaissés les uns contre les autres. Plusieurs, en revanche, paraissaient restaurés depuis peu et formaient de véritables îlots fleuris, entretenus avec le plus grand soin.

— L'aménagement des espaces publics ne semble pas être une priorité, par ici ? fit remarquer Sam.

— Ces tombes sont ici depuis tellement longtemps que le gouvernement n'a jamais pu se décider à intervenir, répondit Umberto. Je serais d'ailleurs incapable de vous dire à quand remonte la dernière inhumation.

— Combien de personnes sont enterrées ici, à votre avis ?

— Des centaines, sans doute. Certaines tombes sont très profondes, et d'autres très minces. Les morts sont parfois empilés les uns sur les autres.

— Où se trouve la tombe d'Arnaud Laurent ? demanda Sam.

Umberto se pencha en avant et désigna un point à travers le pare-brise.

— C'est celle-ci, dans le coin, là-bas, celle avec un toit en dôme.

Sam jeta un coup d'œil rapide à sa montre.

— Il est temps de voir comment se comporte la Lancia sur terrain accidenté.

Il démarra, fit une marche arrière sur l'allée de graviers, puis vira pour s'enfoncer dans le champ, tandis que les herbes hautes raclaient le dessous du châssis. Il suivit la clôture jusqu'au fond du cimetière, s'arrêta juste derrière la tombe d'Arnaud Laurent et coupa le moteur.

— Où est-ce que cela mène ? demanda-t-il à Umberto en montrant un point à travers la vitre passager.

Huit cents mètres plus loin, des ornières creusées par des pneus disparaissaient en direction de la colline et parmi les arbres.

— Je n'en ai pas la moindre idée. C'est une vieille route minière. Elle n'a pas été utilisée depuis soixante-dix ou quatre-vingts ans – pas depuis la guerre, en tout cas.

— *Le chemin le moins fréquenté*, murmura Remi.

— Pas pour longtemps, répondit Sam.

Il ouvrit la portière et descendit de voiture. Remi et Umberto le suivirent.

— Pourquoi n'attends-tu pas ici ? glissa-t-il à Remi. Reste assise côté passager et garde les yeux bien ouverts. Nous n'en aurons que pour quelques minutes.

Il rejoignit Umberto, et les deux hommes enjambèrent la grille.

Comparée aux autres, la tombe de Laurent Arnaud était de dimensions modestes, guère plus imposante qu'une armoire et haute de moins d'un mètre cinquante, mais lorsque Sam en fit le tour, il constata qu'elle était enfoncée de plus d'un mètre dans le sol. Trois marches couvertes de mousse menaient à une porte de bois grossièrement taillée. Il sortit une petite lampe de sa poche et la dirigea vers la serrure tandis qu'Umberto y insérait une clef. Comme pour se conformer à l'ambiance qui régnait dans le cimetière – brouillard, chouette et pleine lune –, les gonds gémirent lorsque l'Italien parvint à l'ouvrir. Il se retourna vers Sam et lui adressa un sourire nerveux.

— Continuez à surveiller les alentours, lui ordonna Sam.

Il descendit les trois marches et franchit la porte. Il fut accueilli par un rideau de toiles d'araignées. À la lueur bleutée de sa lampe, les arachnides s'éparpillèrent et disparurent. Sam écarta les toiles d'un geste de la main. Des mouches et des papillons de nuit desséchés se répandirent sur le sol de pierre. Sam fit un pas en avant.

Le caveau s'étendait sur un mètre cinquante en profondeur et deux mètres cinquante en largeur. Il y régnait une odeur de poussière et de déjections de rongeurs. Sur sa droite, Sam entendit un faible grattement de griffes sur la pierre, puis le silence tomba. Au centre, le cercueil de pierre, dépourvu de marques ou d'ornements, était posé sur une plate-forme de brique rouge d'un mètre de haut. Sam se dirigea vers le fond en le contournant, plaça sa lampe entre ses dents et poussa le couvercle. Celui-ci était plus léger qu'il ne l'imaginait, et il se déplaça de plusieurs centimètres avec un bruit de raclement creux.

Sam poussa un peu plus le couvercle, en saisit l'extrémité la plus saillante, puis le fit pivoter. Il éclaira l'intérieur de sa lampe.

— Heureux de faire enfin votre connaissance, monsieur Laurent, murmura-t-il.

Arnaud Laurent, réduit à l'état de squelette, était vêtu de ce que Sam supposa être un uniforme d'apparat de l'époque napoléonienne, épée de cérémonie comprise. Entre ses pieds chaussés de bottes noires se trouvait une boîte en bois de la taille d'un gros livre relié. Sam la souleva avec soin, souffla sur la couche de poussière qui la recouvrait, puis s'agenouilla et la posa sur le sol.

À l'intérieur, il découvrit un peigne en ivoire, une balle de mousquet aplatie, mouchetée d'une substance marron qui s'écaillait au toucher – du sang séché, selon toute probabilité –, de tout petits sacs en soie contenant des médailles, un médaillon en or qui contenait un portrait de femme (sans doute Marie, l'épouse de Laurent) et enfin, un livre relié de cuir brun qui tenait dans la paume de la main.

Retenant son souffle, Sam ouvrit le livre vers le milieu, d'un geste prudent. À la lueur de l'étroit rayon de sa lampe, il distingua une ligne composée de formes géométriques :

— Bingo, murmura-t-il.

*

Il remit les autres objets dans la boîte, qu'il replaça entre les pieds de Laurent. Il s'apprêtait à refermer le couvercle lorsque sa lampe fit étinceler quelque chose de métallique. Coincé entre une des bottes de Laurent et le côté du sarcophage, il aperçut ce qui ressemblait à un ciseau en acier de la taille d'un pouce. Il le prit et l'examina. Il s'agissait d'une sorte de poinçon d'estampage, ou un ciseau à pierre. L'une des extrémités était aplatie comme la tête d'un clou ; l'autre était concave et présentait un bord acéré comme celui d'un couteau. Il braqua le faisceau de sa lampe sur l'empreinte gravée. Elle représentait les contours d'une cigale.

— Merci, mon général, souffla Sam. J'aurais souhaité vous rencontrer deux siècles plus tôt.

Il empocha le poinçon, ferma le couvercle de la boîte et sortit de la crypte.

Umberto était invisible.

Sam remonta les trois marches et regarda autour de lui.

— Umberto ? Où êtes-vous, Umberto ?

Des phares s'allumèrent soudain à l'entrée du cimetière, braqués droit sur lui. Il plissa les yeux et mit ses mains devant son visage.

— Ne bougez pas, monsieur Fargo, lança une voix à l'accent russe à travers le cimetière. Un fusil est braqué sur votre tête. Levez les mains en l'air.

Sam obéit.

— Remi, je t'en prie, sors, sors vite d'ici, siffla-t-il entre ses dents.

— Ça ne va pas être facile, Sam.

Lentement, il tourna la tête pour regarder par-dessus son épaule.

Carmine Bianco était debout près de la portière de la Lancia, un revolver appuyé sur la tempe de Remi.

CHAPITRE 26

Bianco continuait à regarder Sam, un sourire de barracuda aux lèvres, sans que le revolver dévie d'un centimètre de la tête de Remi. Les phares s'éteignirent. Sam put à nouveau diriger son regard vers le portail, et il distingua deux silhouettes qui s'approchaient. Derrière les deux hommes se dessinaient les contours d'un 4×4.

— Remi, ça va ? demanda Sam par-dessus son épaule.

— Silence ! aboya Bianco.

Sam l'ignora.

— Remi ?

— Je vais bien.

Kholkov approcha en enjambant les mauvaises herbes et s'arrêta à trois mètres de lui. À sa droite, l'homme à la moustache en guidon de vélo portait à l'épaule un fusil de chasse à lunette, le canon à hauteur de la poitrine de Sam.

— Vous êtes armé, je suppose ? l'interrogea Kholkov.

— Cela me semblait plus prudent, en effet.

— Alors donnez-moi votre arme, sans gestes brusques.

Sam sortit avec lenteur le Luger de sa poche et le laissa tomber entre eux sur le sol.

Kholkov regarda autour de lui.

— Où est passé Cipriani ?

— Ligoté et bâillonné dans sa grange, mentit Sam. Nous avons dû insister un peu, mais il a fini par nous parler de votre petit partenariat.

— Tant pis pour lui. Nous sommes ici, c'est tout ce qui compte. Donnez-moi le livre.

— Rappelez d'abord Bianco.

— Vous n'avez aucun atout dans votre manche, Fargo. Donnez-moi le livre. Sinon, je compte jusqu'à trois, et Bianco abattra votre femme. Ensuite, vous subirez le même sort et nous prendrons le livre.

À trois mètres derrière Kholkov, sur sa gauche, une silhouette s'éleva des mauvaises herbes, près d'une tombe, et se mit à ramper vers eux.

Sam garda les yeux fixés sur Kholkov.

— Comment puis-je être sûr que vous ne nous abattrez pas dès que vous aurez le livre ?

— Vous ne pouvez pas en être sûr. Je vous l'ai déjà dit, vous n'êtes pas en mesure de négocier quoi que ce soit.

Arrivée derrière le Russe, presque à portée de main, la silhouette s'arrêta de ramper.

— Je crains de ne pas être d'accord avec vous, répliqua Sam en souriant et en haussant les épaules.

— Qu'est-ce que vous voulez dire par là ?

— Je pense qu'il fait allusion à ma présence, dit Umberto Cipriani.

Kholkov se raidit, mais ne bougea pas. L'homme à la moustache, quant à lui, commença à se tourner avec lenteur dans la direction d'Umberto.

— Un centimètre de plus, lança celui-ci, et je serai ravi de vous abattre, Kholkov.

— Arrêtez ! lança le Russe au moustachu, qui s'immobilisa.

— Désolé pour cette disparition, dit Umberto à Sam. Quand je les ai vus arriver, je n'ai pas eu le choix.

— Nous vous pardonnons volontiers, répondit Sam avant de se tourner vers Kholkov. Dites à Bianco de donner son arme à Remi et de venir nous rejoindre.

Kholkov hésita. Sam vit se tendre et se détendre les muscles de sa mâchoire.

— Je ne le répéterai pas, insista Sam.

— Bianco, donnez-lui votre arme et passez par-dessus la grille.

Bianco lança un juron.

— Allez, Bianco, vite !

— Remi... ? appela Sam sans se retourner.

— J'ai son arme. Il enjambe la grille.

— Kholkov, dites à votre copain d'empoigner son fusil par le canon et de le jeter dans les arbres par-dessus la grille.

Kholkov relaya l'ordre de Sam et l'homme obéit. Bianco apparut à la gauche de Sam et se dirigea vers Kholkov et le moustachu.

— À votre tour, lança Sam à Kholkov.

— Je ne suis pas armé.

— Montrez-moi.

Kholkov ôta son blouson, le retourna, le secoua, puis le laissa tomber au sol.

— Chemise.

Kholkov sortit les pans du vêtement de sa ceinture et tourna sur lui-même d'un mouvement lent. Sam hocha la tête en direction d'Umberto, qui contourna le Russe et commença à reculer, s'arrêtant au passage pour prendre le Luger, qu'il tendit à l'Américain.

— *Stronzo !* aboya Bianco. Je vous tuerai ! Toi et ta femme !

— Silence ! Maintenant, je reconnais l'autre, celui à la moustache.

— Qui est-il ?

— Un moins que rien. Un petit voleur, un casseur.

— Voici comment nous allons procéder, Kholkov, reprit Sam. Vous allez tous vous allonger par terre, et nous allons partir. Si vous nous suivez, je brûle le livre.

— Vous mentez. Vous ne feriez jamais une chose pareille.

— Mauvaise pioche. Pour sauver nos vies, je le brûlerais sans hésiter une seconde.

C'était bien sûr un mensonge, et Sam savait que Kholkov n'était pas dupe, mais il espérait semer ne serait-ce que les germes d'un doute et gagner un peu de temps. Il avait réfléchi à d'autres options possibles – le ligoter, ainsi que ses compagnons, saboter leur véhicule, appeler la police –, mais son instinct lui soufflait avec insistance de mettre au plus vite autant de distance que possible entre eux et Kholkov. Un autre eût peut-être penché en faveur d'une solution plus radicale : tuer sur-le-champ Kholkov et ses complices. Mais Sam Fargo n'était pas homme à commettre un meurtre de sang-froid.

Le Russe était un soldat fort bien entraîné qui connaissait plus de moyens de tuer qu'un chef de cuisine connaît de recettes. Chaque minute passée avec lui et ses complices accroissait les probabilités d'un retournement de situation.

— Vous ne sortirez pas de cette île, grogna Kholkov en s'allongeant sur le sol.

— Sans doute, mais nous essaierons tout de même.

— Et même si vous réussissiez, je vous retrouverais.

— Chaque chose en son temps.

— Sam, j'ai une faveur à vous demander, intervint Umberto. J'aimerais que nous emmenions Bianco avec nous. Je m'assurerai qu'il ne nous cause aucun problème.

— Pourquoi voulez-vous l'emmener ?

— J'ai ma petite idée.

Sam réfléchit un instant avant de hocher la tête.

— *Dai, andiamo* ! ordonna Umberto à Bianco. Mains en l'air !

Sous la menace de l'arme d'Umberto, Bianco se mit en marche vers la grille. Après l'avoir enjambée, alors qu'ils se tenaient près de la Lancia, Umberto prit les menottes attachées à la ceinture de Bianco, les lui passa aux poignets, le fouilla, et le poussa sur la banquette arrière avant de s'installer à ses côtés. Remi démarra, puis ouvrit la portière pour Sam et se glissa du côté passager.

Sam s'installa au volant, enclencha la boîte de vitesses, fit demi-tour et contourna la grille pour se diriger vers la route.

— Combien de temps vont-ils attendre, à ton avis ? demanda Remi.

Sam jeta un coup d'œil par la vitre latérale. Kholkov et l'homme à la moustache, qui s'étaient déjà relevés, traversaient le cimetière en courant.

— Pas plus de cinq secondes, conclut Sam en écrasant l'accélérateur.

CHAPITRE 27

SAM LONGEA LA GRILLE À toute allure pour atteindre le portail. À la limite de son champ de vision, Kholkov et le moustachu couraient dans la même direction en esquivant les tombes, tandis que le brouillard virevoltait dans leur sillage.

— Ça va se jouer à un poil près, murmura Sam.

— Mais où vas-tu ? demanda Remi. Tu as entendu Umberto... Kholkov fait surveiller les routes.

— Tu te sens en forme pour un joli carton ?

— Comment ? Ah, je vois. (Elle souleva l'arme de Bianco comme si elle venait de se souvenir de son existence.) Bon, d'accord, mais pourquoi...

— Je vais faire un passage rapide devant leur 4×4. Vise les pneus. Umberto, vous êtes certain de pouvoir contrôler ce type ?

Bianco était affalé dans un coin de la banquette, son éternel sourire satisfait aux lèvres. Umberto prit le Luger par le canon et frappa l'homme à la tempe. Il perdit connaissance et glissa sur le sol de la voiture.

— Oui, j'en suis sûr.

L'angle de la clôture approchait. Le 4×4 n'était plus qu'à une dizaine de mètres sur la droite. Kholkov venait de dépasser le moustachu et il ne lui faudrait pas plus de quelques secondes pour arriver au portail.

— Prête ? lança Sam.

Remi descendit sa vitre, sortit le canon de son arme et appuya son bras sur le montant de la portière.

— Tu roules trop vite !

— Je n'ai pas le choix ! Fais de ton mieux. Si tu ne peux pas viser les pneus, essaie le pare-brise. Bon Dieu !

Kholkov venait de franchir le portail. Il s'arrêta près de la portière du 4×4, côté conducteur. La lumière s'alluma dans l'habitacle.

Remi fit feu à deux reprises. Les balles lancèrent des étincelles sur l'aile arrière, mais manquèrent le pneu.

— Trop vite ! cria Remi.

— Le pare-brise ! Vide le chargeur !

Le canon cracha une flamme orange tandis que Remi tirait quatre balles de suite. Trois trous entourés de craquelures en forme de toile d'araignée apparurent sur le pare-brise.

— Bien vu !

Soudain, Kholkov se matérialisa devant le 4×4 et s'accroupit, un fusil à la main. Sam opéra un brusque virage à gauche. L'arrière de la Lancia chassa. Les pneus avant patinèrent dans l'herbe avant de reprendre prise. Deux chocs métalliques résonnèrent à travers l'habitacle au moment où les balles de Kholkov perçaient le coffre. Sam accéléra, redressa sa trajectoire et coupa à travers champs vers les collines.

— Tout va bien ?

— Oui, ça va, répondit Umberto en passant la tête près du siège passager avant de disparaître à nouveau.

— Désolée, je n'ai pas pu avoir les pneus, nous roulions trop vite, s'excusa Remi.

— Ne t'inquiète pas. Tu as eu le pare-brise, cela va les ralentir. Ils vont devoir enlever ce qu'il en reste ou conduire avec la tête passée par la vitre.

Remi se retourna et vit Kholkov et le moustachu debout à côté du 4×4 en train de marteler à coups de poing le pare-brise, dont l'encadrement tomba à l'intérieur de la voiture. Les deux hommes se mirent à genoux pour le tirer et le jeter à côté du véhicule. Quelques secondes plus tard, les phares s'allumaient et l'engin bondissait en avant.

— Ils arrivent. Avec leur 4×4, ils vont vite nous...

— Je sais, marmonna Sam. Accrochez-vous !

La Lancia fit une embardée lorsque les roues glissèrent dans les ornières de la route de la mine. Sam écrasa la pédale de frein, donna un coup de volant, attendit que les roues arrière suivent le mouvement, puis accéléra. La Lancia s'élança à l'assaut de la colline. La route était plus étroite qu'il ne l'avait cru, à peine deux mètres de large. Lorsqu'ils atteignirent la crête, un rideau d'arbres se referma autour d'eux. Les branches éraflaient les flancs de la voiture et, plus haut, leur masquaient le ciel. La lueur des phares inonda la lunette arrière lorsque le 4×4 commença à grimper lui aussi derrière eux.

La Lancia entamait déjà la redescente. Sam commença à accélérer, mais il dut freiner aussitôt. La route formait un brusque virage sur la droite en s'enfonçant encore plus loin parmi les arbres. Derrière eux, le museau du 4×4 pointa au sommet de la côte, sembla s'élever dans les airs, puis retomba avec brutalité.

— Il va se planter, annonça Remi.

Elle ne se trompait pas. Le 4×4, encore en train de rebondir après l'impact, manqua le virage, dérapa et finit par s'arrêter, le capot dans les arbres. Sam jeta un coup d'œil dans le rétroviseur avant que la Lancia n'entame une nouvelle descente. Il eut soudain la vision fugitive d'une série de nids-de-poule droit devant.

— Accrochez-vous !

La Lancia atterrit avec un bruit sourd, tandis que les roues trépidaient et que les amortisseurs émettaient des gémissements de protestation, puis elle bondit vers le sommet d'une nouvelle colline avant de repartir de l'autre côté. Sam accéléra encore. Les branches fouettaient le pare-brise, et des pommes de pin rebondissaient sur le toit et le capot. Le 4×4 réapparut derrière eux, le rayon de ses phares se livrant à une danse chaotique pendant que le conducteur négociait la série d'ornières.

Pourtant plus robuste et puissant que la Lancia, le 4×4 était aussi plus large de soixante centimètres, un handicap dont Sam profitait maintenant avec soulagement. Alors que les branches des arbres se contentaient de fouetter la carrosserie de la Lancia, elles malmenaient celle du 4×4 et s'engouffraient dans l'ouverture béante laissée par le pare-brise. Elles se cassaient, se coinçaient dans la calandre et s'emmêlaient avec les essuie-glaces. La lueur des phares s'éloigna.

— Sam, attention !

Sam se détourna aussitôt du rétroviseur, juste à temps pour voir une énorme pierre au beau milieu de la route. Il tourna le volant à droite. La Lancia fit une glissade de côté et le rocher remplit le champ de vision de Sam. Il écrasa l'accélérateur. La Lancia réagit, mais pas assez vite. Dans un gémissement de tôle froissée, l'arrière ricocha contre la pierre et la vitre latérale vola en éclats. L'impact fit faire un tête-à-queue à la petite italienne et l'envoya hors de la route sous les branches des pins. Le moteur crachota et se tut. Une pluie d'aiguilles de pin se déversa sur le capot.

— Tant pis pour le dépôt de garantie, commenta Remi.

— Tout le monde est indemne ? demanda Sam. Remi ?

— Tout va bien.

— Pas de problème ! lança Umberto.

— Et Bianco ?

— Il continue sa sieste.

Par la vitre de Sam, ils virent à travers les arbres approcher les phares du 4×4. Sam tourna la clef de contact. Aucune réaction.

— La boîte est enclenchée, suggéra Remi.

— Bon Dieu... tu as raison, merci.

Il remit le levier en position parking et tourna à nouveau la clef. Le moteur haleta et crachota, mais refusa de démarrer. Il essaya encore.

— Allez, allez, démarre !

Derrière eux, le 4×4 avait parcouru la moitié de la ligne droite et s'approchait du rocher.

Le moteur de la Lancia sembla vouloir démarrer, monta un peu en régime, puis se tut.

— Ça y était presque, dit Remi entre ses dents.

Sam ferma les yeux et fit une courte prière avant d'essayer à nouveau. Cette fois, le moteur ne se fit pas prier. Sam enclencha la boîte automatique, remit les roues avant dans la bonne direction et accéléra pour regagner la route.

— Umberto, essayez de les ralentir !

— Compris !

L'Italien passa son Luger par la vitre arrière, tira deux fois, puis deux fois encore. Les balles s'enfoncèrent dans la calandre et firent voler en éclats le phare avant côté conducteur. Le 4×4 fit un écart à gauche, fonçant droit sur le rocher, puis vira à droite pour l'esquiver. Le rétroviseur accrocha la pierre, explosa et alla rebondir quelque part dans l'obscurité.

La lueur de l'unique phare de leurs poursuivants inondait l'habitacle de la Lancia. Sam plissa les yeux et écarta le rétroviseur intérieur. Il regarda par-dessus son épaule et vit une main armée d'un pistolet sortir de l'encadrement du pare-brise.

— Couchez-vous, vite ! hurla Sam.

Remi se tapit sur le sol.

Ils entendirent l'arme gronder depuis le 4×4, et aperçurent l'éclat métallique du canon qui dépassait de l'habitacle plongé dans l'obscurité. Umberto passa la tête entre les sièges avant.

— Je vais les ralentir, dit-il, puis il se pencha par la vitre arrière, le Luger à la main.

Deux nouveaux tirs retentirent. Umberto poussa un cri et se renfonça sur la banquette.

— Je suis touché !

— Où ?

— À l'avant-bras, mais ça ira, haleta l'Italien.

— Il faut en finir, grommela Sam. Attention, ça va secouer !

Pendant un court instant, il appuya de toutes ses forces sur la pédale de frein, puis accéléra. Le 4×4 dérapa, fit une embardée et heurta le pare-chocs de la Lancia. Le timing de Sam était au point ; il avait enfoncé l'accélérateur juste au moment de l'impact. Ils gagnèrent vite du terrain. Sept mètres... dix... quinze...

— Yaouh !

Soudain, les arbres disparurent de chaque côté de la Lancia.

Remi sortit la tête par la vitre.

— Oh, non !

La Lancia roula sur un impressionnant dos d'âne et se trouva projetée en l'air. Seul le ciel resta visible à travers le pare-brise. La voiture atterrit enfin et rebondit tandis que les pneus projetaient des graviers de chaque côté.

— Attention, le bas-côté ! cria Remi.

— Je vois, répondit Sam en tournant le volant à gauche.

La voiture chassa de l'arrière. Sam récupéra sa trajectoire avec un coup de volant à droite, puis redressa. Du coté de Remi, un accotement jonché de pierres donnait sur un ravin qui se terminait plus de cent mètres en contrebas.

Son moteur rugissant, le 4×4 vola lui aussi au-dessus du dos d'âne et retomba avec lourdeur sur la route.

— Il n'y arrivera pas, dit Remi.

— Espérons-le.

Le 4×4 partit lui aussi en dérapage, mais Kholkov parvint à redresser l'engin. Le pneu arrière droit vint mordre les pierres sur le bas-côté et glissa par-dessus le bord. Emportée par son élan, la partie arrière du châssis chassa sur la poussière et les graviers, débordant centimètre par centimètre au-dessus du ravin. Le véhicule s'immobilisa enfin, en partie suspendu dans le vide.

Sam lâcha l'accélérateur et s'arrêta sur le bas-côté. À vingt mètres derrière eux, le 4×4 oscillait au bord de la route. On n'entendait que le grincement assourdi du métal soumis à la torsion.

Remi retrouva sa place sur le siège passager et regarda autour d'elle.

— Attention, l'avertit Sam dans un murmure.

— Nous allons les aider ? demanda-t-elle.

Une main émergea de l'intérieur plongé dans la pénombre du 4×4 et attrapa l'un des essuie-glaces. Le canon d'une arme étincela dans l'obscurité.

Une balle vint se ficher dans le pare-chocs de la Lancia.

— Qu'ils aillent au diable, dit Sam en appuyant sur la pédale d'accélérateur.

— Quelle ingratitude, observa Remi. Nous aurions pu les pousser dans le ravin.

— Quelque chose me dit que nous regretterons bientôt de ne pas l'avoir fait.

CHAPITRE 28

GRAND HÔTEL BEAUVAU, VIEUX PORT, MARSEILLE, FRANCE

REMI COMPOSAIT DÉJÀ UN NUMÉRO sur son téléphone mobile alors que Sam venait tout juste de donner un pourboire au chasseur et de refermer la porte derrière lui. Selma répondit dès la première sonnerie.

— Comment allez-vous, madame Fargo ?

— Saine et sauve, Dieu merci ! répondit Remi en s'asseyant sur le lit et en se débarrassant de ses chaussures. Mais allez-vous enfin me dire ce que nous sommes censés faire à Marseille ?

*

Après avoir laissé Kholkov et son associé à moustache en équilibre précaire au bord du ravin, Sam et Remi s'étaient rendus à Nisporto aussi vite que le permettait la Lancia. Umberto, l'avant-bras enveloppé de sa propre chemise, prévenait par téléphone son cousin de leur arrivée.

Nisporto, un village de quelques centaines d'habitants, était situé au creux d'une anse, à une quinzaine de kilomètres de Portoferraio. À leur arrivée, Teresa, l'épouse d'Umberto, et ses cinq cousins les attendaient à la porte de derrière. Pendant que Teresa soignait la blessure de son mari, les cousins poussèrent sans ménagement

Bianco, qui avait repris connaissance, dans le garage. Brunela, maîtresse de maison et tante d'Umberto, fit entrer Sam et Remi et les installa aussitôt à la table de la cuisine, où elle les rassasia de pâtes fraîches accompagnées d'une sauce aux oignons, aux câpres et aux olives. Trente minutes plus tard, Umberto les rejoignit, le bras bandé.

— Nous vous avons mis dans une situation dangereuse, dit Sam.

— Allons donc ! Grâce à vous, j'ai pu rétablir mon honneur. Je pense que mon père aurait été fier de moi.

— A n'en pas douter, intervint Remi, qui se pencha pour l'embrasser sur la joue. Merci.

— Pouvons-nous connaître vos intentions en ce qui concerne Bianco ? demanda Sam.

— Ici et en Corse, il est intouchable. Mais sur le continent... Je vais passer quelques coups de fil. Avec des preuves suffisantes, authentiques ou non, les *carabinieri* s'occuperont volontiers de lui. Quant à l'autre, son « associé »... c'est un lâche. Tout ira bien, mes amis. Et maintenant, terminons ce repas et nous verrons ensuite comment vous faire quitter l'île.

Compte tenu de l'influence de Bondarouk et de la méticuleuse opiniâtreté de Kholkov qui rendaient l'aéroport de Marina di Campo beaucoup trop dangereux, Umberto convainquit Ermete, l'un de ses cousins, propriétaire d'un bateau de pêche qu'il louait à l'occasion, de ramener Sam et Remi à Piombino, sur la côte italienne. De là, ils rejoignirent Florence, prirent une chambre au Palazzio Magnani Feroni et appelèrent Selma. Celle-ci leur demanda de lui envoyer par courrier électronique les photographies des symboles trouvés dans le livre de Laurent, et de gagner ensuite Marseille dès que possible. Le lendemain, ils expédiaient le livre à San Diego et se rendaient aussitôt à l'aéroport.

*

— Pourquoi tous ces mystères ? demanda Remi.

Sam s'assit sur le lit. Remi mit le téléphone sur haut-parleur.

— Je ne fais pas de mystères, se défendit Selma. Je mettais quelques détails au point, mais je savais déjà que vous alliez devoir vous rendre à Marseille un jour ou l'autre. À propos, Pete et Wendy travaillent en ce moment même sur les symboles. C'est tout à fait fascinant, mais l'état du livre...

— Selma..., l'interrompit Remi.

— Oh, désolée ! Vous vous souvenez de Wolfgang Müller, le commandant de l'*UM-77* ? J'ai fini par le retrouver.

— Lui ? Vous voulez dire qu'il est...

— Il est toujours en vie, en effet. Il m'a fallu pas mal de recherches, mais il se trouve qu'il était à bord du *Lothringen* lors de sa capture. Après la guerre, il était censé rentrer en Allemagne ; un bateau l'a bel et bien amené à Marseille, mais il n'a jamais pris le train pour rentrer chez lui. Il vit avec sa petite-fille. J'ai leur adresse...

*

Le lendemain matin, ils se rendirent au Capri, un café de la rue Bailli de Suffren, non loin de l'hôtel. Le café donnait sur le Vieux Port, rempli de bateaux dont les voiles dansaient dans la brise venue du large. Le vif soleil matinal étincelait à la surface de l'eau. Les forts Saint-Jean au nord et Saint-Nicolas au sud veillaient sur l'entrée du port. Plus haut, sur les pentes de la ville, se dressaient l'abbaye Saint-Victor, l'église Saint-Vincent-de-Paul et la chapelle Sainte-Catherine. Au large, dans la baie, se dessinaient les quatre îles de l'archipel du Frioul.

Sam et Remi s'étaient déjà rendus trois fois ensemble à Marseille. Leur dernière visite remontait à quelques années, lorsqu'ils étaient allés en Camargue en longeant la côte. Chaque année au mois de mai, près de vingt mille Roms, Manouches, Tziganes et Gitans de tous les coins d'Europe se rassemblaient aux Saintes-Maries-de-la-Mer pour y vénérer Sainte Sara.

Sam et Remi terminèrent leur petit déjeuner et attrapèrent un taxi au vol. Ils donnèrent au chauffeur une adresse située dans le quartier du Panier, véritable enchevêtrement de maisons aux couleurs pastel entassées les unes contre les autres, entre l'Hôtel de Ville et la Vieille Charité. Wolfgang Müller occupait un appartement aux volets blancs rue des Cordelles, dans une maison à deux étages de couleur ivoire. Une jeune femme dans les vingt-cinq ans leur ouvrit la porte.

— Bonjour. Nous sommes venus voir monsieur Müller. Est-il là ?

— Oui, bien sûr. Puis-je vous demander le motif de votre visite ?

Sam et Remi avaient déjà abordé le sujet, et conclu que la franchise était la meilleure des politiques.

— Nous aimerions lui parler de l'*UM-77* et du *Lothringen*, répondit Sam.

La jeune femme eut un léger mouvement de tête de côté, et ses yeux s'étrécirent. Il était clair que son grand-père lui avait parlé des événements de la guerre.

— Un instant, je vous prie.

Laissant la porte ouverte, elle s'éloigna et disparut au bout d'un couloir. Sam et Remi entendirent des voix étouffées, puis la jeune femme revint au bout d'une minute.

— Entrez, je vous en prie. Je m'appelle Monique. Par ici, s'il vous plaît.

Elle les conduisit dans le salon, où Müller était assis dans un rocking-chair devant un poste de télévision au son presque inaudible qui diffusait le programme d'une chaîne météo. Il portait un gilet gris à manches longues boutonné jusqu'au cou, et une couverture en jacquard bleue et jaune était étendue sur ses genoux. Il était chauve, le visage sillonné de rides profondes. Ses yeux bleus placides se posèrent sur Sam et Remi.

— Bonjour, lança-t-il d'une voix curieusement puissante. Asseyez-vous. Puis-je vous offrir du café ?

— Non, merci, répondit Remi.

— Monique me dit que vous avez découvert Ilsa.

— Ilsa ? demanda Sam, surpris.

— C'est ainsi que j'avais baptisé le *77*. C'était le nom de mon épouse, décédée au cours des bombardements de Dresde, quelques mois après notre appareillage de Bremerhaven. Vous l'avez trouvé dans la grotte, à Rum Cay ?

Remi hocha la tête.

— Nous explorions le littoral et nous avons vu l'entrée. Nous avons découvert le *77* reposant sur le fond, dans un état presque parfait.

— Il est donc toujours là...

— Eh bien, pas tout à fait, répondit Sam en souriant. Nous avons rencontré... un petit problème. Nous avons dû nous en servir comme d'une, comment dirais-je, une embarcation de secours.

— Je ne comprends pas.

— L'entrée principale de la grotte s'était effondrée. Nous avons embarqué à bord du *77*...

— Ilsa.

— Je vous demande pardon. Nous avons embarqué à bord d'Ilsa et descendu la rivière souterraine, et nous sommes ressortis par une autre grotte.

Müller ouvrit de grands yeux et sourit.

— Voilà qui est étonnant. Mais je suis heureux que vous l'ayez utilisé à bon escient.

— Nous l'avons fait transporter aux États-Unis, mais si vous le désirez, nous pouvons rapatrier le...

— C'est très aimable de votre part, mais non, répondit Müller en secouant la tête. Gardez Ilsa, et prenez-en bien soin. *(Le vieil homme sourit et agita l'index en regardant Sam et Remi.)* Mais si vous êtes venus d'aussi loin, ce n'est pas seulement pour m'annoncer votre découverte, n'est-ce pas ?

— Nous avons aussi trouvé l'*UM-34*.

Müller se pencha en avant.

— Et Manfred ?

— Le capitaine Boehm était à bord. Les autorités s'occupent du renflouage du bâtiment.

— *Mein Gott...* Nous étions toujours préoccupés par les conditions météorologiques. Ces bâtiments n'étaient pas conçus pour naviguer au large. Manfred était un ami. Je n'ai jamais su ce qui s'était passé, et j'en ai toujours éprouvé de la peine. Je vous remercie.

— La raison de notre présence, c'est le vin, intervint Remi.

— Le vin ? Oh, les bouteilles ! Oui, en effet, nous pensions les boire ensemble une fois notre mission terminée. Vous êtes en train de me dire qu'elles existent encore ?

Remi hocha la tête.

— Une à bord du *34*, et l'autre à bord d'Ilsa.

— Et la troisième, savez-vous où elle se trouve ? Comme c'était Manfred qui héritait de la mission la plus délicate, je lui en avais donné deux.

— Nous avons trouvé un éclat de verre près de l'endroit où reposait son sous-marin. Nous ignorons comment il en est sorti.

— Les aléas de la guerre, répondit Müller en agitant la main.

— Pardonnez notre curiosité, dit Sam, mais pourriez-vous nous parler de votre mission? Que vouliez-vous accomplir, Boehm et vous?

Müller prit le temps de réfléchir, en fronçant les sourcils.

— Je suppose que tout cela n'a plus d'importance, à présent, répondit-il au bout d'un moment. C'était un plan absurde, en réalité, conçu par le Führer lui-même. Boehm était censé naviguer jusqu'à la baie de Chesapeake pour attaquer le port de Norfolk. Au même moment, je devais attaquer le dépôt de munitions de Charleston, mais j'ai eu un problème avec l'arbre d'hélice, et nous avons été retardés. Vous connaissez la suite, le *Lothringen* et le reste...

— Vous vous êtes arrêtés à Rum Cay pour y effectuer des réparations? De quelles réparations s'agissait-il?

— Il nous fallait des batteries plus grosses pour augmenter notre autonomie. Encore une idée idiote! Manfred et moi savions que cette mission était suicidaire.

— Pourquoi vous êtes-vous portés volontaires, dans ce cas?

Müller haussa les épaules.

— Le devoir. La témérité de la jeunesse. Nous n'étions ni l'un ni l'autre de fervents admirateurs d'Hitler ou des nazis, mais l'Allemagne était tout de même notre pays. Nous voulions le servir.

— Nous espérions que vous pourriez nous en dire plus au sujet de ces bouteilles, suggéra Remi. En ce qui concerne leur origine, par exemple.

— Pourquoi?

— Nous sommes collectionneurs. Et nous nous sommes aperçus qu'elles étaient très anciennes, et très rares.

Müller émit un petit rire.

— Je n'en avais pas la moindre idée. Enfin, j'aurais sans doute pu me douter qu'elles avaient une certaine importance. Mon frère Karl me les avait données avant notre départ de Bremerhaven. Il m'a dit qu'il les avait découvertes ici, dans la région. Il faisait partie des forces d'occupation en France.

— Où exactement les avait-il trouvées?

— Laissez-moi réfléchir..., répondit Müller en se grattant le sommet du crâne. Ma mémoire n'est plus ce qu'elle était. C'était un château, ou une fortification... C'était l'une de ces îles, dans la baie... Vous vous souvenez de ce roman d'Alexandre Dumas, *Le Comte de Monte-Cristo* ?

Sam et Remi l'avaient tous deux lu. En une fraction de seconde, ils comprirent ce dont parlait Müller.

— L'île d'If ?

— Oui, c'est cela ! Il les a trouvées au château d'If.

CHAPITRE 29

Château d'If, France

En dépit de tout l'intérêt qu'ils éprouvaient pour Marseille et ses environs, Sam et Remi n'avaient jamais réussi à inscrire l'archipel du Frioul ni le château d'If sur leur programme de visites touristiques, aussi décidèrent-ils de combler cette lacune le soir même. Il était peu probable que le personnel du château les autorise à explorer de nuit les moindres recoins de l'île. Ils ne savaient pas de façon précise ce qu'ils cherchaient, ni même s'ils sauraient le reconnaître lorsqu'ils l'auraient découvert, mais cette expédition leur semblait être une étape logique de leur quête.

Après avoir quitté l'appartement de Müller, Sam et Remi prirent un taxi pour l'anse de Malmousque, un petit quartier de bord de mer qui donnait sur les îles du Frioul. Ils s'installèrent sous un parasol à la terrasse d'un café tranquille et commandèrent chacun un double espresso.

À un mille nautique de là, on apercevait le château d'If, imposante masse rocheuse d'un gris ocre délavé, bordée de pentes abruptes, de remparts verticaux et de voûtes de pierre.

La surface de l'île couvrait environ trois hectares, mais le château lui-même formait un carré de dimensions plus réduites, composé d'un bâtiment principal de trois étages flanqué de trois tours cylindriques percées d'embrasures.

Le château d'If débuta son existence vers 1520. François Ier souhaitait construire une forteresse capable de défendre la ville contre les attaques par mer. Le château cessa vite d'assurer cette tâche et devint un lieu de détention pour les ennemis politiques et religieux de la France. Un peu comme Alcatraz à San Francisco, sa situation et ses abords dangereux lui donnèrent la réputation d'une prison dont on ne s'échappait pas. Le comte de Monte-Cristo, tout au moins sous la plume de Dumas, démentit cette réputation.

Sam se plongea dans la lecture à haute voix d'une brochure prise à l'Office du Tourisme du Vieux Port : *« Plus noir que la mer, plus noir que le ciel, montait, comme un fantôme menaçant, le géant de granit, dont la porte sombre semblait un bras étendu pour ressaisir sa proie ; sur la roche la plus haute était un falot éclairant deux ombres. »* Telle était la description de l'île par Dantès, dans *Le Comte de Monte-Cristo.*

— Vu d'ici, l'endroit ne semble pas si sinistre, commenta Remi.

— Tu ne dirais pas la même chose si tu étais condamnée à y passer plus de dix ans au fond d'une oubliette, fit observer Sam.

— C'est juste. Quoi d'autre ?

— La détention était organisée selon une hiérarchie sociale bien précise. Les riches pouvaient s'offrir des cellules privées aux étages supérieurs, avec fenêtres et cheminées. Quant aux pauvres, ils avaient droit aux cachots et aux oubliettes...

Le téléphone sonna, et Sam répondit. C'était Selma.

— J'ai quelque chose pour vous, monsieur Fargo.

— Je vous écoute.

— Nous avons décrypté les premières lignes de symboles sur la bouteille, mais rien de plus, commenta Selma. Il nous faudra du temps pour les autres, je crois qu'il nous manque une clef. Bref, ces lignes énoncent une sorte d'énigme :

Folie des Capétiens, révélation de Sébastien ;
Une cité sous les canons ;
Du troisième royaume des oubliés, un signe
Que le Sheol éternel faillira.

— Nous essayons toujours de comprendre, poursuivit Selma.

— Pas la peine, c'est fait, lança Sam. Le texte parle du château d'If.

— Je vous demande pardon ?

Sam lui raconta leur rencontre avec Wolfgang Müller.

— C'est dans cette forteresse que le frère de Müller a découvert les bouteilles. J'avais déjà la réponse, et il suffisait de remonter dans le temps. Le mot Capétien se réfère à François Ier, issu de façon indirecte de cette dynastie. C'est lui qui a fait construire la forteresse. Sébastien était le prénom de Vauban, ministre de Louis XIV, qui eut la pénible tâche d'annoncer au gouvernement que le fort était inutile, car les canons étaient dirigés non vers la pleine mer, mais vers la ville ! D'où l'expression : *Une cité sous les canons.*

— Vous m'impressionnez, monsieur Fargo.

— Je l'ai lu dans une brochure, mais j'avoue ne pas comprendre la seconde partie.

— J'ai une petite idée sur la question, dit Remi. En hébreu, *Sheol* signifie « le séjour des morts », ou les enfers. Son contraire – *Sheol éternel*, c'est la vie éternelle. Vous vous souvenez de la cigale sur la bouteille ?

— Les armoiries de Bonaparte, répondit Sam en hochant la tête, résurrection et immortalité. Quant au *Troisième royaume des oubliés*, je ne vois pas...

— *Troisième royaume des oubliés*, cela a sans doute un rapport avec les oubliettes, expliqua Remi. Si je ne me trompe pas, une cigale nous attend quelque part dans les sous-sols du château. Mais assez d'énigmes ! Pourquoi ne pas y aller, tout simplement ? Nous verrons bien ce qu'il adviendra.

— C'est là que les choses deviennent intéressantes, intervint Selma. D'après ce que j'ai pu traduire jusqu'à présent, le livre de Laurent est à la fois un journal et une clef de décryptage. Il indique de façon assez claire que les bouteilles ne sont pas le véritable objet de la quête, mais des « flèches sur une carte », selon sa propre expression.

— Des flèches qui vont vers où ? s'interrogea Remi. Et qui est censé les suivre ?

— Il ne le précise pas. Nous en saurons peut-être plus lorsque j'aurai terminé la traduction.

— Il semble logique que Laurent ait agi sur ordre de Bonaparte, dit Sam, et s'ils se sont donné toute cette peine pour cacher les bouteilles, ce vers quoi mène la carte en question doit être de la plus haute importance.

— Ce qui expliquerait pourquoi Bondarouk est prêt à tuer pour se l'approprier, conclut Remi.

La conversation se poursuivit pendant encore quelques minutes, puis Sam raccrocha.

— Oh, oh, souffla Remi du coin de la bouche en attirant l'attention de Sam par un regard entendu. Devine qui est là.

Sam se retourna. Kholkov traversait la terrasse du café pour les rejoindre, les mains dans les poches de son blouson. Sam et Remi se figèrent, prêts à réagir.

— Détendez-vous ! Pensez-vous que je sois assez stupide pour vous abattre en plein jour et en public ? lança Kholkov avant de s'arrêter près de leur table. Je ne suis pas armé.

— Je vois que vous avez survécu à votre petit accrochage ? dit Remi.

Kholkov tira un siège et s'assit.

— Je vous en prie, ne vous gênez pas, installez-vous, dit Sam d'un ton sec.

— Vous auriez très bien pu nous faire tomber dans ce ravin, dit Kholkov. Pourquoi ne pas l'avoir fait ?

— Nous y avons songé, croyez-moi. Sans votre ami à la gâchette facile, qui sait... ?

— Je m'excuse pour lui, sa réaction était disproportionnée.

— Vous ne tenez sans doute pas à nous dire pourquoi vous êtes en permanence sur nos traces ? l'interrogea Remi.

— Et vous ne tenez sans doute pas à me donner la raison de votre présence ici ?

— En effet, nous n'y tenons pas, répliqua Remi.

— Quoi que vous ayez à nous vendre, nous ne sommes pas preneurs, ajouta Sam. Votre collègue a kidnappé, puis torturé un de nos amis, et à quelques secondes près, il allait le tuer. Vous avez essayé deux fois de nous tuer nous aussi. Que venez-vous faire ici ?

— Mon employeur propose une trêve. Une association.

— Laissez-moi deviner, dit Remi avec un petit rire. Nous vous aidons à trouver ce que vous cherchez et vous nous tuez, mais un tout petit peu plus tard que prévu ?

— Pas du tout. Nous mettons nos compétences en commun et nous partageons les bénéfices. Quatre-vingts pour cent pour nous, vingt pour cent pour vous.

— Nous ne savons même pas ce que nous recherchons, objecta Sam.

— Des objets d'une très grande valeur, sur le plan financier comme sur le plan historique.

— Et lequel de ces aspects intéresse le plus monsieur Bondarouk ?

— C'est son problème, pas le mien.

Sam et Remi ne se berçaient pas d'illusions quant aux intentions de Kholkov et de Bondarouk. Peu importaient les motivations de ce dernier – ils ne laisseraient à aucun prix l'objet de leur quête, quel qu'il soit, tomber entre ses mains.

— Disons seulement que ces objets sont liés à un héritage familial, ajouta Kholkov. Bondarouk essaie seulement de clore un cycle commencé il y a bien longtemps. Si vous lui venez en aide, il saura témoigner sa reconnaissance comme il se doit.

— Pas question, dit Sam.

— Et vous pouvez lui transmettre ce message de notre part : allez au diable, ajouta Remi.

— Vous devriez y réfléchir à deux fois, insista Kholkov. Regardez autour de vous.

Sam et Remi jetèrent un regard aux alentours. Trois des hommes de Kholkov étaient en faction à l'autre bout de la terrasse.

— Le gang au complet, commenta Sam.

— Non, pas au complet. Nous sommes bien plus nombreux. Où que vous alliez, nous y serons aussi, et nous obtiendrons ce que nous voulons. À vous de décider si vous voulez survivre à cette histoire ou non.

— Nous nous occuperons nous-mêmes de cet aspect des choses, dit Remi.

— Comme vous voulez, dit Kholkov en haussant les épaules. Je suppose que vous n'êtes pas fous au point d'avoir amené le livre de décryptage avec vous ?

— Non, en effet, répliqua Sam, et nous ne sommes pas stupides au point de l'avoir laissé à l'hôtel, mais ne vous gênez pas pour vérifier, si le cœur vous en dit.

— C'est déjà fait. Le livre est sans doute déjà entre les mains de madame Selma Wondrash.

— Là ou bien dans un coffre, esquiva Remi.

— Non, je ne crois pas. Je pense que vous avez déjà mis votre équipe au travail dessus. J'irai peut-être leur rendre une petite visite. Il doit faire un temps merveilleux à San Diego, à cette époque de l'année.

— Eh bien bon voyage et bonne chance, dit Sam, qui s'efforça de conserver une expression impassible.

— Vous voulez parler de votre système de sécurité ? lança Kholkov en balayant l'allusion d'un revers de la main. Il ne devrait pas nous poser de problèmes.

— Vous ne semblez pas avoir étudié mon curriculum vitae de très près.

Kholkov hésita un instant.

— Ah oui, vous voulez parler de votre passé d'ingénieur ? Vous avez bricolé votre système d'alarme, c'est bien cela ?

— Même si vous parveniez à entrer, intervint Remi, qui sait ce que vous trouveriez à l'intérieur ? Vous l'avez dit vous-même : nous ne sommes pas stupides.

Kholkov fronça les sourcils, trahissant une lueur d'incertitude, mais il se reprit aussitôt.

— Nous verrons bien. Monsieur Fargo, madame Fargo, ceci est votre dernière chance. Ensuite, nous ne vous ferons plus de cadeaux.

— Vous avez déjà notre réponse, conclut Sam.

CHAPITRE 30

CHÂTEAU D'IF

UNE PETITE PLUIE FINE S'ÉTAIT mise à tomber peu avant leur départ de l'hôtel. Minuit approchait, et la bruine avait cédé la place à une pluie battante qui crépitait à travers les feuilles des arbres et ruisselait dans les caniveaux. La chaussée était luisante sous la lueur jaune voilée des réverbères. Quelques piétons attardés se hâtaient le long des trottoirs, abrités sous un parapluie ou un journal plié, ou attendaient, serrés les uns contre les autres, sous des abris de bus.

Sam et Remi se tenaient dans l'ombre d'une ruelle, en face de leur hôtel, dont ils surveillaient la porte d'entrée.

Un peu plus bas dans la rue, une Citroën était garée près d'un virage. On ne distinguait que deux silhouettes dans l'habitacle plongé dans la pénombre. Un peu plus tôt, Remi avait pu apercevoir le visage du chauffeur depuis la fenêtre de leur chambre : c'était l'un des hommes qui accompagnaient Kholkov au café de l'anse de Malmousque. D'autres étaient-ils comme lui à l'affût ? Ils l'ignoraient, mais il leur sembla plus prudent de le supposer.

Après le départ de Kholkov du café, cet après-midi-là, Sam et Remi avaient visité l'anse de Malmousque, admirant la vue et faisant quelques emplettes. Ils ne virent ni Kholkov ni ses hommes jusqu'à leur départ, mais alors qu'ils rentraient à leur hôtel, deux hommes à moto suivirent leur taxi.

En dépit de leur réaction lorsqu'ils s'étaient trouvés confrontés aux menaces de Kholkov, Sam et Remi les avaient prises très au sérieux. Craignant que leur chambre ait été mise sur écoutes, ils se réfugièrent dans un coin tranquille du bar presque toujours désert de l'hôtel pour appeler Rubin Haywood par téléphone satellitaire. L'ami de Sam n'était pas au siège de la CIA à Langley, mais ils purent le joindre chez lui.

Sam connecta le haut-parleur et lui expliqua de façon succincte leur situation et leurs inquiétudes.

— Je connais un type à Long Beach qui travaillait pour le Service de Sécurité Diplomatique. Il a sa propre boutique, maintenant. Vous voulez que je lui demande d'envoyer deux ou trois de ses gars chez vous ?

— Nous t'en serions reconnaissants, Rubin.

— Donnez-moi dix minutes.

Il rappela à peine cinq minutes plus tard.

— C'est fait. Ils y seront dans deux heures. Dites à Selma qu'ils auront leurs cartes d'identification ; la boîte s'appelle *Kozal Security Group*. Ils demanderont « madame French ».

— Vu.

— Vous ne pensez pas que ce serait une bonne idée de lever le pied ? leur demanda ensuite Rubin. Vous savez qu'ils sont capables de tout. Rien ne justifie un tel risque.

— Nous ne savons même pas ce que nous recherchons, dit Remi.

— Comprenez-moi, je me fais du souci pour vous deux.

— Nous le savons, et nous t'en remercions, Rubin, mais nous devons aller jusqu'au bout de cette affaire.

Rubin poussa un soupir.

— Laissez-moi au moins vous aider.

— Qu'est-ce que tu as en tête ?

— Je me suis intéressé d'un peu plus près à ce Kholkov. Il était en Tchétchénie il y a quelques années. Nous pensons qu'il jouait un rôle d'intermédiaire pour un type qui vendait des Kalachnikovs au marché noir. Ce ne serait pas très difficile de faire figurer son nom sur la liste des terroristes à rechercher. Deux ou trois coups de fil, et il sera aussitôt dans le collimateur de la Direction centrale de la Police judiciaire, qui est un peu l'équivalent de notre FBI. Ils n'ont aucune charge précise contre lui, mais ils pourraient le garder au frais pendant un petit moment, ainsi que ses hommes.

— Bonne idée. Tout ce qui peut nous faire gagner un peu de temps et de liberté nous sera précieux.

— La question est de savoir s'ils parviendront à mettre la main sur lui. Compte tenu de son passé, on peut être sûrs qu'il ne leur facilitera pas la tâche.

Rubin rappela Sam et Remi trois heures plus tard. La DCPJ venait de lancer un avis de recherche au nom de Kholkov, mais il n'en saurait pas plus avant quelques heures, et encore n'en était-il pas sûr.

— Tu ne connaîtrais pas, par hasard, un alter ego français de Guido, notre aimable cordonnier fournisseur d'armes ?

— Je connais un certain Maurice...

Rubin donna un numéro de téléphone à Sam avant de raccrocher.

*

Remi releva le col de son blouson et vint se nicher contre Sam sous le parapluie.

— Je ne vois personne d'autre.

— Moi non plus. On y va ?

Après un dernier regard circulaire, ils sortirent de la ruelle et prirent le trottoir de la rue qui longeait l'hôtel.

Ils arpentèrent pendant une heure les rues du quartier situé au nord du port, et recoururent à quelques « trucs » rudimentaires que Sam avait appris lors de sa formation à Camp Perry – revenir souvent sur leurs pas, s'engouffrer dans des cafés qu'ils quittaient par la porte de derrière, et de façon générale, rester aux aguets pour déceler la moindre trace de filature. Satisfaits du résultat de leurs stratagèmes, ils hélèrent un taxi et demandèrent au chauffeur de les conduire rue de la Loge, au Vieux Port.

Le directeur de l'agence de location de bateaux avait tenu sa promesse. Au détour du coin nord-ouest du port de plaisance les attendait un « pointu » Mistral gris, long de six mètres. Ce n'était à la base qu'une barque de pêche méditerranéenne équipée d'un poste de pilotage vitré à peine plus spacieux qu'une cabine téléphonique, mais sa largeur lui donnait une bonne assise sur l'eau et il disposait d'un moteur Lombardi silencieux et fiable.

Grâce à la clef que le directeur lui avait fait parvenir par porteur, Sam ôta le cadenas qui retenait la haussière et les cordages, tandis que Remi faisait démarrer le moteur. D'un bond, il la rejoignit à bord ; Remi accéléra en pointant le nez du bateau vers l'entrée du port.

*

Dix minutes plus tard, le brise-lames apparut non loin de la proue. Derrière eux, les lumières de la ville, rendues floues par la pluie, se reflétaient sur la surface ondulée de la mer. L'unique essuie-glaces émettait un battement sourd en tentant de lutter contre les gouttes qui ruisselaient sur la vitre de la cabine. Remi tenait la barre, et Sam était debout auprès d'elle.

— Je pensais à ce que racontait Kholkov, lui dit-il. Non pas à son offre, ajouta-t-il aussitôt en voyant l'expression du visage de Remi, mais plutôt à l'intérêt que porte Bondarouk à cet objet, quel qu'il soit. Kholkov a parlé d'une sorte d'héritage. Nous savons que Bondarouk veut s'en emparer à tout prix, et je me disais que l'on pourrait peut-être trouver la clef du mystère en étudiant de près l'histoire de sa famille.

— Ce n'est pas une mauvaise idée, répondit Remi en abaissant une bouée le long du flanc bâbord du Mistral. Nous soumettrons cela à Selma. Mais tu... ne regrettes pas notre décision, n'est-ce pas ?

— Non, mais je m'inquiète pour toi.

Remi sourit dans la pénombre, son visage à peine éclairé par la faible lueur verte de la console de pilotage.

— Tu ne devrais pas. Nous avons vu pire.

— Vraiment, quand cela ?

— Eh bien, pour commencer, au Sénégal, par exemple, le jour où tu as insulté ce chaman.

— Oublie ce que je viens de dire.

*

Un conglomérat massif de roche claire apparut soudain. L'île d'If. Le château avait fermé ses portes à dix-sept heures trente, et seule la pulsation d'un signal de navigation rouge venait percer les ténèbres.

— C'est plutôt moins accueillant que pendant la journée, tu ne trouves pas ? commenta Remi.

— C'est le moins que l'on puisse dire.

En prévision de leur expédition en dehors des heures officielles d'ouverture, Sam et Remi avaient eu recours à un logiciel de géolocalisation pour passer les rives de l'île au peigne fin, à la recherche de points de mouillage discrets qui les mettraient à l'abri non seulement de Kholkov, au cas où il serait parvenu à les suivre avec ses hommes, mais aussi des autorités portuaires de Marseille. Ils avaient découvert un endroit prometteur sur la côte ouest de l'île, face au large.

Remi fit virer le Mistral à bâbord. Ils passèrent une demi-heure à contourner l'île et à scruter le littoral. Aucun bateau, et pas âme qui vive. Ils s'approchèrent alors de la côte nord. Plus loin, au-dessus du rempart, se découpait la silhouette de la plus grande des tours, celle qui était le plus à l'ouest. Remi dirigea le bateau sur l'anse qui se trouvait en contrebas, décéléra et laissa le Mistral s'immobiliser contre la base du mur. L'eau calme n'était troublée en surface que par les gouttes de pluie. Sam mouilla l'ancre et sauta à terre. Il se servit d'un grappin pour approcher le bateau des rochers. Remi sauta à son tour, l'amarre de poupe à la main. Sam coinça le cordage sous une pierre de la taille d'un ballon de basket.

Main dans la main, ils longèrent le mur, sautant d'un rocher à l'autre. Les pierres étaient luisantes et rendues glissantes par la pluie. Ils arrivèrent vite devant une roche de taille imposante, déjà repérée au cours de leurs recherches informatiques. Sam grimpa à son sommet, se positionna sous une meurtrière aménagée autrefois à l'intention des archers, puis bondit à la verticale pour saisir le rebord intérieur du mur et se hissa au sommet à la force des bras. Il aida Remi à le rejoindre et à redescendre de l'autre côté, puis il sauta à son tour. Dieu merci, la partie du château où les fortifications étaient les plus hautes était orientée vers Marseille ; dans le cas contraire, il leur aurait fallu une échelle télescopique pour franchir les remparts.

— Je ne vois personne, observa Remi. Et toi ?

Sam secoua la tête. Selon les renseignements glanés au cours de leurs recherches, l'île n'était pas gardée après la fermeture du château, mais il valait mieux agir comme s'ils l'ignoraient.

Remi mena la marche. Ils avancèrent avec lenteur et prudence le long de la muraille arrondie de la tour jusqu'à l'endroit où elle rejoignait le mur ouest, qu'ils suivirent en ligne droite. La pierre, chauffée par une journée de soleil, puis détrempée par la pluie, répandait une odeur de craie. Une fois arrivée au bout, Remi jeta un coup d'œil au coin du mur.

— La voie est libre, annonça-t-elle.

Le téléphone satellitaire vibra dans la poche de Sam. Il le sortit et répondit, tout en veillant à garder sa voix au niveau d'un murmure assourdi. C'était Rubin.

— Mauvaises nouvelles, Sam. La DCPJ n'a pu repérer ni Kholkov ni ses complices. Ils savent qu'il est entré sur le territoire avec son propre passeport, mais on ne trouve trace de lui dans aucun hôtel ni aucune agence de location de voitures.

— Il a dû se servir d'un faux passeport une fois la frontière passée, suggéra Sam.

— C'est probable. Bref, il est toujours dans la course. Soyez prudents.

— Merci, Rubin. On garde le contact.

Sam raccrocha et informa Remi de la teneur de sa conversation avec Rubin.

— Nous ne sommes pas plus dans le pétrin que nous l'étions déjà. Tu ne penses pas ?

— Je suis d'accord.

Ils poursuivirent leur avance le long du mur sud et contournèrent la tourelle suivante jusqu'à l'entrée latérale du château, un passage couvert voûté qui menait jusque dans la cour.

— Ne bouge plus, murmura soudain Sam. Accroupis-toi, mais très doucement.

Avec une infinie lenteur, ils se mirent sur leurs genoux.

— Que se passe-t-il ? murmura Remi.

— Droit devant nous...

De l'autre côté de la grande cour du château, à une centaine de mètres d'eux, se trouvaient deux dépendances aux toits de tuile.

Celle de gauche s'appuyait sur le mur qui donnait sur la côte nord de l'île. Quatre fenêtres étaient disposées sous l'avant-toit, rectangles noirs dans la pénombre. Ils attendirent, immobiles, pendant une minute, puis deux.

— Tu as vu quelque chose ? demanda Remi.

— C'est ce que j'ai cru, j'ai dû me tromper. Allez, viens.

— Arrête ! dit Remi d'une voix rauque et assourdie. Tu ne t'es pas trompé. Là-bas, vers le coin le plus éloigné.

Sam regarda dans la direction que lui indiquait Remi. Il lui fallut un moment pour le voir, mais aucun doute n'était permis. À peine visible dans l'obscurité se dessinait l'ovale blanc d'un visage.

CHAPITRE 31

SAM ET REMI OBSERVÈRENT le visage pendant une longue minute. L'homme paraissait aussi inerte qu'une statue, à l'exception de quelques mouvements de la tête pour surveiller ce qui se passait derrière lui et sur les côtés.

— Un gardien ? hasarda Remi.

— Peut-être. Mais pour un simple gardien paresseux qui cherche à s'abriter, il me paraît bien immobile. Il devrait bouger, fumer des cigarettes, donner des signes d'impatience... Il ne ressemble à aucun des hommes de Kholkov que nous ayons vus jusqu'ici, ajouta Sam en scrutant à la jumelle le visage de l'inconnu.

— Et s'ils sont ici, comment sont-ils arrivés ? Nous n'avons vu aucun bateau.

— Ce sont des commandos bien entraînés, Remi. Ils savent se déplacer sans se faire repérer.

Sam prit le temps d'examiner les alentours, s'arrêta sur les ombres, les entrées de portes plongées dans l'obscurité, mais il ne vit personne d'autre.

— Une excellente idée de cadeau de Noël, cette jumelle de vision nocturne, merci !

— Je t'en prie.

— Je ne vois personne d'autre. Attends...

L'homme se déplaçait sous l'avant-toit. Il regarda plusieurs fois par-dessus son épaule. Il portait un écusson sur la manche de son blouson ; une clef et une lampe-torche pendaient à sa ceinture.

— Je dois reconnaître que je me suis trompé, murmura Sam. C'est bien un gardien. Évitons tout de même de nous faire surprendre.

— Tu as raison.

— Quand je te le dirai, va dans le passage couvert et arrête-toi à mi-chemin. Ne va pas dans la cour intérieure, et sois prête à t'immobiliser à la moindre alerte.

— Compris.

Sam examina encore un moment le gardien à la jumelle.

— Vas-y ! lâcha-t-il soudain.

Remi se recroquevilla et gagna le coin du mur, qu'elle longea pour retrouver le passage couvert. Sam poursuivait sa surveillance. Au bout de deux longues minutes, l'homme bougea à nouveau et Sam put rejoindre Remi.

— Mon cœur bat à cent à l'heure, avoua-t-elle.

— Les joies de l'adrénaline.

Il leur fallut un moment pour reprendre leur souffle. Ils rampèrent le long du passage jusqu'à l'entrée de la cour et s'arrêtèrent au bord d'une marche haute de cinq centimètres.

Un petit mur et un banc de bois se trouvaient juste à gauche de l'entrée. À droite, un escalier de pierre à rampe de fer forgé s'élevait le long du mur, puis tournait à gauche pour accéder à une tourelle, et donnait sur un passage surélevé qui encerclait l'intérieur du bâtiment. Sam et Remi scrutèrent le passage, attentifs au moindre mouvement. Ils ne virent rien de suspect.

Ils s'aventurèrent plus avant et jetèrent un dernier coup d'œil à la cour intérieure et au passage surélevé. Ils se préparaient à avancer lorsque Sam aperçut, plongé dans la pénombre, un autre passage couvert sous l'escalier.

Aucun mouvement. Tout était paisible ; on n'entendait que le crépitement de la pluie.

Sam observa les alentours une fois encore, puis se pencha vers Remi.

— Quand je te donnerai le signal, monte les escaliers jusqu'à la tourelle. Je serai...

Derrière eux, la lueur d'une torche inonda soudain le passage.

— Vas-y, Remi !

Remi bondit, atteignit l'escalier et grimpa les marches deux par deux. Sam s'accroupit et demeura immobile. Le rayon de la lampe parcourut le passage, puis recula et finit par s'éteindre. Sam, toujours dans la même position, franchit la marche qui donnait sur la cour, puis se releva et rejoignit Remi dans la tourelle.

— Tu crois qu'il nous a vus ?

— Nous allons vite le savoir.

Ils attendirent une minute, puis deux. Ils n'auraient pas été surpris de voir apparaître le gardien, mais ce ne fut pas le cas.

Sam parcourut du regard l'intérieur de la tourelle.

— Est-ce bien celle que nous cherchons ?

Leur brochure était munie d'un plan qui indiquait plusieurs entrées pour accéder au niveau des oubliettes. L'une d'elles se trouvait dans cette tourelle.

— Oui, c'est celle-ci, il faut sans doute aller plus bas, répondit Remi en désignant un escalier en colimaçon qui menait aux niveaux inférieurs. Un autre montait vers les remparts.

Ils descendirent les marches, Remi en tête, et atteignirent un palier où ils découvrirent sur le sol une trappe en bois fermée par une serrure cadenassée. Sam détacha de sa ceinture une pince-monseigneur miniature, Müller leur ayant révélé avant leur départ que son frère avait trouvé les bouteilles cachées dans une fente aménagée entre deux dalles de pierre.

Le cadenas paraissait neuf, à l'inverse de la serrure, noircie et écaillée par des années d'exposition à l'air salé. Remi se préparait à l'examiner à la lueur de sa petite lampe LED, mais Sam l'en empêcha.

— Attends que nous soyons hors de vue.

Il ne leur fallut que quelques secondes pour libérer la serrure de la trappe. Sam souleva le panneau. Une échelle de bois s'engouffrait dans un puits obscur.

— Il vaut mieux que ce soit moi qui entre en premier, décida Remi.

Elle s'assit au bord, glissa les jambes dans l'ouverture et commença à descendre.

— Tout va bien, murmura-t-elle dix secondes plus tard. L'échelle descend sur quatre mètres environ. Fais attention, elle est boulonnée à la pierre, mais l'installation semble aussi ancienne que la serrure.

Sam descendit à son tour, courba la tête lorsqu'il atteignit le second barreau et referma la trappe derrière lui. Il laissa un interstice assez large pour y passer les doigts et remettre la serrure en place. Avec un peu de chance, un éventuel gardien de passage ne remarquerait pas l'effraction.

Il poursuivit sa descente dans une obscurité totale, en se guidant au toucher. L'échelle bougea et craqua, tandis que les boulons grinçaient dans la pierre. Sam se figea, retint son souffle et compta jusqu'à dix avant de poursuivre sa progression.

Le barreau qui soutenait son pied le plus bas céda alors dans un craquement, et Sam chuta brusquement. Ses mains parvinrent à agripper les montants de l'échelle, mais celle-ci ne supporta pas le soudain déplacement de poids, et se tordit de côté. Avec un bruit déchirant, les boulons s'arrachèrent à la pierre et Sam se sentit aspiré vers le bas. Il se prépara à l'impact et tomba sur le dos.

Remi se précipita et s'agenouilla à ses côtés.

— Sam ! murmura-t-elle, anxieuse. Tout va bien ?

— Je crois. C'est surtout mon orgueil qui en a pris un coup.

— Et ton coccyx.

Elle l'aida à se relever. Il ne restait de l'échelle qu'un amoncellement de bois. Plus rien ne joignait les montants, et les barreaux saillaient à des angles improbables.

— Au moins, dit Remi, nous savons que cette voie de sortie est désormais impraticable.

— Tu as raison, il faut voir les choses du bon côté, approuva Sam.

Remi alluma sa lampe et ils étudièrent les lieux. Derrière eux, un mur de pierre ; devant, un couloir s'étendait dans les ténèbres. Contrairement à celles des murs extérieurs, les pierres, d'un gris sombre, étaient taillées de façon grossière et présentaient des marques de burin vieilles d'au moins quatre siècles. C'était le niveau supérieur de la partie du château réservée aux cachots. Il existait encore un niveau en dessous et, plus bas encore, se trouvaient les oubliettes elles-mêmes – le *Royaume des oubliés.*

Remi éteignit sa lampe. Main dans la main, ils s'enfoncèrent dans le passage.

Au bout de vingt pas, Sam alluma sa propre lampe, regarda autour de lui, puis l'éteignit. Il n'était pas parvenu à distinguer le fond du passage. Ils continuèrent à avancer. Encore vingt pas. Sam sentit la main de Remi serrer la sienne.

— Je viens d'entendre un écho, chuchota-t-elle. À gauche.

Sam ralluma la lampe, révélant un tunnel sur lequel donnaient douze cellules, six de chaque côté. Pour des raisons de sécurité, les portes d'acier à barreaux avaient été ôtées. Sam et Remi pénétrèrent dans la première.

Le tunnel lui-même était lugubre, mais les minuscules cellules noires comme de l'encre étaient un véritable cauchemar. Les guides du château, paraît-il, divisaient les touristes en petits groupes de trois ou quatre personnes, puis éteignaient les lumières et laissaient les visiteurs debout dans l'obscurité pendant trente secondes. Il émanait des cellules du château d'If une forme de terreur bien particulière, qui leur donnait l'impression de partager l'espace avec des fantômes encore captifs.

— Cela suffit comme ça, dit Sam, qui quitta aussitôt la cellule pour regagner le passage.

Ils découvrirent un nouveau tunnel un peu plus loin sur leur droite. Celui-ci était plus long et abritait vingt cellules. Sam et Remi avaient accéléré le pas. Ils examinèrent en hâte chaque cellule. Au bout du couloir les attendait une porte de bois, fermée, mais pas verrouillée, et il n'y avait ni serrure ni loquet. Une plaque disposée à côté indiquait : « PERSONNEL AUTORISÉ UNIQUEMENT. »

— Pourquoi n'y a-t-il pas de serrure ? demanda Remi.

— On l'a sans doute enlevée pour éviter que des touristes indisciplinés ne s'enferment dans des endroits où ils n'ont rien à faire.

Sam enfonça l'index dans le trou correspondant au loquet manquant et tira d'un geste prudent. La porte s'ouvrit de deux ou trois centimètres. Les charnières grincèrent. Il marqua une pause, prit une profonde inspiration, puis ouvrit en grand.

Remi pénétra dans l'ouverture. Sam la suivit et referma derrière eux. Ils restèrent un instant immobiles, aux aguets, puis Remi mit ses mains en coupe autour de sa lampe et l'alluma. Ils se trouvaient sur un palier étroit formant un carré d'un peu plus d'un mètre de côté. À droite de la porte, ils virent une rambarde de pierre, et un nouvel escalier en colimaçon qui s'enfonçait sous le palier. Ensemble, ils se penchèrent par-dessus la rampe.

La lampe n'éclairait qu'une dizaine de marches. Au-delà, l'obscurité était totale.

CHAPITRE 32

PRÉCÉDÉS DE L'ÉCLAT BLANC BLEUTÉ de leurs lampes, Sam et Remi descendirent les marches jusqu'au palier suivant. Ils y trouvèrent une porte en bois similaire à celle de l'étage supérieur, flanquée de la même pancarte interdisant le passage aux visiteurs non autorisés. La porte s'ouvrit sans bruit, à la grande surprise de Sam, qui s'attendait à entendre gémir d'antiques charnières. Ils avancèrent d'un pas.

Un autre tunnel, plus étroit. Sam et Remi durent se baisser pour avancer. Chaque mur donnait sur des portes de cellules rectangulaires. Contrairement à celles de l'étage supérieur, elles étaient garnies de barreaux qui semblaient d'époque. Chacune était ouverte et attachée par de la corde à un œillet métallique fixé dans la pierre. Sam examina la plus proche et constata que la serrure et le loquet étaient toujours présents.

— Et dire que je trouvais déjà l'étage du dessus déprimant..., murmura Remi.

Ils continuèrent à progresser en observant avec soin les parois. Au bout de vingt mètres, ils découvrirent un passage latéral qui s'enfonçait sur un peu plus de trois mètres dans le mur de gauche. Il donnait à hauteur de la taille sur une ouverture rectangulaire. Ils se baissèrent et Sam se pencha vers l'ouverture. Quelques dizaines de centimètres plus bas, un trou circulaire dans le sol, que Sam éclaira de sa lampe.

— Encore une échelle, chuchota-t-il. Je pense que nous avons trouvé ce que nous cherchions.

— Je passe en premier, dit Remi, qui glissa les pieds par l'ouverture. Tout va bien, annonça-t-elle au bout d'un instant, l'échelle semble solide.

Sam descendit à son tour pour rejoindre Remi. Il dut se recroqueviller pour passer. Des trous béants s'alignaient sur toute sa longueur, carrés noirs fermés par des barreaux de fer qui semblaient engloutir la lumière de leurs torches.

— Oh, mon Dieu, murmura Sam.

— Combien y en a-t-il, à ton avis ? demanda Remi.

— Si ce tunnel est aussi long que celui d'en haut... cinquante ou soixante.

— Je me demande combien de temps un prisonnier pouvait supporter cela avant de sombrer dans la folie.

— Cela devait dépendre de la personne, bien sûr, mais au bout de quelques jours, l'esprit perd toute notion du temps, de l'espace. Il n'existe plus aucune référence, et plus aucune forme de stimulation qui provienne de l'extérieur. Allons, finissons-en. Quelle était la phrase suivante de l'énigme ?

— *Du troisième royaume des oubliés.*

Surveillant leurs pas avec attention, Sam et Remi s'approchèrent du troisième trou. À la lueur de la torche de Remi, Sam examina la grille. Les charnières et le verrou avaient été ôtés et les barreaux étaient rongés par la corrosion. Il en effleura un ; des écailles de métal et de rouille flottèrent un instant avant de descendre vers le fond. Il saisit les barreaux, souleva la grille et la posa de côté.

Le cachot, au fond d'un puits étroit de deux mètres de profondeur, formait un carré d'un mètre vingt de côté et d'un mètre de haut – pas assez large pour qu'un prisonnier puisse s'y étendre, ni assez haut pour qu'il puisse y tenir debout sans se pencher.

— Je ferais mieux d'y aller, décida Remi. Je suis plus petite, et puis je n'arriverais jamais à te faire ressortir de là.

Sam fronça les sourcils, mais acquiesça.

— Comme tu veux.

Il décrocha la petite pince-monseigneur de sa ceinture. Remi ôta son blouson et le posa sur le sol, puis passa la pince dans sa propre ceinture et laissa Sam la soutenir pendant qu'elle descendait dans le puits. Arrivée à soixante centimètres du fond, elle se laissa tomber.

Elle se mit à quatre pattes, alluma sa lampe, qu'elle coinça entre ses dents, puis commença à examiner les murs et le sol de pierre.

— Et voilà, murmura-t-elle.

— Le scarabée cracheur ?

— Lui-même, dans toute sa gloire. Il est gravé dans un coin de ce bloc de pierre. Et il y a une fente assez large... attends.

Remi engagea la pince dans la fente et essaya d'écarter le bloc du mur. Avec un grognement, elle parvint à le libérer et à le pousser de côté.

— L'ouverture remonte sur soixante centimètres à peu près, et... et zut !

— Que se passe-t-il ?

Remi releva la tête vers Sam.

— De la pierre, rien d'autre, pas d'autres ouvertures, ni de fentes... Il n'y a rien ici, Sam.

*

Remi prit encore le temps de s'assurer que rien ne lui avait échappé, puis remit le bloc en place. Sam se pencha pour l'aider à remonter. Elle pinça les lèvres et écarta d'un souffle la mèche qui lui retombait sur les sourcils.

— C'est bien ce que je craignais. C'est ici que Karl Müller a découvert trois bouteilles. J'avais le pressentiment que nous n'allions pas trouver le reste.

Sam hocha la tête.

— J'ignore ce que Laurent avait en tête, mais il paraît peu probable qu'il les ait toutes cachées au même endroit.

— Enfin, cela valait la peine d'essayer. Ce dont nous sommes sûrs maintenant, c'est que Laurent s'est servi ici de son poinçon d'estampage.

— Allons, viens, il est temps de quitter les lieux.

*

Ils remirent la grille en place et s'éloignèrent de la porte en remontant le tunnel, Remi pressée contre une paroi et Sam contre l'autre. À trois mètres du bout du couloir, Sam trébucha soudain, recula dans une sorte de niche pratiquée dans le mur et tomba assis en poussant un grognement.

— Sam ?

— On dirait que j'ai trouvé quelque chose.

Il regarda autour de lui. La partie arrière de la niche, profonde d'à peine un mètre, présentait au sol une nouvelle ouverture, cette fois dépourvue de barreaux.

Remi contourna le trou béant qui les séparait et se pencha dans le renfoncement avec Sam, qui éclaira l'ouverture avant de s'y enfoncer. Remi le suivit. Perpendiculaire au tunnel au-dessus d'eux, un passage tout juste suffisant pour pouvoir y ramper s'étirait dans l'obscurité.

Ils se mirent en route à quatre pattes, Remi en tête. Soucieux de ne manquer aucun nouvel embranchement, ils tendaient les bras et tâtaient les parois autour d'eux à chaque mètre parcouru.

Au bout d'une minute, Sam donna une petite tape sur les hanches de Remi pour lui faire signe d'arrêter, puis il alluma sa lampe. Devant eux, le bout du tunnel demeurait invisible.

— Tu as remarqué les murs ? demanda Remi à voix basse.

— Oui.

Les parois autour d'eux n'étaient pas faites de blocs de pierre, mais semblaient avoir été creusées dans la roche brute. Leur progression dans cet espace confiné et sombre était lente et pénible, et chaque mètre semblait s'allonger à l'infini.

Ils se remirent en route.

— Le mur, souffla soudain Remi. Il y a un embranchement à droite.

Ils suivirent le conduit de droite, puis rampèrent sur six ou sept mètres et trouvèrent un nouveau virage, cette fois sur la gauche. Après une courte distance en ligne droite et deux autres virages, à droite, puis à gauche, ils découvrirent une ouverture en hauteur, assez vaste pour que Remi puisse s'y tenir debout. Elle plia les genoux et se retourna vers Sam.

— Il y a un rebord, et puis une pièce.

— Tu peux y arriver ?

— Oui, je crois. (Elle se hissa en prenant appui sur le bord de l'ouverture et disparut.) Tout va bien, lança-t-elle dix secondes plus tard.

Sam se releva, franchit le rebord et se laissa retomber près de Remi, qui examinait déjà la pièce, un carré d'un peu plus de trois mètres sur trois. Tout comme dans l'espace confiné qu'ils venaient de parcourir, le sol et les murs étaient de pierre brute. Des armoires de bois destinées à accueillir des armes étaient fixées sur trois des murs, avec des emplacements pour des mousquets ou des épées. Sur le mur de gauche, une sorte d'arche tronquée donnait sur un nouveau passage.

— Cela doit dater de la construction du fort, murmura Sam. Sans doute le dernier refuge en cas d'attaque, avec des armes pour les défenseurs.

— Ce qui signifie qu'il devrait y avoir une autre sortie – ou une entrée.

— Il se peut qu'elle ait été condamnée lors de la conversion du fort en prison.

— Évite ce genre de remarque, je t'en prie, même pour plaisanter !

— Nous n'avons qu'un seul moyen de le vérifier.

Ils se penchèrent pour franchir l'entrée et pénétrer dans le tunnel.

*

C'était un véritable labyrinthe. Pendant l'heure qui suivit, ils se retrouvèrent devant des impasses, découvrirent des couloirs en boucle qui les ramenaient à leur point de départ, descendirent et gravirent plusieurs volées de marches. Enfin, Sam fit signe à Remi de s'arrêter. Plus loin, le tunnel se séparait en trois branches.

— Mais dans quelle sorte d'endroit sommes-nous ? haleta Remi.

— Je ne sais pas s'il existe un nom pour cela, répondit Sam, mais je suppose qu'il s'agit de l'ultime dispositif de défense ; les attaquants arrivent, se retrouvent piégés, et tombent dans l'embuscade tendue par les défenseurs. On sent un mouvement d'air, ajouta-t-il en décrivant un cercle pour en découvrir l'origine avant de s'immobiliser en secouant la tête. Impossible de dire d'où cela vient.

Remi ne l'écoutait plus. Les yeux clos, elle se tournait d'un côté, puis de l'autre, les mains sur les hanches, ses doigts décrivant de mystérieux mouvements.

— J'essaie de retracer notre parcours, murmura-t-elle enfin. La cour doit être par ici, ajouta-t-elle en désignant le tunnel de gauche. Je crois... que s'il existe une entrée cachée, c'est là qu'elle doit se trouver.

— Je te suivrais partout les yeux fermés, Remi.

Main dans la main, ils se remirent en route.

*

De temps à autre, le tunnel donnait sur de nouveaux embranchements. À chaque fois, Remi répétait sa gestuelle, les yeux mi-clos, puis repartait dans la bonne direction.

Au bout d'une heure, le tunnel aboutit à ce qui eût été une impasse sans la présence d'une échelle appuyée contre un mur. Ses barreaux et ses montants, taillés de façon grossière dans ce qui ressemblait à du chêne rouge, paraissaient déformés. Sam et Remi dirigèrent leurs lampes vers le haut. L'échelle, haute de plus de dix mètres, se terminait près d'une trappe en bois.

— Tu sens ? demanda Remi. La pluie, Sam. Nous ne sommes plus très loin.

Sam hocha la tête d'un air absent et étudia l'échelle du regard.

— Elle est très ancienne, commenta-t-il. Elle date de plusieurs siècles, peut-être de l'époque de la construction du fort.

— C'est merveilleux, Sam, mais ce qui me préoccupe, c'est surtout de savoir si elle supportera notre poids.

Sam secoua légèrement l'échelle, puis fit peser son poids sur le premier barreau, qui gémit, mais ne céda pas.

— Tu veux bien me donner la pince, s'il te plaît ?

Remi lui tendit l'outil, qu'il passa dans sa ceinture avant de poursuivre son ascension jusqu'à la trappe.

— Elle est verrouillée, annonça-t-il en se penchant vers le bas.

Il coinça la pince sous le bord de la trappe et tira une fois, puis encore, jusqu'à ce que la serrure cède enfin, puis ouvrit le panneau de bois. De l'air frais s'engouffra dans l'ouverture et descendit le long de l'échelle.

— Nous sommes dans l'une des tourelles, annonça-t-il à Remi demeurée plus bas.

Il se hissa hors de l'ouverture, et Remi ne tarda pas à le rejoindre. Alors que sa tête venait de passer par la trappe, un pas résonna quelque part sur la pierre. Sam aida Remi à remonter et ils se dirigèrent à pas de loup vers la porte de la tourelle.

Par-dessus la rampe de l'escalier, ils virent un gardien, sans doute celui qu'ils avaient aperçu plus tôt. L'homme faisait sa ronde en éclairant dans toutes les directions. Au bout d'un moment, il fit volte-face, observa un instant les passerelles, puis disparut sous le passage voûté.

Sam et Remi attendirent trente secondes pour lui laisser le temps de s'éloigner, puis descendirent l'escalier extérieur, traversèrent la cour à leur tour et s'engouffrèrent dans le passage qu'ils avaient emprunté à leur arrivée.

La pluie tombait toujours et la température avait chuté de plusieurs degrés. Le froid les enveloppa brusquement. Ils regardèrent autour d'eux afin de retrouver leurs repères ; ils étaient revenus à leur point de départ. Plus loin, de l'autre côté de la grande cour du château, ils distinguaient les deux bâtiments attenant aux toits rouges. Repérable sans difficulté grâce à sa lampe allumée, le gardien était à plus de cent mètres et se dirigeait vers les locaux de l'accueil.

— Tu as eu ton content d'exploration pour la soirée ? demanda Sam à Remi.

— Et même un peu plus, soupira Remi. Et puis je te connais ; je parie que nous aurons d'autres occasions de rôder en terrain inconnu d'ici peu.

— Pari sans risque.

Ils se remirent en marche sous la pluie battante.

CHAPITRE 33

GRAND HÔTEL BEAUVAU

UNE HEURE PLUS TARD, après avoir pris une bonne douche et bu deux verres de gin, Sam et Remi s'installèrent sur le balcon de leur chambre pour admirer le Vieux Port. Les lumières de la ville se reflétaient à la surface de l'eau dans une mosaïque de rouges, de jaunes et de bleus qui ondulait avec douceur sous la pluie. Au loin, on entendait parfois le mugissement mélancolique d'une corne de brume ou, plus près, le son métallique des balises qui s'entrechoquaient.

Le téléphone sonna. Sam consulta l'écran ; c'était Rubin. Il l'avait contacté dès leur retour à l'hôtel pour lui donner un compte rendu expurgé des événements de la nuit, et lui avait demandé de rappeler un peu plus tard.

Sam et Remi quittèrent le balcon. Sam referma la porte vitrée, puis décrocha en branchant le haut-parleur.

— Ah, Rubin, si seulement tu pouvais m'annoncer que Kholkov et sa bande de joyeux drilles sont sous les verrous !

— Désolé, mais ce n'est pas le cas. La DCPJ n'a pas réussi à mettre la main sur eux.

— J'aimerais pouvoir dire que je suis surpris...

— Moi aussi. Alors, prêts à rentrer au bercail ?

— Moins que jamais.

— Et Remi ?

— Aucune chance.

— Eh bien, voyons tout de même les choses du bon côté ; la photographie de Kholkov est affichée dans tous les locaux de la police et de la douane françaises. S'il tente de quitter le pays par un aéroport, un port ou une gare, il ne leur échappera pas.

— Tu as sans doute raison, Rubin, mais d'après ce que tu m'as toi-même appris, les anciens des *Spetnaz* sont entraînés à franchir les frontières sans se faire repérer. Et il n'est pas bête au point de débarquer dans un aéroport comme si de rien n'était.

— C'est vrai.

— Et Bondarouk ? demanda Remi. A-t-on la moindre chance de découvrir un squelette dans ses placards et de savoir enfin ce qui le motive ?

— Peut-être. Le colonel des Gardiens de la Révolution qui lui a servi de mentor a eu quelques années plus tard des démêlés avec le pouvoir iranien. On en ignore la raison précise, mais le colonel – il s'appelle Aref Ghamesi – s'est réfugié à Londres, et il a accepté de travailler pour les Britanniques. Il y est toujours. J'ai mis quelqu'un sur sa piste.

— Merci, Rubin, dit Sam avant de raccrocher.

*

Le lendemain matin, Sam et Remi dormirent jusqu'à neuf heures et prirent leur petit déjeuner sur le balcon. La pluie de la veille n'était plus qu'un souvenir, et seuls quelques nuages cotonneux parsemaient un ciel d'azur. Il était presque minuit en Californie, mais lorsqu'ils appelèrent Selma en dégustant leur café, celle-ci était tout à fait alerte et éveillée. Pour autant qu'ils puissent le savoir, leur responsable des recherches dormait cinq ou six heures par nuit et ne semblait pas s'en porter plus mal.

Tout en évitant de trop s'appesantir sur les détails, Sam lui révéla qu'ils avaient trouvé vide la cachette du château d'If.

— La cigale était bien là, précisa Remi, identique à celle du poinçon de Laurent.

— C'est mieux que rien, commenta Selma. J'ai fait pour ma part quelques progrès dans le déchiffrage des lignes trois et quatre de la bouteille, mais quant au reste... rien. Et je crois savoir pourquoi : il doit exister une troisième clef.

— Expliquez-nous cela, l'encouragea Sam.

— Le livre de Laurent est la première clef ; la bouteille que nous possédons est la deuxième – au moins en ce qui concerne les quatre premières lignes. La troisième clef est peut-être une autre bouteille, et nous avons besoin de ces trois clefs pour pouvoir procéder à des recoupements et déchiffrer les lignes restantes.

— Tout cela me semble bien alambiqué, constata Remi.

— De notre point de vue, peut-être, mais nous devons nous baser sur des hypothèses ; tout d'abord, Laurent voulait cacher chacune des douze bouteilles de la caisse d'origine séparément, c'est-à-dire les disperser. Ces bouteilles étaient des « flèches sur une carte », censées indiquer le direction de l'objet que nous recherchons, quelle que soit sa nature.

— Nous devrions d'ailleurs lui donner un nom, intervint Sam.

— L'or de Bonaparte, suggéra Remi en haussant les épaules.

— Parfait en ce qui me concerne.

— Très bien, l'or de Bonaparte, acquiesça Selma. Je pense que les choses, dans son esprit, devaient se passer ainsi : découvrir une bouteille, déchiffrer l'inscription grâce au livre, puis résoudre l'énigme pour trouver la bouteille suivante...

— Et décrypter le code de l'étiquette avec le livre et la première bouteille pour décoder la ligne suivante, la coupa Sam.

— Ainsi que l'énigme qui l'accompagnait, et qui menait elle-même à une nouvelle bouteille, etc. La bonne nouvelle, mais là encore, ce n'est pas une certitude absolue, c'est que tout cela n'est pas organisé selon une séquence préétablie. En d'autres termes, Laurent a conçu son système de telle sorte que n'importe quelle bouteille puisse conduire à une nouvelle énigme.

— Si tout cela est vrai, intervint Remi, pourquoi a-t-il caché trois bouteilles ensemble au château d'If ?

— Aucune idée. Nous le saurons peut-être lorsque nous aurons un peu progressé.

— Un élément nous échappe, dit Sam. Nous savons que l'une des bouteilles est perdue, l'éclat trouvé près de la rivière Pocomoke nous le prouve. Sans cette bouteille, nous risquons de passer à côté de la dernière énigme, celle qui nous conduirait à l'or de Bonaparte.

— C'est ce que je pense aussi, répondit Remi. Je suppose que nous n'en saurons pas plus avant la fin de notre quête.

— Selma, pensez-vous que Kholkov puisse progresser grâce à la bouteille qu'il a récupérée à Rum Cay ?

— J'en doute, à moins qu'ils ne disposent d'un livre de décryptage. Et si l'on en juge par la façon dont il vous traque en permanence, il ne sait pas grand-chose.

— C'est encore un autre point qui nous échappe, dit Remi. À un moment ou à un autre, il nous faudra bien mettre la main sur la bouteille de Rum Cay.

— C'est-à-dire entrer dans la fosse aux lions, conclut Sam.

*

SÉBASTOPOL

À deux mille deux cent cinquante kilomètres de Marseille, Hadeon Bondarouk était assis à son bureau, les mains croisées. Une douzaine de photographies haute résolution en couleur étaient étalées sur son sous-main en cuir bordeaux. Chacune d'elles représentait une ligne de symboles. Pour la dixième fois depuis une heure, il prit une loupe à éclairage intégré et se plongea dans l'examen de l'ensemble des images, en se concentrant sur les détails les plus minuscules de chacun des symboles – l'angle droit d'un carré, la courbe en boucle d'un oméga tronqué, l'inclinaison d'un croissant de lune...

Rien. Il n'y comprenait rien.

Il lança la loupe sur le bureau, qu'il balaya d'un revers du bras en éparpillant les photos.

En dépit de sa valeur sur le plan financier, la bouteille ne lui était d'aucune utilité ; les Fargo avaient mis la main sur le livre de Laurent, et ils s'étaient sans aucun doute déjà attelés au décryptage. S'il blâmait Kholkov pour la perte du livre, Bondarouk devait reconnaître qu'il avait lui-même sous-estimé les Fargo. Ces gens étaient des chasseurs de trésors, des aventuriers. Ni lui ni Kholkov ne s'étaient attendus à autant de difficultés de leur part, ni à ce qu'ils fassent preuve d'autant de courage et d'habileté. Kholkov et lui auraient dû le prévoir. Après tout, les aventures passées des Fargo les avaient conduits dans des situations assez périlleuses pour les endurcir et les préparer à toutes sortes d'éventualités.

Pourtant, leurs ressources n'étaient en rien comparables aux siennes. Pour le seul aspect « napoléonien » de l'affaire, il avait dépensé des centaines de milliers de dollars afin de passer la vie de Bonaparte au peigne fin, du berceau à la tombe ; il avait suivi le parcours de chacun de ses descendants, directs ou indirects, mais aussi de tous ses amis, amantes et conseillers, Arnaud Laurent compris. Tous les ouvrages traitant de la vie de l'Empereur avaient été numérisés dans sa base de données et étudiés de près pour ne laisser échapper aucun indice. Même les créations artistiques de l'époque, des scènes de batailles aux portraits en passant par de simples croquis, étaient examinées avec la plus grande minutie, au cas où un détail indiquerait une quelconque direction – un symbole sur un bouton d'uniforme, un doigt désignant un élément de l'arrière-plan, un livre sur une étagère, derrière la tête de l'Empereur...

En dépit de tous ces efforts et de tout cet argent dépensé, Bondarouk n'avait rien, à l'exception d'une inutile bouteille de vin et du pictogramme d'un insecte improbable.

Son téléphone de bureau se mit à sonner. Il décrocha.

— C'est moi, annonça Vladimir Kholkov.

— Où diable étiez-vous passé ? grommela Bondarouk. J'attendais votre appel hier soir. Dites-moi ce qui s'est passé.

— Nous les avons retrouvés à Marseille hier après-midi. Je les ai rencontrés et je leur ai proposé une trêve – et une association.

— Comment ? Je ne vous ai jamais autorisé à leur faire une offre semblable.

— Monsieur Bondarouk, *proposer* une trêve et *respecter* une trêve sont deux choses bien différentes. Quoi qu'il en soit, ils sont restés sur leurs positions.

— Où sont-ils en ce moment ?

— Ils sont rentrés à Marseille.

— À Marseille ? Qu'est-ce que cela signifie ?

— J'ai dû quitter la France. Je suis à La Jonquera, de l'autre côté de la frontière espagnole. La police française me recherche. Quelqu'un a lancé un mandat d'arrêt contre moi.

— Les Fargo. Ce sont eux. Mais comment y sont-ils parvenus ?

— Je vais m'arranger pour le savoir, mais peu importe. S'ils quittent Marseille, je le saurai.

— Comment ?

Kholkov lui expliqua ses intentions.

— Et le livre ?

— J'ai fait surveiller leur villa, mais Sam Fargo ne bluffait pas. Ils ont un système de sécurité efficace, et je crois que cela ne vaut pas la peine de s'y frotter. Et puisque nous connaissons leurs agissements en temps réel, autant les laisser faire le gros du travail pour nous.

— Entendu.

Bondarouk raccrocha. Il se leva, se dirigea vers la fenêtre du bureau et se força à respirer avec calme. Kholkov avait raison : ils avaient encore du temps devant eux. Les Fargo avaient pris de l'avance, mais ils n'étaient pas au bout de leurs peines et il leur restait bien des obstacles à surmonter avant d'en voir la fin. Tôt ou tard, ils commettraient une erreur. Et Kholkov serait là.

CHAPITRE 34

SÉBASTOPOL

SAM ÉLOIGNA LE COUPÉ OPEL de location du chemin de terre et s'arrêta tout près du bord de la falaise. La nuit allait tomber d'ici une heure et déjà, à l'ouest, le soleil déclinait à l'horizon, jetant sur la mer Noire des taches rouges et or. Les falaises du cap Fiolent plongeaient droit dans les eaux bleu-vert et un peu plus au large, des dizaines de pointes rocheuses déchiquetées jaillissaient de la surface, entourées de tourbillons d'écume.

Au loin, une mouette cria, puis se tut. Seul le son du vent s'engouffrant par la vitre ouverte de la voiture venait troubler le silence.

— Cet endroit est un peu inquiétant, murmura Remi.

— Un peu, c'est vrai, admit Sam, mais après tout, cela colle assez bien à la réputation du personnage.

Le personnage en question était bien sûr Hadeon Bondarouk. Sam et Remi savaient qu'il leur fallait mettre la main sur une autre bouteille pour parvenir à compléter les dernières lignes de l'énigme. Ils avaient donc opté pour la seule solution possible : voler celle que détenait Bondarouk.

C'était une idée dangereuse, proche de l'inconscience, mais leurs aventures passées leur avaient appris au moins deux choses, que Sam désignait sous le nom « Loi de l'inversion du pouvoir », et de « Loi de la présomption d'invulnérabilité ». Compte tenu de l'influence et de la notoriété de Bondarouk, personne de sensé ne s'aviserait d'essayer de le voler. L'homme régnait sur la mafia ukrainienne depuis des années et, comme tant d'autres, il avait sans doute fini par croire en sa propre légende. Lui et ses biens étaient à coup sûr protégés, mais son dispositif de sécurité s'était peut-être relâché avec le temps, comme un muscle qui manque d'entraînement. C'est en tout cas ce qu'espéraient Sam et Remi.

Bien entendu, ils n'étaient pas prêts à tout risquer sur de simples impressions, aussi avaient-ils demandé à Selma de réaliser à leur intention une « étude de faisabilité ». Le système de sécurité de Khotine présentait-il des failles exploitables ? Selma découvrit que tel était le cas, en effet. Tout d'abord, le Turkmène exposait chez lui sa collection d'antiquités, qu'une petite équipe d'experts était en permanence chargée d'entretenir et de surveiller ; d'autre part, le domaine lui-même faisait partie du patrimoine historique du pays, une particularité que Selma était persuadée de pouvoir mettre à profit pour permettre à ses employeurs d'y pénétrer.

Sam et Remi marchèrent jusqu'au bord du précipice et regardèrent vers le nord. À un peu moins de deux kilomètres le long de la côte, perché devant une sorte de pont rocheux qui jaillissait de la falaise, le domaine de Bondarouk, connu sous le nom de Khotine, s'étendait sur une quarantaine d'hectares. Le pont de pierre, poli par des millénaires d'érosion, se prolongeait jusqu'à un pilier rocheux qui se dressait hors de la mer tel un gratte-ciel.

La demeure elle-même, un château de cinq étages de style ruthéno-ukrainien coiffé de toitures d'ardoise en pente raide, avec des lucarnes enfoncées sous les pignons et des tourelles cuivrées en forme de bulbe, couvrait une surface de près de deux mille huit cents mètres carrés. L'ensemble était entouré d'un muret blanc de pierre stuquée et d'un sinueux labyrinthe de bosquets d'arbres à feuillage persistant.

L'histoire du domaine avait débuté dès le milieu du XVIIIe siècle. Il avait alors accueilli un chef du Khanat de Crimée dont les ancêtres s'étaient séparés de la Horde d'Or mongole au XVIe siècle pour venir s'installer dans la région. Au bout d'une centaine d'années, son clan fut évincé par des forces russes moscovites menées par un ataman cosaque zaporogue. Celui-ci revendiqua la propriété du domaine au titre des dépouilles de guerre, avant de s'en faire chasser trente ans plus tard par un autre ataman plus puissant que lui.

Au cours de la guerre de Crimée, Khotine fut placé sous l'autorité de Pavel Stepanovich Nakhimov, l'un des plus prestigieux amiraux du tsar Nicolas II, afin de servir de base de repli. Par la suite, Khotine eut l'occasion de remplir des fonctions fort diverses : musée consacré au siège de Sébastopol, quartier général de la Wehrmacht pendant la Seconde Guerre mondiale, puis résidence militaire d'été réservée au haut commandement soviétique après la libération de la ville. À partir de 1948 et jusqu'à l'effondrement de l'Union soviétique, Khotine fut laissé à l'abandon, en partie en ruines, jusqu'à ce que Bondarouk l'achète en 1997 à un gouvernement ukrainien aux finances squelettiques.

Compte tenu de la riche histoire du domaine, Selma n'eut aucune peine à découvrir d'alléchantes pistes de recherches, mais en fin de compte, ce fut l'une des motivations les plus basses de la nature humaine – la cupidité – qui lui permit de découvrir le défaut de l'armure de Khotine.

— Répète-moi encore une fois cette histoire, s'il te plaît, demanda Sam à Remi tandis qu'il observait le domaine à la jumelle.

— Bogdan Abdank, répondit Remi. C'était le Cosaque zaporogue qui avait pris le domaine aux Mongols.

— Bien.

— Selon toute vraisemblance, Bogdan Abdank s'occupait aussi de contrebande – fourrure, pierres précieuses, alcools, esclaves, il trafiquait tout ce qu'il pensait pouvoir vendre au marché noir. Le problème, c'est que d'autres clans cosaques et des seigneurs de la guerre russes auraient bien aimé trafiquer à sa place.

— Mais ce vieux Bogdan Abdank était malin, répondit Sam, qui commençait à prendre le sujet à cœur.

— Et ingénieux.

Selon les archives en ligne de l'université nationale Taras Shevchenko de Kiev compulsées par Selma, Bogdan Abdank avait employé des esclaves pour creuser dans les falaises et les collines des alentours de Khotine une série de tunnels destinés à cacher ses biens illicites. Des vaisseaux en partance vers l'ouest, chargés de zibelines roumaines, de diamants turcs ou de prostituées géorgiennes, mouillaient au pied de Khotine, déchargeaient leur cargaison dans des embarcations plus petites, qui disparaissaient dans la nuit avant de décharger à leur tour leur précieuse marchandise dans les souterrains du contrebandier, creusés sous le château.

— Nous n'en avons donc pas encore fini avec la spéléologie, soupira Remi.

— Il semblerait que non, en effet. Mais je me pose une question : jusqu'à quel point Bondarouk connaît-il l'histoire de Khotine ? Si ces passages secrets sont encore là, connaît-il leur existence ? Ou peut-être les a-t-il fait condamner ?

— Ou mieux encore : il a peut-être suivi l'exemple de Bogdan Abdank pour les utiliser à son profit ?

Sam consulta sa montre.

— Nous le saurons sans doute bientôt.

L'heure du rendez-vous avec leur contact était proche.

*

Selma avait réussi à trouver une source de renseignements unique, un homme capable non seulement de fournir des informations sur le domaine de Bondarouk, mais aussi, avec un peu de chance, des indications détaillées sur la meilleure façon d'y pénétrer.

Le conservateur des archives de l'université Taras Shevchenko, un certain Petro Bohuslav, haïssait son travail avec passion et son plus cher désir était de partir s'installer en Italie, à Trieste, pour y ouvrir une librairie. Après quelques vertueuses manœuvres dilatoires, il avait présenté sa proposition à Selma : pour un prix confortable, il était prêt à mettre à sa disposition un ensemble de plans de Khotine, rares et non archivés, ainsi que sa connaissance personnelle du domaine.

Sam et Remi le rencontrèrent dans un petit restaurant familial qui dominait la marina de Balaclava. Lorsque Sam et Remi arrivèrent, la nuit était tombée, et le seul éclairage de l'établissement provenait de lampes-tempête posées sur les tables. Des haut-parleurs dissimulés derrière un rideau de fougères diffusaient en sourdine une douce musique folklorique kozba. Il régnait dans la salle une puissante odeur d'oignons et de saucisses.

À leur entrée, un homme installé dans un box au coin de la salle leva la tête et les examina pendant cinq longues secondes avant de se replonger dans son menu. Une serveuse en jupe rouge vif et chemisier blanc les accueillit. Sam sourit, fit un signe discret à l'homme qui occupait le box, puis s'approcha avec Remi.

— Monsieur Bohuslav ? demanda-t-il en anglais.

L'homme leva les yeux vers lui. Ses cheveux blancs étaient dégarnis et son nez bulbeux était celui d'un buveur. Il hocha la tête.

— Je suis Bohuslav. Monsieur et madame Jones ?

— C'est bien cela.

— Asseyez-vous, je vous en prie. Vous désirez manger ou boire quelque chose ?

— Non, merci, répondit Remi.

— Vous voulez donc pénétrer à l'intérieur de Khotine, c'est bien cela ?

— Ce n'est pas ce que nous avons dit, répondit Sam. Nous sommes écrivains, et nous rédigeons un livre sur la guerre de Crimée.

— C'est ce que m'a expliqué votre assistante. Une femme au caractère bien trempé.

— En effet, on peut le dire, dit Remi en souriant.

— Et ce livre – parle-t-il du siège de Sébastopol, ou de la guerre ?

— Des deux.

— Vous aurez besoin de renseignements bien spécifiques. Êtes-vous prêts à y mettre le prix ?

— Cela dépend des renseignements en question, rétorqua Sam. Et de leur qualité.

— Tout d'abord, dites-moi : savez-vous qui occupe le domaine aujourd'hui ?

— Non, pourquoi ? l'interrogea Remi en haussant les épaules d'un air indifférent.

— Un homme malhonnête a acheté Khotine dans les années quatre-vingt-dix. Un criminel. Il s'appelle Bondarouk. Il y habite, depuis. Beaucoup de gardes.

— Merci pour le renseignement, mais nous ne préparons pas une effraction, mentit Sam. Mais parlez-nous de vous. Comment se fait-il que vous connaissiez aussi bien cet endroit ? Pas seulement à cause des plans, j'espère ?

Bohuslav sourit en dévoilant un trio d'incisives couronnées d'argent.

— Non, j'ai bien plus que ça. Voyez-vous, après la guerre, après notre victoire sur les Allemands, j'étais en garnison ici. J'étais le cuisinier d'un général. Ensuite, en 1953, j'ai déménagé à Kiev et j'ai commencé à travailler à l'université. J'ai débuté en tant que concierge, puis je suis devenu assistant de recherches au département d'Histoire. En 1969, le gouvernement a décidé de transformer Khotine en musée, et il a demandé à l'université de se charger du projet. Nous y sommes allés, avec d'autres collègues du département, afin d'étudier et d'expertiser les lieux. J'ai passé un mois à explorer le domaine, à dresser des plans, à prendre des photos... et j'ai gardé toutes mes notes, mes croquis et mes images, voyez-vous.

— Ainsi que les plans ?

— Bien entendu.

— Le problème, objecta Remi, c'est que tout cela date de quarante ans. Beaucoup de choses ont pu changer. Qui sait quels travaux le nouveau propriétaire a pu engager depuis votre séjour à Khotine ?

Bohuslav leva l'index d'un air triomphant.

— Ah ! Vous vous trompez ! L'an dernier, cet homme, Bondarouk, m'a fait venir pour lui donner des conseils sur la restauration des bâtiments. Il voulait mettre en valeur les éléments de l'époque cosaque zaporogue. J'y ai passé deux semaines. À part la décoration, rien n'a changé. J'ai pu aller à peu près où je voulais, le plus souvent sans escorte.

Sam et Remi échangèrent des regards obliques. Lorsque Selma leur avait fait part de la proposition de Bohuslav, ils s'étaient demandé si ce n'était pas un piège tendu par Bondarouk. Après réflexion, ils avaient conclu que c'était peu probable, compte tenu, en particulier, des lois de « l'inversion du pouvoir » et de la « présomption d'invulnérabilité » édictées par Sam. Un autre élément entrait en jeu : Bondarouk, peu avancé dans ses efforts de décryptage, les laissait-il libres de poursuivre leurs recherches dans l'espoir qu'ils le conduisent à l'« or de Bonaparte » ? Peut-être, mais cela ne changeait rien quant aux options disponibles : aller de l'avant, ou abandonner.

Pourtant, si le scénario du piège était peu crédible, ils se posaient cependant des questions quant aux motivations de Bohuslav. La somme qu'il exigeait – cinquante mille hryvnias ukrainiennes, soit environ dix mille dollars américains – semblait bien modeste si l'on songeait au sort que lui réserverait Bondarouk s'il découvrait sa trahison. L'homme paraissait surtout mû par le désespoir, mais pour quel motif ?

— Pourquoi faites-vous cela ? lui demanda Sam.

— Pour l'argent. Je veux aller à Trieste.

— Nous le savons. Mais pourquoi chercher des noises à Bondarouk ? S'il est aussi terrible que vous le dites...

— Il l'est.

— Alors, pourquoi prendre ce risque ?

Bohuslav hésita, et sa bouche se tordit en une sorte de grimace. Il poussa un soupir.

— Vous avez entendu parler de Pripiat, je suppose ?

— Cette ville près de Tchernobyl ? demanda Remi.

— Oui. Ma femme, Olena, y vivait lorsqu'elle était plus jeune, et elle y était au moment de la catastrophe de la centrale. Sa famille fut l'une des dernières à être évacuées. Aujourd'hui, elle souffre d'un cancer. Un cancer ovarien.

— Nous sommes navrés de l'apprendre, murmura Sam.

Bohuslav haussa les épaules, fataliste.

— Elle a toujours rêvé de voir l'Italie, d'y vivre, et je lui ai promis de l'y emmener un jour. J'aimerais tenir ma promesse avant qu'elle ne parte. J'ai plus peur de trahir cette promesse que de Bondarouk et de ses menaces.

— Qu'est-ce qui vous empêche d'aller voir Bondarouk et de nous vendre à un prix supérieur à celui que nous vous offrons ?

— Rien, sauf que je ne suis pas stupide. Qu'irais-je lui dire ? Que j'allais le trahir, mais que pour un prix plus intéressant, je serais prêt à changer d'avis ? Bondarouk ne s'amuse pas à marchander. Le dernier à avoir essayé, un policier cupide, a disparu, et sa famille avec lui. Non, mon ami, je préfère traiter avec vous. Moins d'argent, mais au moins, je serai peut-être en vie pour en profiter.

Sam et Remi se regardèrent, puis se tournèrent à nouveau vers Bohuslav.

— Je vous dis la vérité, insista Bohuslav. Donnez-moi cet argent, et vous en saurez plus sur Khotine que Bondarouk lui-même.

CHAPITRE 35

Penchée sur la table des cartes sous la lueur rougeâtre de la lampe de travail, Remi se servit du compas et de la boussole pour déterminer la position du bateau. Elle prit le crayon humide coincé entre ses dents pour inscrire des chiffres en marge de la carte, puis elle entoura d'un cercle un point de l'itinéraire.

— Nous sommes ici.

Sam, debout à la barre, baissa le régime, puis coupa les moteurs. Le petit chalutier continua à filer sans se presser à travers le brouillard, l'eau ruisselant sur ses flancs, puis il ralentit et s'immobilisa. Sam baissa la tête pour franchir la porte du poste de pilotage, lança l'ancre par-dessus bord et revint à l'intérieur.

— Ce devrait être quelque part à bâbord, annonça Remi en le rejoignant près de la vitre.

Sam souleva une paire de jumelles et tenta de percer l'obscurité au-delà de la proue. Il ne distingua tout d'abord que le brouillard, mais au bout d'un moment, il aperçut au loin, encore indistincte, une lumière blanche qui clignotait sur un rythme lent.

— Beau travail, approuva-t-il.

Le lieu où ils se trouvaient, à trois milles nautiques du phare, représentait une étape critique de leur navigation, et leur bateau de location n'étant pas équipé de GPS, ils avaient dû naviguer à l'estime en se basant sur leur vitesse, l'itinéraire déjà parcouru, les instruments de navigation et les quelques repères identifiés par le radar à courte portée.

— Et dire que le plus dur reste à faire..., soupira Remi.
— Allons, il est temps de nous équiper.

*

La nuit précédente, après avoir accepté le prix fixé par Bohuslav et appelé Selma afin qu'elle transfère l'argent sur son compte, Sam et Remi avaient suivi l'Ukrainien jusqu'à la gare. Ils étaient restés dans la voiture tandis qu'il allait retirer un cartable en cuir d'une consigne automatique. Un rapide coup d'œil au contenu de la serviette leur permit de constater le sérieux de Bohuslav : croquis, notes, photographies, plans, tout paraissait authentique, à moins qu'ils n'aient affaire à un faussaire professionnel.

De retour à leur hôtel à Ievpatoria, à quatre-vingts kilomètres de Sébastopol, sur la côte, ils étalèrent le contenu de la sacoche sur le lit et se mirent au travail, tandis que Selma assistait à l'opération par le biais d'une webcam. L'heure passée à vérifier par recoupements ce qu'ils savaient déjà de Khotine acheva de les convaincre que les documents de Bohuslav étaient fiables. Chaque entrée, chaque pièce, chaque escalier était répertorié. Mieux encore, les rumeurs quant à l'existence des souterrains de contrebande de Bogdan Abdank se trouvaient confirmées. Des kilomètres de tunnels parcouraient le domaine. Ils partaient de la façade de la falaise, sous le château, où les bateaux étaient autrefois déchargés, et aboutissaient à d'innombrables salles de stockage et voies de sortie, dont certaines émergeaient de terre à plus d'un kilomètre et demi des limites du domaine.

Plus surprenante encore était la découverte du fait que les Cosaques zaporogues n'étaient pas les seuls à avoir profité des avantages de ces passages secrets. À leur suite, tous les occupants de Khotine, de l'amiral Pavel Stepanovitch Nakhimov aux nazis en passant par l'Armée rouge, les avaient utilisés à des fins diverses : comme dépôts de munitions, abris antiatomiques, bordels privés et, dans certains cas, comme coffres-forts pour dissimuler leur butin de guerre.

Il manquait cependant au matériel documentaire de Bohuslav l'élément d'information dont ils avaient le plus besoin : l'endroit précis où Bondarouk cachait la bouteille de la cave perdue de Bonaparte.

— Il est vrai qu'il existe peut-être une autre possibilité, suggéra Remi. Il l'a peut-être cachée ailleurs qu'à Khotine.

— J'en doute, répondit Sam. Tout dans la personnalité de Bondarouk l'indique : c'est un homme qui tient à tout contrôler lui-même. Il n'est pas arrivé là où il est en laissant quoi que ce soit au hasard. Il doit être obsédé par cette bouteille, et je suis sûr qu'il la conserve à portée de main.

— Tu n'as pas tort, reconnut Remi.

— Si l'on accepte cette hypothèse, intervint Selma, nous trouverons peut-être des indices dans les plans. Si Bondarouk est un collectionneur sérieux, ce dont je ne doute pas, il conserve ses objets les plus précieux dans une zone sous environnement contrôlé, ce qui implique des dispositifs de climatisation séparés, des systèmes de contrôle du degré d'humidité, des groupes électrogènes de secours, un dispositif anti-incendie... Et puis cet endroit doit être à l'écart de la partie habitation proprement dite. Voyez si vous trouvez ce type d'indices dans les documents de Bohuslav.

Sam et Remi passèrent une heure à déchiffrer les pattes de mouche de Bohuslav, rédigées à la fois en russe et en anglais, mais Remi finit par découvrir dans l'aile ouest de la demeure un endroit désigné sous le nom de SALLE DE SERVICE SÉCURISÉE.

— L'emplacement correspond à ce que nous disions, commenta Selma.

— Et voici autre chose, dit Sam en lisant une autre note. AILE OUEST – ACCÈS INTERDIT. Entre cela et la mention de la salle de service sécurisée, nous touchons peut-être au but.

Par une sorte d'ironie architecturale, la demeure elle-même était disposée en forme de symbole de paix, avec la partie principale au centre, deux ailes qui s'étendaient vers le sud-est et le nord-est, et une troisième aile vers l'ouest, le tout ceint par le muret de pierre.

— Le problème, dit Remi, si l'on en croit le plan, c'est que les souterrains rejoignent la partie habitation en deux points – vers les écuries à deux cents mètres au nord, et dans l'aile sud-est.

— Ce qui ne nous laisse que deux solutions, répondit Sam. Marcher en terrain découvert pour gagner l'aile ouest en espérant trouver le moyen d'y pénétrer, ou bien entrer par l'aile sud-est et nous déplacer à l'intérieur en priant pour échapper à la vigilance des gardes.

*

Conformément à son habitude, Selma s'était arrangée pour trouver à Sam et Remi un moyen pratique de s'équiper à Ievpatoria, dans un vieux magasin de surplus de l'Armée rouge tenu par un ancien soldat également reconverti en carrossier. Leur tenue pour la soirée consistait en une paire de combinaisons de camouflage de type commando de marine. Le transport serait assuré par un canot pneumatique pourvu d'un moteur hors-bord électrique fonctionnant sur batterie.

Une fois équipés, le visage strié de bandes de peinture noire, ils gonflèrent le canot, attachèrent le moteur au tableau arrière, puis abaissèrent l'embarcation au flanc du petit chalutier. Ils prirent leurs sacs à dos et montèrent à bord. Remi repoussa le plat-bord du chalutier, qui disparut dans le brouillard en l'espace de quelques secondes. Sam actionna le démarreur et le moteur s'éveilla dans un bourdonnement. Assise à la proue, Remi dirigea la boussole vers le phare, puis leva la main et désigna une direction dans la brume.

— En avant toute ! s'écria Sam en accélérant.

*

Le moteur hors-bord était silencieux, mais lent, et le canot ne dépassait pas les trois nœuds. Une heure s'écoula avant que Remi, qui ne quittait pas des yeux la pulsation lumineuse du phare, ne lève le bras pour que Sam ralentisse et mette en panne.

Tout était paisible, hormis les vagues qui clapotaient le long des flancs du canot. Le brouillard tourbillonnant les empêchait de distinguer quoi que ce soit au-delà de quelques mètres d'eau sombre. Sam allait parler lorsqu'il entendit un bruit au loin ; le fracas étouffé des vagues. Remi se tourna vers lui, hocha la tête et indiqua d'un geste la direction.

Ils allaient au-devant de leur premier obstacle. Compte tenu de la nature des courants dans la mer Noire, ils s'étaient décidés pour une approche par le sud. Ainsi, ils ne lutteraient pas contre la marée, mais ils allaient en revanche devoir slalomer entre les écueils qui infestaient la baie devant le domaine de Bondarouk. Ce n'était pas une mince affaire à risquer au beau milieu de la nuit, sans parler du brouillard. Pis encore, ils avaient décidé de n'utiliser leurs lampes qu'en cas de nécessité, car des gardes étaient sans doute postés au sommet des falaises. En somme, ils ne pouvaient guère compter que sur l'ouïe affûtée de Remi et sur les bons réflexes de Sam.

Celui-ci braqua à vitesse modérée le nez du canot dans la direction qu'indiquait Remi trente secondes plus tôt, puis ralentit l'allure. Ils se turent et écoutèrent. À gauche et à droite, on entendait au loin le sifflement des vagues. Les yeux fermés, Remi tourna la tête d'un côté, puis de l'autre, et montra une direction à quelques degrés à bâbord de la proue. Sam accéléra.

Vingt secondes plus tard, la main de Remi s'éleva à nouveau. Sam baissa le régime, conservant juste assez de puissance pour maintenir le cap. Le vacarme des vagues retentit soudain dans le silence, tout proche sur la droite. Puis, plus fort, sur la gauche. Derrière. Et très vite, partout autour d'eux.

Droit devant, un rocher monumental veiné de ruisseaux d'écume apparut dans le brouillard. Les vagues, qui s'accumulaient en roulant sur les bas-fonds, soulevèrent l'embarcation et la poussèrent en avant.

— Sam ! lança Remi d'une voix rauque, mais qui ne trahissait aucune panique.

— À plat ventre, et accroche-toi !

La pointe rocheuse surgit juste devant le nez du canot ; Sam attendit qu'il plonge au creux d'une vague, puis accéléra à fond et tira le gouvernail vers la droite d'un mouvement brusque. L'hélice mordit dans l'eau et les propulsa en avant vers le récif avant de les faire virer. Ils virent l'écueil défiler sur leur gauche puis disparaître dans l'obscurité. Sam continua sur sa lancée en comptant jusqu'à dix, puis ralentit. Ils tendirent à nouveau l'oreille.

— Plus près sur la droite, je crois, murmura Remi.

— J'aurais plutôt dit sur la gauche, répondit Sam.

— On tire à pile ou face ?

— Pas question. Ton ouïe est meilleure que la mienne.

— Arrête ! lança Remi dix secondes plus tard. Tu sens cela ?

— Oui, répondit Sam en regardant autour de lui.

Le canot dérivait sur le côté tout en gagnant de la vitesse. Ils sentirent leur estomac remonter dans leur gorge lorsqu'il fut soudain hissé sur une crête. À trois mètres sur la droite, ils eurent une vision fugitive de rocs déchiquetés, qui disparurent aussitôt, perdus dans le brouillard.

— Les avirons ! cria Sam.

Il attrapa le sien sur le vaigrage de fond. Remi l'imita à la proue.

— Il s'agit de garder les yeux ouverts, marmonna Sam.

— Derrière toi ! s'écria Remi.

Sam se retourna, sa rame brandie comme une lance.

Le récif était là, à portée de main.

Il enfonça l'aviron dans les rochers, s'appuya de tout son poids et poussa en avant, mais la vague était trop puissante et l'embarcation se contenta de tournoyer autour du point de pivotement formé par la rame.

— Il se rapproche, avertit Sam en serrant les dents.

— Je l'ai !

Déjà, Remi pivotait sur ses genoux, son aviron à la main, prête à l'assaut. D'un geste violent, elle l'abattit sur le roc. Le canot, son élan entravé, s'écarta brusquement du récif et se remit à tourner.

Sam se pencha en arrière et déplaça son centre de gravité vers l'intérieur de l'embarcation ; il étendit le bras pour saisir le gouvernail. Sa main était à mi-course lorsqu'il sentit à nouveau son estomac se soulever. Il entendit le vrombissement du moteur avec une parfaite netteté lorsque la poupe se hissa hors de l'eau.

Il n'eut qu'une fraction de seconde pour appeler Remi avant de se trouver éjecté en l'air. Le récif était tout proche, il en avait conscience, mais il ignorait à quelle distance. Il tourna la tête pour le voir. Soudain, il le vit jaillir vers lui à travers le brouillard.

CHAPITRE 36

Au bout de plusieurs secondes – mais étaient-ce des secondes, ou des minutes, voire des heures ? – Sam sentit son esprit lutter pour reprendre peu à peu connaissance. Un à un, ses sens s'éveillèrent, et il sentit sur sa joue un toucher doux comme une plume, puis un parfum distinct et familier.

— *Des cheveux*, songea-t-il, *des cheveux qui caressent mon visage. Noix de coco et amandes.*

Le shampooing de Remi.

Il se força à ouvrir les yeux et découvrit le visage inversé de Remi. Il regarda autour de lui. Il était étendu au fond du canot, et sa tête reposait sur les genoux de Remi.

Il s'éclaircit la gorge.

— Toi, ça va ? parvint-il à articuler.

— Si ça va ? murmura Remi. Bien sûr, idiot. C'est toi qui as failli te noyer.

— Que s'est-il passé ?

— Tu as foncé la tête la première sur ce récif, voilà ce qui est arrivé. J'ai regardé de ton côté juste au moment où tu glissais dans l'eau. Je t'ai lancé un cordage. Tu n'avais pas encore perdu connaissance. J'ai crié pour que tu l'attrapes, et c'est ce que tu as fait. Et puis je t'ai ramené à bord.

— Combien de temps a duré mon évanouissement ?

— Vingt, vingt-cinq minutes.

Il plissa les yeux.

— J'ai mal au crâne.

— Tu as une entaille juste au-dessus du front. Assez longue, mais peu profonde.

Sam leva la main et tâta la plaie du bout des doigts ; il s'aperçut qu'un bandage extensible lui entourait déjà le sommet de la tête.

— Est-ce que ta vision est bonne ? s'enquit Remi.

— Tout est sombre.

— C'est plutôt bon signe ; il fait nuit. Bien. (Remi leva la main, pouce replié, devant les yeux de Sam.) Combien de doigts ?

— Remi, je vais bien, je t'assure, grogna Sam.

— Fais-moi plaisir.

— Bon. Seize.

— Sam !

— Quatre doigts. Je m'appelle Sam, tu t'appelles Remi, nous sommes à bord d'un canot sur la mer Noire, et nous allons essayer de voler une bouteille de la cave perdue de Bonaparte à un ponte de la mafia locale. Satisfaite ?

Remi lui donna un rapide baiser sur les lèvres.

— Tout juste, sauf en ce qui concerne le canot.

— Comment cela ?

— Après t'avoir ramené à bord, j'ai accosté sur une plage. Je ne sais pas vraiment où nous sommes.

— Tu as navigué en évitant tous les écueils ? Tu aurais dû nous piloter dès le début.

— La chance et le désespoir.

— « Chance et désespoir », voilà un beau nom pour un bateau ! Comment va-t-il, à propos ? Le canot, je veux dire...

— Aucune fuite visible. Il devrait encore tenir la mer.

— Quelle heure est-il ?

— Un peu plus de minuit. Tu veux que l'on jette un coup d'œil dans les parages ?

*

Non contente d'avoir navigué entre les écueils sans récolter la moindre égratignure, Remi avait réussi à accoster sur une portion de plage schisteuse de sept mètres de large environ et de trois ou quatre mètres de profondeur, qui se rétrécissait de chaque côté pour disparaître dans des sentiers rocheux larges de moins de soixante centimètres.

Lorsque Sam eut repris ses esprits, il se leva. Ils marchèrent d'abord vers le sud, mais une centaine de mètres plus loin, la voie était bloquée par un mur de rochers. Ils eurent plus de chance au nord, et purent parcourir sept ou huit cents mètres avant d'arriver devant un escalier de bois branlant accroché à la falaise. Ils le gravirent et une fois parvenus au sommet, regardèrent autour d'eux.

Là, très haut au-dessus de la mer, un vent vif avait chassé le brouillard, mais plus bas, la surface était encore voilée. Ils se repérèrent grâce à la boussole.

— De deux choses l'une : soit tu as dépassé le domaine en naviguant vers le sud, soit tu es passée au nord. Combien de temps s'est-il écoulé avant que tu trouves la plage ?

— Vingt minutes, mais je suis sûre que ce n'était pas en ligne droite, alors ne t'y fie pas trop.

— Comment était le courant ?

— Instable la plupart du temps, et très faible vers la proue.

— Tu as dû mettre le cap au sud, dans ce cas. Tu vois le phare ?

— Oui, je le vois. Là-bas, répondit Remi en étendant le bras. Attends !

Quelques secondes s'écoulèrent, et une unique lueur blanche apparut.

— Pas plus de trois ou quatre kilomètres, jugea Sam. Les affaires reprennent.

*

Dix minutes plus tard, ils étaient de retour à bord du canot et mettaient le cap au nord, attentifs à toujours entendre le bruit des vagues qui s'écrasaient contre la falaise. La marée était descendante, la houle roulait avec lenteur, mais Sam et Remi n'oubliaient pas que quelque part sur leur gauche, les écueils étaient là. Reflux ou pas, ni l'un ni l'autre ne tenaient à se risquer dans ce labyrinthe infernal.

Au bout d'une demi-heure, Sam ralentit et laissa le canot avancer doucement sur son élan. Remi jeta un coup d'œil par-dessus son épaule, l'air interrogateur. Sam mit une main à l'oreille et pointa un doigt au-delà de la proue.

— Un bateau, murmura-t-il.

Le grondement d'un moteur de forte puissance tournant au ralenti formait un écho à travers le brouillard. Il paraissait passer d'un côté, puis de l'autre, puis vers l'avant. Ils entendirent soudain le chuintement d'une radio, puis une voix grêle. Ils ne purent distinguer aucun mot.

Dix secondes passèrent.

Sur la droite, la lumière d'un projecteur s'alluma dans la brume et se mit à balayer la surface de l'eau vers la plage. Encore trente secondes, et le projecteur s'éteignit ; le navire s'éloigna dans la direction qu'avaient prise Sam et Remi.

— Les gardes de Bondarouk ? murmura Remi.

— Ou un garde-côte ukrainien, répondit Sam. Quoi qu'il en soit, nous ne tenons pas à faire leur connaissance. Si ce sont des hommes du dispositif de sécurité, c'est plutôt bon signe.

— Que veux-tu dire ?

— S'ils nous avaient repérés, ils ne se seraient pas contentés d'un seul bateau.

Pendant l'heure qui suivit, ils continuèrent leur route le long de la côte vers le nord en jouant au chat et à la souris avec le mystérieux navire qui poursuivait, invisible, son exploration dans le brouillard. De temps à autre, Sam et Remi entendaient le gargouillement de son moteur ; le projecteur se réveillait lui aussi à intervalles réguliers et fouillait la surface avant de disparaître. À trois reprises, Sam dut se servir du moteur hors-bord, à bas régime, pour échapper à son faisceau.

— Ils suivent un parcours établi, constata Remi, je les ai chronométrés.

— Cela peut être bon à savoir, dit Sam. Essaie de ne pas les perdre.

— Ce sont sans doute les hommes de Bondarouk, ajouta Remi. Sinon, pourquoi patrouilleraient-ils toujours dans la même zone ?

— Tu as raison.

Quelques minutes plus tard, le son du moteur s'éloigna à nouveau. Sam reprit son cap et peu de temps après, ils aperçurent des lumières sur leur droite, tout au-dessus de la falaise. Remi se repéra par rapport au phare.

— Nous y sommes. C'est Khotine.

Tandis que Remi restait debout à la proue, les yeux fixés devant elle, Sam vira vers le rivage. La main de Remi se leva soudain et désigna un point sur la gauche. Sam changea de cap. Émergeant du brouillard, la falaise apparut sur leur droite. Sans ralentir, Sam modifia sa trajectoire pour la suivre en parallèle.

Le bourdonnement du moteur changea de tonalité en se réverbérant sur les murs lorsqu'ils s'engagèrent entre les montants de pierre, sous le domaine de Khotine. D'après les photographies et les plans, il s'agissait d'un tunnel ouvert de vingt-cinq mètres de hauteur pour une largeur d'environ deux cents mètres, et qui se prolongeait, parallèle à la côte, sur une centaine de mètres. Des dimensions suffisantes pour accueillir un navire de croisière de taille moyenne.

— Nous avons besoin de lumière, il faut prendre le risque, chuchota Sam.

Remi hocha la tête et sortit de sa poche une petite lampe à bout conique. Elle l'alluma et éclaira la roche qui défilait de chaque côté.

— Nous allons vite savoir si Bohuslav est honnête ou si c'est un escroc, dit Remi. Eh bien, il avait raison... nous avons eu tort de douter de lui. Là, Sam, juste sous le rayon de la lampe ! Recule, recule !

Sam coupa les gaz, puis passa en marche arrière et recula jusqu'à ce que le canot se retrouve tout proche de l'endroit indiqué par la lampe de Remi.

Là, jaillissant du mur de pierre à hauteur de menton, apparut ce qui ressemblait à un clou de traverse de chemin de fer ; trente centimètres plus haut, un autre... puis encore un autre... Sam pencha la tête en arrière tandis que Remi éclairait le haut de la muraille, révélant une échelle formée de pointes séparées par des espaces réguliers.

CHAPITRE 37

S'ILS S'EN TIENNENT À LEUR PROGRAMME, ils ne vont pas tarder à revenir, annonça Remi. Ils ne sont plus qu'à quatre ou cinq minutes d'ici, au grand maximum.

La présence du navire remettait en question l'élément essentiel de leur stratégie de fuite, une fois l'opération terminée : le canot. S'ils le laissaient sur place, il serait découvert et l'alerte donnée, et ils ne disposaient pas d'assez de temps pour trouver un endroit où le cacher, ce qui ne leur laissait qu'une seule option.

Ils endossèrent leurs sacs. Sam trouva deux prises pour ses mains sur le mur de pierre ; il maintint le canot stable pendant que Remi utilisait son épaule comme marchepied pour atteindre la première pointe d'acier. Lorsqu'elle se fût hissée assez haut pour laisser un peu d'espace à Sam, celui-ci ouvrit son couteau de l'armée suisse, fendit le boudin latéral du canot de la proue à la poupe, puis saisit la pointe de métal et se plaqua contre la muraille de roche pendant que l'embarcation sombrait avec un léger sifflement.

— Combien de temps ? demanda-t-il.

— Trois minutes, à quelque chose près, répondit Remi, qui se remit à grimper.

Ils étaient à mi-course lorsque Sam entendit le grondement des moteurs hors-bord sur la droite. À son tour, le bruit des moteurs du bateau de patrouille s'amplifia soudain en se réverbérant sous l'arche de pierre.

— Nous avons de la compagnie, Remi, souffla Sam.

— Je viens de trouver une ouverture de tunnel par ici, lui répondit Remi. Elle s'enfonce à l'horizontale, mais je ne vois pas jusqu'où...

— Dans la tempête, tous les ports se valent, commenta Sam. Allons-y.

— Bien.

Le gargouillement du bâtiment de patrouille résonnait juste sous leurs pieds maintenant, et son écho se répercutait le long des parois. Sam baissa les yeux. Le bateau lui-même était invisible, mais il vit la brume s'ouvrir devant lui comme de la fumée autour d'un objet dans un tunnel aérodynamique industriel. Le projecteur s'alluma et commença à balayer la muraille en remontant en zigzag.

— Je viens d'entrer dans le tunnel, annonça Remi au-dessus de lui.

Sam, tandis que son regard passait des pointes d'acier au-dessus de lui à la tache lumineuse mouvante qui menaçait de révéler sa présence, franchit le mètre qui le séparait de l'entrée du tunnel. Il sentit soudain la main de Remi sur la sienne. Il s'arc-bouta sur ses jambes, tira en même temps de toute la force de ses bras et roula dans le passage. D'un mouvement rapide, il rentra les jambes à l'intérieur, juste au moment où le projecteur s'attardait sur l'ouverture avant de s'éloigner à nouveau.

Ils se retrouvèrent blottis l'un contre l'autre dans la pénombre, Sam s'efforçant de maîtriser sa respiration tandis que le bateau poursuivait sa route sous l'arche de pierre. Le son du moteur s'éloigna, puis disparut.

— Tu crois que nous sommes au bon endroit ? demanda Sam en se hissant sur ses coudes pour regarder autour de lui.

Le tunnel formait un ovale grossier d'un mètre cinquante de haut sur deux mètres de large.

— J'en ai bien l'impression, répondit Remi.

En levant les yeux, Sam aperçut à l'entrée du passage des poutres de chêne entrecroisées, fixées à la voûte par des boulons et recouvertes d'une épaisse couche de goudron. L'ensemble était étayé par des poteaux verticaux fixés aux parois. Un système de palan rouillé relié par une épaisse aussière à un treuil à manivelle était accroché au centre du croisillon. Deux rails à écartement étroit, posés sur des traverses de bois et un ballast de pierre écrasée, s'enfonçaient dans l'obscurité.

— Une chose est sûre, observa Sam. Le treuil ne date pas de la création du domaine. À moins, bien entendu, que la technologie cosaque zaporogue ait été très en avance sur son temps. Regarde ici... ces boulons ont été usinés de façon très précise. Ils datent peut-être de la guerre de Crimée, mais je pencherais plutôt pour la Seconde Guerre mondiale. Tu vois ces assemblages à onglets ? Avec ça, on peut soulever des tonnes. (Il s'avança vers l'ouverture et jeta un coup d'œil par-dessus le bord.) Très ingénieux. Observe la manière dont ils ont disposé ça, juste au-dessus de cette saillie naturelle de la roche. Même en plein jour, il serait impossible de repérer l'installation depuis la surface de l'eau.

— Oui, je vois.

— Oh ! Et ça.

— Sam.

— Oui ?

— L'idée de devoir brider ton imagination me navre, mas je te rappelle que nous avons une bouteille de vin à voler.

— Tu as raison, excuse-moi ! Allons-y.

*

Grâce aux notes de Bohuslav et à leurs recherches antérieures, qui leur avaient permis de dresser leur propre plan du domaine de Bondarouk vu du ciel, ils furent en mesure de garder leurs repères tout en cheminant dans le tunnel.

À la lueur mouvante des lampes, Sam put constater la présence de traces d'explosifs sur les parois, mais l'ensemble du tunnel paraissait avoir été creusé « à l'ancienne » : marteau, ciseau et labeur éreintant.

Çà et là, on voyait, posés sur le sol, des boîtes à outils en bois, ainsi que des rouleaux de cordages à moitié pourris, des pioches et des masses rouillées, une paire de bottes déchiquetées et des blouses en toile qui se réduisirent presque en poussière lorsque Remi les poussa du pied. Tous les trois mètres, des lampes à pétrole étaient fixées aux parois, leurs globes de verre noirs de suie, leurs poignées et leurs réservoirs couverts d'une rugueuse patine verdâtre. Sam tapota l'une d'elles de l'index ; un liquide clapota à l'intérieur.

Remi s'arrêta au bout d'une cinquantaine de mètres pour étudier le plan.

— Je pense que nous sommes juste sous le mur extérieur, annonça-t-elle. Encore cent mètres environ, et nous serons sous la résidence principale.

Elle ne se trompait que de quelques mètres. Deux minutes plus tard, ils atteignirent une fourche. Le tunnel et les rails continuaient tout droit, mais aussi sur la droite. Cinq anciens wagonnets de mine étaient alignés contre la paroi, à gauche, et un sixième semblait attendre, posé sur les rails alignés dans l'axe nord-sud.

— Tout droit vers les écuries, et à droite vers l'aile est, jugea Sam.

— C'est aussi mon avis.

Sam vérifia l'heure.

— Allons d'abord voir si nous trouvons quelque chose dans la direction des écuries.

Lorsqu'ils eurent parcouru huit cents mètres, Remi fit à nouveau halte et plaça son index sur ses lèvres.

— *Musique*, articula-t-elle en silence.

Ils tendirent l'oreille pendant un moment, puis Sam se pencha vers l'oreille de Remi.

— Frank Sinatra, *Summer Wind*.

Remi hocha la tête.

— J'entends des voix. Des gens qui rient... et qui chantent.

— Oui.

Ils poursuivirent leur marche. Un peu plus loin, le tunnel se terminait en impasse à un endroit où un escalier de pierre s'élevait vers une trappe en bois. Sam leva la tête et renifla.

— Du fumier de cheval.

— Ce sont donc bien les écuries.

La musique et les rires résonnaient maintenant plus fort, semblant provenir de quelque part au-dessus d'eux. Sam posa le pied sur la marche la plus basse. À ce moment, un bruit de pas retentit sur la trappe. Sam se figea. Un deuxième pied vint rejoindre le premier, puis deux autres, plus légers, plus délicats. À travers les fentes de la trappe, des ombres se mouvaient, empêchant par moments la lumière de filtrer entre les planches.

Une femme gloussa.

— Arrête, Dimitri, tu me chatouilles ! dit-elle en anglais avec un accent russe.

— C'est justement ça l'idée, ma *lapotchka*.

— Oh, j'aime ça... Arrête, arrête ! Et ta femme ?

— Oui, eh bien ?

— Allons, viens, rejoignons les autres avant que quelqu'un nous voie.

— Pas avant d'avoir ta promesse, dit l'homme.

— Oui, je te promets. Le week-end prochain à Balaclava.

Le couple s'éloigna et une porte se referma un instant plus tard. Quelque part, un cheval hennit, puis ce fut le silence.

— Nous avons réussi à tomber au beau milieu d'une réception de Bondarouk, quelle déveine, se renfrogna Remi.

— Peut-être pas, répondit Sam. Voyons si cela peut au contraire nous aider.

— Que veux-tu dire ?

— Bondarouk est sans doute le seul à savoir à quoi nous ressemblons.

— Sam, non !

— Qu'est devenu ton savoir-vivre, Remi ? répliqua Sam en souriant. C'est impoli de faire bande à part.

Une fois assuré que plus personne ne se trouvait au-dessus de la trappe, Sam monta les marches, souleva le panneau de bois et regarda autour de lui. Il se retourna vers Remi.

— C'est un placard. Viens.

Le placard donnait sur une sellerie faiblement éclairée par des lampes semblables à celles que l'on voit dans les théâtres, disposées près du sol le long des plinthes. Ils traversèrent la pièce et sortirent par la porte qui leur faisait face. Ils se retrouvèrent sur une allée de graviers bordée de stalles. Le haut plafond voûté était percé de fenêtres à tabatières et de lucarnes de ventilation qui laissaient passer un pâle clair de lune. Des chevaux renâclaient et piaffaient dans les stalles. À l'autre bout des écuries, ils aperçurent une grande porte à double battant. Ils s'approchèrent et jetèrent un coup d'œil à l'extérieur.

Une luxuriante pelouse s'étendait devant eux, entourée de hautes haies et de torches de bambou à la lueur vacillante. Des bannières de soie multicolores flottaient sur des fils entrecroisés suspendus au-dessus de la pelouse. Des dizaines d'invités en smokings et robes de soirée, pour la plupart en couple, bavardaient et plaisantaient en petits groupes. Des serveurs vêtus d'impeccables uniformes blancs se déplaçaient à travers la foule et proposaient amuse-gueules et boissons aux invités. Sinatra s'était tu, remplacé par un air de jazz soft diffusé par des haut-parleurs montés sur des poteaux.

Sam et Remi apercevaient à leur droite les étages supérieurs de la résidence de Bondarouk, et les tourelles en forme d'oignon qui se détachaient sur le ciel sombre. À gauche, à travers une entrée pratiquée dans une haie, Sam constata l'existence d'un parking recouvert de gravier, rempli de Bentley, de Mercedes, de Lamborghini et de Maybach dont le prix cumulé représentait probablement plusieurs millions de dollars.

— Je crains que nous ne soyons assez mal habillés pour la circonstance, murmura Remi.

— C'est le moins que l'on puisse dire. Je ne le vois pas, et toi ?

Remi s'approcha un peu de la pelouse et étudia la foule.

— Non, mais ce n'est pas très facile, à la lueur de ces torches.

— Allons plutôt vers l'aile sud-est, dit Sam en refermant la porte des écuries.

*

Ils reprirent le même chemin, passèrent à nouveau par la trappe et suivirent le tunnel jusqu'à l'intersection, puis empruntèrent le passage qui allait vers l'est. Presque aussitôt, ils découvrirent quatre passages latéraux le long du mur nord.

— Des salles de stockage et autres voies de sortie, dit Sam.

Remi hocha la tête et consulta le plan à l'aide de sa lampe.

— Bohuslav les a indiquées, mais sans les décrire ni préciser où elles aboutissaient.

— Je ne sais pas ce que tu en penses, mais j'éviterais volontiers tout ce qui peut ressembler à des oubliettes.

— Amen.

Ils continuèrent à avancer, pour s'arrêter un peu plus loin devant un nouvel escalier de pierre.

Remi monta en premier. Elle se recroquevilla un instant sous la trappe pour s'assurer que la voie était libre, puis elle la souleva et jeta un coup d'œil. Elle se baissa à nouveau.

— Il fait noir comme dans un four, dit-elle. Je n'ai pas la moindre idée de l'endroit où nous sommes.

— Montons tout de même, nous nous habituerons peut-être à la pénombre.

Remi franchit la trappe, puis s'écarta pour laisser passer Sam, qui referma le panneau et étendit les bras pour se faire une idée de l'espace dans lequel ils se trouvaient. Leurs yeux finirent par accommoder et ils distinguèrent un mince rectangle de lumière sur leur gauche. Sam s'avança en rampant et pressa son visage contre la fente. Il recula soudain, fronça les sourcils, puis regarda à nouveau.

— Eh bien ? demanda Remi.

— Des livres, chuchota Sam. C'est un rayonnage de bibliothèque.

Il tâta les cloisons et trouva une serrure en bois encastrée. Il souleva le loquet, plaça la paume de la main sur la cloison et poussa avec douceur. Sans bruit, le mur sembla s'éloigner sur des charnières cachées, révélant un interstice. Sam fit un pas et se pencha hors de l'ouverture. Il recula aussitôt la tête d'un geste vif. Il venait à peine de refermer qu'une voix d'homme retentit.

— C'est toi, Olga ?

Sam et Remi entendirent des pas sur un tapis, puis le silence, et à nouveau les pas, dans une autre direction.

— Olga ?

Encore un silence, puis de l'eau coula. Plus rien. De nouveaux pas, puis une porte s'ouvrit et se referma.

Sam repoussa la cloison et jeta un coup d'œil dans la pièce, une chambre à coucher, avec une salle de bains attenante et des meubles de noyer massif, un lit à baldaquin et de coûteux tapis turcs patinés par les ans.

— Et maintenant ? demanda Remi.

Sam haussa les épaules.

— Allons nous pomponner un peu avant de rejoindre les invités.

CHAPITRE 38

Tu es sérieux ?

— Je n'en ai pas l'air ?

— Si. Et c'est ce qui m'inquiète.

— Pourquoi ?

— Parce que c'est de la folie, voilà pourquoi !

— La frontière est mince entre folie et audace.

— Elle est encore plus mince entre audace et stupidité.

Sam ne put s'empêcher de rire.

— Je n'ai vu aucun garde à cette réception. Et toi ?

— Non.

— Ce qui veut dire qu'ils se consacrent à la surveillance des alentours. Ils veulent empêcher les gens d'entrer. Les invités ont été triés sur le volet et sans doute fouillés. Il y avait là soixante ou soixante-dix personnes, et je n'ai vu personne vérifier les invitations. Tu connais le proverbe : fais comme chez toi, et tu *seras* chez toi.

— Cela ressemble plus à une improvisation à la Sam Fargo qu'à un proverbe, si tu veux mon avis...

— Je me flatte de penser que cela revient au même.

— Je sais.

— Quant aux gardes, je ne crois pas qu'ils soient capables de nous différencier du pape ou de la reine d'Angleterre. Crois-tu que Bondarouk imagine une seule seconde que nous ayons pu envahir son domaine ? Non. Son ego est trop boursouflé pour cela. La fortune sourit aux audacieux, Remi.

— Encore une phrase toute faite à la Sam Fargo. Et s'il débarque en plein milieu de la petite fête ?

— Nous l'éviterons. Nous garderons l'œil sur les invités. Compte tenu de la réputation du bonhomme, ce seront les meilleurs avertisseurs de danger dont on puisse rêver. Dès son arrivée, ils s'éparpilleront comme un banc de poissons dans des eaux infestées de requins.

— Comment peux-tu en être aussi sûr ? soupira Remi.

— Sûr de quoi ?

— De tout ce que tu viens de raconter !

Sam sourit et pressa la main de Remi.

— Détends-toi. Au pire, nous allons y faire un petit tour, nous voyons ce qui s'y passe et nous revenons ici pour décider de la suite.

Remi se mordit les lèvres, réfléchit un instant, puis hocha la tête.

— Très bien. Voyons si Olga est de la même taille que moi.

*

Ce n'était pas parfait, mais grâce à quelques épingles de sûreté trouvées dans la salle de bains, Remi réussit à si bien arranger et ajuster sa robe de soirée noire décolletée que seul un styliste professionnel aurait pu se douter qu'elle était destinée à une autre personne. Elle répéta l'opération avec le smoking de Sam, en resserrant la ceinture et en arrangeant le col au creux de la nuque à l'aide d'une épingle. Le visage lavé de frais, coiffés, leurs sacs rangés avec soin derrière les rayons de la bibliothèque, ils procédèrent à une dernière inspection de leurs tenues, remplirent une des poches de Sam de quelques accessoires indispensables, puis quittèrent la pièce.

Bras dessus, bras dessous, ils s'engagèrent dans le couloir qui, tout comme la chambre, était décoré de bois sombre, de riches tapis et de tapisseries. Au début, ils comptèrent les portes, mais abandonnèrent à la trentième ; à moins que la chambre qu'ils venaient de quitter soit une exception, il était clair qu'ils se trouvaient dans l'aile du domaine réservée aux invités.

Au bout du couloir, ils arrivèrent dans une grande pièce haute de plafond, flanquée de deux escaliers de granit brun en spirale. Le reste de la pièce était divisé en plusieurs salons, meublés chacun de divans et de fauteuils de cuir patinés. Çà et là, des appliques jetaient de douces taches de lumière sur les murs. Devant eux et sur leur droite, des embrasures de portes voûtées menaient à d'autres parties de la résidence.

— Nous avons un problème, murmura Remi.

— Lequel ?

— Nous ne parlons ni russe ni ukrainien.

— C'est vrai, mais nous maîtrisons le langage universel, n'est-ce pas ?

— C'est-à-dire ?

— Un sourire et un signe de tête poli, répondit Sam.

Il eut aussitôt l'occasion de s'exercer sur un couple qui les croisait, et qui répondit de façon identique.

— Tu vois ? C'est magique, dit-il une fois hors de portée des oreilles indiscrètes.

Un serveur apparut avec un plateau de flûtes de champagne. Sam et Remi se servirent et l'homme s'éloigna.

— Et si quelqu'un essaie d'engager une conversation ? s'inquiéta Remi.

— Une quinte de toux fera l'affaire. C'est le prétexte idéal pour s'éclipser.

— De quel côté allons-nous ?

— À l'ouest. Si sa collection est bien à Khotine, c'est là que nous la trouverons. Tu as le plan ?

— Dans mon décolleté.

— Humm...

— Je t'en prie, un peu de décence.

— Je te demande pardon. Bien. Nous allons voir si nous pouvons approcher de la salle de service sécurisée sans alerter quiconque. Je n'ai pas encore vu de caméras, et toi ?

— Non.

Un autre couple approchait. Sam et Remi levèrent leur flûte, sourirent et poursuivirent leur chemin.

— Je viens de penser à une chose, dit soudain Remi. Que se passera-t-il si nous rencontrons Olga et son mari et s'ils reconnaissent leurs vêtements ?

— Cela posera un petit problème, en effet.

Ils pénétrèrent ensuite dans ce que Bohuslav avait baptisé la

« Salle des Épées » – une dénomination bien pâle pour désigner un tel lieu, ils s'en aperçurent dès leur entrée. Les murs de la pièce étaient peints en noir mat et le sol était couvert d'ardoise brute. Au centre était aménagée une vitrine rectangulaire éclairée de l'intérieur par des projecteurs encastrés, et dont les dimensions étaient inférieures de quelques dizaines de centimètres seulement à celles de la salle. Bordée d'une tapisserie rouge sang, elle ne contenait pas moins d'une cinquantaine d'armes blanches anciennes – haches, épées, piques et dagues, chacune reposant sur son piédestal de marbre sur lequel était posée une plaque rédigée en russe et en anglais.

Huit ou dix couples circulaient, fascinés par le contenu de la vitrine. Le visage éclairé par les projecteurs, ils se penchaient avec des murmures admiratifs. Sam et Remi les rejoignirent, mais gardèrent un silence prudent.

En authentique passionné d'histoire, Sam reconnut aussitôt certaines des armes. Une *claymore*, l'épée tenue à deux mains des guerriers écossais ; une *bardiche*, hache d'armes russe ; un *fauchon* français à lame recourbée ; un sabre perse *shamshir* ; un *khanjar*, dague traditionnelle d'Oman à manche d'ivoire ; un *katana* japonais, arme de prédilection des samouraïs ; un *gladius*, court glaive des armées romaines.

D'autres lui étaient inconnues, tels le sabre mamelouk, le *yagatan* turc, la hache de lancer viking de *Mammen*, ou la *koumaya* marocaine sertie de rubis.

Remi se pencha vers Sam.

— Pas très original, qu'en penses-tu ? lui murmura-t-elle à l'oreille.

— Que veux-tu dire ?

— Un meurtrier qui possède une collection d'armes blanches... Il aurait été plus intéressant et original de sa part de rassembler, je ne sais pas, une collection de poupées de porcelaine, par exemple.

Ils atteignirent le bout de l'immense vitrine, la contournèrent et firent une pause pour regarder une arme étincelante, un *khopesh* égyptien en forme de faucille. Un murmure de voix s'éleva soudain de l'autre côté. À l'autre bout de la pièce, Sam et Remi virent des couples s'écarter et un nouveau personnage faire son entrée.

— Le requin vient d'arriver, murmura Remi.

— Et dire que j'ai oublié mon seau d'appâts empoisonnés !

— Mesdames et messieurs, bonsoir, lança Bondarouk d'une voix de basse, dans un anglais teinté d'un léger accent. Je constate que vous êtes captivés par ma collection.

Les épaules rejetées en arrière, les mains jointes derrière le dos comme un général passant ses troupes en revue, Bondarouk longea la vitrine.

— Les objets guerriers ont souvent cette faculté. Nous autres soi-disant civilisés prétendons ne pas être fascinés par la mort et la violence, mais elles font partie de notre héritage génétique. Au fond de nos cœurs, nous sommes tous des hommes préhistoriques luttant pour notre survie.

Bondarouk se figea et regarda autour de lui, comme pour défier quiconque d'exprimer un avis contraire. Personne ne se manifesta, et il se remit en mouvement. À l'inverse de ses invités, il ne portait pas de smoking, mais un pantalon noir et une chemise de soie assortie. C'était un homme mince, aux traits accentués et aux yeux noirs brillants. Ses cheveux noirs épais étaient noués en catogan derrière la nuque. Il paraissait avoir quinze ou vingt ans de moins que son âge officiel, proche de la cinquantaine.

Il ne semblait pas accorder la moindre attention à ses invités qui, tous, s'écartaient avec une crainte respectueuse dès qu'il s'approchait d'eux. Les hommes le regardaient avec méfiance, et les femmes avec des expressions qui allaient de la simple curiosité à une peur non dissimulée.

Bondarouk s'arrêta à nouveau et son index tapota le verre de la vitrine devant lui.

— Un kriss, annonça-t-il sans s'adresser à personne en particulier. Le poignard traditionnel malais. Magnifique, avec sa lame sinueuse, mais peu pratique. Plus adapté aux cérémonies qu'aux combats. Voici une très belle pièce : Un *dao* chinois. Peut-être la meilleure arme de mêlée jamais fabriquée.

Il poursuivit ensuite sur le même mode, s'arrêtant à intervalles réguliers pour présenter une arme et donner en passant une leçon d'histoire ou faire part de son opinion quant à ses qualités. Alors qu'il s'approchait d'eux, Sam recula d'un air dégagé, entraînant Remi avec lui, et ils se retrouvèrent dos au mur. Bondarouk, dont le visage se reflétait sur la surface de verre, tourna au coin de la vitrine et fit une pause pour examiner une hallebarde. Il était à moins de deux mètres.

Remi serra plus fort l'avant-bras de Sam, qui se tendit, les yeux fixés sur Bondarouk, prêt à bondir au moment où il tournerait vers eux. Il les reconnaîtrait, sans l'ombre d'un doute. Sam parviendrait-il à le maîtriser et à l'utiliser comme bouclier humain ? Si tel n'était pas le cas, il faudrait aux gardes moins d'une minute pour s'emparer d'eux.

— La hallebarde, conclut Bondarouk. Laissons les Anglais s'enorgueillir d'une telle arme, aussi laide qu'inutile.

Les invités gloussèrent et murmurèrent leur approbation, tandis que Bondarouk reprenait son manège un peu plus loin. Après avoir émis quelques autres commentaires, il se dirigea vers la porte, se tourna vers les invités, qu'il gratifia d'une brève inclination de la tête, puis disparut.

Remi laissa échapper un long soupir.

— Eh bien, il ne manque pas de présence, on peut au moins lui accorder cela.

— C'est sa cruauté, murmura Sam. Il la porte comme un vêtement, on pourrait presque la sentir.

— La même odeur que Kholkov.

— En effet, approuva Sam en hochant la tête.

— Pendant une seconde, j'ai cru que tu allais lui sauter dessus.

— C'est ce que j'ai cru aussi. Allons, viens, trouvons ce que nous sommes venus chercher avant que je ne change d'avis.

CHAPITRE 39

PLUS ILS S'ÉLOIGNAIENT VERS L'OUEST du domaine, et plus les invités se faisaient rares. La demeure elle-même et ses ailes étaient disposées de telle sorte qu'elles évoquaient un symbole de paix, mais le bâtiment principal formait un octogone où les salons, les boudoirs, les chambres discrètes et les bibliothèques entouraient un hall central. Après avoir déambulé pendant une vingtaine de minutes, Sam et Remi arrivèrent dans une serre remplie de palmiers en pots et dont les cloisons ajourées débordaient de vignes grimpantes. À travers la voûte en verre, les étoiles se détachaient sur le ciel noir. Sur leur gauche, les murs vitrés du sol au plafond donnaient sur une longue véranda entourée de haies.

Une porte unique était aménagée côté nord-ouest. Sam et Remi vérifièrent d'abord qu'ils étaient seuls et sans surveillance vidéo, puis s'approchèrent. Elle était verrouillée.

Sam fouillait déjà sa poche à la recherche de sa petite pince lorsqu'une voix retentit derrière eux.

— Veuillez m'excuser, monsieur, puis-je vous demander ce que vous faites ?

Sam ne prit pas le temps de réfléchir et réagit à l'instinct. Il se tourna vers l'intrus.

— Enfin ! aboya-t-il avec un accent russe qu'il espérait crédible. Où étiez-vous donc passé ? Vous n'avez donc pas vu que les capteurs d'humidité étaient hors service ?

— Excusez-moi, mais...

— Vous appartenez bien à la sécurité ?

— Oui, monsieur, mais...

— Monsieur Bondarouk nous a demandé de nous rendre ici immédiatement, et nous a dit que quelqu'un nous y attendrait. Cela fait cinq minutes que nous patientons ici, n'est-ce pas ?

— Au moins ! approuva Remi en hochant la tête d'un air convaincu.

Le garde plissa les yeux pour mieux les observer.

— Si vous voulez bien attendre un instant, je vais demander confirmation.

— Très bien, faites ce que vous avez à faire, mais laissez-moi vous poser une question. Savez-vous ce qu'une condensation excessive peut faire à une *bardiche* à manche d'érable rouge de Mongolie vieille de plus de neuf siècles ? Pouvez-vous seulement l'imaginer ?

Le garde secoua la tête, hésitant, sa radio portable à la main.

— Tenez, regardez ce palmier, poursuivit Sam, voilà une illustration parfaite de ce que j'essaie de vous expliquer... Vous voyez ses feuilles ?

Il fit un pas en avant, vers la gauche du garde, en désignant l'arbre en pot. Déjà distrait par sa radio, l'homme réagit avec une curiosité instinctive et tourna la tête dans la direction que lui indiquait Sam.

Celui-ci profita de ce bref instant pour agir. Il pivota sur son talon droit, son pied gauche forma un arc et vint crocheter, puis soulever la cheville droite du garde. Au moment où celui-ci tombait en arrière, Sam effectua un nouveau tour et lança un uppercut synchronisé à la perfection qui cueillit le malheureux au menton. Le gardien avait déjà perdu connaissance lorsqu'il s'immobilisa sur le sol.

— Waouh ! haleta Remi. Et moi qui croyais que le judo n'était pour toi qu'un simple passe-temps !

— C'est le cas. Un hobby, mais qui peut s'avérer très utile. Quant au prochain garde, tu t'en occuperas, d'accord ?

— Aucun souci, si tu me trouves un fleuret d'escrime. À propos, l'érable rouge de Mongolie, ça existe ?

— Je n'en ai pas la moindre idée.

Sam s'agenouilla près du garde, lui prit sa radio et le fouilla. Il découvrit un pistolet Glock neuf millimètres dans un holster de hanche moulé, des menottes, une carte-clef magnétique comme celle que l'on utilise dans les hôtels et un trousseau de clefs. Il passa l'ensemble à Remi, qui essaya aussitôt les clefs dans la serrure de la porte. Sam fit rouler le garde sur le ventre, lui menotta les mains derrière le dos, le bâillonna avec sa propre cravate, le traîna par le col dans un coin de la pièce, puis modifia la disposition de quelques palmiers pour retarder sa découverte.

— Ça y est, annonça Remi.

— Tu as vérifié la porte ?

— Oui. Aucun signe d'alarme, pas de fils électriques. Le verrou et la gâche ont l'air d'être de fabrication standard.

— Eh bien nous serons fixés d'ici cinq secondes.

Sam inséra la clef et tourna la poignée. Silence. Pas de hurlement électronique, pas de sirène assourdissante.

— Il pourrait tout de même y avoir une alarme silencieuse, fit observer Remi.

–Tu as raison. Vite, viens par ici.

Ils coururent jusqu'au coin de la pièce et s'accroupirent près du garde inconscient. Une minute s'écoula. Puis deux. Toujours pas de bruits de pas ni de message d'alerte par haut-parleur.

— Trop facile, dit Remi. Ce n'est pas normal, qu'en dis-tu ?

— Pas normal du tout, non. Mais il est trop tard pour reculer. À moins que tu le souhaites, bien entendu.

— Moi ? dit Remi avec un sourire. Je commence seulement à m'amuser.

— Je te reconnais bien là.

De l'autre côté de la porte, ils tombèrent sur un couloir d'un peu plus de trois mètres aux murs et au plafond peints en blanc éclatant et éclairé par des lampes fluorescentes encastrées. La porte qui les attendait à l'autre bout était en acier massif, et son ouverture était contrôlée par un lecteur de cartes fixé au mur.

— Très astucieux, commenta Sam. Tu vois ce petit écran clair, de la taille d'une pièce de monnaie, au-dessus du lecteur ?

— Oui.

— C'est un scanneur biométrique d'empreintes digitales.

— Il existe donc un poste de contrôle de sécurité quelque part dans le bâtiment.

— En effet. Je crois que nous allons avoir besoin de notre ami. Attends ici.

Sam disparut par la première porte et revint en traînant le garde derrière lui. Il passa la carte-clef à Remi, puis ensemble, ils le soulevèrent ; Sam lui passa les bras autour de la taille pour que Remi puisse atteindre ses mains menottées.

— Nous n'aurons sans doute droit qu'à deux petits essais avant de déclencher une alarme et attirer du monde, dit-il.

— D'abord la carte, et ensuite l'empreinte du pouce ?

— Oui. Enfin, je crois.

— Génial...

Sam écarta ses jambes pour une meilleure assise, puis hissa tant bien que mal le garde inerte vers le lecteur en le maintenant debout. Remi passa la carte, puis saisit le pouce du garde et l'appliqua contre l'écran du scanneur.

Celui-ci émit un « bip » peu encourageant.

— Premier essai manqué, dit Sam.

— Cela me rend nerveuse.

— Nous aurons plus de chance cette fois-ci. Vite, ce garde commence à peser des tonnes.

Remi prit une grande inspiration et tenta à nouveau sa chance.

Un doux carillon s'échappa du lecteur, suivi d'un cliquetis métallique lorsque la porte se débloqua.

— Ouvre-la de quelques centimètres avant que la serrure ne se réengage, dit Sam en reculant et en posant le garde au sol. Je reviens tout de suite.

Il traîna l'homme derrière la porte et revint aussitôt.

— Tu vois quelque chose ? demanda-t-il à Remi, qui poussa la porte de quelques centimètres supplémentaires et plongea son regard dans l'ouverture pendant quelques secondes.

— Pas de surveillance vidéo, murmura-t-elle en se reculant.

— Alors allons-y.

La pièce était circulaire, avec des murs peints en gris et une moquette bleu marine. De petits projecteurs encastrés dans le plafond jetaient des taches de lumière sur le sol. Deux portes, elles aussi équipées de lecteurs, étaient aménagées en face d'eux, l'une légèrement sur la droite, l'autre sur la gauche. Sam se dirigea vers celle de gauche, Remi vers l'autre. Aucun signe de fils électriques.

Ils répétèrent le processus précédent avec le garde toujours inerte

– passage de la carte, puis du pouce – en commençant par la porte de gauche. Ils découvrirent un palier et quelques marches qui donnaient, cinq mètres plus bas, sur un couloir au sol recouvert de moquette bordeaux, éclairé par des lampes à la lueur douce installées dans les plinthes.

Ils passèrent à la porte de droite.

— C'est juste un genre de box, murmura Remi en l'entrouvrant. Et il y a encore une porte droit devant, avec un verrou, mais pas de serrure, pour autant que je puisse en juger. La cloison de droite est en verre à partir d'un mètre du sol. La pièce qui est de l'autre côté ressemble à une salle de contrôle, avec deux ou trois postes de travail informatiques et une console radio. Derrière les postes de travail, je vois encore une porte.

— De la lumière ?

— Non, à part celle des écrans.

— Des caméras ?

Remi s'avança en s'accroupissant et en allongeant le cou. Elle recula et hocha la tête.

— Je n'en vois qu'une – une lumière verte qui clignote dans le coin droit du plafond.

— Elle est fixe ?

— Non, pivotante.

— Tant mieux pour nous, tant pis pour eux.

— Comment cela ?

— Dans un espace aussi réduit, pour couvrir toute la pièce, ils auraient dû installer un système fixe avec un objectif à très grand angle. Observe-la, et vois combien de temps il lui faut pour effectuer son mouvement complet.

— Quatre secondes, répondit Remi un instant plus tard.

— Ce n'est pas très long, dit Sam en fronçant les sourcils. Tu as une préférence ?

— Non.

— Alors prenons d'abord la porte de gauche.

Ils traînèrent une fois de plus le garde, le laissèrent sur le palier, puis descendirent les marches, les épaules rentrées, pour surveiller le couloir devant eux. Ils ne virent aucune lumière clignotante en passant, et continuèrent à avancer.

Le couloir se terminait une dizaine de mètres plus loin par une porte en chêne ornée d'une plaque qui ressemblait à de l'or, avec des caractères cyrilliques en relief. Tous deux incapables de lire le russe, ils conclurent d'après le style de la plaque qu'elle signalait un domaine privé dont il était conseillé de se tenir à l'écart. La poignée semblait en or elle aussi. Sam appuya. La serrure n'était pas verrouillée.

Une autre pièce circulaire, d'une dizaine de mètres de diamètre, les accueillit. Ses murs étaient couverts de panneaux de cœur de noyer poli. Un tapis turc tissé à la main était tendu sur le sol.

— Un Dosemealti, chuchota Remi.

— Je te demande pardon ?

— Le tapis. C'est un Dosemealti – ils sont tissés à la main par des nomades Yorük. Très rares et très coûteux. J'ai lu un article à leur sujet le mois dernier. Le moindre mètre carré de ces tapis contient presque deux cent mille nœuds noués à la main.

— Tu m'impressionnes...

— Pourtant, quelque chose me dit que ce tapis n'est pas l'élément le plus précieux de la pièce.

— Oh, tu crois ? demanda Sam d'un ton ironique.

D'étincelantes vitrines étaient alignées à intervalles réguliers le long des cloisons en arc de cercle. Là encore, chacune contenait une arme disposée sur un piédestal de marbre. La pièce, sombre, n'était éclairée que par des lampes halogènes installées dans chacune des vitrines. Le décor indiquait de façon évidente qu'à l'inverse de la « Salle des Épées », celle-ci était réservée au seul plaisir de Bondarouk. Cette impression fut vite confirmée par la présence d'un fauteuil en cuir à haut dossier installé de façon très précise au centre de la pièce.

— Cela donne vraiment l'impression d'un trône, tu ne trouves pas ?

— Tu m'ôtes les mots de la bouche.

Sam et Remi se séparèrent ; ils longèrent la cloison chacun de leur côté, et étudièrent les objets présentés de part et d'autre.

— Voici ce qu'on appelle un *gerron*, murmura Sam par-dessus son épaule en s'arrêtant devant une vitrine qui contenait un grand bouclier ovale en osier et cuir. Il était utilisé par les troupes perses.

— Je vois une épée perse dans cette vitrine, répondit Remi depuis l'autre côté de la salle. Une *akinakès*, portée par les « Immortels » de la dynastie perse des Achéménides.

— Il me semble qu'un thème se dessine, fit remarquer Sam. Ici, je vois un *sagaris*, une hache de guerre perse, qui date aussi de la période des Achéménides.

Ils poursuivirent leur visite, chacun lisant au fur et à mesure les plaques explicatives à haute voix. Boucliers, lances, dagues, arcs longs... tous ces objets dataient de la même époque : la dynastie des Achéménides, celle de Xerxès Ier.

— Tout cela me semble proche de l'obsession, observa Remi alors qu'ils se rejoignaient vers l'entrée de la salle.

— C'est vrai. Il se pourrait que nous ayons trouvé son point faible, et la motivation profonde de notre ami Bondarouk.

— Peut-être, mais quel rapport avec la cave perdue de Bonaparte ?

*

Sam et Remi regagnèrent la rotonde au sol recouvert de moquette bleu marine. Remi se recroquevilla près de la porte de droite, l'entrouvrit et jeta un coup d'œil à l'intérieur.

— Rien n'a bougé depuis tout à l'heure.

— Très bien. Voici ce que nous allons faire, répondit Sam. Je vais entrer. Si la caméra s'arrête, referme la porte et trouve un endroit où te cacher. Cela pourrait signifier qu'ils ont repéré quelque chose et que des gardes vont arriver.

— Et toi ?

— Ne t'inquiète pas, je ne serai pas loin derrière.

Ils échangèrent leurs places près de la porte. Sam attendit que la caméra ait achevé sa course vers la droite, puis tomba à plat ventre et se glissa dans la pièce, d'où il rampa jusqu'à la porte suivante.

Tout était silencieux, mis à part le léger vrombissement du système vidéo. Remi, agenouillée près du seuil, tapa deux fois sur le sol du bout d'un ongle : *l'objectif s'éloigne*. D'un geste lent, Sam tourna la tête et examina le plafond et les murs au-dessus des postes de travail informatiques, à la recherche de nouveaux appareils de détection. Il n'en vit aucun. Du coin de l'œil, il vit l'unique caméra se mouvoir dans sa direction. Remi tapa une fois de son ongle – *l'objectif approche* – et il se pencha vers le sol.

Cinq secondes s'écoulèrent. Remi tapa deux fois sur le sol. Sam étendit le bras et tourna la poignée. Elle n'était pas fermée à clef. Il roula sur la gauche et se mit à genoux, veillant à garder la tête sous la partie vitrée de la cloison. Il attendit que Remi tape à nouveau deux fois pour lui indiquer que la voie était libre, ouvrit la porte, franchit le seuil et referma derrière lui. Trois secondes plus tard, il était debout, plaqué contre le mur. Il leva le pouce vers Remi, qui le rejoignit.

Près du mur vitré, deux unités centrales et deux écrans à cristaux liquides de vingt-quatre pouces étaient posés sur un long bureau en mélamine. L'autre porte était à cinq mètres d'eux, sur le même mur que celui contre lequel ils se tenaient.

Sam se tapota l'oreille et désigna la caméra. *Il se peut qu'elle soit équipée d'un micro*, se dit-il. *À vérifier.*

Remi lui indiqua d'un geste qu'elle avait saisi le message.

Sam synchronisa ses mouvements avec le parcours de l'appareil vidéo, se pencha à gauche, à droite, puis se dressa sur la pointe des pieds pour en obtenir une vision complète.

— Pas de micro, dit-il enfin à Remi. Je vais vérifier la porte. Fais-moi signe.

Ils attendirent que la caméra termine sa course.

— Go !

Sam se glissa le long du mur, vérifia la poignée. La porte n'était pas verrouillée. Il rejoignit Remi.

— C'est notre jour de chance.

— C'est bien cela qui me rend nerveuse.

Le mouvement de l'appareil de surveillance, trop rapide, ne leur laissait pas le temps d'ouvrir l'autre porte et de regarder à l'intérieur avant de décider de franchir ou non le seuil.

— Je crois que nous devons prendre le risque, dit Sam.

— Je sais.

— Prête ?

Remi respira à fond, expira longuement, puis hocha la tête.

Ils levèrent les yeux vers la caméra, puis attendirent qu'elle s'éloigne et atteigne le bout de sa course. Ils s'élancèrent alors le long du mur et ouvrirent la porte.

CHAPITRE 40

ILS FURENT ACCUEILLIS PAR L'ÉCLAT aveuglant de la lumière blanche.

Avant que leurs yeux puissent accommoder, ils entendirent une voix où perçait un accent écossais.

— Hé, qui êtes-vous ? Qu'est-ce que...

Les mains devant les yeux, Sam leva le pistolet Glock et le braqua en direction de la voix.

— Mains en l'air !

— Très bien, très bien ! Ne tirez pas !

Sam et Remi constatèrent qu'ils se trouvaient dans un laboratoire peint en blanc, à l'exception du sol recouvert de dalles en caoutchouc antistatique et antiseptique. Au centre, une table de travail de presque quatre mètres sur deux était entourée de tabourets à roulettes. Du matériel de restauration, que Sam évalua à un quart de million de dollars, était rangé sur les étagères et sur d'autres tables : autoclaves, unités de réfrigération à façade de verre, deux stéréomicroscopes Zeiss, un microscope de polarisation à fluorescence et un appareil portable de spectrométrie de fluorescence. Sur la surface de la table de travail étaient posés des objets qui semblaient provenir de la collection de Bondarouk : un manche de lance cassé, une tête de hache d'armes et un sabre de cavalerie de la guerre de Sécession, terni et tordu. Trois lampes halogènes en acier, articulées et disposées en triangle, déversaient leur lumière du plafond.

L'homme était trapu et presque chauve, à l'exception d'une couronne de cheveux d'un roux presque orange au-dessus des oreilles. Sa blouse lui descendait jusqu'aux genoux, et ses yeux étaient grossis de façon presque comique par les verres épais de ses épaisses lunettes à monture noire.

— Eh bien, voilà qui nous rappelle des souvenirs, dit Remi en tendant le bras.

L'image d'un morceau de cuir craquelé portant une grille de symboles était affichée sur l'un des écrans.

— Eurêka, murmura Sam avant de s'adresser à l'inconnu. Qui êtes...

Au moment même où les mots quittaient la bouche de Sam, l'homme se retourna et s'élança vers le mur opposé, où était installé un gros bouton d'alarme rouge en forme de champignon.

— Arrêtez ! cria Sam sans le moindre effet. Bon Dieu !

Derrière lui, Remi passait déjà à l'action. Elle bondit en avant, attrapa le manche de lance sur la table et le lança de toutes ses forces. Il tournoya en l'air en décrivant un arc et frappa l'homme derrière les genoux. Le bras déjà tendu pour presser le bouton, l'inconnu grogna et bascula en avant. Sa tête heurta le mur avec un bruit sourd, juste en dessous du bouton rouge. Il glissa jusqu'au sol, inconscient.

Sam, les yeux écarquillés, le pistolet encore levé, se tourna vers Remi. Elle lui rendit son regard avec un sourire et un haussement d'épaules.

— Quand j'étais gosse, j'adorais lancer des bâtons.

— Je te crois volontiers. Je ne te défierais pas au jeu du fer à cheval.

— J'espère que je ne l'ai pas tué. Oh, mon Dieu ! Je ne l'ai pas tué, dis-moi !

Sam s'approcha du corps inerte, s'agenouilla et le fit rouler sur le dos. Une bosse ovoïde violette ornait son front. Sam vérifia son pouls.

— Il va faire une bonne sieste, et s'en tirera avec un sérieux mal de crâne pendant quelques jours. Tout ira bien.

Remi étudiait déjà l'écran où étaient affichés les symboles.

— Tu crois qu'il s'agit de la bouteille de Rum Cay ? lui demanda-t-elle.

— Je l'espère bien. Si ce n'est pas le cas, cela veut dire que Bondarouk possède au moins une bouteille supplémentaire. Jetons un coup d'œil, elle est peut-être par ici.

Ils fouillèrent les conteneurs à degré d'humidité constant, les réfrigérateurs et les tiroirs de la table, mais ne virent pas le moindre signe de la bouteille ou de l'étiquette.

— C'est sans doute une image numérique, jugea Remi en regardant l'écran. Tu vois le bord, ici, sur la gauche ? On dirait que la couleur a été accentuée de façon artificielle.

— J'adorerais voler la bouteille à Bondarouk, mais après tout, cette image nous suffirait peut-être. Regarde si tu peux l'imprimer et – Tu as entendu ça...? Oh, bon Dieu ! lança-t-il en montrant à Remi le coin de la pièce.

Une caméra vidéo murale était en partie cachée par un placard. Elle s'arrêta de tourner et l'objectif resta braqué sur eux.

— Nous allons avoir de la compagnie, dit Remi.

— Vite, vois si tu peux imprimer une capture d'écran avec l'image de l'étiquette !

Pendant que Remi pianotait sur le clavier, Sam courut jusqu'à l'endroit où était installée la caméra, saisit les fils sous l'appareil et les arracha. Il courut ensuite vers la porte, éteignit les lumières et revint vers Remi.

— Ça y est ! lança-t-elle en appuyant sur une touche du clavier.

Des témoins lumineux verts clignotèrent sur l'imprimante laser, qui s'éveilla avec un bourdonnement.

Ils entendirent une porte s'ouvrir, se refermer, puis s'ouvrir à nouveau dans la salle de contrôle. Des pas résonnèrent sur le linoléum, puis le silence revint.

— Baisse-toi, chuchota Sam avant de se mettre à plat ventre en entraînant Remi avec lui. Reste ici et attrape la copie de l'image.

Il rampa jusqu'au bout de la table et leva la tête. La poignée de porte tournait avec lenteur. Il tendit le pistolet en avant et commença à viser.

L'imprimante se mit en marche sur un rythme saccadé.

— L'impression commence, murmura Remi.

La porte s'ouvrit soudain en grand, et une silhouette se dessina à la lueur des écrans LCD. Sam tira une seule fois. La balle atteignit l'homme au mollet, juste sous le genou. Il poussa un cri et trébucha.

Son arme rebondit sur le sol de caoutchouc pour atterrir à quelques dizaines de centimètres de Sam, qui entendit en même temps une voix aboyer un juron dans la salle de contrôle. Du russe, d'après l'intonation. Sur le sol du labo, le blessé gémissait en rampant vers le seuil.

— Ça y est, lança Remi, l'image est impeccable !

— Viens par ici, lança Sam à voix basse. Quand je dirai « go », tire trois fois à travers la porte. Vise la cloison de verre.

— Compris.

Sam se mit à genoux, et prit une longue inspiration.

— Go !

Remi se leva et fit feu. Le verre se brisa en mille éclats. Sam jaillit de derrière la table en roulé-boulé, se poussa sur la gauche, saisit le MP5 du garde blessé, puis se remit à couvert.

— Qu'est-ce qu'ils attendent ? demanda Remi.

— Du renfort ou de meilleures armes, à mon avis. Nous devons sortir d'ici avant qu'ils obtiennent l'un ou l'autre.

Comme par coïncidence, une main apparut vers le bord de la table et lança un objet, qui rebondit sur le coin, tomba sur le sol et tournoya un instant avant de s'immobiliser.

— Baisse-toi, Remi, hurla Sam.

Mû à la fois par ses réflexes et par la conviction d'avoir bien identifié l'objet, Sam se leva, bondit et renvoya d'un coup de pied l'objet vers la porte. L'engin explosa en atteignant le seuil. Une lumière blanche aveuglante et une détonation assourdissante envahirent l'espace du laboratoire. Sam chancela en arrière et s'écroula sous la table.

— Qu'est-ce que c'était que cet engin ? dit Remi en secouant la tête pour reprendre ses esprits.

— Une grenade incapacitante à saturation sensorielle. Les forces spéciales et certaines forces de maintien de l'ordre les utilisent pour distraire les « méchants » pendant un court moment. Beaucoup de bruit et de lumière, mais pas d'éclats. Nous sommes au moins sûrs d'une chose : ils essaient d'éviter les tirs mortels dans cette partie du domaine.

— Pour ce qui est des distractions, nous avons ce qu'il faut, nous aussi, dit Remi en levant le pistolet Glock.

Sam regarda vers le mur en face de celui où était installé le bouton rouge. Un boîtier de plexiglas transparent de la taille d'un livre de poche abritait un bouton jaune. Un pictogramme affichait l'image d'une goutte d'eau.

— Voilà qui fera l'affaire. Tire deux fois.

— Prête.

— Feu !

Remi se leva et tira. Sam bondit vers le mur, enfonça le canon du MP5 dans la paroi latérale du boîtier de plexiglas et l'arracha du mur. Il appuya sur le bouton jaune. Une voix féminine synthétisée venue de haut-parleurs invisibles résonna soudain.

ATTENTION. SYSTÈME D'EXTINCTION D'INCENDIE ACTIVÉ. ÉVACUEZ LA ZONE IMMÉDIATEMENT. ATTENTION. SYSTÈME D'EXTINCTION D'INCENDIE ACTIVÉ.

Sam courut se réfugier à nouveau sous la table.

— Il va pleuvoir, Remi, protège l'image !

— Elle est déjà à l'abri.

— Décolleté ?

— Mieux encore. J'ai trouvé un sac plastique avec une fermeture à glissière.

Sur sa droite, du coin de l'œil, Sam détecta un mouvement vers l'entrée de la pièce. Il s'élança et tira une courte rafale de pistolet-mitrailleur. Un écran de la salle de contrôle explosa dans une gerbe d'étincelles avant de vomir de la fumée. Sam replongea sous la table.

Des douilles d'arrosage s'abaissèrent en bourdonnant du plafond. Une seconde plus tard, avec un petit bruit sec suivi d'un sifflement, une pluie de gouttes d'eau commença à se déverser sur le sol.

Sam glissa la tête sur le côté de la table juste à temps pour voir une silhouette traverser en courant le box carré et disparaître par la porte.

— Partons vite avant l'arrivée de la cavalerie, lança Sam assez fort pour se faire entendre à travers le ruissellement.

— Attends, je vérifie mes munitions... neuf balles. Prête quand tu veux.

— Lorsque je m'élancerai, tire trois fois à travers la porte, et suis-moi. Reste bien derrière moi, d'accord ?

— Oui.

— Go !

Sam se leva et chargea. Arrivé au bout de la table, il étendit le bras et attrapa un des tabourets à roulettes. À trois mètres de la porte, il le poussa devant lui et l'envoya en avant d'un coup de pied, au moment où une silhouette apparaissait sur le seuil. Le tabouret, déjà rendu instable par la rotation, s'écrasa dans les jambes de l'inconnu, qui tituba en avant en battant des bras, puis s'affala sur l'écran d'ordinateur encore fumant. Sam se lança et franchit la porte en trois enjambées. Il écrasa d'un revers de la crosse du pistolet-mitrailleur le visage de l'homme, dont le nez se fracassa dans un craquement écœurant. Inerte, il glissa au sol, les jambes encore emmêlées dans les pieds du tabouret.

Sam ramassa son pistolet-mitrailleur et le tendit à Remi.

— Et maintenant ? demanda-t-elle en écartant ses cheveux trempés de son visage.

— Rien de sophistiqué. Il s'agit juste de sauver notre peau.

Ils franchirent la première porte, traversèrent le box, passèrent la porte équipée du lecteur de carte et se lancèrent dans le couloir, où l'eau, prisonnière des murs, leur montait jusqu'aux chevilles. Les lampes fluorescentes du plafond s'étaient éteintes.

— Tu as un plan, je suppose ? demanda Remi.

— C'est un bien grand mot. Je dirais plutôt une esquisse de plan.

— Cela me suffira.

Sam se tourna vers elle et prit sa main libre dans la sienne.

— Tu es prête pour cela ? Tu devras peut-être faire quelque chose que tu n'aimes pas.

Remi sourit. L'eau ruisselait le long de ses joues et de ses lèvres en petits ruisselets.

— Tuer quelqu'un, par exemple ? Pas de problème. Ce sont eux qui ont commencé.

— C'est bien, ma chérie, j'en étais sûr. Parfait. Je compte jusqu'à trois. Reste bien baissée et va vers la gauche pour te mettre à couvert. Si quelque chose bouge, tu tires.

— Avec plaisir.

Sam agrippa la poignée.

— Un... Deux...

CHAPITRE 41

Trois !

Encore accroupi, Sam ouvrit la porte d'un geste brusque.

Seul le clair de lune filtrait à travers la voûte de la serre plongée dans l'obscurité, mais épargnée par l'arrosage du système anti-incendie qui inondait la zone du laboratoire. De l'eau venue du couloir s'y engouffrait cependant et commençait à se répandre sur le sol.

Le silence régnait. Sam et Remi attendaient et observaient. Ils ne perçurent aucun mouvement.

— Mais que font..., murmura Remi.

Une grenade incapacitante heurta tout à coup le mur près de la porte et s'immobilisa à leurs pieds. Sam la renvoya d'un coup de talon et referma la porte. Un « bang » retentit de l'autre côté et une lumière blanche s'infiltra dans l'encadrement.

Sam entrouvrit à peine la porte. Il entendit de lourds bruits de pas et aperçut des faisceaux de lampes qui se dirigeaient vers eux.

— Puis-je t'emprunter ceci ? demanda-t-il à Remi avant de lui prendre son pistolet-mitrailleur. Dès que je commence à canarder, tu files vers la droite sans cesser de tirer. Sors par une fenêtre et rejoins le patio.

— Et toi ?

— Je vais faire dégringoler cette baraque. Go !

Sam poussa la porte, leva les canons des deux MP5 vers le plafond et ouvrit le feu. Recroquevillée sur elle-même, Remi chargea vers le patio. Le canon du Glock crachait des flammes orange et l'arme tressautait dans ses mains à chaque tir.

Sam se doutait que le verre était à l'épreuve des balles, aussi visa-t-il, près du centre du plafond, les zones de jointure de soutènement ; elles finirent par céder avec un craquement prolongé qui se répercuta dans tout le jardin. Le premier panneau de verre s'affaissa vers l'intérieur et dégringola, suivi par un autre, puis un troisième, écrasant et déchirant au passage les palmiers et les cloisons couvertes de treilles. Des voix russes s'élevèrent, mais elles se changèrent très vite en hurlements lorsque le premier panneau atteignit le sol. Des débris de verre fusèrent à l'intérieur de la serre comme des éclats d'obus, déchiquetant les feuillages et criblant les cloisons restées intactes.

Sam, qui s'était remis à courir, n'assista à la scène qu'à la périphérie de son champ de vision. Les tirs de Remi avaient quant à eux atteint leur but et fracassé l'une des cloisons. Accroupie dans le patio, elle lui fit signe de se hâter. Il sentit comme un pincement sur sa manche et trois piqûres sur le visage. Il baissa la tête, leva les bras et s'élança d'un bond pour rejoindre Remi.

— Tu saignes, constata-t-elle.

— Si j'ai des cicatrices, je dirai que je me suis battu en duel. Allons, viens !

Il lui rendit son MP5, puis se retourna et courut vers les haies. Les mains tendues en avant comme un bouclier, il s'enfonça dans un enchevêtrement de branches, ressortit enfin à l'air libre, puis aida Remi à franchir le passage. Pendant ce temps, le toit de la serre achevait de s'effondrer, et toutes les cinq secondes, ils entendaient un nouveau fracas de verre brisé de l'autre côté de la haie. Des voix s'interpellaient, en anglais et en russe, tandis qu'une cacophonie de cris s'élevait du bâtiment principal et de la pelouse où étaient regroupés les invités de Bondarouk.

Sam et Remi s'accroupirent dans l'herbe pour reprendre leur souffle et s'orienter. Sur leur droite se trouvait le mur qui donnait sur la falaise. Derrière eux, l'aile ouest, le bâtiment principal et l'aile est ; droit devant se dressait un alignement de pins serrés les uns contre les autres derrière des buissons de berbéris.

Sam consulta sa montre : quatre heures du matin. Il restait deux ou trois heures avant l'aube.

— Et si nous volions une de ces voitures ? suggéra Remi tout en ôtant ses chaussures avant d'en arracher les talons et de les remettre à ses pieds. On pourrait foncer jusqu'à Sébastopol et trouver un endroit fréquenté. Bondarouk n'osera pas s'en prendre à nous en public.

— N'y compte pas trop. Et puis c'est un peu trop gros. À l'heure qu'il est, le périmètre est déjà bouclé. Et n'oublie pas que Bondarouk n'a que deux moyens de savoir que c'est nous qui avons pénétré dans son domaine : regarder les vidéos de surveillance ou interroger le gars du labo en lui mettant nos photos sous le nez. Pour l'instant, il sait seulement que l'enfer vient de se déchaîner chez lui. Rien d'autre. Autant continuer à cultiver le mystère.

— Mais comment ?

— Souviens-toi de notre parcours. Le chemin que nous avons pris pour venir ici est bien le dernier endroit qu'ils iront vérifier.

— Le tunnel ? Et qu'allons-nous faire ensuite ? Nager jusqu'au bateau ?

Sam haussa les épaules.

— Cette partie-là de mon plan n'est pas encore au point, mais je pense que c'est notre meilleure chance.

Remi prit un instant pour réfléchir.

— Le tunnel de contrebande..., dit-elle enfin. Pourquoi pas ? À moins que nous ne trouvions un hélicoptère ou un char d'assaut en cours de route !

— Si tu me trouves un char d'assaut, Remi, je te promets de toujours respecter les limites de vitesse à partir d'aujourd'hui.

— Des promesses, toujours des promesses !

*

L'organisation du domaine leur était en grande partie inconnue, et deux questions d'une importance cruciale se posaient : Bondarouk possédait-il des chiens de garde ? Et de combien d'hommes disposait-il, dans la propriété elle-même ou en réserve à l'extérieur, prêts à intervenir au moindre signal ? Sam et Remi ignoraient les réponses, mais ils choisirent de tenir le pire pour acquis et de s'échapper tant que régnait la confusion, avant que leur hôte puisse lâcher ses cerbères, humains ou canins.

Sam et Remi se courbèrent pour progresser par bonds jusqu'au bout des haies. Ils s'arrêtèrent un instant pour s'assurer que la voie était libre, puis s'élancèrent pour traverser à découvert l'étendue de pelouse qui les séparait des buissons. Sam ôta sa veste de smoking et la donna à Remi, puis il se mit à plat ventre et se tortilla pour franchir le rempart de branches épineuses et atteindre la mince étendue d'herbe entre les berbéris et les pins. Remi le rejoignit un instant plus tard. Elle commença à enlever sa veste.

— Garde-la, dit Sam. Le temps fraîchit.

— Un vrai gentleman, répondit Remi avec un sourire. Sam – tes bras !

Sam baissa les yeux. Les épines avaient déchiré ses manches et le tissu était maculé de traînées de sang.

— C'est moins grave qu'il n'y paraît, la rassura-t-il, mais cette chemise risque de nous faire repérer.

Ils rampèrent pour se mettre à l'abri des pins. Sam creusa le sol pour prendre une poignée de terre et frotta son visage, puis les manches et le devant de la chemise. Remi s'occupa de son dos, puis se nettoya à son tour les bras et le visage. Sam ne put s'empêcher de sourire.

— On croirait que nous revenons d'une réception en enfer !

— C'est presque le cas ! Mais regarde... ici.

À une centaine de mètres vers l'est, de l'autre côté de la pelouse, ils virent trois lampes apparaître au coin du bâtiment et longer le mur dans leur direction.

— Tu entends des chiens ? demanda Sam.

— Non.

— Pourvu que cela dure. Viens.

Ils s'enfoncèrent parmi les arbres, baissant la tête et faisant des écarts pour éviter les branches basses, puis arrivèrent près d'un étroit sentier de chasse orienté nord-sud. Ils l'empruntèrent en direction du nord et des écuries. La pinède était peuplée d'arbres au moins centenaires, ce qui était à la fois une bénédiction et une malédiction. Si les branchages entremêlés les forçaient à ramper et à marcher en crabe, ils leur offraient aussi une couverture idéale. À plusieurs reprises, alors qu'ils s'arrêtaient pour reprendre haleine, ils virent des gardes se déplacer de l'autre côté des buissons de berbéris, mais leur abri végétal était si dense que les rayons des lampes peinaient à percer plus de quelques dizaines de centimètres.

— Ils vont finir par envoyer quelqu'un ici, murmura Sam, mais avec un peu de chance, nous serons déjà partis.

— Nous sommes encore loin ?

— À vol d'oiseau, à peu près quatre cents mètres, mais la pinède n'est pas en ligne droite. Tu es prête ?

— Quand tu veux.

Ils passèrent les vingt minutes suivantes à progresser le long du sentier en s'arrêtant tous les vingt pas pour écouter et regarder autour d'eux. Souvent, ils apercevaient des lumières ou des silhouettes indistinctes, parfois à plusieurs centaines de mètres, et parfois si proches qu'ils devaient s'allonger à plat ventre et rester immobiles, retenant leur souffle, tandis que des gardes promenaient le faisceau de leurs lampes entre les arbres.

La pinède devint peu à peu plus clairsemée et bientôt, le sentier s'ouvrit sur une étendue d'herbe au-delà de laquelle se dressait le mur sud des écuries. Sam se faufila en avant pour opérer une courte reconnaissance, puis revint vers Remi.

— La pelouse où se tenait la réception est sur notre droite, lui annonça-t-il. Les invités sont partis, mais les voitures sont encore sur le parking.

— Bondarouk les a sans doute fait rentrer à l'intérieur, murmura Remi. Ils doivent être en train de subir un interrogatoire, sagement alignés en rang !

— Cela ne me surprendrait qu'à moitié. Je n'ai vu qu'un seul garde, mais par malheur, il est en poste au coin des écuries, juste à côté de l'entrée.

— Aucun moyen de l'éloigner ?

— Non, sauf si je maîtrisais les techniques de lévitation. Sa tête semble montée sur pivot, et il m'entendrait avant que j'aie réussi à traverser la moitié de la clairière. Mais j'ai tout de même une idée.

Il se pencha pour murmurer quelque chose à l'oreille de Remi.

— Quelle distance ? lui demanda-t-elle au bout d'un instant.

— Soixante, soixante-dix mètres.

— Par-dessus le toit, cela me paraît un peu audacieux.

Ils passèrent plusieurs minutes à fouiller parmi les pins pour rassembler une demi-douzaine de pierres de la taille d'une balle de golf. Sam ramassa la première, avança en zigzag jusqu'au bord de la clairière, attendit que le garde regarde dans une autre direction, puis se releva et lança la pierre, qui vola en arc de cercle au-dessus du toit des écuries. Sam se rabaissa et se remit aussitôt à couvert.

Silence.

— Raté, chuchota Remi.

Sam prit une autre pierre et répéta l'opération. Nouvel échec. Puis une troisième... et une quatrième. Il ramassa la cinquième pierre, la secoua entre ses mains comme s'il tenait une paire de dés, puis la tint devant les lèvres de Remi.

— Pour nous porter chance.

Remi ouvrit de grands yeux, mais obtempéra et souffla sur le caillou.

Sam rampa une fois de plus à découvert, attendit un instant, puis tenta un nouveau lancer.

Deux secondes s'écoulèrent.

Un bruit de verre brisé retentit sur le parking, suivi du hululement rythmé d'une alarme de voiture.

— Touché coulé, commenta Remi.

Les réactions ne se firent pas attendre. Le garde posté à la porte se retourna et courut vers le parking. Des cris et des voix s'élevèrent des différentes parties du domaine.

Sam et Remi bondirent vers le mur, qu'ils atteignirent en à peine six secondes. Courbés en deux, ils le longèrent jusqu'au coin. Un peu plus loin, cinq ou six gardes couraient tête baissée pour traverser la pelouse et franchir les haies.

— Go ! murmura Sam d'une voix rauque.

Ils tournèrent au coin du mur et s'engouffrèrent dans les écuries.

Ils avaient à peine fait deux pas qu'une forme sombre et massive se dressait devant eux. Sam poussa Remi sur la gauche tandis qu'il s'écartait sur la droite. Le cheval, un étalon arabe noir de jais, se mit à ruer. Ses sabots battaient l'air juste devant Sam. Il émit un hennissement qui semblait venir du plus profond de son poitrail. Ses pattes avant retombèrent sur le sol, puis il partit au galop le long de la travée et disparut dans une stalle ouverte.

Derrière Sam, la porte s'ouvrit soudain. Le garde vit d'abord Remi et se précipita vers elle, son MP5 levé, mais avant qu'il puisse prononcer un mot, Sam lui lança un crochet du droit à la tempe. L'homme fit un écart et s'affala sur le sol. Pendant que Remi s'emparait de son arme, Sam ferma la porte et remit la barre transversale en place. À l'extérieur, des bottes écrasaient le gravier.

— Pour ce qui est d'une sortie discrète, c'est raté, constata Sam.

— Au point où on en est, n'importe quel type de sortie fera l'affaire, répondit Remi.

Ils se retournèrent et coururent vers la sellerie.

CHAPITRE 42

SAM ET REMI ATTEIGNAIENT À peine l'entrée que déjà, des coups résonnaient contre la porte des écuries. D'instinct, ils se retournèrent pour regarder derrière eux.

— Combien de temps, à ton avis ? demanda Remi avant de suivre Sam dans le placard, où ils s'agenouillèrent près de la trappe.

— Trente secondes avant qu'ils se mettent à tirer, trente de plus pour qu'ils comprennent qu'il serait plus astucieux de glisser quelque chose dans l'interstice entre le montant et la porte pour faire sauter la barre. Deux minutes, pas plus.

— Ce plan dont tu parlais.

— Une esquisse de plan. Je parlais d'une esquisse.

— Très bien. Alors ?

Sam prit trente secondes pour faire part de son idée à Remi.

— On ne pourrait pas se contenter de courir jusque là-bas ? lui demanda-t-elle.

— Cela pose un gros problème : s'ils sont plus rapides que je le pense, ils nous rattraperont sur la falaise et n'auront plus qu'à nous cueillir. Si nous suivons mon idée, au moins, nous serons à couvert un moment, et nous pourrons peut-être même les retarder.

— Très bien. Je crois que tu as raison.

— Je m'occupe de tout ce qui est lourd ; rassemble le reste. Si on se débrouille bien, on parviendra à les ralentir.

— Toujours optimiste.

Sam regagna la sellerie et prit une chaise de bureau qu'il emmena dans le placard. Il referma la porte et coinça la poignée avec la chaise. Remi venait d'ouvrir la trappe et commençait déjà à descendre. Sam la suivit et referma derrière lui.

À la lueur de leurs lampes, ils se mirent au travail. Sam courut vers l'intersection, où il se mit en devoir de déplacer les wagonnets de mine rangés contre la paroi pour les remettre sur les rails, tandis que Remi descendait en direction de la falaise.

Au loin ils entendirent le crépitement des armes automatiques des gardes.

— Tu ne t'étais pas trompé de beaucoup, lança Remi, invisible dans l'obscurité.

— Dommage... une heure de répit nous aurait bien aidés !

Une minute plus tard, un troisième chariot était à son tour campé sur ses rails. Remi jaillit de l'ombre en portant plusieurs lampes à pétrole dans chaque main. Elle en lança deux ou trois dans chacun des wagonnets, en s'assurant qu'elles tombaient avec assez d'impact pour qu'un peu de pétrole s'en écoule.

Au-dessus d'eux, les tirs cessèrent.

— Ils se sont tout de même décidés à utiliser leur matière grise, on dirait, constata Sam.

Ils s'élancèrent à nouveau le long du tunnel, attrapant au passage d'autres lampes. Lorsqu'ils en eurent ramassé une douzaine, ils revinrent sur leurs pas et les jetèrent dans les wagonnets.

— Et maintenant, le petit bois, dit Remi.

Ils repartirent aussitôt, emportant tout ce qui était susceptible de brûler, des boîtes à outils aux bottes en passant par les blouses et les cordes rongées par la pourriture sèche, puis ils revinrent diviser leur chargement en trois piles, qu'ils déversèrent chacune dans un chariot.

— Tu sens la même chose que moi ? demanda Remi.

Sam leva les yeux et, pour la première fois, remarqua qu'un petit vent frais soufflait de l'ouverture de la falaise.

— Nous avons de la chance.

Sam prit son couteau suisse et découpa trois mèches improvisées dans les vieilles blouses, puis noua chacune d'elles à une extrémité. Ensemble, ils trempèrent les bouts noués dans le pétrole répandu au fond du wagonnet de tête.

— Est-ce qu'on attend, ou bien..., commença Remi. (Des bruits de pas leur parvinrent soudain, venant de la trappe du placard.) Oublie ma question !

Sam prit son briquet pour allumer les trois mèches que Remi lui présenta tour à tour. Une fois sûre qu'elles avaient bien pris, elle lui en tendit deux, qu'il jeta dans les deux premiers wagonnets. Remi lança la troisième dans le chariot le plus proche d'elle et recula.

Rien ne se passa.

— Allez..., murmura-t-elle.

— C'est ce que je craignais. Le pétrole s'est peut-être durci.

Des craquements de planches leur parvinrent de l'autre bout du tunnel, suivis par le son d'une porte ouverte avec violence.

Sam contemplait les wagonnets, la mâchoire serrée par la colère.

— Bon Dieu !

Soudain, avec un souffle puissant, l'un des chariots s'enflamma et une fumée noire et grasse s'en échappa. Le second et le troisième s'allumèrent à leur tour et, en l'espace de quelques secondes, un épais nuage de fumée roulait près du plafond. Poussé par le vent, il s'engouffra dans l'intersection et dans les tunnels latéraux.

Sam et Remi, pris d'une quinte de toux, les yeux ruisselants de larmes, s'éloignèrent des wagonnets.

— Si cela ne les ralentit pas, rien ne le fera, dit Sam.

— Il serait peut-être temps de prendre congé de notre hôte ?

— Je t'en prie, après toi.

*

Ils dévalèrent le tunnel vers la falaise et déboulèrent vers l'ouverture. Dehors, le brouillard s'était levé et le pont naturel formé par l'érosion était baigné par le clair de lune. Les vagues battaient la paroi de la falaise en sifflant. En dépit du vent favorable, le nuage de fumée s'approchait, emmenant avec lui des échos de toux et de hoquets.

— Lorsque nous atteindrons la surface de l'eau, proposa Sam, laissons-nous emporter par la marée. Balaclava n'est qu'à cinq ou six kilomètres sur la côte. Nous rejoindrons le rivage là-bas.

— Très bien.

— Tu n'as pas perdu le tirage de l'image ?

Remi tapota sa robe au niveau de la taille.

— Il est en sécurité.

Sam s'approcha du bord de l'ouverture et baissa les yeux vers la surface de l'eau. Une balle s'écrasa sur la roche juste à côté de sa tête. Il se recula d'un mouvement brusque ; Remi et lui s'aplatirent sur le sol.

— Mais qu'est-ce que c'est que ça ? haleta Remi.

— Il y a un bateau de patrouille en bas, murmura Sam. Ils sont juste sous les pitons de fer.

— Nous voilà piégés.

— Pas question. Viens.

Il aida Remi à se relever. Ils firent demi-tour et s'enfoncèrent à nouveau dans le passage en courant.

— Si tu veux bien m'informer..., souffla Remi.

— Pas le temps. Tu vas comprendre. Reste derrière moi.

La fumée devenait plus épaisse à chaque pas et, au bout d'un moment, leurs lampes ne leur furent plus d'aucune utilité. Main dans la main, ils continuèrent à courir, la tête baissée, les yeux presque fermés pour éviter la fumée.

— On y est presque, lança Sam en étendant une main devant lui.

Les toux et les nausées étaient plus audibles maintenant, et semblaient venir de partout autour d'eux. Une voix cria quelque chose en russe, et une réponse fusa, en anglais.

— En arrière ! Revenez !

Sam trébucha et tomba, entraînant Remi dans sa chute. Ils se relevèrent et poursuivirent leur course. La main de Sam entra en contact avec un objet brûlant. Il la retira d'un geste vif et tomba à genoux, forçant Remi à se baisser avec lui. Non loin d'eux, des pas nombreux écrasaient un sol de gravier. Le rayon d'une lampe tenta de percer la fumée, puis s'éteignit.

— Que se passe-t-il ? chuchota Remi.

Sans répondre, Sam donna du poing fermé un rapide coup sec sur le wagonnet.

— Enlève la veste.

Lorsque Remi l'eut ôtée, Sam poussa ses mains dans les manches, à l'envers, puis roula le corps de la veste en boule.

— Des gants à four parfaits, j'en mettrais ma main au feu, plaisanta-t-il.

— Une grenade sous-marine ?

— Tu as tout compris.

— En voilà un garçon malin !

— Dès que je commencerai à le faire rouler, pousse-moi dans le dos.

— Compris.

Penché en avant, Sam passa de l'autre côté du wagonnet, écarta les jambes, puis plaça ses mains, protégées par la veste, sur le bord métallique. Il commença à pousser. Le chariot refusa tout mouvement. Nouvelle tentative. Rien. Il entendit un cliquetis métallique.

— Le frein était engagé, souffla Remi. Essaye encore.

Sam respira à fond, serra la mâchoire et poussa. Dans le hurlement métallique de l'acier contre l'acier, le chariot avança en tanguant. Une détonation se réverbéra le long du passage, mais il n'y prêta aucune attention. Il dépassa Remi qui se plaça derrière lui, les mains pressées sur ses hanches. Le wagonnet prit de la vitesse. Poussées par la brise, les flammes et la fumée refluaient comme la queue d'une comète.

Soudain, la fumée commença à se dissiper. La sortie se dessinait devant eux.

— Il faut freiner ! hurla Sam.

Il se courba en arrière et planta ses talons dans le gravier du ballast. Remi, les mains serrées autour de sa taille, fit de même. Leur poids combiné parvint à ralentir le wagonnet. L'ouverture semblait se précipiter à leur rencontre. Trois mètres... Deux mètres... Sam se livra à un rapide calcul mental, et décida que l'élan était suffisant. Il lâcha prise. Ils plongèrent ensemble en avant et levèrent les yeux juste à temps pour voir le chariot en flammes basculer doucement au bord de la falaise.

Deux silencieuses secondes s'écoulèrent, suivies par un fracas de tonnerre.

Sam et Remi rampèrent jusqu'à l'ouverture et regardèrent par-dessus le bord. Déjà envahi en grande partie par le feu, le bateau patrouilleur gîtait de façon prononcée sur bâbord et de l'eau bouillonnait dans une déchirure béante du pont arrière. Quelques secondes plus tard, deux têtes apparurent à la surface ; l'un des hommes s'éloigna à la nage, mais l'autre était inerte. Le bateau commença à sombrer sous la surface par la poupe, puis disparut.

— C'est ce qui s'appelle taper dans le mille, dit Remi.

Elle se laissa tomber à plat ventre et laissa échapper un profond soupir. Sam l'imita. Au-dessus de leur tête, le tunnel crachait une fumée noire qui partait se dissiper entre les parois rocheuses.

— Et voilà, dit Sam. Nous avons bien profité de cette charmante invitation, mais il est peut-être temps de nous retirer, qu'en penses-tu ?

— Rien ne saurait me plaire davantage.

CHAPITRE 43

MONACO

LES YEUX NOISETTE D'YVETTE Fournier-Desmarais contemplaient Sam sans ciller par-dessus le bord de sa tasse de café tandis qu'il lui narrait par le menu leurs aventures sur l'île d'Elbe. Il passa sous silence la quasi-trahison d'Umberto au profit de Kholkov.

— Après cela, conclut Sam, nous sommes allés en voiture jusqu'à Nisporto, et de là, nous avons regagné le continent.

— Incroyable, s'exclama Yvette. On peut dire que vous vous êtes montrés à la hauteur de votre réputation !

Installés dans le patio de la villa d'Yvette, ils profitaient de la vue sur la pointe de la Vieille. Le soleil étincelait sur les eaux paisibles de la Méditerranée.

*

Après avoir vu couler le bateau patrouilleur de Bondarouk sous l'arche du pont naturel de Khotine, Sam et Remi étaient redescendus par l'échelle de pitons de fer avant de se laisser glisser dans l'eau. Ils avaient eu la chance de récupérer une paire de gilets de sauvetage en kapok orange rescapés du naufrage. Ils les avaient endossés et s'étaient laissé porter par le courant le long de la côte, vers le sud. Le soleil s'était levé sur l'horizon alors qu'ils contemplaient les panaches de fumée noire qui s'accumulaient au-dessus du château. Le son des sirènes approchait. À plusieurs reprises, ils virent arriver par le nord d'autres patrouilleurs, mais leurs équipages étaient tout entiers absorbés par leurs manœuvres d'approche des falaises.

Une heure après s'être mis à l'eau, ils se retrouvèrent au large des plages du nord de Balaclava. Ils gagnèrent la rive, puis la ville, et téléphonèrent à Selma. Deux heures plus tard, ils étaient installés à l'arrière d'une limousine, direction Kerch, à cent soixante kilomètres au nord-est, sur les rives de la mer d'Azov. Un coursier les y attendait. Sur les ordres de Selma, il était allé chercher à leur intention les passeports, les cartes de crédit et les bagages laissés à leur hôtel à Ievpatoria. Une heure après, Sam et Remi étaient à bord d'un avion privé en partance pour Istanbul.

Tant que Selma n'avait pas fini de déchiffrer les symboles subtilisés dans le labo de Bondarouk, leurs possibilités d'action étaient limitées. Le besoin de faire le point de la situation dans un endroit sûr commençait lui aussi à se faire sentir ; c'est pourquoi ils appelèrent Yvette qui, de bonne grâce, leur envoya l'ex-SAS et garde du corps Langdon, avec pour consigne de les ramener à Monaco à bord de son jet privé.

*

— Je dois vous dire, en toute franchise, qu'Umberto m'a tout avoué, leur annonça Yvette. Il était rongé de remords.

— Il s'est déjà racheté, plaida Remi, et même au-delà.

— Je suis d'accord avec vous. Je lui ai dit : si les Fargo vous pardonnent, je vous pardonne aussi.

— Simple curiosité, intervint Sam. Qu'est-il arrivé à Carmine Bianco ?

— Qui ?

— Le flic corrompu qui était de mèche avec la mafia corse et jouait les hommes de main sur l'île d'Elbe.

— Ah, celui-là ! Je crois qu'il est logé et nourri par le gouvernement italien. Une histoire de tentative de meurtre.

Sam et Remi éclatèrent de rire.

— Ainsi donc, poursuivit Yvette, le journal de Laurent vous a été utile ?

— Utile, en effet, mais son décryptage est un défi de taille. Le code est complexe et fonctionne selon un système à tiroirs, mais si quelqu'un peut en venir à bout, c'est bien Selma.

Sam et Remi avaient faxé l'image dès leur arrivée à la villa d'Yvette.

Langdon apparut avec une nouvelle cafetière et remplit les tasses.

— Que vous a-t-elle répondu, Langdon ? lui demanda Sam de but en blanc.

— Je vous demande pardon ?

— A-t-elle eu l'intelligence d'accepter votre demande ?

Langdon s'éclaircit la voix et pinça les lèvres.

— Pour l'amour du ciel, Langdon ! lança Yvette avant de se tourner vers Sam et Remi. Il est si convenable, si réservé. Langdon, rien ne vous interdit de partager les bonnes nouvelles, vous savez ! Allons, dites-leur...

Langdon s'autorisa une mince ébauche de sourire.

— Eh bien, monsieur, cette personne a en effet accepté ma demande en mariage.

— Toutes nos félicitations !

— Au futur marié ! s'exclama Remi en levant sa tasse.

Yvette, Sam et Remi continuèrent à complimenter Langdon pendant un moment. Le visage du malheureux arborait une teinte d'un rouge éclatant.

— Madame, si vous n'avez plus besoin de mes services..., murmura-t-il après avoir exprimé sa reconnaissance d'un hochement de tête.

— Allez-y, Langdon, allez-y avant que vous ne nous fassiez une attaque.

Langdon disparut aussitôt.

— Ce qui est bien triste, dit Yvette, c'est que je vais le perdre. C'est maintenant un homme entretenu. Un gigolo, si l'on veut.

— Ce n'est pas le pire des métiers, commenta Sam.

Remi lui pinça le biceps.

— Attention à ce que vous dites, Fargo !

— Je dis seulement qu'il existe des boulots plus pénibles...

— Pas un mot de plus !

*

Yvette, Remi et Sam bavardèrent en buvant leur café jusqu'au retour de Langdon une demi-heure plus tard.

— Madame Fargo, monsieur Fargo, madame Selma Wondrash désire vous parler au téléphone.

Sam et Remi s'excusèrent et suivirent Langdon jusqu'au bureau d'Yvette. Un ordinateur portable était posé, ouvert, sur une table basse en acajou orientée vers le jardin. Langdon avait déjà disposé deux fauteuils club devant l'écran. Sam et Remi s'installèrent ; Langdon quitta aussitôt la pièce et referma derrière lui.

La salle de travail de Selma, à La Jolla, s'affichait à l'écran.

— Vous êtes là, Selma ? lança Sam.

Le visage hâlé de Pete Jeffcoat apparut devant l'œil de la caméra.

— Bonjour Sam, bonjour, Remi !

— Comment allez-vous, Pete ?

— Je me porte à merveille, merci, en pleine forme ! répondit Pete, dont l'optimisme semblait toujours aussi inaltérable.

— Et Wendy ?

— Elle va très bien aussi. Bien sûr, la réclusion forcée lui tape un peu sur les nerfs. Les gardes du corps sont très sympathiques, mais un peu stricts.

— Cela vaut mieux ainsi, dit Sam. Avec un peu de chance, ils ne resteront plus très longtemps.

— Ne vous inquiétez pas, nous nous en sortons très bien. Mais voici le grand chef en personne...

Pete disparut de l'écran et Selma prit sa place. Elle s'installa sur un tabouret devant la caméra et trempa un sachet de tisane dans une tasse fumante.

— Bonjour, monsieur et madame Fargo !

— Bonjour, Selma.

— Vous préférez connaître les bonnes nouvelles ou les mauvaises ?

— Les deux en même temps, répondit Sam. Un peu comme quand on retire un pansement adhésif.

— Comme vous voulez. L'impression d'écran que vous m'avez envoyée était parfaite. Bonne image, haute résolution. Grâce à elle, j'ai pu déchiffrer les lignes suivantes du code. Et maintenant, la mauvaise nouvelle : nous ne parvenons pas à comprendre l'énigme. Vous aurez peut-être plus de chance ?

Selma prit son bloc sur la table et récita :

Commensaux angoissés et piégés dans l'ambre ;
Tassilo et Pépère Gibbeux Baia gardent en sécurité le lieu du Hajj ;
La démarche du génie d'Ionia est une bataille de rivaux ;
Un trio de coins, le quatrième perdu, montrera la voie jusqu'à Frigisinga.

— C'est tout, poursuivit-elle. Je vous l'ai envoyé par courriel sur vos téléphones, avec le cryptage habituel. Nous continuons à travailler, mais une chose est sûre : celle-ci est nettement plus difficile que la précédente.

— On le dirait, en effet, approuva Remi, déjà plongée dans ses réflexions.

— Dites-moi, Selma, intervint Sam, cette expression dans la dernière phrase, c'est bien « coins », vous en êtes sûre ?

— Oui, j'ai vérifié trois fois, et j'ai demandé à Pete et à Wendy d'en faire autant.

— C'est un terme d'architecture qui a deux sens. Il peut s'agir d'une clef de voûte ou d'une pierre angulaire extérieure.

— Mais à quoi cela peut-il correspondre ? demanda Remi.

— C'est bien là toute la question. Le reste de l'énigme y répond peut-être.

— À moins que cela ne se réfère à un tout autre sens, objecta Selma, le terme s'emploie aussi dans l'imprimerie et pour désigner certains matériels navals militaires. Dans le premier cas, c'est un dispositif destiné à maintenir des caractères en place ; dans le second il s'agit d'une sorte de palan qui permet d'élever et d'abaisser le fût d'un canon.

— Un palan ou une cale ? intervint Remi. Comme dans un système de levage ?

— Oui, sans doute.

— Alors, cela a un rapport avec une pierre angulaire et un dispositif de levage.

— Oui, si l'on prend l'expression au pied de la lettre, tempéra Sam. Mais ce n'est peut-être qu'une métaphore. Un palan ou une cale, cela peut servir à soutenir, ou à séparer. Tout comme une pierre angulaire.

— Il nous faut le reste du contexte, admit Remi. Nous allons nous pencher sur le problème, Selma, merci.

— Deux choses encore. Je continue à déchiffrer le journal de Laurent, et je pense que nous avons réussi à percer un ou deux petits mystères. Tout d'abord, je crois avoir découvert pourquoi Bonaparte et Laurent ont eu recours à un code et à des énigmes au lieu de se contenter d'une carte avec un gros X inscrit à l'endroit voulu.

« Selon Laurent, Bonaparte aurait souffert de dépression après son arrivée à Sainte-Hélène. Il s'était échappé de l'île d'Elbe, mais avait connu la défaite quelques mois plus tard à Waterloo. Il aurait confié à Laurent que son destin était désormais scellé. Il mourrait en exil à Sainte-Hélène.

— Ce fut le cas, en effet, dit Sam.

— Il a alors commencé à songer à son héritage, poursuivit Selma. Il avait eu un fils, Napoléon François Joseph Charles, Napoléon II, de sa seconde épouse Marie-Louise. Il avait abdiqué en sa faveur après la défaite de Waterloo, mais Napoléon II n'a régné que deux semaines avant que les troupes étrangères envahissent Paris et le détrônent.

« Bonaparte en eut le cœur brisé, et il était furieux. Selon lui, si son fils avait fait preuve du caractère d'un “vrai Bonaparte”, les choses ne se seraient pas passées ainsi. Même si le malheureux n'était âgé que de quatre ans !

— Pas facile pour un gamin comme lui d'être à la hauteur de la réputation de son père ! fit observer Sam.

— Impossible. Bref, Bonaparte ordonna à Laurent de créer une « carte à énigmes » qui lui permettrait, je cite, de « confondre ses ennemis, de prouver l'ardeur du nouvel empereur, et d'indiquer la voie vers le trésor qui restaurerait la grandeur du nom de Bonaparte. »

« Malheureusement, après avoir été détrôné, Napoléon II fut expédié en Autriche, où il reçut le titre honorifique de duc de Reichstadt, et y resta prisonnier de fait jusqu'à ce que la tuberculose l'emporte en 1832. Pour autant que je sache, il n'a jamais essayé de revenir au pouvoir, ni même de suivre la fameuse carte. Laurent reste assez évasif sur le sujet.

« Quant au second mystère, à savoir la raison qui a poussé Bonaparte et Laurent à utiliser des bouteilles de vin comme indices, Laurent indique que c'est Bonaparte lui-même qui avait donné l'ordre de détruire tout ce qui se rapportait au cépage Lacanau : les plants, le vignoble, tout. Mais ce n'était pas par amour pour ce vin ou ce qu'il symbolisait. Il était persuadé que les bouteilles allaient très vite devenir des objets de collection inestimables, parce qu'elles contenaient un vin d'exception. Si des bouteilles étaient découvertes, elles rejoindraient des collections privées ou celles d'un musée. Elles y resteraient jusqu'à ce qu'un descendant de l'Empereur, au courant du secret, puisse y accéder.

— Le père n'accordait donc pas une confiance absolue à l'« ardeur » de son fils, pour reprendre son expression, commenta Remi. Il se couvrait, en quelque sorte.

— On le dirait. Lorsque Bonaparte abdiqua pour la seconde et dernière fois, la loi de succession napoléonienne était en vigueur. Elle désignait Napoléon II comme héritier légitime. À défaut, le titre devait revenir au frère le plus âgé de Bonaparte, Joseph, puis à ses descendants mâles, puis à son jeune frère Louis et à ses descendants mâles.

— Mais aucun d'eux ne s'est mis sur les rangs, fit remarquer Remi.

— Peut-être ignoraient-ils tout de ces dispositions, répondit Selma. Nous travaillons encore à éclaircir ce point. Quoi qu'il en soit, il paraît clair que Bonaparte et Laurent ont perdu leur temps. Jusqu'à aujourd'hui, personne n'a été au courant de leur stratagème.

— Et maintenant, nous sommes les seuls à savoir, avec Bondarouk, dit Sam.

— Tout cela est bien triste, observa Remi. À la fin de sa vie, Bonaparte était désespéré, abattu et paranoïaque ; il comptait sur un descendant pour restaurer le prestige du nom. Dire qu'au sommet de sa gloire, cet homme dictait sa loi à la plus grande partie de l'Europe !

— Un tyran exerce surtout sa tyrannie sur lui-même, dit Sam.

— Je te demande pardon ?

— C'est une citation de George Herbert, un poète gallois. Il ne parlait pas de Bonaparte, bien entendu, mais cet aphorisme s'applique fort bien à l'Empereur. Selma, ce « trésor » qu'évoquait Laurent... vous n'avez rien trouvé d'autre à ce propos dans le journal ?

— Non, pas pour le moment.

— On peut supposer qu'il s'agit d'argent, dit Remi, ou de quelque chose que l'on peut échanger contre de l'argent. Un trésor de guerre, par exemple, qu'un fils ou un petit-fils aurait pu utiliser pour lever une armée.

Sam hocha la tête.

— Et qui aurait représenté une somme assez conséquente pour qu'un nouveau Bonaparte puisse envisager de reconquérir la France, voire l'Europe.

Sam et Remi mirent fin à la conversation et reprirent le chemin du patio. Ils avaient gravi quelques marches d'escalier lorsque le téléphone de Sam sonna. Il jeta un coup d'œil sur le nom affiché à l'écran. C'était Rubin Haywood.

— Je pense avoir trouvé le squelette dans le placard de Bondarouk, annonça Rubin.

— Nous vous écoutons.

— J'ai envoyé quelqu'un parler à l'ancien mentor iranien de Bondarouk...

— Aref Ghasemi, compléta Remi.

— Lui-même. Il s'est montré un peu méfiant au départ, mais il a fini par se confier, et nous a plus ou moins confirmé le fait qu'il avait cornaqué Bondarouk pendant toute la durée du conflit frontalier avec les Russes. Il a fourni des détails assez vagues, mais en tout cas, à un moment quelconque, Bondarouk s'est mis en tête qu'il descendait en droite ligne d'un ancien roi perse du nom de...

— Xerxès Ier, le coupa Sam.

— C'est ça ! Mais comment diable le savez-vous ?

Sans trop entrer dans les détails, Sam décrivit le musée privé installé dans les tréfonds du domaine de Bondarouk et consacré à la dynastie achéménide.

— Ainsi, vous avez la confirmation que vous attendiez, dit Rubin.

— Quelle était l'opinion de Ghasemi à ce sujet ? Croit-il que Bondarouk puisse être issu de la lignée achéménide ?

— D'après lui, c'était possible, mais il faut garder à l'esprit le fait que Ghasemi n'est pas un modèle de fiabilité. Les Britanniques ne prennent pas ses informations pour argent comptant, et vérifient toujours ses dires plutôt deux fois qu'une.

— Cela semble pourtant curieux d'inventer une histoire pareille.

— C'est aussi ce que j'ai pensé, répondit Rubin. En tout cas, Bondarouk a dépensé des millions pour ses recherches, et à moins qu'il soit fou à lier, il est possible qu'il ait trouvé des éléments venant étayer ses prétentions, du moins à ses propres yeux.

— Remi, lança soudain Sam, tu te souviens de ce que nous a dit Kholkov à Marseille ? Au sujet du but poursuivi par Bondarouk ?

Remi ferma les yeux pour se remémorer la conversation. Les mots de Kholkov lui revinrent en mémoire.

— « Les objets que nous cherchons sont liés à un héritage familial. Bondarouk essaie seulement de clore un cycle commencé il y a bien longtemps ».

— Ce supposé héritage de Xerxès est peut-être la clef de tout, répondit Sam. Mais que peuvent bien être ces « objets » ? Quelque chose que Xerxès aurait perdu ?

— Encore du pain sur la planche pour Selma et son équipe !

— Peu importe que ses prétentions soient fondées ou non, dit Rubin. Il les croit fondées, et cette foi motive tous ses actes. Quant à ce qu'il recherche, c'est une autre histoire. Trouvez cela, et vous aurez parcouru la moitié du chemin.

— Nous voici donc revenus au point de départ, constata Sam. Quel rapport peut-il bien y avoir entre Xerxès, la dynastie achéménide, et la cave perdue de Bonaparte ?

*

Sam fut réveillé par la sonnerie de son téléphone mobile. Il roula sur le côté pour consulter l'écran, qui indiquait trois heures douze. Il attrapa l'appareil et vérifia l'identité de l'appelant : seule était affichée la mention « APPEL MASQUÉ ».

— Allô ?

— Je me suis dit qu'il était temps que nous parlions, annonça une voix. Sans intermédiaires.

Il fallut un moment à Sam, encore ensommeillé, pour se souvenir de cette voix.

— Vous me réveillez, Bondarouk, ce n'est pas très poli de votre part. Je suppose que vous ne me direz pas comment vous avez obtenu mon numéro ?

— Un peu d'argent met toujours de l'huile dans les rouages, monsieur Fargo.

— L'argent n'est rien en soi. C'est ce que l'on en fait qui est important.

— Voilà bien les paroles d'un bon Samaritain.

Remi se retourna sur le lit et s'assit près de Sam. En réponse à son regard interrogateur, Sam articula en silence le nom de Bondarouk.

— Que voulez-vous ?

— Je suis curieux : vous étiez parmi mes invités lors de cette réception, n'est-ce pas ?

— Nous étions juste derrière vous pendant votre cours magistral dans la Salle des Épées.

— Vous êtes courageux tous les deux, je dois vous le concéder. Vous avez fait intrusion chez moi, monsieur Fargo. Si vous étiez quelqu'un d'autre, vous seriez...

— Déjà mort. Finissons-en avec les menaces et venons-en au fait. J'aimerais pouvoir me rendormir.

— Je vous donne une dernière chance. Nous travaillons ensemble. Lorsque tout sera terminé, vous prendrez les bouteilles, je prendrai ce que je cherche, et nous nous séparerons sans inconvénient pour quiconque.

— À propos de ce que vous cherchez... Cela aurait-il un rapport avec votre petit parc d'attractions achéménide installé sous les laboratoires ?

Bondarouk ne répondit pas.

— C'est bien ce que je pensais, poursuivit Sam. Bondarouk, vous ne croyez pas que vous poussez un peu loin cette fascination pour Xerxès ? Ce n'est pas très sain.

— Vous commettez une erreur, monsieur Fargo.

— Jusqu'à présent, c'est vous qui avez commis toutes les erreurs. D'ailleurs, nous savons que vos hommes ont mis notre maison de San Diego sous surveillance. Si l'un d'eux s'avisait seulement de déplacer un gravier de l'allée, je vous promets que toute la police du comté leur tomberait dessus comme une avalanche.

— J'en prends note. C'est la dernière fois que je vous fais une proposition amicale.

— Merci de me prévenir.

Sam raccrocha.

— Un « petit parc d'attractions achéménide » ? lança Remi. C'est plutôt bien vu !

— Je ne suis pas mécontent, je l'admets.

CHAPITRE 44

Armés de la nouvelle énigme, Sam et Remi s'enfermèrent dans le bureau et se mirent au travail. Yvette, en hôtesse toujours affable, leur avait offert de profiter de sa connexion ADSL ; elle demanda à Langdon de leur apporter des boissons et des en-cas, ainsi que du papier et des stylos, un second ordinateur portable, des marqueurs effaçables à sec et un grand tableau blanc. Ils écrivirent l'énigme en grandes majuscules :

Commensaux angoissés et piégés dans l'ambre ;
Tassilo et Pépère Gibbeux Baia gardent en sécurité le lieu du Hajj ;
La démarche du génie d'Ionia est une bataille de rivaux ;
Un trio de coins, le quatrième perdu, montrera la voie vers Frigisinga.

Ils commencèrent par dresser une liste de synonymes pour tous les mots qui pouvaient avoir deux ou plusieurs sens. Ils en comptèrent quinze : « angoissés », « commensaux », « piégés », « gibbeux », « gardent », « sécurité », « lieu », « Hajj », « génie », « chevauchée », « bataille », « rivaux », « trio », « montrera » et « voie ».

Sur cette base, ils formèrent une liste qui se composait de dizaines de mots. Ils les écrivirent à l'envers du tableau sous la forme d'un schéma évoquant une toile d'araignée dont les branches conduisaient aux fils, qui eux-mêmes renvoyaient à des points d'interrogation.

Ils se consacrèrent ensuite à des mots qui leur semblaient se rapporter à l'histoire : « ambre », « Tassilo », « Baia », « Hajj », « génie », « Ionia » et « coins ». Ils les inscrivirent eux aussi, dans des lignes et colonnes distinctes. Une fois cette tâche effectuée, ils se répartirent les mots et entamèrent des recherches virtuelles afin de découvrir des données historiques, qu'ils classaient selon leur pertinence.

Cinq mots – « ambre », « Tassilo », « Baia », « Hajj », génie » et « Ionia » – évoquaient des lieux, des gens ou des choses connus. L'ambre est une résine fossile utilisée en bijouterie ; « Tassilo » est le nom d'une longue lignée de rois bavarois ; le Hajj est le pèlerinage annuel des musulmans aux lieus saints de La Mecque ; « Baia », qui signifiait autrefois « temps », désigne une commune roumaine située sur les bords de la Moldova, et « Ionia » est une île grecque du nord de la mer Égée.

Malheureusement, tout comme les mots eux-mêmes, ces données se traduisaient par un amoncellement de faits, de doubles sens et de références croisées.

Sam et Remi ne s'accordèrent que le temps de boire, de manger un peu et de se rafraîchir dans la salle de bains attenante au bureau. Ils travaillèrent toute la matinée et jusqu'en fin d'après-midi, puis décidèrent de tenter une autre tactique. Ils se concentreraient sur une seule ligne de l'énigme à la fois, en espérant déclencher une réaction en chaîne, après en avoir trouvé la solution. Leur choix se porta sur la seconde ligne.

— *Tassilo et Pépère Gibbeux Baia gardent le lieu du Hadj en sécurité*, récita Remi en se tapotant la tempe d'un air absent avec un crayon. Pas de problème pour « Pépère », c'est un mot français familier pour « grand-père ».

— Exact. Et à moins qu'il nous manque des indications précises sur un autre sens éventuel, on peut supposer que « Tassilo » fait référence à la Bavière – à son histoire, sa culture, à des événements importants qui s'y sont déroulés. Bref, quelque chose de bavarois.

— Je suis d'accord. Et pour « Pépère Gibbeux Baia » ?

Ils avaient déjà consacré deux heures infructueuses à fouiller l'histoire de la Roumanie dans l'espoir de découvrir une révélation intéressante sur la région de Baia.

— Entre le deuxième quartier et la pleine lune, on dit que la lune est « gibbeuse », dit Sam.

— Tu es sûr de cela ?

— Oui, une lune gibbeuse est...

— Je te demande seulement si c'est l'unique signification du terme.

Sam réfléchit un instant et fronça les sourcils.

— C'est ce que je supposais, mais j'ai peut-être eu tort. (Il fouilla parmi les livres qui encombraient le bureau et dénicha enfin le dictionnaire qu'il cherchait. Il trouva la bonne page, lut une définition et fit claquer sa langue.) Sam, tu n'es qu'un âne.

— Ai-je bien entendu ?

— « Gibbeux » signifie aussi « bossu ». Donc, « gibbeux » et « Baia »...

Remi pianotait déjà sur les touches du clavier de l'ordinateur. Leurs références les plus approfondies provenaient de bibliothèques en ligne, mais leur point de départ par défaut restait la bonne vieille méthode des moteurs de recherche.

— Là... j'ai quelque chose, annonça-t-elle au bout de quelques minutes de lecture. « Hommes de Baia », traduction grossière du mot « Bavière ».

— Le bossu de Bavière ? suggéra Sam.

— Non, non, attends, répliqua Remi en tapotant sur son clavier... Tassilo III, roi de Bavière entre 748 et 787, est monté sur le trône de Bavière grâce à Pépin le Bref, père de Charlemagne et *grand-père* de Pépin *le Bossu* !

— Voilà enfin du solide, répondit Sam. Ce sont donc Tassilo et Pépin le Bref, grand-père du bossu, qui gardent le lieu du Hajj en sécurité.

— Le problème, c'est que je ne vois pas le moindre rapport entre eux, ni avec la Bavière ou La Mecque.

— Sans doute un synonyme, ou une métaphore, suggéra Sam.

— Oui, ou bien un objet ou un monument musulman en Bavière.

Sam, qui s'était installé devant le second ordinateur, fit une recherche rapide.

— Aucun résultat ne ressort vraiment. Allons, poursuivons. Essayons une autre ligne.

— Pourquoi ne pas reprendre au début ? *Commensaux angoissés et piégés dans l'ambre.* Nous avons déjà l'étymologie et les synonymes pour « angoissés », « ambre », « commensaux » et « piégés ». Comment ces notions peuvent-elles s'articuler ?

Sam se laissa tomber sur un siège et pencha la tête en arrière en se pinçant l'arête du nez entre le pouce et l'index.

— Je ne vois pas. Pourtant, cette ligne m'évoque quelque chose de familier.

— Quelle partie de la ligne ?

— Je ne sais pas. C'est là, devant moi, mais je n'arrive pas à le saisir.

Ils restèrent assis sans parler, chacun plongé dans ses pensées. Leur esprit jonglait avec toutes les connexions possibles entre les mots.

Enfin, Remi consulta sa montre.

— Il est presque minuit. Allons dormir, et nous verrons cela demain avec un regard neuf.

— Tu as raison. C'est frustrant. Je sais que quelque chose m'échappe, mais je ne parviens pas à mettre le doigt dessus.

*

Quatre heures plus tard, alors qu'ils se reposaient dans la suite réservée aux invités de la villa d'Yvette, Sam se redressa soudain tout droit dans le lit.

— J'y suis ! murmura-t-il.

Remi, qui avait le sommeil léger, se réveilla aussitôt.

— Quoi ? Que se passe-t-il ?

— Je crois que j'ai trouvé ce qui me trottait dans la tête.

Ils gagnèrent le bureau en pyjama et allumèrent les deux ordinateurs. Pendant vingt minutes, Sam tapa sur le clavier, inscrivit des adresses Internet et suivit des liens multiples, tandis que Remi l'observait, assise dans un fauteuil. Enfin, Sam se retourna et lui sourit.

— Cela vient d'un livre que j'ai lu à l'université : *The Days of the Upright*, écrit par un certain Owen Roche. Il explique l'origine du mot « huguenot ».

— Les protestants français, c'est bien cela ? Des calvinistes ?

— Oui. Un groupe assez important entre le XVIe et le XVIIIe siècle. Il existe d'ailleurs de nombreuses explications quant à l'origine du mot. Certains pensent que c'est une sorte de mot hybride, qui viendrait à la fois de l'allemand *Eidgenosse* qui signifie « confédéré », et de « Besançon Hugues », un personnage important des débuts du calvinisme.

« L'étymologie la plus communément admise par les historiens est celle du flamand *Huisgenooten*, ainsi que l'on appelait certains étudiants religieux des Flandres françaises. Les *Huisgenooten* se réunissaient en secret pour étudier les Écritures. Le terme peut se traduire de façon approximative par "commensal" ».

Remi regarda Sam en silence avant de réagir.

— Bravo, Sam, c'est brillant ! lança-t-elle enfin.

— Ce qui aurait été brillant, c'est de trouver ça dix-huit heures plus tôt !

— Mieux vaut tard que jamais. Donc, pas de doute, nous parlons bien de huguenots.

— De huguenots angoissés, corrigea Sam.

Remi se leva et s'approcha du tableau blanc. Elle traça un cercle au marqueur autour de la liste des synonymes du mot « angoissé ». Il y en avait des dizaines. Aucun rapport avec les huguenots ne leur sauta aux yeux.

— Bien, intéressons-nous à l'« ambre », dans ce cas, dit Sam. « Piégés dans l'ambre ». Comment peut-on se retrouver piégé dans de l'ambre ?

— Essayons ceci : qu'arrive-t-il lorsque l'on est piégé dans l'ambre ? suggéra enfin Remi.

— On meurt, proposa Sam.

— Mais avant cela, on est immobilisé.

— Comme figé sur place.

— Bien... Figé sur place... comme sur un instantané.

Sam, dont la tête reposait sur le dossier du fauteuil, se pencha en avant.

— Ou une peinture.

— Oui !

Sam fit tourner le fauteuil et se mit à taper sur les touches du clavier.

— Peinture... huguenots...

Il se pencha pour étudier les résultats.

— Tu trouves quelque chose ?

— Massacre, murmura-t-il.

— Comment ?

— Dans un sens, « massacre » s'accorde bien avec « angoisse », à défaut d'être un synonyme.

— C'est vrai.

— Et ceci : un tableau de François Dubois intitulé *Le Massacre de la Saint-Barthélemy.*

— Quel est le contexte ?

Sam se tourna à nouveau vers l'écran et étudia un instant l'article affiché.

— France, 1572... Entre le mois d'août et le mois d'octobre de cette année-là, résuma-t-il, des foules catholiques attaquèrent les huguenots à travers tout le pays. Entre dix mille et cent mille d'entre eux furent tués.

— Si ce n'est pas une situation angoissante, je me demande bien ce qui pourrait l'être, murmura Remi. Donc, si nous mettons cela en parallèle avec la Bavière...

— Tu pourrais tout aussi bien écrire aussi « Hajj », suggéra Remi. Et « Mecque », « pèlerinage », « Islam », « pèlerin », poursuivit-elle en lisant sur le tableau blanc.

Sam lança la recherche.

— Beaucoup de résultats, constata-t-il dans un murmure en faisant défiler la page, mais rien d'évident.

— Nous pouvons toujours enlever des mots, ou les placer dans un ordre différent.

C'est ce qu'ils firent. Enfin, alors que le soleil était sur le point de se lever, Sam fit une trouvaille intéressante en combinant « Saint-Barthélemy », « Bavière » et « pèlerin ».

— Que la lumière soit ! lança-t-il en souriant.

— Comment ? demanda Remi avant de se lever et d'examiner l'écran près de lui.

— Église de pèlerinage de Saint-Bartholomé, Bavière, Allemagne !

CHAPITRE 45

Schönau, Bavière

INCROYABLE, CHUCHOTA SAM.

Il s'avança avec Remi près de la rampe de bois du belvédère et contempla avec elle la vue en contrebas.

— Je suis sans voix, murmura Remi. Pourquoi avons-nous attendu tout ce temps avant de venir ici ?

— Je n'en ai pas la moindre idée, répondit Sam en soulevant son appareil photo.

— J'ai presque l'impression d'entendre la « Mélodie du bonheur », dit-elle en souriant.

Devant eux miroitaient les eaux émeraude du lac de Königsee. Flanqué de falaises de granit dominées par des forêts et des pics neigeux déchiquetés, le Königsee, véritable fjord, s'étendait du village de Schönau, au nord, jusqu'à l'Obersee, le « lac supérieur », huit kilomètres plus au sud. Autrefois séparé du Königsee par un glissement de terrain, l'Obersee était tapi à l'écart dans une vallée entourée de prairies alpestres peuplées de sources ruisselantes et de fleurs sauvages. La vue attirait les amoureux de la nature et les passionnés de photographie du monde entier. Un service de bateau permettait de se rendre de Schönau jusqu'à l'embarcadère de Salet, au bord de l'Obersee.

Si l'on exceptait le sillage occasionnel des quelques bateaux électriques qui sillonnaient le lac en silence, la surface de l'eau était d'un calme parfait, comme un miroir inondé de soleil sur lequel se reflétaient le gris, le vert et l'ocre des forêts et des falaises environnantes. Partout où se posait le regard de Sam et de Remi, un tableau idyllique s'offrait à eux.

L'église de pèlerinage de Saint-Bartholomé était nichée dans une clairière de la péninsule de Hirschau, aux deux tiers du parcours entre Schönau et Salet, là où le lac se rétrécissait pour former un passage d'à peine quelques centaines de mètres avant de s'élargir à nouveau et de virer au sud-est pour rejoindre l'Obersee.

Saint-Bartholomé se caractérisait par un étonnant mélange architectural. Une moitié de l'église évoquait un pavillon bavarois traditionnel, avec ses murs de stuc blanc, sa toiture de bardeaux en pente raide et ses lourds volets de bois peints en vert et en jaune. L'autre se composait d'un ensemble de trois dômes aux toits rouges au sommet desquels s'élançaient deux flèches, dont l'une était dépourvue d'ouverture ; la seconde, plus proche de la rive, offrait l'apparence d'un clocher plus traditionnel, avec un toit en arête pentu et des fenêtres en fente protégées par des volets.

— N'est-ce pas curieux de songer qu'Adolf Hitler adorait cet endroit ? demanda Remi.

Berchtesgaden, la principale commune du Königsee, abritait en effet la retraite montagnarde d'Adolf Hitler, son fameux « nid d'aigle ».

— Personne n'est complètement insensible à la beauté, répondit Sam, et lui pas plus qu'un autre, sans doute.

Sam et Remi étaient conscients de s'être lancés dans l'aventure un peu à l'aveuglette : qu'étaient-ils au juste venus chercher en ces lieux ? Ils n'avaient déchiffré que la première partie de la dernière énigme, mais s'étaient cependant sentis assez sûrs d'eux pour téléphoner à Selma et lui demander d'organiser pour eux le voyage de Monaco jusqu'en Bavière. En milieu de matinée, après avoir remercié Yvette pour son hospitalité et promis de revenir lui raconter la suite de leurs aventures, ils se rendirent à l'aéroport de Nice, prirent un vol pour Paris, et de là, gagnèrent Salzbourg, où ils louèrent une voiture pour franchir les cinquante kilomètres qui les séparaient de Schönau et du Königsee.

*

— À quelle heure part notre bateau demain matin ? demanda Remi.

— À neuf heures. Rappelle-moi de consulter la météo ce soir.

C'était la fin du printemps, mais le temps dans la vallée du Königsee restait très changeant, et en l'espace d'une heure, un chaud soleil pouvait fort bien céder la place à de menaçants nuages, voire à la neige. Le touriste avisé ne se séparait jamais de son pull et de son coupe-vent.

Compte tenu de la situation de l'église, on ne pouvait y arriver que par bateau, ou en passant à pied par les cols environnants. Cette seconde option les tentait, mais ils allaient devoir remettre la randonnée à une date ultérieure, faute de temps. Leur intrusion à Khotine leur avait donné une longueur d'avance sur Bondarouk mais, compte tenu des efforts déployés par leur ennemi pour retrouver la cave perdue et des ressources dont il disposait, leur avantage risquait de faire long feu. Ils ne décelèrent aucun signe de Kholkov ou de ses hommes, mais sans aller jusqu'à la paranoïa, un minimum de prudence s'imposait. Ils décidèrent de tenir pour acquis le fait d'être sous surveillance, au moins jusqu'au moment où ils auraient découvert ce que cachait l'église Saint-Bartholomé et pris le large. Leur passage à Khotine avait d'ailleurs sans doute enragé un Bondarouk déjà frustré par la lenteur de ses progrès. Si l'homme avait pu faire preuve d'une certaine « retenue », cette époque était révolue. Tout en le sachant capable de tout, ils étaient dans l'incapacité de prévoir les prochains mouvements du Turkmène.

*

Si le Königsee était un modèle de beauté et de grandeur alpestre, le village de Schönau méritait quant à lui le qualificatif de « pittoresque ».

Peuplé de cinq mille âmes et situé sur les deux berges de la rivière au lit semé de cailloux qui alimentait le Königsee, Schönau regorgeait de maisons et de boutiques semblables à des chalets, qui pouvaient toutes s'enorgueillir d'être des joyaux de l'architecture bavaroise. À l'est du port de Schönau s'étendait une ligne incurvée d'abris à bateaux qui paraissaient tout droit sortis d'un dépliant touristique.

Parée d'auvents rouge et blanc et de balcons fleuris, la façade de l'hôtel Schiffmeister était peinte de motifs rococo de couleur terre qui représentaient des spirales, des vignes et des fleurs entrelacées. Pendant que le voiturier s'occupait de leur véhicule et le chasseur de leurs bagages, Sam et Remi entrèrent dans le hall et se dirigèrent vers la réception. On les conduisit à leur suite, qui donnait sur les berges.

Ils prirent chacun une douche, s'emmitouflèrent dans les lourds peignoirs en tissu éponge de l'hôtel, puis commandèrent du café et s'installèrent sur le balcon pour admirer le lac. À l'ouest, le soleil sombrait derrière les montagnes ; l'air calme de la soirée commençait à fraîchir et le Königsee se parait de reflets dorés. Dans les rues et sur les trottoirs en contrebas, des touristes flânaient, admiraient les vitrines et prenaient des photographies du port.

Sam alluma son téléphone et se connecta au réseau satellitaire de l'hôtel.

— Des nouvelles de Selma, annonça-t-il.

Avec son efficacité coutumière, Selma avait rassemblé un dossier sur Xerxès Ier et la dynastie achéménide. Elle avait rédigé un fichier complet ainsi qu'une version abrégée. Sam transféra les deux sur le téléphone de Remi et ils passèrent une demi-heure à se documenter sur l'ancien roi perse.

*

Huitième souverain en titre de la dynastie achéménide, Xerxès Ier monta sur le trône à l'âge de trente-cinq ans. Il se montra vite à la hauteur de sa réputation guerrière, matant une révolte en Égypte, puis à Babylone, où il décréta l'abolition de l'empire babylonien et s'empara au passage de l'idole d'or de Bel-Marduk qu'il fit fondre, réduisant ainsi à néant les fondements spirituels de l'empire.

Deux ans plus tard, Xerxès tourna son courroux vers les Athéniens, qui s'étaient attiré les foudres de la dynastie achéménide à la bataille de Marathon en contrecarrant les efforts de Darius Ier pour s'emparer de la Grèce.

En 483 avant Jésus-Christ, Xerxès inaugura de façon spectaculaire ses préparatifs d'invasion de la Grèce. Il fit construire un pont qui enjambait l'Hellespont, puis creuser un canal navigable à travers l'isthme d'Athos.

Partis de Sardis, Xerxès et son armée forcèrent leur passage vers le nord par la Thrace et la Macédoine avant de livrer bataille contre le roi Léonidas et ses hoplites spartiates aux Thermopyles. Leonidas et ses hommes, en dépit de leur résistance acharnée, furent exterminés jusqu'au dernier. Désormais libre de ses mouvements, Xerxès continua à avancer vers le sud en longeant la côte jusqu'à Athènes, abandonnée par ses habitants, qu'il livra au pillage. Ce fut le point culminant de l'invasion de Xerxès ; peu après, il perdit une bonne partie de sa flotte à la bataille de Salamis, puis le gros de ses troupes terrestres au cours des batailles de Platées et du cap Mycale en 479 avant Jésus-Christ.

Xerxès laissa son armée sous le commandement de Mardonios, l'un de ses généraux, puis se retira à Persépolis, dans l'actuel Iran, où il termina ses jours dans un climat d'agitation politique. Il fut assassiné par le capitaine de ses gardes, peut-être à l'instigation de son propre fils Artaxerxès, qui monta sur le trône achéménide en 464 avant Jésus-Christ.

*

— Mon Dieu, que tout cela est compliqué, s'exclama Remi lorsqu'elle eut terminé sa lecture.

— Pas très sympathique, en tout cas, ce monsieur Xerxès.

— C'est rarement le cas chez ce genre de personnages, non ? répondit Remi en souriant.

— Tu as raison, reconnut Sam. Bien. Si nous devons rechercher dans la biographie de Xerxès un indice sur la quête de Bondarouk, je dirais que la première chose qui me vient à l'esprit, c'est cette idole de Bel-Marduk, mais l'histoire nous dit qu'elle a été fondue.

— Et si l'histoire se trompait ? Peut-être Xerxès a-t-il fait fondre une copie ? Il aurait filé avec l'original, et l'aurait perdu quelque part ?

— Possible. Tu as songé à d'autres possibilités ?

— Il semble que tout ait commencé à aller de travers pour Xerxès après son invasion de la Grèce. Il a abandonné le contrôle de son armée, il est rentré en Perse, puis s'est démené pendant quelques années avant d'être assassiné. Peut-être a-t-il perdu quelque chose pendant la campagne, une chose si importante que dans son propre esprit, son règne était condamné.

— Et Bondarouk pense qu'en retrouvant cet objet, il rétablira l'équilibre et mettra fin au sort funeste qui hante la lignée de Xerxès, conclut Sam.

— Tu l'as dit, notre valeur la plus sûre, si je puis dire, c'est Bel-Marduk, mais les historiens ont l'air de penser que la révolte babylonienne n'était pour Xerxès qu'une péripétie passagère.

— Et la révolte égyptienne ? Elle se situe à peu près à la même époque.

Remi poussa un soupir.

— C'est possible. Le problème avec l'histoire – et surtout l'histoire antique –, c'est que seuls les événements d'une importance capitale retiennent l'attention. Après tout, il existe peut-être quelque part, enfouie au milieu d'un texte oublié dans une quelconque bibliothèque ou dans un musée, une liste des trésors volés par Xerxès, avec leur emplacement.

— Eh bien c'est parfait ! répondit Sam en souriant. Par où allons-nous commencer ?

— Nous avons le choix : Le Caire, Louxor, Istanbul, Téhéran... Si on commence à creuser aujourd'hui, on trouvera peut-être quelque chose d'ici dix ou douze ans ?

— Voyons déjà si l'on peut rétrécir un peu notre champ d'investigations. Xerxès a régné pendant vingt ans. Il s'est lancé dans trois grandes campagnes : l'Égypte, Babylone et la Grèce. La campagne grecque était la plus importante des trois, et a constitué un tournant de son règne. Pourquoi ne pas nous concentrer sur la guerre gréco-perse et voir où cela nous mène ?

Remi réfléchit un instant, puis hocha la tête.

— Voilà qui me convient tout à fait.

Le téléphone de Sam l'avertit de l'arrivée d'un e-mail.

— Un message de Selma, annonça-t-il. « L'épisode de la fonte de l'idole de Bel-Marduk semble avéré. Il existe de nombreux témoignages venant à la fois des Perses et des Babyloniens. »

— Eh bien les dés sont jetés, conclut Remi. Ce sera donc la Grèce.

*

Sam et Remi passèrent encore une heure à étudier l'histoire de la guerre gréco-perse à l'époque de Xerxès, puis s'accordèrent une pause et allèrent dîner au restaurant de l'hôtel, sur la terrasse surélevée qui dominait le port plongé dans l'obscurité. Ils étaient affamés et firent honneur à la gastronomie bavaroise. Ils s'offrirent après le repas quelques chopes de *Weizenbier* glacée. Leur choix de boissons fraîches leur attira des regards curieux de la part d'un couple d'habitants de Schönau installés à une table proche. Sam se contenta d'un seul mot en guise d'explication – « Américains » – et l'affaire se conclut par des sourires et une tournée de bière.

Rassasiés et légèrement étourdis, Sam et Remi regagnèrent leur chambre, commandèrent du café et se remirent au travail.

— Il semble que le but de toute la campagne était en définitive de mettre Athènes à sac, dit Remi. C'était le siège du pouvoir grec.

— Les épisodes précédents, en Thrace et en Macédoine, n'étaient qu'un échauffement, approuva Sam. Mais la colère de Xerxès se tournait surtout contre Athènes. Je crois que nous pouvons hasarder une autre supposition : Xerxès a eu raison des Macédoniens en volant et en détruisant l'idole de Bel-Marduk. On peut penser qu'il a conçu des projets similaires concernant les Grecs.

Remi parcourut encore le rapport de Selma.

— Il me semble avoir vu quelque chose... ah, voici : Delphes.

— Comme dans « Oracle de Delphes » ?

— C'est cela. Xerxès s'y intéressait de très près.

« Situé sur les pentes du Parnasse, le sanctuaire de Delphes, dédié au dieu Apollon, était un ensemble de temples : l'antre corycien, la source Castalie, l'autel de Chios, le portique des Athéniens et le temple d'Apollon, où résidait l'oracle. On y trouvait également de nombreux trésors, des stades et des théâtres.

« À l'époque comme aujourd'hui, le temple de l'oracle delphique était sans doute le plus visité. On traversait même la Méditerranée pour consulter la pythie.

« Aujourd'hui, les scientifiques dénient à l'oracle ses pouvoirs magiques, et suggèrent que la transe apparemment omnisciente dans laquelle tombait la pythie était en fait due aux émanations de méthane, de dioxyde de carbone et de sulfure d'hydrogène qui s'échappaient de la roche, sous le temple.

Selon Sam et Remi, une attaque contre Delphes aurait été conforme au modus operandi de Xerxès. En pillant Delphes, il aurait ruiné à jamais le prestige et le pouvoir des dieux grecs, comme il l'avait fait à Babylone avec Bel-Marduk.

— Aussitôt après avoir écrasé les Spartiates aux Thermopyles, poursuivit Remi, Xerxès envoya un bataillon de sept mille hommes pour mettre Delphes à sac. Selon la légende, ils en furent empêchés par un opportun glissement de terrain provoqué par Apollon lui-même.

— Vrai ou non, on l'ignore encore, c'est du moins ce que m'ont appris mes cours d'histoire antique.

Remi hocha la tête.

— On en débat toujours. Très bien, continuons avec nos suppositions. Et si l'attaque de Xerxès n'avait pas été repoussée ? Qu'auraient-ils pu dérober, lui et ses hommes ?

— La pythie elle-même, mais c'est peu probable, à moins que Bondarouk ne se soit lancé à la poursuite d'un squelette. Peut-être l'Omphalos ?

L'Omphalos, ou « ombilic », était une pierre creuse en forme d'ananas. On le disait modelé d'après un rocher que Rhéa, mère de Zeus, aurait emmailloté d'un linge pour tromper le père de Zeus, Cronos, qui voulait tuer le nouveau-né dans un accès de jalousie.

Disposé à l'intérieur du temple delphique, l'Omphalos permettait une communication directe avec les dieux, mais là encore, les scientifiques affirment qu'il se contentait d'insuffler les gaz hallucinogènes dans les poumons de la pythie.

— Non, ça ne peut pas être l'Omphalos, dit Remi. De nombreux témoignages attestent sa présence après la guerre. Mais qui connaît la vérité ? Si les Britanniques, par exemple, avaient réussi à voler la Déclaration d'Indépendance pendant la guerre de 1812, le gouvernement américain aurait-il été prêt à le reconnaître ?

— Bonne question. Quoi d'autre ?

— Il existait de nombreux trésors à Delphes. Deux en particulier étaient des centres financiers importants : le trésor des Argiens et le trésor des Siphniens. Ces lieux avaient aussi une signification religieuse et culturelle, mais ils fonctionnaient surtout comme de petites banques, où l'on déposait de l'or et de l'argent.

Sam haussa les épaules.

— Tout cela est parfait, mais Kholkov affirmait qu'il s'agissait d'un héritage familial. En d'autres termes, quelque chose d'un peu plus personnel que le butin d'un braquage de banque.

— Il parlait aussi de « clore un cycle commencé il y a bien longtemps ». Ce qui semble évoquer une sorte de mission.

Sam hocha la tête et ne put s'empêcher de bâiller.

— Je crains que mon cerveau ne refuse tout effort supplémentaire. Et si nous arrêtions pour ce soir ? Nous reprendrons demain matin.

*

À cinquante kilomètres de là, Kholkov descendait de la passerelle d'un avion et gagnait le hall de l'aéroport. Il alluma son téléphone et consulta ses messages. Il s'arrêta soudain et examina l'écran. Les trois hommes qui l'accompagnaient s'immobilisèrent eux aussi.

— Que se passe-t-il ? demanda l'un d'eux.

Kholkov se contenta de sourire. Il s'approcha d'une petite table entourée de sièges et s'assit. Il sortit son ordinateur portable de sa sacoche, le mit en marche et tapa sur une série de touches.

— Je vous tiens, murmura-t-il soudain.

— Vous les avez trouvés ?

— Pas si malins que cela, les Fargo, après tout ! marmonna-t-il entre ses dents avant de lever les yeux vers ses compatriotes. Ils ne sont pas très loin d'ici, en Bavière. On y va !

CHAPITRE 46

ET VOUS ALLEZ MAINTENANT POUVOIR profiter de mes talents musicaux, annonça le capitaine. Sur votre droite, vous pouvez admirer le mur de l'écho.

Sam et Remi, de même que tous les touristes présents, se tournèrent sur leur siège pour regarder à tribord. Ils étaient à bord de l'une des dix-huit vedettes de la compagnie de navigation du lac de Königsee.

Une falaise couverte d'une épaisse végétation s'élevait de la surface du lac, à peine visible à travers la brume. Le capitaine sortit une trompette en cuivre poli de sous la console de pilotage, y appliqua ses lèvres et souffla quelques notes mélancoliques. Deux secondes s'écoulèrent en silence, puis le son revint, fidèlement restitué.

Les passagers applaudirent en riant.

— Mesdames, messieurs, mon solo de trompette n'est pas inclus dans le prix de votre billet, et c'est un travail qui donne soif. Au moment du débarquement, vous pourrez, si vous le souhaitez, déposer un peu de *Trinkgeld* dans la soucoupe que voici ou dans les récipients disposés près de la passerelle de débarquement. Ces dons seront répartis entre moi-même et les collègues, là-haut dans les montagnes, qui ont répondu à mon appel.

Les passagers éclatèrent de rire.

— Qu'est-ce que le *Trinkgeld* ? demanda l'un d'eux.

— De l'argent pour boire, bien sûr ! La trompette, cela assèche le gosier. Et maintenant, poursuivons notre croisière. Prochaine étape, l'église de pèlerinage de Saint-Bartholomé.

La navigation reprit son cours dans un silence presque complet, les moteurs électriques du bateau n'émettant qu'un discret bourdonnement accompagné du gargouillis de l'hélice. Ils glissaient le long du lac, et paraissaient suspendus dans la brume tandis que l'eau passait en sifflant sur les flancs du bateau. Le temps était beau et calme, mais frais, et le souffle de Sam et de Remi formait de petits nuages de vapeur à chaque expiration.

Ils s'étaient levés à six heures pour prendre un petit déjeuner léger avant de se remettre au travail. La veille au soir, avant de se coucher, ils avaient envoyé à quelques collègues et connaissances un courriel accompagné de trois questions : quels trésors étaient gardés à Delphes au moment de l'invasion de Xerxès ? Quel était leur emplacement actuel ? Existait-il des témoignages ou des récits indiquant que Xerxès aurait pu s'emparer d'un trésor à Delphes ou à Athènes ?

Une demi-douzaine de réponses les attendaient dans la boîte de réception de leur messagerie. La plupart d'entre elles se contentaient de suggérer de nouvelles recherches et des pistes encore inexplorées.

— Aucune réponse d'Evelyn pour l'instant, murmura Remi en parcourant les messages.

— Rappelle-moi... Evelyn... ?

— Evelyn Torres. Berkeley. Elle était il y a six mois encore l'adjointe du conservateur du musée archéologique de Delphes. Personne ne pourrait être mieux documentée qu'elle.

— En effet. Elle te contactera vite, j'en suis certain. (Sam prit au vol quelques photos du paysage. Lorsqu'il se retourna, Remi, le front plissé, examinait son téléphone mobile.) Que se passe-t-il ? Un problème ?

— Je m'inquiétais de savoir si Kholkov ne risquait pas d'apparaître à tout moment, et puis une question m'est venue à l'esprit : combien de fois l'avons-nous vu débarquer sans crier gare ?

Sam réfléchit un instant.

— Si l'on oublie la rivière Pocomoke... il y a eu Rum Cay, Marseille et l'île d'Elbe. Trois fois.

— Mais pas en Ukraine, ni à Monaco, ni ici, d'accord ?

— Touchons du bois.

— N'y compte pas trop.

— Que veux-tu dire ?

— Je n'en suis pas certaine, mais si j'ai bonne mémoire, il existe un point commun entre l'Ukraine, Monaco et ici.

— Je suis tout ouïe.

— Je n'y ai jamais utilisé ce téléphone ; nous nous sommes servis du téléphone satellitaire. Celui-ci, je ne l'ai même pas allumé jusqu'à hier soir... non, je me trompe. J'ai vérifié mes e-mails à Salzbourg.

— Tu es sûre ?

— Presque sûre. Tu crois qu'ils auraient pu le trafiquer ?

— Sur le plan technique, c'est possible, mais quand auraient-ils pu le faire ? Tu ne l'as jamais perdu de vue, n'est-ce pas ?

— Une fois. Je l'avais laissé dans notre chambre d'hôtel quand nous sommes allés explorer le Molch.

— Bon Dieu... Les autres fois – à Rum Cay, à Marseille et sur l'île d'Elbe –, est-ce que tu l'avais simplement allumé, ou est-ce que tu t'étais connectée à Internet ?

Le téléphone de Remi pouvait se connecter de deux façons différentes, soit par le réseau Edge intégré, soit avec les réseaux sans fil locaux.

— Les deux.

— Kholkov a pu y installer une puce. À chaque fois que tu l'allumais ou que tu te connectais au réseau, la puce localisait le signal GPS et le signalait à Kholkov.

Le visage figé, Remi laissa échapper un profond soupir.

— Tu crois que...

Elle était sur le point de se retourner vers les autres passagers, mais Sam l'arrêta.

— Nous verrons cela quand nous débarquerons. Quand l'as-tu allumé pour la dernière fois ? À l'hôtel ?

— Oui.

— Je n'ai vu personne nous suivre ce matin.

— Moi non plus, mais avec tous ces touristes, difficile d'en être sûrs.

— Et malheureusement, Schönau n'est pas une grosse agglomération. Avec seulement une demi-douzaine d'hommes, ils auraient très bien pu nous repérer de loin et nous voir embarquer.

— Qu'allons-nous faire ?

— Tout d'abord, sécuriser le fichier qui contient les énigmes et nos résultats de recherche, répondit Sam en mettant aussitôt ses propos en pratique. Nous ne pouvons pas nous permettre de laisser Kholkov s'en emparer.

Sam avait procédé à quelques modifications techniques sur leurs téléphones, ainsi d'ailleurs que sur la plupart des gadgets qu'ils utilisaient, et y avait ajouté un certain nombre d'applications, dont un fichier à effacement rapide. Une tentative d'ouverture sans mot de passe entraînait aussitôt la destruction de son contenu.

— Il ne nous reste plus qu'à espérer un miracle, dit Sam lorsque Remi eut déplacé ses données.

— C'est-à-dire ?

— Espérer que tu te trompes. Le problème, c'est que cela ne t'arrive pas très souvent. Montre-moi ton téléphone.

Remi le lui tendit. Sam sortit son couteau suisse de sa poche et se mit au travail.

*

— Et voilà, murmura Sam, la tête penchée sur le téléphone démonté de Remi.

Remi regarda à son tour l'appareil.

— Tu as trouvé quelque chose ?

À l'aide de la pince à épiler de son couteau suisse, Sam souleva une puce électronique de la taille de l'ongle du petit doigt de la carcasse du téléphone. Une paire de fils monofilament la reliait à la batterie.

— Voici le coupable, annonça Sam.

Par bonheur, le dispositif ne pouvait transmettre que lorsque le téléphone était allumé. Aucun signal ne viendrait donc avertir Kholkov de sa découverte. Sam détacha les fils et enfouit la puce dans la poche de sa chemise avant de procéder au remontage du téléphone.

Alors que la brume se dissipait peu à peu sous le ciel bleu ensoleillé, la vedette entama le contournement de la péninsule de Hirschau. L'église de Saint-Bartholomé apparut ; ses dômes en oignon rouge vif se dessinaient sous le soleil contre le granit veiné de neige des montagnes. L'église était située sur une prairie qui occupait seize hectares de terrain entre la rive et la forêt. Il y avait deux embarcadères, un pour les départs et les arrivées des touristes, et l'autre, plus près de l'édifice, servant d'abri à bateaux couvert. Une douzaine de dépendances de différentes tailles, simples cabanes ou granges de dimensions imposantes, toutes en bois grossièrement équarri, étaient posées sur les îlots de verdure et les sentiers sinueux qui parsemaient le terrain entre Saint-Bartholomé et la forêt.

Le capitaine fit le tour de l'embarcadère et attendit qu'un autre bateau déverse son chargement de touristes, puis il fit glisser la vedette le long du quai. Un homme d'équipage sauta sur la jetée et amarra les cordages de proue et de poupe avant de relever le garde-corps.

Sam et Remi débarquèrent en surveillant les passagers pour le cas où ils reconnaîtraient un visage. Ils s'arrêtèrent un instant le temps de déposer le *Trinkgeld* dans le récipient fixé à la cloison.

— Je n'ai vu personne, murmura Sam en offrant sa main à Remi après avoir mis le pied sur la jetée. Et toi ?

— Moi non plus.

Leur bateau était le second de la matinée. Les passagers du premier s'attardaient sur l'aire d'embarquement et autour du magasin de souvenirs, prenaient des photos et étudiaient des cartes. Sam et Remi longèrent la clôture de rondins qui entourait le terrain, examinant chaque visage avant que le groupe de visiteurs se disperse. Parmi les bavardages des touristes, Sam et Remi entendaient par bribes les explications des guides :

— Le début de la construction de l'église remonte au XIIe siècle. Saint Bartholomé était autrefois considérée comme le protecteur des paysans des Alpes et des filles de ferme...

« ... Jusqu'en 1803, le pavillon de chasse attenant à l'église était la retraite privée des princes-prévôts de Berchtesgaden, dont le dernier...

« ... Lorsque Berchtesgaden fut rattachée à la Bavière, le pavillon devint une résidence particulièrement appréciée des Wittelsbach...

Sam et Remi terminèrent leur circuit et revinrent vers l'embarcadère. Ils n'avaient repéré aucune présence inquiétante. À sept cents mètres de là, sur le fjord, deux nouveaux bateaux électriques s'apprêtaient à contourner la péninsule.

— Nous pouvons attendre ici et surveiller les passagers qui débarquent ; ou alors nous mêler aux visiteurs et rechercher des indices.

— Je n'ai pas très envie d'attendre, répondit Remi.

— Moi non plus. Allons-y.

Ils entrèrent dans la boutique de souvenirs, où ils choisirent deux sweat-shirts, un jaune pâle et un bleu foncé, sur un rayon, et deux chapeaux souples à bords tombants sur un autre. Ils réglèrent leurs achats et passèrent aux toilettes pour endosser leurs nouvelles tenues. Ces déguisements rudimentaires, noyés dans l'anonymat de la foule qui comptait maintenant plus de deux cents personnes, leur permettraient peut-être de passer inaperçus.

— Prête ?

— Autant qu'on peut l'être, répondit Remi en remontant ses cheveux auburn sous son chapeau.

Pendant les vingt minutes qui suivirent, ils arpentèrent la zone d'embarquement, prenant des photos du fjord et des montagnes.

— Je l'ai vu, lança soudain Remi.

— Où ? demanda Sam sans se retourner.

— Le bateau qui est train de virer avant d'accoster. Tribord, quatrième vitre vers l'arrière.

Sam se tourna et dirigea son appareil photo vers le fjord. Il réussit à prendre le bateau dans un coin du cadre sans paraître le viser. Il effectua un zoom, prit quelques clichés, puis baissa l'appareil.

— C'est bien Kholkov. J'en ai compté trois autres. Attends ici.

Les bords de son chapeau baissés sur les yeux, Sam regagna sans se presser la jetée.

— Hé, attendez une minute ! lança-t-il à l'employé qui s'apprêtait à larguer les amarres. J'ai oublié le *Trinkgeld*, ajouta-t-il en lui montrant un billet de dix euros.

— Je vous en prie, monsieur, montez.

Sam sauta à bord du bateau, laissa tomber le billet et la puce électronique dans la tirelire, puis revint sur la jetée. Un peu plus tôt, alors qu'il se changeait dans les toilettes, il s'était servi des étiquettes de prix des sweat-shirts pour coller une pile de montre à la puce. La pile n'activerait pas la puce plus de trente minutes, selon lui, mais ce serait toujours autant de gagné.

Il alla aussitôt retrouver Remi.

— Tu penses que ça va marcher ? lui demanda-t-elle.

— Ça marchera. Ils n'auront d'autre choix que de s'y fier. Mais nous ignorons comment réagira Kholkov.

*

Ils suivirent les touristes, dont une moitié environ suivait un circuit organisé, sur la large allée de graviers blancs qui menait à l'église. Pendant ce temps, Kholkov et trois hommes débarquaient.

— Tu penses qu'ils sont armés ? demanda Remi.

— Je serais prêt à le parier.

— Nous pourrions trouver quelqu'un, voir s'il y a un service de sécurité quelque part.

— Je ne tiens pas à ce que quelqu'un se retrouve sur le chemin de Kholkov. Qui sait comment il réagirait ? Et puis nous avons encore un temps d'avance, autant ne pas le gaspiller. Terminons ce que nous sommes venus faire, trouvons ce que nous cherchons et partons.

— Très bien, répondit Remi. Revenons à l'énigme. Nous avons déchiffré la première moitié, ce qui nous laisse deux lignes : La démarche du génie d'Ionia est une bataille de rivaux et Un trio de coins, le quatrième perdu, montrera la voie jusqu'à Frigisinga. Il y a quelque chose dans la première qui m'évoque un souvenir.

— C'est-à-dire ?

— Un fait historique, je crois, une connexion qui m'échappe.

Ils entendirent soudain une voix derrière eux :

— Excusez-moi, je vous prie... Je vous demande pardon.

Ils se retournèrent et virent une femme avec des béquilles qui tentait de les dépasser. Ils firent un pas de côté, et la femme les remercia en souriant. Les yeux de Remi s'étrécirent tandis qu'elle l'observait.

— Je connais ce regard, dit Sam. Que la lumière soit !

Remi hocha la tête, le regard toujours fixé sur la femme.

— Ses béquilles. Celle de droite est réglée un cran plus bas.

— Et ?

— Voyons les choses autrement : sa démarche n'est pas une « bataille de rivaux », répondit Remi, tandis que son visage s'épanouissait. C'est ça ! Viens ! (Elle se mit à dévaler l'allée jusqu'à l'endroit où elle s'élargissait devant l'église. Elle s'arrêta à la clôture, s'assura qu'aucune oreille indiscrète ne traînait à proximité, puis tapota l'écran de son téléphone à écran tactile.) Là ! Je l'ai ! As-tu entendu parler le la Dodécapole Ionienne – une confédération d'États formée dans la Grèce antique lors du conflit avec la ville de Mélia ?

— Oui, en effet.

— L'île de Samos faisait partie de cette ligue. C'était aussi le lieu de naissance de Pythagore, le « génie de Samos ». Tu sais bien, le père du triangle.

— Je ne te suis toujours pas.

— Les béquilles de cette femme... l'une plus courte que l'autre. Si l'on fait un petit effort d'imagination, elles forment un triangle scalène – deux côtés inégaux.

Sam commençait à saisir.

— Pythagore était le père du triangle isocèle – deux côtés égaux.

— *Sa démarche une bataille de rivaux*, cita à nouveau Remi.

— Nous recherchons donc un triangle isocèle.

— C'est cela. Il porte sans doute la marque de la cigale de Laurent. Il nous reste encore une ligne : *Un trio de coins, le quatrième perdu, montrera la voie jusqu'à Frigisinga.*

Sam jeta un coup d'œil par-dessus son épaule et observa la foule jusqu'à ce qu'il aperçoive Kholkov, qui faisait les cent pas sur l'aire d'embarquement. Ses hommes ne devaient pas être loin. Il s'apprêtait à se détourner lorsqu'il vit le Russe extraire un téléphone de sa poche, examiner l'écran, lever la tête, puis regarder autour de lui et faire signe à quelqu'un dans la foule. Dix secondes plus tard, ses trois compagnons étaient rassemblés près de lui. Après une brève conversation, deux d'entre eux se mirent à courir vers l'embarcadère. Kholkov et son dernier acolyte prirent le chemin de l'église.

— Ils ont mordu à l'hameçon, constata Remi.

— Pas tout à fait. C'est ce que je craignais. La question est : quand se rendra-t-il à l'évidence ?

— Quelle évidence ?

— Le fait qu'il nous a piégés. Tout ce qu'il lui reste à faire, c'est surveiller l'embarcadère et attendre notre retour.

CHAPITRE 47

Coin..., murmura Remi, qui pensait à voix haute tout en marchant. Trois possibilités. Un coin, ou une cale, qui sert à maintenir les blocs de caractères d'une imprimerie ; une cale utilisée pour lever l'affût d'un canon ; une pierre angulaire, terme d'architecture. Ce doit être cela, je ne vois pas en quoi cela pourrait concerner l'imprimerie ou l'artillerie.

Sam hocha la tête d'un air absent, une partie de son attention distraite par la surveillance de Kholkov et de son compère. Les deux hommes étaient à mi-chemin de l'église ; ils tournaient la tête dans toutes les directions pour repérer leurs proies.

Remi poursuivait ses réflexions.

— Je vois pas mal de coins par ici, mais je suppose qu'il ne s'agit pas d'un de ces bâtiments en bois.

Sur leur gauche, la clôture de rondins cédait la place aux tables et aux parasols d'un *Biergarten* bordé d'une haie. Un orchestre de cuivres bavarois jouait des airs de flonflons tandis que les clients frappaient des mains en rythme et reprenaient les refrains en chœur. Sam et Remi dépassèrent l'établissement et firent le tour de la partie de l'église qui ressemblait à un chalet de bois pour se diriger vers la pelouse située au nord.

— Un canon, dit soudain Sam en s'arrêtant de marcher. Du moins, cela y ressemble un peu.

Remi suivit du regard la direction qu'indiquait son bras tendu. À trente mètres de là, au milieu de la pelouse, se trouvait un socle sur lequel trônait la statue d'un sextant, outil traditionnel de navigation utilisé pour définir l'altitude du soleil au-dessus de l'horizon. La plupart des sextants ne sont guère plus grands qu'un livre relié ouvert, mais celui-ci était de dimensions quatre ou cinq fois supérieures, soit environ un mètre vingt de côté. Son télescope d'une taille incongrue évoquait le canon d'un tromblon.

Sam et Remi s'approchèrent. Il y avait peu de monde, car la plupart des touristes ne s'écartaient pas des allées de graviers et concentraient toute leur attention sur l'église, les montagnes ou le fjord.

— On voit une inscription, remarqua Remi. Elle est rédigée en allemand.

Sam se pencha pour l'examiner et traduisit :

PRÉSENTÉ AU MOIS D'AOÛT 1806 À L'ÉLECTEUR MAXIMILIEN Ier JOSEPH, DE LA MAISON DE WITTELSBACH, MEMBRE DE LA CONFÉDÉRATION DU RHIN ET ROI DE BAVIÈRE, PAR NAPOLÉON Ier, EMPEREUR DES FRANÇAIS.

— Si ce n'est pas un indice, cela y ressemble beaucoup, commenta Remi. Oh, ici, Sam, regarde ! ajouta-t-elle en s'agenouillant.

Sam s'approcha d'elle. La partie inférieure du sextant se composait d'un bras conçu pour glisser le long d'un arc gravé d'encoches, chacune indiquant un soixantième de degré. Une petite ouverture dans le bras montrait la position actuelle : soixante-dix.

— Ce n'est pas un trio, déplora Remi. Si seulement il était réglé sur trois !

Sam l'attrapa soudain par le bras. Ensemble, ils firent le tour du piédestal, qui se trouvait maintenant entre eux et l'église. À travers les bras du sextant, il aperçut Kholkov et ses hommes qui marchaient sur l'allée en direction des dépendances proches des arbres.

— C'est peut-être le cas, dit Sam. Essayons de penser autrement. Si le sextant est notre canon et si les encoches sont nos « coins », alors cette partie de l'énigme de Laurent ne peut se comprendre que sur le plan métaphorique.

— Je t'écoute.

— Souviens-toi de cette ligne : *Un trio de coins, le quatrième perdu, montrera la voie jusqu'à Frigisinga.* Cela suggère qu'un quatrième coin complèterait l'ensemble. Avec un ensemble complet, quel pourcentage as-tu ?

— Cent pour cent.

— Et chaque coin représenterait un quart du total. Combien y a-t-il d'encoches sur l'arc ?

Remi vérifia.

— Cent quarante-deux.

Sam se livra à un rapide calcul mental :

142 / 4 coins = 35,5
35,5 x 3 coins = 106,5

— Parfait, et si nous levons le « canon » à cent six degrés...

Ils s'accroupirent derrière le sextant et imaginèrent le télescope dans cette nouvelle position. Il était braqué directement sur le clocher le plus proche de la rive, au-dessus des dômes en oignon.

— C'est ce qui s'appelle taper dans le mille, lança Remi, mais toujours sur le plan métaphorique, cela va de soi !

— Pythagore nous a rendu service, on dirait, répondit Sam. Tout au moins, je l'espère.

*

Ils avaient à peine franchi une dizaine de pas en direction de l'église qu'une voix résonna dans un haut-parleur, d'abord en allemand, puis en anglais :

— Votre attention s'il vous plaît, mesdames et messieurs ! Nous sommes désolés pour le dérangement occasionné, mais nous venons d'être prévenus de l'imminence d'un orage. Nous sommes dans l'obligation de fermer le site plus tôt que prévu, en raison de possibles vents violents. Veuillez regagner immédiatement et dans le calme l'aire d'embarquement et suivre les indications qui vous seront données par le personnel. Nous vous remercions.

Des voix déçues s'élevèrent autour de Sam et de Remi. Les parents appelaient leurs enfants. Les visages se levaient vers le ciel bleu.

— Je ne vois aucun...

— Là-bas, répondit Remi.

Venant du sud-ouest, un mur étroit de nuages noirs violacés s'avançait au-dessus des pics montagneux. Il se mit à rouler comme une vague au ralenti le long des pentes, vers le fjord.

Les touristes se mirent en route vers les embarcadères ; certains marchaient, d'autres commençaient à courir. Les membres du personnel, en chemises bleu ciel, faisaient office de bergers, encourageant les traînards et aidant les parents à rassembler leur progéniture.

— Je ne sais pas ce que tu en penses, dit Sam, mais je ne tiens pas à...

— Moi non plus. Restons. Il faut nous cacher quelque part.

— Viens.

Remi sur ses talons, Sam se hâta vers la rive, là où le sentier bifurquait vers la forêt à gauche et vers l'embarcadère à droite. Ils prirent à gauche et se mirent à courir, croisant au passage une douzaine de touristes qui allaient en sens inverse. L'un d'eux, un homme qui emmenait avec lui deux enfants en bas âge en shorts de cuir, s'adressa à Sam en allemand.

— Vous allez dans la mauvaise direction ! L'embarcadère est de ce côté !

— J'ai dû laisser tomber mes clefs de voiture, lui répondit Sam. Nous arrivons tout de suite.

Une minute plus tard, Sam et Remi franchissaient le premier rideau d'arbres. Le sentier s'incurvait sur la gauche, vers les dépendances, mais ils continuèrent tout droit, passèrent sous la clôture et s'enfoncèrent dans les sous-bois, où ils s'installèrent sous les branches d'un pin. Des nuages de plomb recouvraient la péninsule et voilaient le soleil.

Ils contemplèrent à travers les arbres le spectacle des touristes qui se pressaient sur les sentiers et les pelouses pour regagner l'embarcadère. Peu de temps après, ils aperçurent l'un des bateaux électriques qui remontait le fjord, croisant deux autres venant du nord. Leurs étraves fendaient de petites vagues couronnées d'écume.

La cacophonie de voix s'évanouit peu à peu. Seul le vent sifflait à travers les arbres et l'on entendait encore quelques rares cris étouffés.

— Tout le monde à bord !

Les haut-parleurs finirent eux aussi par se taire.

— Il commence à faire froid, constata Remi en se frottant les bras.

Sam, qui avait pris soin de suivre les conseils de leur guide touristique, sortit les coupe-vent et les bonnets de leur sac à dos. Remi enfila ses vêtements et enfouit ses mains sous les manches de son sweat-shirt.

— Tu crois qu'ils sont partis avec les autres ?

— Cela dépend de ce que croit Kholkov. Le plus sûr pour lui consistait à attendre le dernier bateau et à nous rechercher parmi la foule.

— Je crois tout de même que nous devrions envisager le pire.

— Je suis d'accord avec toi.

*

Ils attendirent une bonne heure après que le dernier bateau eut disparu du fjord. Le vent chargé de gros flocons de neige soufflait en rafales en secouant le feuillage des arbres. Des pommes de pin tombaient sur le sol et les feuilles volaient à travers le sous-bois. La neige commençait à s'amasser autour des troncs et sur l'herbe, mais elle fondait au premier contact avec les allées gravillonnées chauffées par le soleil, formant des vrilles de vapeur vite balayées en minuscules tourbillons par le vent.

— Essayons de trouver un endroit où nous réchauffer, suggéra Sam.

Ils reprirent le sentier et le suivirent jusqu'à une clairière où ils découvrirent un chalet de rondins au toit bas mansardé et aux fenêtres de verre dépoli. Sur le mur de derrière, un escalier extérieur grimpait jusqu'à une porte. Sam et Remi montèrent les marches et appuyèrent sur la poignée. La porte n'était pas verrouillée. Ils pénétrèrent dans un grenier où un balcon surplombait le niveau inférieur. Il y faisait sombre, et seule une lueur grise filtrait par les vitres ternies.

— Ce n'est pas le Ritz, mais au moins, nous sommes à l'abri du vent, jugea Sam.

— Le confort est une notion relative, sourit Remi en débarrassant son coupe-vent des flocons de neige.

Ils s'assirent dans un coin de la pièce.

*

Ils attendirent assez longtemps, espéraient-ils, pour que les derniers membres du personnel aient pu embarquer à bord de l'ultime bateau en partance pour Schönau. Sam et Remi ignoraient si des agents de service étaient restés sur place, mais ils n'y pouvaient rien et agiraient au mieux si le problème devait se poser. Dehors, le vent s'était calmé pour laisser la place à une forte chute de neige. Les branches des pins venaient gratter les flancs du chalet, semblables à des doigts squelettiques.

Remi tourna soudain la tête, comme si elle venait d'entendre quelque chose.

— *Quoi ?* articula Sam.

Remi posa son index sur ses lèvres et désigna la fenêtre. Sam dressa l'oreille lui aussi. Des pas faisaient craquer la neige. Puis le silence. Et un bruit de bottes sur du bois. Quelqu'un montait les marches de l'escalier extérieur. Sam se leva, rampa jusqu'à la porte, la verrouilla, puis revint vers Remi. Quelques secondes plus tard, la poignée grinça, puis émit un cliquetis de ferraille. Les pas redescendirent l'escalier, puis écrasèrent à nouveau la neige.

Une porte s'ouvrit à l'étage inférieur.

Remi se serra contre Sam, qui lui passa le bras autour des épaules.

Des pas, encore une fois. Deux personnes, qui s'arrêtèrent soudain. Le rayon d'une lampe balaya le plafond, parcourut la longueur du balcon, puis s'éteignit.

— Ohé, il y a quelqu'un ? cria une voix en allemand. Nous faisons partie du personnel du site.

Remi croisa le regard de Sam. Ses lèvres formèrent quelques mots. Sam secoua la tête.

— *Kholkov*, souffla-t-il.

— Il n'y a personne ? Le site a été évacué en raison de la tempête, lança Kholkov, toujours en allemand. Personne. Allons vérifier les autres dépendances, ajouta-t-il au bout de quelques secondes.

Les pas résonnèrent une fois de plus, puis la porte du rez-de-chaussée se referma.

Sam leva la main vers Remi et mit un doigt devant ses lèvres.

Une minute s'écoula. Puis deux. Puis cinq.

Ils entendirent le son étouffé de semelles qui frottaient contre le bois du plancher.

— Ils ne sont pas ici, dit Kholkov en anglais.

— Qu'est-ce qui vous fait croire qu'ils sont restés sur le site ? demanda l'autre voix.

— C'est ce que j'aurais fait à leur place. Et je sais comment ils réagissent. Ils sont beaucoup trop entêtés pour se laisser décourager par une simple tempête. Allons-y.

La porte s'ouvrit, puis se referma. Les pas firent encore crisser la neige avant de s'éloigner. À quatre pattes, Sam s'approcha du balcon et jeta un coup d'œil en contrebas. Il se tourna vers Remi, pouce levé.

— J'ai le cœur qui bat la chamade, chuchota-t-elle.

— Bienvenue au club.

— Nous allons devoir faire attention à nos empreintes.

— Eux aussi. Et d'ailleurs, nous allons nous servir de celles qu'ils ont laissées, tant qu'elles sont fraîches.

CHAPITRE 48

Sam et Remi se glissèrent dehors par la porte entrouverte, descendirent les marches et suivirent les empreintes de Kholkov hors de la clairière, en s'arrêtant tous les trois mètres pour écouter et regarder autour d'eux. Leur prudence était peut-être excessive, mais ils n'oubliaient pas que Kholkov était un professionnel. Les chances qu'il ait fait demi-tour pour leur tendre une embuscade étaient bien réelles. La solution idéale, pour Sam et Remi, consistait à localiser le Russe et son acolyte, et à ne pas les perdre de vue, tout en restant eux-mêmes cachés.

Le temps n'allait pas leur faciliter la tâche. La neige tombait de plus en plus fort et la visibilité s'était réduite. Déjà, les traces de pas des deux hommes se remplissaient de neige fraîche. Au bout de quinze minutes de parcours entrecoupé d'arrêts, ils atteignirent un carrefour de sentiers. Celui de droite et celui de gauche aboutissaient à une paire de chalets en stuc et en bois ; celui sur lequel ils se trouvaient continuait jusqu'à une dépendance qui ressemblait à une grange. Au-delà, à peine visible à travers les flocons, se dressait le toit sombre du pavillon attenant à l'église.

Un bruit étouffé leur parvint de la gauche : une porte se refermait.

Courbés en deux, ils s'écartèrent du sentier et se mirent à plat ventre dans le sous-bois. Dix secondes plus tard, deux silhouettes rendues floues par la neige apparurent sur le sentier de gauche, traversèrent l'intersection à pas lourds et disparurent parmi les arbres en direction de l'autre chalet. Des charnières grincèrent quelques instants plus tard.

Sam regagna le sentier, rampa jusqu'au carrefour et jeta un coup d'œil à droite. Il se retourna et fit signe à Remi d'avancer. Ils coururent vers le chalet que Kholkov venait de quitter, se glissèrent à l'intérieur et fermèrent la porte derrière eux. Sam alla à la fenêtre et s'agenouilla pour surveiller l'extérieur. Remi le rejoignit.

Dix minutes s'écoulèrent. Soudain, Kholkov et son partenaire émergèrent de la neige et tournèrent à droite au croisement, vers le pavillon de l'église. En quelques secondes, ils disparurent parmi les flocons.

— Combien de temps devons-nous attendre ? demanda Remi.

Sam extirpa la brochure touristique de sa poche et consulta le plan du site.

— Il existe encore un bâtiment entre ici et l'église. L'ont-ils déjà fouillé ou non, c'est la question mystère.

— Nous pouvons sortir et espérer les voir avant qu'ils nous repèrent.

— Peut-être, murmura Sam, dont le regard devint soudain distant. Et peut-être pas. (Il fouilla dans son sac à dos pour en extraire son appareil photo. L'écran afficha les photographies qu'il avait prises sur le site. Il les examina une par une.) Celle-ci, dit-il à Remi en lui tendant l'appareil. Je l'ai prise au moment où nous contournions la jetée.

C'était la photographie d'un abri à bateaux. À travers ses portes à deux battants entrouvertes, on apercevait le museau blanc d'un hors-bord.

— Sans doute un canot qu'ils utilisent en cas d'urgence, jugea Remi. J'en vois deux autres derrière celui-là.

Sam ne répondit pas. Il se contenta de hocher la tête avec un sourire de conspirateur.

— Je connais cette expression, dit Remi. Les rouages du cerveau de monsieur sont en pleine action. Dis-moi tout.

— On va leur jouer un petit tour à la MacGyver et les lancer sur une fausse piste.

— Question ruse, tu ne trouves pas que c'est un peu transparent ?

— Peut-être, mais ils se retrouveront tout de même devant un vrai dilemme : nous suivre, se séparer, ou rester et attendre. Ils ne peuvent pas prendre le risque de ne pas nous suivre, au cas où nous serions vraiment en train de fuir. Quel que soit leur choix, nos chances n'en seront que meilleures.

*

Ils se faufilèrent dehors et suivirent les traces du Russe et de son compagnon jusqu'au sentier, puis prirent à gauche. Un peu plus loin, l'allée se divisait pour contourner, de part et d'autre, la dernière dépendance avant l'église. La neige duveteuse s'était vite amoncelée et une couche épaisse recouvrait l'herbe. Les arbres se paraient de poudre blanche. Le printemps alpin se transformait en féérie hivernale.

Les traces de Kholkov allaient vers la droite, aussi Sam et Remi se dirigèrent-ils vers la gauche, plaqués contre le mur du bâtiment dont ils longèrent la façade en se baissant à chaque fois qu'ils passaient devant une fenêtre. Ils s'arrêtaient fréquemment, l'ouïe et le regard à l'affût. Enfin, ils s'immobilisèrent en arrivant au coin. Devant eux se trouvait le pavillon rattaché à l'église. Sur leur droite, la clôture de rondins, la pelouse et l'allée qui menait à l'embarcadère. À gauche, ils apercevaient le sextant et, au-delà, le fjord voilé par la neige et la brume.

Remi se figea soudain et tira sur la manche de Sam. Elle désigna d'un geste du menton le mur derrière eux. La paume contre le bois, elle articula le mot « vibration ». Sam pressa l'oreille contre le mur. Des pas résonnaient sur un parquet. Une porte s'ouvrit en grinçant. Sam avança la tête, puis recula aussitôt et s'aplatit contre le mur. Remi l'imita.

Quelques instants plus tard, Kholkov et son homme de main apparurent sur le sentier qui conduisait au pavillon de l'église. Sam et Remi attendirent qu'ils aient franchi la porte aménagée à l'arrière du bâtiment, puis s'élancèrent avant de s'accroupir pour se glisser dans la remise à bois ouverte qui se trouvait près de la porte.

— Donnons-leur une minute, murmura Sam. S'ils ont déjà fouillé l'église, ils ressortiront vite. Sinon, je vais courir jusqu'à l'abri à bateaux.

— Et moi, qu'est-ce que je vais faire pendant ce temps ? Rester assise ici ?

— Plus ou moins, oui.

— Oublie ça.

Sam l'attrapa par la main.

— Dès que je serai parti, rassemble des bûches et cache-toi derrière. Si on y va ensemble, nous aurons deux fois plus de risques d'être repérés.

— Alors nous allons courir vite, répliqua Remi en se levant. Tu viens ?

— Très bien, j'ai compris, répondit Sam avec un soupir.

Ils se mirent à courir, tête baissée, les pieds à plat dans la neige. Ils firent le tour de l'église par la gauche, bien à l'écart de l'allée de graviers. Lorsqu'ils atteignirent l'endroit où le mur de bois rejoignait le stuc blanc des dômes en forme d'oignon, ils le suivirent jusqu'au début du sentier qui conduisait à la rive. L'abri à bateaux était devant eux, à moins de vingt mètres.

La porte était ouverte.

Ils perçurent des mouvements à l'intérieur, dans la pénombre. Kholkov sortit, suivi par son partenaire. Les deux hommes regardèrent autour d'eux en parlant et en désignant les différents points du site. Enfin, Kholkov désigna l'embarcadère et ils partirent tous deux dans cette direction. Sam et Remi attendirent qu'ils aient franchi la moitié du chemin avant de s'élancer et de s'introduire dans l'abri.

Il était divisé en trois box d'arrimage en planches suspendus par des câbles aux chevrons de la toiture. Chacun contenait un canot Hans Barro blanc. Les portes donnant sur le lac étaient fermées par un cadre métallique muni de barres verticales et horizontales.

Sam descendit le long du ponton central, releva le cadre et entrouvrit les portes d'une dizaine de centimètres. Une rafale d'air glacé s'engouffra à l'intérieur.

— Regarde si tu vois des clefs, murmura Sam.

Ils vérifièrent chaque bateau. Aucune clef sur les démarreurs.

— Voilà qui explique ce que faisait Kholkov ici, dit Remi. Il voulait nous couper la retraite. Ou alors le personnel les range ailleurs.

— Quelque chose me dit qu'il ne devait pas compter que sur l'absence de clefs pour nous empêcher de partir.

Sam souleva l'un après l'autre le capot de chacune des embarcations et examina le moteur. Un fil avait été ôté du solénoïde de démarrage.

— Il ne s'est pas contenté de couper, fit remarquer Remi en regardant par-dessus son épaule, il l'a carrément enlevé.

— À malin, malin et demi, murmura Sam.

Depuis qu'il était assez grand pour pouvoir manier un tournevis, Sam n'avait jamais cessé de bricoler, en commençant par le grille-pain de sa mère lorsqu'il n'était âgé que de cinq ans. Ses diplômes et son expérience n'avaient fait que renforcer ses dispositions naturelles.

— Surveille l'extérieur, dit Sam.

Remi gagna la porte et se mit à genoux pour jeter un coup d'œil entre les charnières et les montants de porte.

Sam monta à bord du bateau du milieu, alluma sa lampe, puis la serra entre ses mâchoires et se recroquevilla pour accéder sous la console.

Le système électrique du tableau de bord n'avait rien de complexe ; les câbles étaient rassemblés et cachés derrière un panneau en plastique sous la barre. Très vite, Sam repéra les fils du système de démarrage, ceux des phares, de la sirène et des essuie-glaces. Quatre petits coups de ciseaux de son couteau suisse lui suffirent pour obtenir deux fils, qu'il dénuda et replia à leur extrémité. Il relia le premier au solénoïde et empocha le second.

— Quoi d'autre ? murmura Sam d'un ton distrait. Quelque chose de facile, mais pas trop évident tout de même.

— Ce n'est pas à moi qu'il faut demander cela, mais tu vas bien trouver le moyen de leur jouer un vilain tour, non ?

— Comme une bombe, par exemple ? J'aimerais bien, mais je n'ai pas ce qu'il faut sous la main.

Sam poursuivit ses recherches. Il lui fallut deux minutes pour trouver ce qu'il cherchait : un balai tordu à l'intérieur de l'alternateur. Il le remit à son emplacement d'origine.

Satisfait d'avoir pu découvrir toutes les modifications apportées par Kholkov, il replongea sous le tableau de bord, trouva les fils de démarrage, les dénuda à leur tour et les laissa pendre. Il ressortit de sous la barre et grimpa sur le ponton. Il repéra vite, accroché à un panneau alvéolé, ce dont il avait besoin : un tendeur élastique muni d'un crochet à chaque bout. Il en fixa une extrémité au volant, et l'autre à la manette d'accélération, qu'il bloqua en position maximum. Il défit ensuite les amarres de proue et de poupe qu'il laissa tremper dans l'eau.

Restait la partie la plus délicate du dispositif : le timing.

— Et de ton côté ? demanda-t-il à Remi.

— Aucun signe de leur présence.

Sam la rejoignit. L'aire d'embarquement semblait perdue sous la neige. Il éloigna Remi de la porte.

— Dès que tu entendras le moteur démarrer, file tout de suite. Reviens sur nos pas et nous nous retrouverons à la remise à bois.

— Très bien, répondit Remi en se mettant en position près de la porte.

Sam revint au bateau et s'enfouit à nouveau sous la console.

— Croisons les doigts, murmura-t-il.

Il saisit les fils du démarreur et les rassembla en tortillon. Il y eut une étincelle, puis un bruit sec. Sam ressortit de sous le tableau de bord en se contorsionnant, sauta sur le ponton et courut vers la porte.

— Go ! lança-t-il à Remi.

Le moteur démarra dans un gargouillis. Une fumée grise jaillit des collecteurs d'échappement et envahit l'abri. Sous la poupe, l'eau se changea en écume et l'embarcation bondit en avant à travers les portes, puis disparut sous la neige.

— Bon voyage et bon vent, dit Sam, qui déguerpit aussitôt à toutes jambes.

CHAPITRE 49

IL AVAIT À PEINE COURU trois foulées lorsqu'une une voix étouffée par la neige lui parvint, venant de sa gauche.

— Par là !

Ignorant si le cri se référait à lui ou au bateau, Sam vira à droite, suivit la courbe du bâtiment, puis se lança sur la pelouse vers la statue du sextant. Si c'était lui que Kholkov et son compère poursuivaient, il ne voulait à aucun prix les conduire à Remi.

Lorsqu'il aperçut le sextant devant lui, il se laissa tomber tête la première et fit une glissade qui le mena derrière la statue. Il se tourna de côté et regarda le chemin qu'il venait de parcourir. Il entendit bientôt des pas sur le gravier. À travers les rafales de neige, il vit deux silhouettes apparaître au coin du bâtiment et entrer dans l'abri à bateaux. Combien de temps faudrait-il à Kholkov pour réparer les dégâts de son propre sabotage ? Le fil du solénoïde ne lui prendrait qu'une minute, mais il allait aussi devoir remettre le balai et le volant d'alternateur en place. Plus il perdrait de temps, plus il aurait de mal à retrouver le bateau manquant.

Une minute s'écoula. Puis deux. Enfin, un moteur gronda et monta en régime. Au bout de quelques secondes, le bruit s'estompa tandis que le bateau s'éloignait sur le lac. Sam se leva, rejoignit l'arrière de l'église. Il trouva Remi accroupie dans la semi-pénombre de la remise à bois.

— J'ai entendu, lui annonça-t-elle. Mais combien de temps cela va-t-il nous faire gagner ?

— Dix ou quinze minutes au moins. Avec la neige et le vent, il leur faudra bien ça pour découvrir la supercherie. Allons, viens.

Il l'aida à se relever et ils montèrent l'escalier jusqu'à la porte aménagée à l'arrière de l'église.

*

Après la neige et le vent, la chaleur relative qui régnait dans l'église était une plaisante surprise. En contraste avec son apparence extérieure sophistiquée, l'endroit paraissait presque dépouillé, avec ses dalles de pierre d'un brun rougeâtre, ses bancs de bois éraflés et ses murs blancs ornés de tableaux de scènes religieuses. Plus haut, un balcon longeait le mur de derrière sur toute sa longueur, et la voûte était mouchetée de peinture rose pâle et grise. Sur les côtés, les fenêtres à meneaux baignaient l'intérieur d'une lueur blanche laiteuse.

Sam et Remi descendirent la travée centrale jusqu'à l'autre bout de l'église, où les attendait une porte étroite. Ils découvrirent en l'ouvrant une pièce en forme de croissant dominée par un escalier en colimaçon. Ils s'y engagèrent et, trente ou quarante marches plus haut, arrivèrent devant une trappe de bois fermée par un moraillon à glissière et un cadenas non verrouillé.

— On dirait que quelqu'un a oublié un point sur sa check-list de sécurité, fit remarquer Sam avec un sourire.

— Tant mieux pour nous. Je n'avais pas très envie de profaner un site historique bavarois.

Sam ôta le cadenas et fit glisser le moraillon. Il souleva la trappe avec précaution, grimpa les dernières marches, aida Remi à le rejoindre et referma derrière eux. La pièce octogonale était sombre, et seule une faible lumière filtrait à travers les fentes des volets. Ils allumèrent leurs lampes et regardèrent autour d'eux.

— Ici ! lança Remi en s'agenouillant. J'ai trouvé.

— Ici aussi, répondit Sam du côté opposé.

Il rejoignit Remi et examina ce que révélait le rayon de sa lampe. Un symbole représentant une cigale, gravée dans la lourde moulure de bois installée sous la fenêtre, et presque effacée par les couches successives de peinture et de vernis.

— Tu as la même de ton côté ? demanda Remi.

Sam hocha la tête. Ils s'approchèrent du mur opposé. Un second symbole, identique, était gravé dans le bois.

— Pourquoi deux ? s'interrogea-t-il à voix haute.

— Cette ligne de l'énigme – un trio de coins... ne s'appliquait pas seulement au sextant.

Ils ne tardèrent pas à découvrir la troisième cigale. Les deux premières se trouvaient près de l'avant du clocher, et la dernière vers l'arrière.

— Essayons de former le triangle, suggéra Sam.

Il s'accroupit à côté de l'une des cigales, et Remi l'imita. Chacun étendit un bras vers l'autre, et le second vers la troisième cigale.

— Corrige-moi si je me trompe, dit Sam, mais je crois bien qu'il s'agit d'un triangle isocèle.

— En effet, mais dans quelle direction pointe-t-il ?

— Si nous prolongeons les lignes dans l'espace, les deux cigales de devant montrent la direction du lac et des montagnes. La troisième indique l'intérieur des terres, derrière nous.

Sam baissa les bras et s'assit le dos contre le mur. Il fronça les sourcils quelques secondes, puis finit par sourire.

— Que se passe-t-il ? l'interrogea Remi.

— La dernière partie de cette ligne de l'énigme, répondit-il. Je savais qu'elle me rappelait un souvenir. (Il plongea la main dans sa poche de pantalon, en sortit la brochure touristique du site de Saint-Bartholomé et la parcourut en hâte.) Ici, dit-il en la tendant à Remi. Frigisinga.

— Jusqu'en 1803, lut Remi, le pavillon de chasse rattaché à l'église était la résidence privée des princes-prévôts de Berchtesgaden, dont le dernier, Joseph Conrad de Schroffenberg-Mös, fut également prince-évêque de Freising.

— Je savais que j'avais lu quelque chose à ce sujet au cours de nos recherches, intervint Sam, mais je l'avais oublié. Au XVIIIe siècle, le nom de la ville de Freising était Frigisinga.

— Oh, très bien, alors ce Joseph Conrad de Schroffenberg-Mös est venu par ici ?

— Mieux que cela. Il y a vécu, dans un endroit où nous sommes déjà passés.

*

Ils repassèrent par la trappe et redescendirent l'escalier, puis firent le chemin en sens inverse. Ils traversèrent l'église jusqu'à la porte de derrière et prirent le sentier vers les bois. Cinq minutes plus tard, ils étaient de retour au chalet dont ils avaient occupé le grenier un peu plus tôt. Près de la porte principale se trouvait une pancarte montée sur un piquet.

— « Ce bâtiment, lut Remi, fut autrefois le pavillon de chasse privé et le chalet de villégiature de Joseph Conrad de Schroffenberg-Mös, dernier prince-prévôt de Berchtesgaden. »

— Et anciennement de Frigisinga, compléta Sam.

Ils entrèrent. Le chalet était en majeure partie en bois, mais les fondations et les contreforts se composaient de blocs de roche.

— Vérifions d'abord ce qui est en pierre, suggéra Sam. Les parties en bois ont pu être remplacées plus facilement.

— Très bien. Question timing, où en est-on ?

Sam consulta sa montre.

— Nous avons lancé notre leurre il y a quinze minutes.

Sachant de façon précise ce qu'ils cherchaient, ils se mirent au travail sans perdre de temps. Ils se séparèrent et longèrent les murs, penchés en avant et éclairant les blocs de pierre.

— Je crois que j'ai quelque chose, lança Remi.

Elle était accroupie près d'un pilier de bois, sous le balcon du grenier. Sam se hâta de la rejoindre. La cigale familière était gravée au coin supérieur gauche d'un bloc qui s'appuyait sur le montant.

— Je crains que nous ne devions tout de même profaner un monument historique bavarois, en fin de compte, commenta Remi.

— Nous ferons de notre mieux pour ne rien abîmer.

Sam regarda autour de lui, puis se dirigea vers le foyer ouvert de la cheminée, où il prit un tisonnier dans le râtelier. L'extrémité de l'outil était légèrement évasée en forme de spatule, mais cependant plus large que les interstices entre les pierres, aussi durent-ils passer dix précieuses minutes à déplacer le bloc petit à petit avant de pouvoir le libérer. Remi plongea la main dans l'ouverture.

— Il y a un espace creux autour du montant, murmura-t-elle. Attends...

Elle s'étendit à plat ventre sur le sol et enfonça son bras jusqu'au coude. Elle s'immobilisa soudain, et ses yeux s'écarquillèrent.

— Du bois.

— Le pilier ?

— Non, je ne crois pas. Aide-moi à ressortir.

Sam lui saisit les chevilles avec délicatesse et tira pour l'éloigner du mur. La main de Remi émergea enfin du trou, suivie par une boîte de bois oblongue. Ses doigts l'agrippaient de toutes ses forces, comme des serres d'oiseau de proie, et ses ongles s'enfonçaient dans le couvercle de bois.

Ils contemplèrent le coffret en silence.

— Tu me dois un soin de beauté complet, avec séance de manucure, dit enfin Remi avec un sourire.

— Accordé, répondit Sam en souriant à son tour.

*

Compte tenu de son poids, la boîte ne pouvait être vide, mais Sam et Remi vérifièrent aussitôt. À l'intérieur, une nouvelle bouteille de la cave perdue de Bonaparte les attendait, posée sur un nid de paille et enveloppée de toile huilée.

Sam referma le couvercle.

— Je ne sais pas ce que tu en penses, mais je crois que nous avons fait assez de tourisme pour aujourd'hui.

— Je suis d'accord avec toi.

Sam enfouit le coffret dans son sac à dos et ils quittèrent tous deux le chalet. L'abri à bateaux était trop éloigné pour qu'ils puissent entendre le retour du hors-bord, aussi se déplacèrent-ils au plus vite, mais avec prudence, s'arrêtant souvent pour se mettre à l'abri et observer les alentours jusqu'à leur retour vers l'église.

— Nous y sommes presque, dit Sam. Encore un tout petit peu de patience, et nous allons nous réchauffer avec un bon grog.

— Je vois que nous sommes sur la même longueur d'ondes.

Ils contournèrent l'église par la gauche et longèrent les murs jusqu'à la façade. Sam s'arrêta à trois mètres de l'entrée, fit signe à Remi de l'attendre, puis avança à petits pas jusqu'au coin de l'église pour jeter un coup d'œil de l'autre côté.

— Tu as vu quelque chose ? lui demanda Remi.

— Rien, mais la porte est à peine entrouverte. Je ne sais pas combien il y a de bateaux à l'intérieur.

— Et l'aire d'embarquement ?

— Rien non plus, mais avec toute cette neige...

— Chut ! Écoute.

Sam entendit, lui aussi : à peine audible, quelque part au loin, le bruit d'un moteur.

— Il y a quelqu'un par là-bas, dit Remi.

— Je ne crois pas qu'ils aient renoncé à poursuivre notre leurre, raisonna Sam. De deux choses l'une : ou ils le cherchent encore, ou alors ils l'ont trouvé et ne vont pas tarder à revenir.

— D'accord avec toi. Alors c'est maintenant ou jamais.

Après un dernier coup d'œil, Sam adressa un signe à Remi. Main dans la main, ils s'élancèrent vers l'abri et se faufilèrent à l'intérieur. Deux embarcations manquaient à l'appel, celle que Sam avait utilisée comme leurre, et celle de droite.

Remi sauta à bord du dernier canot et s'installa au poste de pilotage. Pendant ce temps, Sam posait son sac à dos, ouvrait le capot, replaçait le fil du solénoïde et le balai d'alternateur, le tout aussi vite qu'il le pouvait. Il referma le capot moteur, bricola sous le tableau de bord et réunit les fils du démarreur.

— Parfait, dit-il en s'extrayant tant bien que mal de sous le tableau de bord. Essayons de...

— Sam ! La porte !

Sam se retourna. Une silhouette s'engouffrait à l'intérieur de l'abri. Sam eut la vision fugitive d'un visage : l'acolyte de Kholkov. L'homme regarda de chaque côté et se mit en position d'attaque, un revolver à canon court à la main. Sam fonça sans prendre le temps de réfléchir. Il saisit le premier objet à portée de main, en l'occurrence un gilet de sauvetage d'un orange éclatant, et le lui lança. L'homme l'écarta d'un revers de la main, mais Sam gagna la précieuse seconde dont il avait besoin pour sauter sur le ponton et charger. Il heurta son ennemi de plein fouet et ils s'écroulèrent tous deux contre le mur. Sam agrippa le poignet qui tenait l'arme et le tordit de toute la puissance de ses muscles pour briser les os. Une détonation retentit, puis une deuxième.

Sam avait affaire à un professionnel ; au lieu de résister à la torsion, son adversaire l'accompagna, vrillant son corps tout en envoyant un crochet du gauche qui frappa Sam à la tempe. Celui-ci vit s'allumer des étincelles derrière ses yeux, mais continua à serrer le poignet. Il passa le bras droit sous le bras gauche de l'inconnu pour l'immobiliser. La vue encore brouillée, il rejeta la tête en arrière, puis la lança en avant. Son coup de tête fut efficace. Le nez du tueur s'écrasa dans un craquement étouffé. Le revolver dégringola sur les planches du ponton. Avec un grognement, le complice de Kholkov se rétablit en s'appuyant au mur et ils trébuchèrent, accrochés l'un à l'autre. Soudain, le pied de Sam ne rencontra plus que le vide, et il se sentit tomber. Avant de s'enfoncer dans l'eau, il parvint à aspirer une goulée d'air.

CHAPITRE 50

L'EAU ÉTAIT SI FROIDE QU'IL en fut presque assommé, comme par une décharge électrique. Luttant contre son instinct qui le pressait de remonter à la surface pour respirer, Sam réagit à l'opposé. Il plongea la tête vers le fond, les jambes à la verticale, et battit des pieds pour s'enfoncer encore plus, toujours plaqué contre son ennemi. Celui-ci avait été sonné au moment de la chute ; avec son nez éclaté, il n'avait sans doute pas eu la présence d'esprit d'avaler une goulée d'air à la dernière seconde.

Il se débattait maintenant et frappait avec frénésie de son bras droit. Sam encaissa les coups et tint bon. Tout à coup, l'étranger cessa de se battre. Sam sentit son bras entre eux. Il regarda vers le bas. À travers l'eau sombre et l'écume, il vit la main de l'homme passer sous son blouson, et en ressortir avec un couteau. Sam lui saisit l'avant-bras et tenta de le pousser de côté. Le couteau décrivit un arc en direction de la surface. Sam s'écarta d'un mouvement brusque. La lame fendit sa chemise; il éprouva une sensation de brûlure lorsqu'elle passa sur son abdomen et continua à remonter. Sam relâcha sa prise sur le poignet de l'agresseur et saisit la main qui tenait le couteau. Sans vraiment le voir, il sut que la lame s'approchait de sa gorge. Il rejeta la tête en arrière et se tourna de côté. La pointe de l'arme bondit vers sa mâchoire, juste sous le lobe de l'oreille, perça la courbure du cartilage et le traversa d'un coup.

Une douzaine d'années de judo avaient appris à Sam l'importance des points d'appui. Son ennemi avait étendu son bras le plus valide au-dessus de sa tête, et se trouvait en position de faiblesse. Sam n'allait pas se priver de cet avantage. Main gauche toujours serrée sur le poignet qui tenait l'arme, il inversa sa prise, plaqua sa paume sur le dos de la main de son adversaire, puis tira vers le bas avec une torsion circulaire. Dans un claquement sourd, le cubitus se déboîta du poignet de son assaillant, qui ouvrit grand la bouche et laissa échapper un hurlement étouffé au milieu d'un torrent de bulles. Sam continua à tordre, jusqu'à entendre le grattement de l'os contre l'os. Le couteau tomba et disparut de sa vue.

Sam bascula de côté et battit des pieds pour descendre plus bas. Les deux adversaires se cognèrent contre le fond. Le Russe visa les yeux de Sam de sa main gauche. Sam détourna la tête, puis leva le bras droit et sa paume vint cueillir l'homme au menton. La tête partit en arrière. Sam entendit un craquement écœurant. Le tueur se débattit une fois, puis deux, et se figea. Sam rouvrit les yeux. Une pointe de rocher triangulaire déchiquetée dépassait du fond sableux, derrière la tête de son assaillant. Sam le lâcha et le laissa dériver plus loin, entraînant dans son sillage des vrilles de sang lorsqu'il rebondissait sur le fond. Au bout d'un moment, le corps disparut dans l'obscurité.

Sam replia les jambes et s'élança vers la surface. Il émergea sous l'un des pontons de planches, leva la tête et aspira l'air jusqu'à ce que sa vision s'éclaircisse.

— Sam ! l'appela Remi. Viens, par ici !

Sam nagea vers elle. Prisonnier de ses vêtements trempés, il avait l'impression de se mouvoir dans de la mélasse. Il sentit les mains de Remi saisir les siennes, réussit à attraper le plat-bord et se laissa hisser. Il roula au fond du bateau et s'immobilisa, haletant. Remi s'agenouilla près de lui.

— Oh, mon Dieu, Sam, ton visage !

— C'est moins méchant que ça en a l'air. Quelques points de suture et je serai plus séduisant que jamais.

— Tu as l'oreille déchirée. On dirait un chat après une bagarre.

— J'en ferai une marque de bravoure.

Remi tourna la tête de Sam d'un côté, puis de l'autre, inspecta son visage et son cou, le palpant de ses doigts jusqu'à ce qu'il lui presse la main pour la rassurer.

— Je vais bien, Remi. Mais Kholkov a peut-être entendu les tirs. Ne traînons pas ici.

— Bien. (Remi souleva le coussin du siège le plus proche et fouilla autour d'elle jusqu'à ce qu'elle trouve un linge, qu'elle appliqua sur les blessures de Sam, puis elle amorça un geste hésitant vers la surface de l'eau.) Est-ce qu'il est...

— Oui. Il ne m'a pas laissé le choix. (Sam s'assit, puis se pencha en avant pour ôter son coupe-vent et son sweat-shirt.) Attends ! Le revolver...

— Je l'ai. Ici.

Elle lui tendit l'arme, puis s'installa aux commandes tandis que Sam défaisait l'amarre de proue, et actionnait le démarreur. Le moteur gronda.

— Tiens bon, lui dit-elle.

Elle tourna à fond la poignée des gaz et le bateau s'élança à travers les portes.

— Regarde si tu vois une trousse de secours, dit-elle à Sam. Tu y trouveras peut-être une couverture de survie.

Sam vérifia sous tous les coussins et finit par découvrir une boîte de rangement. À l'intérieur, comme Remi l'avait prévu, il découvrit une couverture argentée en Mylar. Il la déroula, la passa autour de ses épaules et s'assit sur le siège passager.

Plus tard, Sam ne se souviendrait pas d'avoir entendu le bruit d'un autre moteur en plus du leur ; seule lui resterait la vision du cône blanc de la proue du hors-bord émergeant de la brume à sa gauche et des éclats orangés de l'arme de Kholkov.

— Remi ! À droite toute !

Remi réagit aussitôt, sans poser de question, et fit tournoyer le volant de direction. Le bateau glissa de côté. La proue de l'embarcation de Kholkov, braquée droit sur le siège passager, ricocha contre la coque et glissa sur le plat-bord. Déjà presque accroupi, Sam bascula la tête de côté et sentit la coque de fibre de verre lui frôler les cheveux. La proue de Kholkov vint s'écraser au coin du pare-brise, le faisant voler en éclats et tordant les montants d'aluminium de l'armature, puis s'écrasa à nouveau à la surface. L'espace d'un bref instant, Sam vit le hors-bord du Russe virer en arc sur la gauche.

— Remi, tu vas bien ?

— Oui, je crois. Et toi ?

— Oui. Vire à fond à gauche, continue sur ta lancée pendant cinq secondes, et arrête le moteur.

Toujours sans poser de question, Remi fit ce que lui demandait Sam. Elle baissa les gaz et coupa le contact. Le bateau avança encore un moment sur son élan avant de s'immobiliser. Ils restèrent tous deux assis pendant que le hors-bord se balançait doucement.

— Il va décrire un cercle et revenir vers nous, murmura Sam. Il supposera que nous avons continué dans la même direction.

— Comment le sais-tu ?

— L'instinct naturel et la panique, qui devraient nous pousser à nous éloigner de lui au plus vite.

— Combien de munitions nous reste-t-il ?

Sam tira de sa ceinture le revolver, un Smith & Wesson calibre .38 à cinq coups.

— Deux balles déjà tirées, il en reste trois. Lorsque nous l'entendrons venir sur notre droite, vire à gauche vers la rive. Va aussi vite que possible pendant trente secondes, puis décélère.

— Encore une intuition ?

— Il va penser que nous allons foncer tout droit vers Schönau, répondit Sam en hochant la tête.

— Il faudra bien que nous y allions à un moment ou à un autre, d'ailleurs. À moins que nous ne tenions à nous offrir une randonnée de trois jours sous la neige.

— Sinon, nous avons le plan C, ajouta Sam en souriant. Je t'expliquerai plus tard. Chut... Tu entends ?

Le bruit d'un moteur passait de gauche à droite en avant de leur proue. Au bout d'un moment, le son se modifia avec l'écho de la rive.

— Go ! lança Sam.

Remi démarra et accéléra à fond pour virer à bâbord. Elle compta jusqu'à trente, puis réduisit les gaz et mit en panne. On n'entendait que les vagues qui venaient lécher les flancs du bateau. Il n'y avait quasiment plus un souffle de vent ; de gros flocons s'entassaient sur le plat-bord et les sièges.

— Que fait-il ? chuchota Remi.

— La même chose que nous. Il écoute. Et il attend.

— Comment peux-tu en être sûr ?

— C'est un soldat. Il pense et réagit comme un soldat.

Ils entendirent le démarrage d'un moteur, droit derrière. La main de Remi s'approcha de la manette d'accélération.

— Pas encore, dit Sam.

— Il est tout près, Sam.

— Attends.

Le bruit du moteur se rapprochait. Sam étendit le bras vers l'arrière, puis à gauche, et il posa ensuite son index dressé sur ses lèvres. À peine visible à travers la neige qui continuait à tomber, une forme allongée, fantomatique, avançait en silence. Sam et Remi aperçurent la silhouette debout derrière le volant. La tête de Kholkov se tourna vers la gauche, puis vers la droite. Sam leva le revolver et se mit en position de tir jusqu'à ce que le hors-bord disparaisse de son champ de vision. Remi laissa échapper un soupir de soulagement.

— Je n'arrive pas à croire que nous lui avons échappé.

— Ce n'est pas le cas. C'était à peine perceptible, juste une petite pause quand il s'est tourné de notre côté, mais il nous a vus. Il va faire demi-tour et revenir vers nous. Inverse le pas de l'hélice. Fais-nous reculer – tout doux. Aussi lentement que possible.

Remi obtempéra.

— Devant, maintenant, vitesse réduite, dit Sam au bout d'une quinzaine de mètres en marche arrière. Dirige-nous vers la rive.

Il attrapa la gaffe fixée sous le plat-bord et scruta le lac à travers la brume. Sur leur gauche, des vagues venaient battre les rochers.

— Très bien. Fais-nous dériver un peu à droite, et coupe le moteur.

Le silence était presque total.

Un peu plus loin à gauche se dessina la silhouette conique et floue d'un pin, puis d'un second. Des branches s'étendaient vers eux comme des mains sépulcrales. Sam se servit de la gaffe pour saisir une grosse branche, rapprocha le bateau de la rive et tira jusqu'à ce que la coque vienne heurter la terre. Les branches des pins formaient un dais qui venait se poser, plus loin, à moins de trente centimètres de la surface de l'eau. Sam s'agenouilla près du plat-bord et examina le lac à travers les branches. Remi le rejoignit.

Le son du moteur résonna à nouveau, devant eux sur la droite, puis se tut. Un instant plus tard, l'embarcation de Sam et Remi commença à tanguer sous l'effet du sillage laissé par Kholkov.

— Il peut arriver à n'importe quel moment, dit Sam. Tiens-toi prête.

En effet, le bateau du Russe glissa devant eux à moins de quinze mètres, en direction de l'embarcadère proche de l'église. Son moteur gargouillait, les gaz presque au minimum. Puis il disparut, perdu dans la neige.

— Il ne nous a pas vus, chuchota Remi.

— Pas cette fois. Bien, partons d'ici. Suivons-le. Cinq secondes à faible allure, dix secondes sur notre élan.

Remi reprit sa place sur le siège de pilotage. Ils émergèrent de sous les branches, virèrent de bord et suivirent le sillage de Kholkov.

*

Ils poursuivirent leur route pendant les vingt minutes qui suivirent, alternant passages à petite vitesse et glissades sur leur élan, tout en veillant à garder à leur proue le bruit du moteur du Russe, et à n'accélérer que lorsqu'il couvrait le leur. Ils progressaient avec lenteur, pas plus de quinze mètres chaque fois. Ils dépassèrent sur leur droite l'embarcadère de Saint-Bartholomé, dont les dômes en oignon semblaient suspendus dans l'air.

Droit devant leur étrave, Kholkov monta en régime et son hors-bord décrivit un arc vers la gauche. Sam fit signe à Remi de virer sur la droite, vers la rive.

— Tout doux !

D'après le gargouillis de l'hélice, Kholkov semblait se diriger vers le centre du lac.

— Coupe les gaz, murmura Sam.

— Il pense que nous nous cachons ou que nous sommes repartis en direction de Schönau, n'est-ce pas ?

Sam hocha la tête.

— Il va nous tendre une embuscade un peu plus loin au nord. Mais nous n'allons pas entrer dans son jeu.

Les minutes s'écoulaient avec lenteur. Cinq, puis dix, et bientôt vingt.

— Très bien, dit enfin Sam, allons-y. Suis la rive vers le sud.
— Quelque chose me dit que le grog devra attendre un peu.
— À défaut, est-ce que tu te contenterais d'un toit au-dessus de ta tête et d'un bon feu ?

CHAPITRE 51

HÔTEL SCHÖNE AUSSICHT GRÖSSINGER, SALZBOURG

UN MESSAGE D'EVELYN TORRES, annonça Remi, qui s'assit au bord du vaste lit pour se débarrasser de ses chaussures. Elle me dit juste de la rappeler, mais elle avait l'air tout excitée par notre histoire. Il faut dire qu'elle ne vit que pour cela, c'est une vraie passionnée d'archéologie.

— Commençons par le grog que je t'ai promis, nous nous occuperons d'Evelyn ensuite, répondit Sam.

— Grog, Evelyn, un peu de sommeil, et shopping pour finir.

Depuis qu'ils avaient échappé à Kholkov sur le Königsee, ils étaient restés vingt-huit heures en mouvement, et sans sommeil. Après avoir suivi la rive vers le sud à une allure d'escargot, ils avaient atteint une heure plus tard l'embarcadère de Salet, au bord de l'Obersee. Sam avait ouvert la vanne de vidange du bateau et attendu que trente centimètres d'eau clapotent sur le vaigrage de fond, puis braqué la proue vers le milieu du lac et tourné d'un cran la manette d'accélération. L'embarcation avait vite disparu dans la neige.

— On ne peut pas dire que les effets de notre visite touristique passeront inaperçus, constata Remi.

— Ne t'inquiète pas, la rassura Sam. Nous ferons un don anonyme à l'Association Historique de Saint-Bartholomé, et ils pourront se racheter toute une flotte de hors-bord.

En partant de l'embarcadère, ils avaient suivi le sentier de graviers qui menait vers l'intérieur des terres, puis traversé le pont terrestre jusqu'à l'embouchure de l'Obersee. Ils y avaient découvert un abri à bateaux similaire à celui de Saint-Bartholomé, mais équipé d'une pièce supplémentaire chauffée où ils purent se débarrasser de leurs vêtements trempés, qu'ils mirent à sécher sur un portemanteau. Ils trouvèrent aussi une lanterne à kérosène autour de laquelle ils se blottirent jusqu'à ce que Sam allume, une fois la nuit tombée, un petit feu dans le fourneau à bois. Ils passèrent le reste de la nuit pelotonnés l'un contre l'autre, se levèrent à huit heures et demie, endossèrent leurs tenues sèches et attendirent le premier débarquement de touristes de la journée. Ils se mêlèrent alors à la foule, flânèrent quelques heures en gardant les oreilles grandes ouvertes pour le cas où ils entendraient parler des tirs de la veille ou de la découverte d'un cadavre dans le lac, mais personne ne semblait au courant. Vers midi, ils prirent le bateau pour Schönau.

Une fois arrivés, ils décidèrent qu'à défaut de paranoïa, un minimum de prudence s'imposait ; mieux valait ne pas revenir à leur hôtel ni utiliser leur voiture de location. Attentifs au moindre signe de présence de Kholkov et de ses hommes, ils s'engouffrèrent dans le magasin de souvenirs le plus proche et ressortirent par la porte de derrière. Pendant vingt minutes, ils marchèrent en s'éloignant de la rive jusqu'au moment où ils découvrirent un café dans une rue isolée. Ils s'y installèrent pour appeler Selma.

À quatorze heures, une Mercedes de location d'une agence de Salzbourg s'arrêta devant l'établissement. Trois heures plus tard, après une promenade touristique pendant laquelle ils restèrent aux aguets dans l'éventualité d'une filature, Sam et Remi prirent une chambre dans un hôtel sous le nom de Hank et Liz Truman.

*

Enfin rassasiés, et réchauffés par un bon grog, ils envoyèrent à Selma un courriel avec les photographies des symboles qui figuraient sur la nouvelle bouteille, puis ils rappelèrent Evelyn.

— Pourquoi ce soudain intérêt pour Xerxès et Delphes ? leur demanda celle-ci après les politesses d'usage.

— C'est juste un projet sur lequel nous travaillons en ce moment, lui répondit Remi. Nous vous raconterons cela à notre retour.

— Eh bien, je vais essayer de répondre à vos questions. À l'époque de Xerxès, Delphes était sans doute le lieu le plus sacré de toute la Grèce. On s'en remettait souvent aux prédictions de la Pythie, que ce soit pour des affaires d'État ou des mariages, entre autres choses. Quant aux trésors, ils ne contenaient pas beaucoup d'objets de très grande valeur, rien qui puisse en tout cas se comparer aux richesses d'Athènes. Les avis des spécialistes divergent, mais je pense que Xerxès ne comprenait pas la véritable importance de Delphes dans la culture grecque. Selon les comptes rendus issus de la tradition orale auxquels j'ai pu accéder, il considérait l'oracle un peu comme un amusement et était convaincu que les Grecs cachaient quelque chose à Delphes.

— C'était le cas ?

— Il y a toujours eu des rumeurs, mais aucune preuve solide. Et puis vous connaissez la légende : Xerxès aurait été arrêté par la main d'Apollon lui-même, sous la forme d'un glissement de terrain survenu à point nommé. Quelques Perses en réchappèrent et s'enfuirent avec des objets cérémoniels, mais rien de très précieux.

— Des objets de valeur ont-ils survécu à l'invasion ?

— Les ruines sont toujours sur place, bien entendu. Certaines des colonnes des différents trésors sont aujourd'hui exposées au musée archéologique de Delphes, de même que des fragments d'autels, des frises, l'Omphalos... mais ni or ni pierreries, si c'est à cela que vous pensiez.

— Est-ce que vous savez si quelqu'un aurait cherché à se renseigner d'un peu trop près à ce sujet, quand vous étiez au musée ? Des questions inhabituelles ?

— Non, pas vraiment. En général, c'étaient surtout des demandes concernant des recherches universitaires. Attendez une seconde. Un type est venu, il y a un an à peu près... il venait de l'université d'Édimbourg, du département d'histoire classique et d'archéologie, je crois. Un drôle de personnage.

— Comment cela ?

— Il avait demandé l'autorisation d'examiner les objets de Delphes, et nous la lui avions accordée. Il existe des règles précises pour l'examen de telles pièces, des procédures à respecter, des manipulations à éviter. Je l'ai surpris en train d'endommager un des plus importants objets de la collection – c'est en tout cas ce qui aurait pu arriver. Il essayait d'effectuer un test à l'acide sur l'une des colonnes.

— De quelles colonnes s'agit-il ? demanda Remi.

— Des cariatides, qui se trouvaient à l'origine à l'entrée du trésor des Siphniens.

— Quel genre de test essayait-il de pratiquer ?

— Je ne m'en souviens pas. Il avait un marteau de joaillier et un pic, et du matériel pour ce test à l'acide. J'ai mentionné tout cela dans le rapport que j'ai adressé au conseil d'administration. J'en ai peut-être conservé une copie. Je regarde ça tout de suite.

— Qu'a-t-il dit lorsque vous l'avez surpris ?

— Il a prétendu avoir mal compris les instructions, mais je ne l'ai pas cru. Je lui avais moi-même fait part de ces consignes. Il mentait, mais il a refusé de m'expliquer ce qu'il essayait de faire. Nous l'avons renvoyé et averti le responsable de son département à Édimbourg.

— Vous n'avez pas prévenu la police ?

— Le conseil d'administration ne l'a pas souhaité. Tant mieux pour lui ! Les Grecs prennent ce genre de choses très au sérieux. Il aurait été condamné à une peine de prison ferme. J'ai tout de même entendu dire qu'il avait été viré d'Édimbourg, c'est déjà ça. Ah, voici le rapport... Il s'appelle Bucklin. Thomas Bucklin.

— Et le matériel dont il se servait pour ses tests à l'acide ? l'interrogea Sam.

— Voilà qui est étrange, dit Evelyn. J'avais oublié ce détail. Il se servait d'acide nitrique.

— Qu'y a-t-il d'inhabituel à cela ? demanda Remi.

— Cela ne fait pas partie de la panoplie standard pour les tests. Nous n'en utilisons jamais.

— Et qui utilise ce type de produit ?

— Les métallurgistes, intervint Sam. Ils s'en servent pour détecter la présence d'or.

*

Ils discutèrent encore quelques minutes avant de raccrocher. Sam ouvrit son ordinateur portable et se brancha sur la connexion Internet de l'hôtel. Il obtint presque deux mille résultats de recherche pour « Thomas Bucklin ». Il ne lui fallut que quelques minutes pour cerner celui qui les intéressait.

— Bucklin a écrit un certain nombre d'articles sur l'histoire de l'Antiquité classique, en particulier sur la Perse et la Grèce. Les plus récents datent d'un an, annonça-t-il.

— À peu près le moment où il a été flanqué à la porte, dit Remi en regardant par-dessus son épaule. Certains de ses articles sont-ils encore consultables ?

— Je crois que oui. Je vais demander à Selma de les télécharger et de nous les envoyer.

Sam rédigea un rapide e-mail et l'envoya. La réponse de Selma arriva trente secondes plus tard : « Cinq minutes ».

— As-tu trouvé trace de ses activités depuis son départ d'Édimbourg ?

— Aucune.

Un carillon avertit Sam de la réception d'un nouvel e-mail. Selma venait de trouver quatorze articles de Bucklin.

— Voilà quelque chose d'intéressant. Selon Selma, Bucklin était en congé sabbatique de l'université d'Édimbourg lorsqu'il est venu voir Evelyn.

— Il travaillait donc à son compte à ce moment-là, observa Remi, et non pour l'université. Qui diable peut être ce bonhomme ?

Sam cessa soudain de faire défiler le texte ; ses doigts restèrent figés sur son clavier. Il se pencha en avant et plissa les yeux.

— J'ai peut-être la réponse à ta question. Regarde.

Remi jeta un coup d'œil à l'écran. La photographie de Bucklin figurait en tête de l'un des articles. L'image était de dimensions réduites, mais on ne pouvait s'y tromper – le crâne dégarni, la couronne de cheveux roux presque orange, les lunettes à monture noire épaisse.

Thomas Bucklin était l'homme en blouse que Sam et Remi avaient vu à Khotine, dans le laboratoire privé de Bondarouk.

CHAPITRE 52

Les articles dont Bucklin était l'auteur n'avaient peut-être été ni bien accueillis ni largement diffusés, mais ils étaient en tout état de cause passionnants.

Sam transféra les articles sur son téléphone tactile et laissa l'ordinateur à Remi ; ils passèrent les trois heures suivantes à étudier le travail de Bucklin. Soucieux de ne pas s'influencer, ils attendirent d'avoir terminé leur lecture avant de comparer leurs notes.

— Qu'en penses-tu ? demanda enfin Sam. Génie ou cinglé ?

— Cela dépend. A-t-il tort ou raison ? De toute évidence, il est obsédé par Xerxès et Delphes. Sa vision des événements n'a pas dû lui valoir que des amis dans les cercles académiques.

Après des années de recherches méticuleuses, Bucklin en était arrivé à une conclusion quelque peu extravagante : contrairement aux affirmations de la plupart des historiens, le raid sur Delphes mené par Xerxès aurait été un succès. Selon lui, au cours des semaines précédant l'offensive, les gardiens du trésor des Siphniens avaient mis au point un stratagème pour protéger leurs richesses. Conscients du fait qu'aucun endroit ne serait à l'abri des pillages, les Siphniens fondirent leur or pour en faire une paire de cariatides. Une fois refroidies, ils les recouvrirent de plâtre de gypse et les installèrent à la place des « vraies » colonnes qui encadraient l'entrée du trésor.

Pour des raisons inconnues, les forces perses ne se laissèrent pas abuser par cette ruse. Sur les ordres de Xerxès, un détachement de deux cents soldats spécialement entraînés, les « Immortels », emporta les cariatides. Leur plan consistait à se diriger vers le nord de la Grèce avant de poursuivre vers l'est par la Macédoine et la Thrace pour rejoindre Persépolis, la capitale de la dynastie achéménide. Là, Xerxès pensait utiliser l'or pour en faire un trône monumental destiné à commémorer son triomphe sur les Grecs, et qui resterait pour l'éternité dans la fameuse « Salle des cent colonnes » qu'il comptait créer à son retour.

Les Immortels l'ignoraient, mais moins d'une journée après leur départ, la nouvelle de la profanation de Delphes parvint jusqu'à Sparte. Une *phratra* de soldats spartiates, soit vingt-sept hommes, les prit en chasse. Leur intention était non seulement de récupérer les cariatides, mais aussi de venger leurs compagnons tués à la bataille des Thermopyles.

Ils retrouvèrent les Immortels dans ce qui est aujourd'hui l'Albanie et leur coupèrent la route vers l'est. Pendant trois semaines, les Spartiates chassèrent les Immortels, les poursuivirent jusqu'au Monténégro, puis en Bosnie et en Croatie, avant de les acculer dans les montagnes du nord-ouest de la Slovénie. Même à dix contre un, les Immortels n'étaient pas de taille à vaincre les Spartiates. Le détachement perse fut anéanti. Parmi les deux cents hommes qui avaient quitté la Grèce un mois plus tôt, seuls trente survécurent. Ils furent épargnés afin de servir de porteurs pour les cariatides.

Le commandant spartiate décida de ne pas rentrer au pays, toujours ravagé par l'armée de Xerxès. Les colonnes étaient devenues des symboles de la survie de la Grèce, et les Spartiates jurèrent de mourir plutôt que de les laisser tomber entre les mains de Xerxès. Ignorant jusqu'où se poursuivrait l'invasion perse, ils quittèrent la Slovénie par le nord dans l'intention de trouver une cachette sûre pour les cariatides jusqu'à ce qu'ils puissent les ramener en Grèce. On ne revit jamais la *phratra*, à l'exception d'un soldat solitaire qui parvint à gagner Sparte, à bout de forces, un an plus tard. Avant de succomber à l'épuisement et à l'hypothermie, il raconta que ses camarades avaient tous péri et que les cariatides avaient disparu avec eux. Le secret de leur emplacement fut perdu lorsqu'il rendit son dernier soupir.

— Voilà donc la dernière pièce du puzzle, dit Remi. Ou plutôt, l'une des dernières. Il est clair que Bondarouk a ajouté foi à l'histoire de Bucklin, même si nous ne saurons sans doute jamais comment ils se sont rencontrés. Il est persuadé que la cave perdue de Bonaparte constitue une sorte de carte au trésor qui le mènera aux colonnes siphniennes. C'est ce fameux « héritage familial » qu'il essaie de retrouver. Souviens-toi de ce que disait Kholkov à Marseille au sujet des motivations de Bondarouk : « Il essaie seulement de clore un cycle commencé il y a bien longtemps. »

Sam hocha la tête avec lenteur.

— Ce salaud veut les fondre, comme le voulait aussi Xerxès. Nous ne pouvons pas le laisser faire, Remi. En tant que vestiges archéologiques, ces cariatides n'ont pas de prix.

— Elles sont inestimables ! Sinon, tout concorde : après les batailles de Platée et de Mycale, Xerxès cède soudain le contrôle de l'armée à Mardonios et rentre chez lui, certain que les cariatides sont elles aussi en chemin. Selon la plupart des sources, il entreprend à son retour à Persépolis un gigantesque programme de construction, dont fait d'ailleurs partie son projet de Salle aux cent colonnes.

— Salle dans laquelle il entend exposer son trône, si l'on en croit Bucklin. Je te propose une devinette : où Bondarouk compte-t-il installer son trône ?

— Dans son « petit parc d'attractions achéménide », pour reprendre tes propres termes, répondit Remi. Tout cela est un peu triste, quand on y pense. Xerxès est mort en attendant un trophée qui n'est jamais arrivé – et qui n'avait qu'une importance relative aux yeux des Grecs. Bonaparte est mort en attendant que son fils suive la voie révélée par les énigmes et retrouve le trophée en question.

— À nous d'assurer la continuité de l'histoire, intervint Sam.

— Que veux-tu dire ?

— Assurons-nous que Bondarouk disparaisse sans jamais avoir mis la main sur les cariatides. Avec Xerxès et Bonaparte, il sera en bonne compagnie.

*

Le téléphone de Sam carillonna à six heures du matin. L'appel venait de Selma.

— Il est un peu tôt, Selma, répondit-il d'une voix ensommeillée.

— Mais ici, il est déjà tard. Bonnes nouvelles. Je crois que nous faisons des progrès. Nous avons déchiffré le code, mais nous avons pensé que vous aimeriez d'abord résoudre l'énigme.

— Parfait, envoyez-la par e-mail.

— C'est parti. Rappelez-moi !

Sam secoua les épaules de Remi pour la réveiller. Elle se retourna sur le lit juste au moment où arrivait l'e-mail de Selma.

— Encore une devinette, lui annonça-t-il.

— J'ai entendu.

Sam afficha le contenu du message :

Homme d'Istrie, treize par tradition
Maison de Lazare à Nazareth
Fils de Morpeth, gardien de Leucé, la terre qui se tient seule.
Ensemble ils reposent

— Cela t'évoque quelque chose ? demanda Sam.

— Tu me poseras la question quand j'aurai bu mon café.

*

Sam et Remi étaient désormais plus familiarisés avec les schémas de pensée de Bonaparte et de Laurent. La solution des énigmes, véritables patchworks de doubles sens et de données historiques obscures, reposait sur les interférences entre les différentes lignes.

En milieu de matinée, ils avaient déjà trouvé sur Internet les correspondances les plus évidentes pour chacune des lignes.

La première – *Homme d'Istrie, treize par tradition* – faisait référence à la péninsule d'Istrie, entre le golfe de Trieste et la baie de Kvarner, dans la mer Adriatique.

La seconde – *Maison de Lazare à Nazareth* – pouvait revêtir d'innombrables significations. Le nom de Lazare est mentionné à deux reprises dans la Bible, la première fois pour désigner l'homme que Jésus à réveillé d'entre les morts, et la seconde fois dans la parabole de Lazare le mendiant, Nazareth étant bien sûr le lieu de naissance du Christ.

La troisième – *Fils de Morpeth, gardien de Leucé, la terre qui se tient seule* – était elle aussi trop vague, dans l'immédiat, pour être clairement déchiffrée. Morpeth était une ville du nord-est de l'Angleterre. Leucé, dans la mythologie grecque, était une nymphe, fille d'Océan.

La quatrième – *Ensemble ils reposent* – était la plus ambiguë. Qui étaient ces « ils » ? Le mot « reposent » se référait-il au sommeil ou à la mort, ou à tout autre chose ?

— Pense à la dernière énigme que nous avons résolue, suggéra Sam. Bonaparte et Laurent ont usé d'une formule approchante, le « Génie d'Ionia », pour parler de Pythagore. Ils s'y sont peut-être pris de façon similaire. Nous savons que la troisième ligne fait allusion à un lieu – Morpeth. Essayons de découvrir si Morpeth a vu naître quelqu'un d'illustre.

Remi haussa les épaules.

— Cela vaut la peine d'essayer.

Une heure plus tard, ils disposaient d'une liste de natifs de Morpeth, tous plus ou moins éminents. Aucun n'était identifiable de façon claire dans le contexte de l'énigme.

— Procédons par références croisées, proposa Remi, et voyons si nous pouvons établir un rapport entre les noms liés à Morpeth et le mot « Leucé ». Parmi ces gens, certains étaient-ils des experts en mythologie grecque ?

Sam consulta la liste.

— Je ne crois pas. Que savons-nous d'autre sur Leucé ?

Remi consulta son bloc.

— Elle fut enlevée par Hadès, maître des enfers. À sa mort, elle fut changée en peuplier blanc par Hadès ou Perséphone, selon les versions.

— Un peuplier..., murmura Sam en pianotant sur son clavier. « Leuce désigne un type de peuplier ».

J'ai peut-être une piste : William Turner, né à Morpeth en 1508, est considéré comme le père de la botanique anglaise.

— Intéressant. Ainsi, cette ligne parlerait de Turner lui-même, ou alors de peupliers ?

— Je n'en ai pas la moindre idée. Quelle est la dernière partie... ? Ah oui, *la terre qui se tient seule.*

— J'aurais tendance à penser à une île – qui se tient seule au milieu de l'océan.

— C'est aussi mon avis. On mentionne à plusieurs reprises la réserve naturelle de l'île du Peuplier – Poplar Island – dans la baie de Chesapeake, mais sans rapport avec Turner, à moins que Tina Turner n'ait fait un don à la réserve, bien entendu...

— Essayons encore la première ligne : *Homme d'Istrie, treize par tradition.*

Ils suivirent le même processus de recherche qu'avec Morpeth, en rassemblant une liste de personnalités liées à la péninsule d'Istrie, mais là encore, ils n'obtinrent aucun élément significatif sur le plan historique.

Ils passèrent à la seconde ligne – *Maison de Lazare à Nazareth* – et approfondirent leurs recherches, sans négliger les points de documentation les plus obscurs.

— Que penses-tu de cela ? demanda Remi en citant le texte qui s'affichait à l'écran. Au Moyen Âge, les ordres religieux chrétiens s'occupaient d'établissements où se regroupaient des lépreux. Ces maisons étaient appelées « lazarets ».

— Comme « Lazare », le saint patron des lépreux ?

— Oui. En Italie, le mot « Lazare » a évolué en « lazaret » pour désigner un lieu de quarantaine pour les navires et les équipages. Le premier établissement connu de ce type fut installé en 1403 au large de la côte vénitienne, sur l'île Santa-Maria-de-Nazareth, précisa Remi en levant les yeux vers Sam. Nous tenons peut-être le rapport qui existe entre Lazare et Nazareth.

— Nous brûlons, c'est vrai, mais cela ne peut pas être aussi facile, et il nous manque encore la première ligne.

Sam effectua une nouvelle recherche et finit par tomber sur un article du *National Geographic* datant de 2007. Le texte relatait la découverte d'une fosse commune de victimes de la peste bubonique, relégués en quarantaine avant leur mort afin de protéger la population vénitienne.

— Le site se trouvait sur une île du lagon de Venise appelée Lazzaretto Vecchio, annonça-t-il à Remi.

Remi parcourut ses notes à la hâte.

— Vecchio... C'est le nom moderne de Santa-Maria-de-Nazareth. Sam, c'est bien ça, j'en suis sûre !

— Sans doute, mais nous devons vérifier.

— Enfin une piste, lança-t-il. Poveglia : une autre île du lagon de Venise, où, au XVIIe siècle, on mettait les malades de la peste en quarantaine. Après leur mort, les corps étaient enterrés dans une fosse commune – il arrivait même que des vivants soient enfouis avec les morts – ou brûlés tous ensemble sur des bûchers. On estime le nombre de morts entre... cent soixante mille et deux cent cinquante mille.

— Mon Dieu !

— Autre chose : avant de prendre le nom de Poveglia, l'endroit s'appelait Popilia.

— Cela me dit quelque chose, mais quoi ?

— Popilia vient de « Populus », qui en latin signifie, entre autres, « peuplier ». L'île était autrefois couverte de peupliers.

— Nous avons donc d'un côté Poveglia, et de l'autre Santa-Maria-de-Nazareth. Les deux constituent des hypothèses de départ solides. Tu as raison : cela nous ramène à la première ligne de l'énigme et au mystérieux *Homme d'Istrie*.

— Dans les deux cas, notre prochaine étape est toute trouvée : Venise.

*

SÉBASTOPOL

— Si je me fie au ton de votre voix, les nouvelles sont mauvaises, dit Bondarouk au téléphone.

— Ils ont disparu et l'un de mes hommes est mort, répondit Kholkov. Nous avons trouvé la puce électronique du téléphone de la femme Fargo à bord de l'une des vedettes du lac. Comment ils ont réussi à la découvrir, je l'ignore. Ils ont dû réussir à filer à Schönau à notre insu.

— Ont-ils trouvé la bouteille ?

— Je ne sais pas.

— Et où sont-ils en ce moment ?

— Nous avons parlé à un habitant du coin. Il a vu deux personnes qui correspondaient à leur signalement monter à bord d'une Mercedes. Nous sommes remontés jusqu'à une agence de location de Salzbourg. Nous y allons, et nous allons vérifier les hôtels, les aéroports, les gares...

— Non, le coupa Bondarouk.

— Je vous demande pardon ?

— Chaque fois que nous refermons le filet sur eux, ils passent à travers les mailles. Je crois qu'il est temps de prendre un peu de recul ; nous allons les laisser faire ce en quoi ils excellent. Pendant ce temps, vous suivrez notre plan alternatif.

— Il comporte des risques.

— Peu m'importe. J'en ai assez de pourchasser ces gens à travers toute l'Europe. Vous avez quelqu'un en vue ?

— Oui, répondit Kholkov. Selon mes sources, il est le seul à avoir une famille – une femme et deux filles.

— Eh bien commencez dès maintenant.

— Et s'il nous dénonce plutôt que...

— Arrangez-vous pour que cela ne soit pas le cas. Vous allez le convaincre que la coopération est sa chance de salut. Vous pouvez bien faire cela, non ?

— Je vais l'appeler.

CHAPITRE 53

Venise, Italie

Le *vaporetto* s'immobilisa et Sam et Remi quittèrent son bord. Ils contemplèrent un moment les bâtiments environnants.

— Je ne m'en lasserai jamais, dit Remi. Chaque fois, j'en ai le souffle coupé.

La place Saint-Marc forme un trapèze situé sur l'embouchure est du Grand Canal. Célèbre pour ses pigeons et ses incrustations géométriques de pierres disposées comme un jeu de marelle, c'est sans doute la place la plus connue d'Europe. On y trouve quelques-uns des monuments les plus intéressants de la ville, dont certains datent de mille ans et plus.

Sam et Remi firent le tour de la *piazza* comme s'ils la visitaient pour la première fois. La basilique Saint-Marc, avec ses flèches et ses dômes byzantins ; le Campanile et son clocher de quatre-vingt-onze mètres ; l'imposant palais des Doges ; et enfin, en face de la basilique, l'aile napoléonienne, qui abritait autrefois les services administratifs de l'Empereur.

Sam et Remi n'ignoraient rien des liens existant entre Bonaparte, Venise et la place Saint-Marc qu'il considérait comme « le salon le plus élégant d'Europe ». En 1805, peu après l'intégration de la ville dans le nouveau Royaume d'Italie, Bonaparte ordonna la construction de l'aile napoléonienne après avoir constaté que les lieux sur lesquels s'était d'abord porté son choix – la Zecca, ou Monnaie, la bibliothèque Marciana et les *Procuratie Nuove*, les Procuraties nouvelles – n'étaient pas assez vastes pour accueillir la cour et l'administration.

Il était presque dix-huit heures et le soleil commençait à décliner. Sur la place, quelques lampadaires étaient allumés et jetaient des taches ambrées sur les arches et les dômes. La plupart des touristes étaient partis et sur la *piazza* maintenant paisible, on n'entendait que quelques murmures de voix et le roucoulement des pigeons.

— Qui devons-nous rencontrer ? s'enquit Remi.

— La conservatrice du musée, répondit Sam. Maria Favaretto.

À Salzbourg, avant de prendre leur vol pour l'Italie, Sam avait appelé la conservatrice du Museo Archeologico, où Remi et lui comptaient se rendre. Par bonheur, la signora Favaretto avait déjà entendu parler des Fargo. Leur découverte, un an plus tôt, du journal perdu de la célèbre Lucrèce Borgia, séductrice et machiavélique femme de pouvoir du XVe siècle, avait fait la une des journaux vénitiens, lui dit-elle. Un de ses anciens collègues était d'ailleurs le conservateur adjoint du Museo Borgiano du Vatican, auquel Sam et Remi avaient fait don du journal. Maria Favaretto proposa à Sam et Remi une visite privée du Musée archéologique, après l'heure de fermeture.

— Serait-ce elle ? demanda Remi.

Une femme leur adressait des signes depuis l'une des arches de l'entrée des Procuratie Nuove. Le bâtiment abritait une partie du musée, le reste des collections étant exposé à la bibliothèque Saint-Marc. Sam et Remi s'approchèrent.

— Signor Fargo, signora Fargo, je suis Maria Favaretta. Enchantée de faire votre connaissance.

— Appelez-nous Sam et Remi.

— Dans ce cas, appelez-moi Maria.

— Nous vous remercions de votre aide et espérons ne pas trop vous importuner.

— Pas du tout. Mais rappelez-moi quelle période vous intéresse en particulier ?

— Nous n'en sommes pas absolument certains, mais aucune des références dont nous disposons n'est postérieure au XVIIIe siècle.

— Très bien. Je crois que nous avons de la chance. Suivez-moi, si vous le voulez bien.

Elle les fit passer sous l'arche et les conduisit à l'intérieur du musée par une allée couverte ornée de terre cuite et de faïence de couleur crème. Ils passèrent devant des sarcophages égyptiens et des chariots assyriens, des statues et des vases étrusques, des bustes romains, des sculptures en ivoire de Byzance et des amphores minoennes en terre.

Maria s'arrêta devant une porte de bois et l'ouvrit avec une clef. Sam et Remi la suivirent dans un long couloir peu éclairé jusqu'à une autre porte.

— Cet espace n'est pas ouvert au public, expliqua Maria avant d'entrer. Compte tenu des informations que vous recherchez, il m'a semblé que Giuseppe était la personne la plus à même de vous aider. Il n'a pas vraiment de titre officiel, mais il travaille ici depuis près de soixante ans. C'est le meilleur spécialiste de Venise. Giuseppe a quatre-vingt-deux ans et il est un peu... excentrique, parfois. Mais il ne faut pas que cela vous inquiète. Posez-lui vos questions et il trouvera les réponses.

— Très bien, répondit Sam en souriant.

— Si je vous ai demandé quelle époque vous intéressait, c'est parce que Giuseppe est un survivant d'une époque révolue. Rien de ce qui est moderne ne l'intéresse. Pour lui, ce qui s'est passé depuis le XIXe siècle n'existe tout simplement pas.

— Nous veillerons à nous en souvenir, la rassura Remi.

Maria ouvrit la porte et leur céda le passage.

— Lorsque vous aurez terminé, appuyez sur la sonnette qui est au mur et je reviendrai vous chercher. Bonne chance.

La conservatrice referma la porte.

La bibliothèque du musée était longue et étroite. Les murs n'étaient pas des murs véritables, mais des cloisons formées par les rayonnages eux-mêmes, qui s'élevaient du sol au plafond. Chacun était flanqué d'une échelle roulante en bois. Une unique table de travail et un siège à dossier dur étaient disposés au centre de la pièce. Des lustres halogènes pendaient du plafond et jetaient de douces taches de lumière sur le sol vert carrelé.

— Il y a quelqu'un ? lança une voix.

— Oui, répondit Sam. La signora Favaretto nous a permis d'entrer.

Le temps que leurs yeux s'habituent à la luminosité particulière de la pièce, Sam et Remi aperçurent une silhouette sur l'une des échelles, à l'autre bout de la salle. L'homme, perché sur le dernier barreau, parcourait de l'index la tranche des livres ; de temps à autre, il sortait à demi un ouvrage du rayon ou en renfonçait un autre. Il finit par descendre et prit l'allée en traînant des pieds pour rejoindre Sam et Remi.

— Oui ? demanda-t-il simplement.

Giuseppe était de petite taille et de fins cheveux blancs semblaient jaillir de sa tête à des angles improbables. Ses yeux bleus d'une vivacité étonnante les observaient.

— Bonjour. Je m'appelle Sam et voici...

Giuseppe écarta le cérémonial des présentations d'un revers de la main.

— Vous souhaitez me poser une question ?

— Euh... oui. Nous avons une énigme à résoudre. Nous cherchons le nom d'un homme, originaire d'Istrie, en Croatie, et qui serait lié d'une façon ou d'une autre à Poveglia ou à Santa-Maria-di-Nazareth.

— Donnez-moi le texte de votre énigme, ordonna Giuseppe.

— *Homme d'Istrie, treize par tradition.*

Giuseppe demeura silencieux, mais les regarda en plissant les lèvres d'un coin à l'autre de sa bouche.

— Il pourrait aussi exister un rapport entre lui et des lazarets, ajouta Remi.

Giuseppe se retourna d'un mouvement brusque et s'éloigna de sa démarche traînante. Il s'arrêta au milieu de l'allée, puis regarda tour à tour les deux murs de rayonnages. Son index frappait devant lui à petits coups dans le vide, évoquant l'image d'un chef d'orchestre travaillant au ralenti.

— Il dresse un inventaire mental de toute la bibliothèque, chuchota Remi.

— Un peu de silence, s'il vous plaît.

Giuseppe se dirigea finalement vers le rayonnage de droite et poussa l'échelle jusqu'à son extrémité. Il y grimpa et saisit un livre, qu'il feuilleta avant de le remettre en place.

Il répéta l'opération à cinq reprises, observant les rayons, dirigeant son orchestre invisible et grimpant sur les barreaux de son échelle avant de redescendre sur l'allée. Enfin, il revint vers Sam et Remi.

— L'homme que vous cherchez était Pietro Tradonico, doge de Venise de 836 à 864. Selon un ordre purement chronologique, il était le onzième, mais la tradition le place au treizième rang. Ses partisans ont trouvé refuge sur l'île de Poveglia après son assassinat. Ils vivaient dans des cabanes près de la pointe nord-est de l'île.

Sur ces mots, Giuseppe se détourna de Sam et de Remi et s'éloigna.

— Puis-je vous poser une autre question, je vous prie ? demanda Sam.

L'Italien se tourna vers lui sans un mot.

— Tradonico est-il enterré là-bas ?

— Certains pensent que oui, d'autres non. Ses partisans ont réclamé sa dépouille après sa mort, mais personne ne sait s'ils l'ont emportée, ni où.

Giuseppe partit en clopinant.

— Nous vous remercions ! lança Remi.

Le bibliothécaire ne prit même pas la peine de répondre.

*

— Avez-vous trouvé ce que vous cherchiez ? leur demanda Maria quelques minutes plus tard.

La conservatrice était venue les chercher cinq minutes après leur coup de sonnette. Pendant ce temps, Giuseppe avait continué à vaquer à ses occupations sans tenir le moindre compte de leur présence.

— En effet, répondit Sam. Giuseppe s'est montré à la hauteur de ce que vous nous en aviez dit. Nous vous sommes très reconnaissants de votre aide.

— Je vous en prie, c'était un plaisir. Puis-je faire autre chose pour vous ?

— Puisque vous êtes si obligeante... Quel serait le meilleur moyen de nous rendre à Poveglia ?

Maria s'immobilisa et se tourna vers eux, le visage rembruni.

— Pourquoi tenez-vous à vous y rendre ?

— Pour nos recherches.

— Notre bibliothèque est à votre disposition. Je suis certaine que Giuseppe...

— Nous aimerions éclaircir certains points sur place.

— Je vous conseillerais d'y renoncer.

— Mais pourquoi ? s'étonna Remi.

— Que savez-vous au juste de l'histoire de Poveglia ?

— Si vous faites allusion aux puits dans lesquels on jetait les corps des victimes de la peste, nous avons lu...

— Ce n'est pas seulement ça. Il y a bien d'autres choses. Allons boire un verre, je vous expliquerai le reste.

CHAPITRE 54

PEUX-TU M'EXPLIQUER ENCORE une fois pourquoi nous ne pouvions pas attendre jusqu'au matin ? murmura Remi.

— C'est déjà le matin, répondit Sam en alignant la proue sur son cap.

Leur destination n'était pas éclairée, mais la silhouette du clocher se dessinait, nette, sur le ciel nocturne.

Vue du ciel, l'île de Poveglia ressemblait à un éventail ; un étroit canal bordé de murets séparait l'île en deux parties d'est en ouest, à l'exception d'une barre de sable en son centre.

— Épargne-moi tes arguties techniques, Fargo. En ce qui me concerne, deux heures du matin, c'est la nuit. La journée commence au lever du soleil.

Après avoir bu un verre avec Maria, Sam et Remi étaient parvenus à trouver une agence de location de bateaux ouverte. Il ne restait au propriétaire qu'une seule embarcation, une sorte de doris équipé d'un moteur hors-bord. Rien de luxueux, mais ce serait suffisant, selon Sam. Poveglia n'était qu'à cinq kilomètres de Venise, nichée entre les bras protecteurs du lagon, et le vent était faible.

— Ne me dis pas que tu as cru aux histoires que racontait Maria, dit Sam.

— Non, mais il faut avouer qu'elles n'avaient rien de joyeux !

— Je dois reconnaître que tu n'as pas tort.

En plus d'avoir servi de lieu d'inhumation aux victimes de la peste, l'île de Poveglia avait abrité au cours de son histoire millénaire des monastères, des colonies, un dépôt de munitions pour Bonaparte et, plus récemment, dans les années vingt, un hôpital psychiatrique.

Sans leur épargner le moindre détail, Maria leur avait raconté comment le médecin responsable de l'établissement, après avoir entendu ses patients se plaindre d'avoir vu les fantômes des pestiférés, leur avait infligé une sorte d'exorcisme de son cru en pratiquant sur eux des lobotomies rudimentaires et des expériences pseudo-médicales.

Selon la légende, le docteur aurait finalement été victime des mêmes visions que ses patients et en aurait perdu la raison. Une nuit, il monta au sommet du clocher et se jeta dans le vide. Les patients encore internés ramenèrent son corps dans le clocher et bouchèrent les issues, l'emmurant à jamais. Peu de temps après, l'hôpital et l'île furent abandonnés. Aujourd'hui encore, des Vénitiens disent entendre sonner les cloches de Poveglia ou voir bouger des lueurs fantomatiques derrière les fenêtres de l'ancien hôpital.

À en croire Maria, Poveglia était pour les Italiens un lieu maudit entre tous.

— Non, je ne crois pas à ces histoires de fantômes, reprit Remi, mais ce qu'elle racontait sur les événements de l'hôpital était argumenté. Et puis l'île est fermée aux touristes. Nous allons y entrer par effraction.

— Cela ne nous a jamais beaucoup dérangés par le passé.

— J'essaie juste de me faire l'avocat de la raison.

— Eh bien je dois admettre que tout cela est assez effrayant, mais nous sommes si près du but, je voudrais vraiment résoudre cette énigme.

— Moi aussi, mais tu dois me promettre une chose : si ces cloches se mettent à sonner ne serait-ce qu'une seule fois, nous repartons aussitôt.

— Si cela devait arriver, tu aurais du mal à courir aussi vite que moi !

Quelques minutes plus tard, ils distinguaient l'embouchure du canal. Quelques centaines de mètres plus loin le long de la côte se dessinaient la sombre silhouette de l'hôpital et celle du clocher qui s'élevait au-dessus de la cime des arbres.

— Tu vois des fantômes ? demanda Sam.

— Continue donc à faire le pitre, gros malin.

Sam manœuvra le doris à travers la petite houle créée par le clapotis des vagues et ils entrèrent dans le canal. Bien abrité côté mer, celui-ci était fort peu fréquenté ; sa surface saumâtre était parsemée de nénuphars et, par endroits, la profondeur ne dépassait pas quelques dizaines de centimètres. Ils dépassèrent sur leur droite un mur de briques recouvert de vignes grimpantes, et entendirent soudain des frôlements d'ailes au-dessus d'eux. Lorsqu'ils levèrent la tête, ils virent des chauves-souris tourbillonner et plonger pour attraper des insectes.

— Merveilleux, soupira Remi. Des chauves-souris, il ne manquait plus que cela !

Sam ne put s'empêcher de rire. Remi ne craignait ni les araignées, ni les serpents, ni les cafards, mais elle haïssait les chauves-souris, qu'elle qualifiait de « rats ailés aux minuscules mains humaines ».

Ils atteignirent bientôt la barre de sable. Sam monta en régime et dirigea la proue vers la rive. Dès qu'ils eurent accosté, Remi quitta le bord et tira le bateau sur le sable. Sam la rejoignit et amarra le cordage de proue. Ils allumèrent leurs lampes.

— Quelle direction ? demanda Remi.

Sam étendit le bras vers la gauche.

— Vers la pointe nord de l'île.

Ils traversèrent la barre, puis grimpèrent sur la rive opposée jusqu'à une dense haie de broussailles. Ils finirent par trouver un endroit où la végétation était moins fournie et arrivèrent dans un champ de la taille d'un terrain de football, entouré d'arbres bas.

— Est-ce que c'est..., murmura Remi.

— Peut-être. Il est tout de même frappant de constater que plus rien ne pousse, par ici.

Ils s'engagèrent dans le champ et progressèrent avec précaution. Si les puits se trouvaient en effet là, ils marchaient sur les restes de dizaines de milliers d'êtres humains.

Lorsqu'ils arrivèrent près de l'alignement d'arbres qui délimitait l'autre bout du champ, Sam et Remi prirent à l'est sur une centaine de mètres avant de remettre le cap au nord. Les arbres se raréfièrent et ils pénétrèrent soudain dans une petite clairière couverte d'herbe qui leur arrivait aux genoux. À travers les arbres, de l'autre côté, le clair de lune se reflétait à la surface de l'eau. Un gong résonna au loin.

— Une balise dans le lagon, expliqua Sam.

— Dieu merci. Mon cœur s'est arrêté de battre pendant quelques secondes.

— Voici quelque chose. Cela faisait sans doute partie des fondations d'un bâtiment.

— Par ici, Sam !

Remi éclairait ce qui ressemblait à un poteau de clôture, à droite de la clairière. Ils s'approchèrent. On pouvait lire, sur une pancarte :

SITE DU IXe SIÈCLE OÙ FURENT INHUMÉS LES PARTISANS DE PIETRO TRADONICO, DOGE DE VENISE DE 836 À 864. LEURS DÉPOUILLES FURENT EXHUMÉES ET TRANSFÉRÉES VERS D'AUTRES SITES EN 1805.

SOCIÉTÉ HISTORIQUE DE POVEGLIA.

— Nous voilà fixés : si Tradonico était ici, il ne l'est plus aujourd'hui, constata Remi.

— Transférés sur d'autres sites en 1805... C'est l'année où Bonaparte a été couronné roi d'Italie, non ?

— Et celle où Poveglia a été reconvertie en dépôt de munitions, le coupa Remi. Si Laurent était avec lui, c'est peut-être ici qu'ils ont trouvé l'inspiration pour notre énigme.

— Et ils devaient savoir où avait été transférée la dépouille de Tradonico. Il n'y a jamais eu de bouteille ici, Remi. Cet endroit n'était qu'une sorte de relais pour conduire Bonaparte junior ailleurs.

— Mais où ?

*

Le lendemain matin, juste après huit heures, le *vaporetto* de Sam et Remi s'arrêta dans une petite rue à deux pâtés de maisons de l'église Santa-Maria-Maddalena. Ils réglèrent la course et quittèrent le bord, puis se dirigèrent vers une porte rouge bordée d'un cadre en fer forgé noir. Sur le mur, à côté de la porte, une minuscule plaque de bronze indiquait : SOCIÉTÉ HISTORIQUE DE POVEGLIA.

Sam sonna. Des pas claquèrent sur un plancher en bois et une femme bien en chair vêtue d'une robe à fleurs roses et jaunes leur ouvrit.

— *Sì ?*

— *Buongiorno*, dit Remi. *Parla inglese ?*

— Oui, je parle anglais. Que puis-je faire pour vous ?

— Vous êtes la conservatrice ?

— Je vous demande pardon ?

— De la Société historique de Poveglia, compléta Sam avec un sourire en montrant la plaque de bronze.

La femme se pencha à l'extérieur, scruta la plaque en plissant les yeux et fronça les sourcils.

— Cela ne date pas d'hier, dit-elle. La Société historique ne s'est pas réunie depuis au moins cinq ou six ans.

— Pourquoi ?

— Toutes ces histoires de fantômes. Les gens voulaient tout savoir au sujet de l'hôpital et des puits d'inhumation. Le reste n'avait aucune importance à leurs yeux. J'étais la secrétaire de la Société. Rosella Bernardi.

— Peut-être pourriez-vous nous aider ? intervint Remi, qui en profita pour faire les présentations. Nous nous posons plusieurs questions au sujet de Poveglia.

La signora Bernardi haussa les épaules, les fit entrer, puis les conduisit le long d'un couloir jusqu'à une cuisine décorée de carreaux noirs et blancs.

— Asseyez-vous, je vais faire du café, dit-elle en désignant la table. Que désirez-vous savoir ?

— Nous nous intéressons à Pietro Tradonico, répondit Sam. Savez-vous s'il a été inhumé sur l'île de Poveglia ?

La signora Bernardi se leva, traversa la pièce et ouvrit un placard au-dessus de l'évier. Elle en sortit ce qui ressemblait à un album photos marron, qu'elle ouvrit à une page près du milieu. Sous un cache d'acétate, une feuille de papier jaunie était couverte de dizaines de lignes d'écriture manuscrite.

— S'agit-il d'un document original ? demanda Remi.

— Oui. Ce sont les chiffres du recensement gouvernemental de 1805 pour Poveglia. Lorsque Bonaparte a ordonné l'annexion de l'île, le gouvernement s'est empressé d'effacer son funeste passé.

— Y compris l'histoire de la colonie établie par Tradonico et ses partisans ?

— Oui. Selon ce document, Pietro Tradonico et son épouse Majella ont été inhumés côte à côte sur l'île de Poveglia. Lorsqu'ils ont été exhumés, leurs ossements ont été rassemblés dans le même cercueil, puis transférés à titre provisoire au sous-sol de la Basilica della Salute.

Sam et Remi échangèrent un regard. *Ensemble ils reposent.* Venaient-ils de trouver la solution de la dernière partie de l'énigme ?

— Vous dites « à titre provisoire », insista Sam. Ce document précise-t-il ce qu'il est ensuite advenu de leurs ossements ?

La signora Bernardi fit descendre son index le long de la page, puis passa à la suivante ; arrivée au milieu, son doigt s'arrêta.

— On les a renvoyés chez eux.

— Chez eux ? Où exactement ?

— Tradonico était istrien de naissance.

— Oui, nous le savons.

— Des membres du clan Tradonico sont venus et ont emporté les corps dans leur village, à Oprtalj. C'est en Croatie.

— Oui, nous sommes au courant, répondit Remi en souriant.

— Nous ignorons ce qu'ils ont fait des restes de Tradonico et de son épouse une fois arrivés à Oprtalj. Est-ce que cela répond tout de même à votre question ?

— Oui, tout à fait.

Sam et Remi saluèrent Madame Bernardi, puis reprirent le couloir. Alors qu'ils s'apprêtaient à quitter la maison, la signora les arrêta.

— Si vous les trouvez, soyez gentils de me prévenir. Ainsi, je pourrai compléter mes archives. Il est probable que jamais personne ne demandera à les consulter, mais au moins, mes documents seront à jour.

La signora Bernardi leur adressa un signe d'adieu avant de refermer la porte.

— Croatie, nous voici ! lança Remi.

Sam, qui s'était aussitôt mis à pianoter sur son téléphone tactile, examina l'écran.

— Nous avons un vol dans deux heures. Nous arriverons à temps pour déjeuner.

*

L'estimation de Sam était optimiste. Ils passèrent la frontière en voiture, mirent le cap au sud jusqu'à Oprtalj, une bonne cinquantaine de kilomètres plus loin, et arrivèrent au terme de leur périple en fin d'après-midi.

Situé au sommet d'une colline de trois cents mètres d'altitude de la vallée de Mirna, Oprtalj offrait une ambiance méditerranéenne typique, avec ses toits de tuiles imbriquées en terre cuite, ses pentes inondées de soleil et couvertes de vignes et d'oliviers. Son labyrinthe de rues pavées, ses portails à herses et ses maisons serrées les unes contre les autres trahissaient son passé de place forte médiévale.

Après s'être arrêtés à trois reprises pour demander leur chemin, Sam et Remi finirent par trouver l'hôtel de ville à quelques pâtés de maisons de la rue principale, derrière l'église de Saint-Juraj. Ils se garèrent sous un olivier.

Oprtalj ne comptant que onze cents habitants, Sam et Remi espéraient que le nom de Tradonico serait connu de tous. Ils ne furent pas déçus. Lorsqu'ils mentionnèrent le nom du doge à l'employé de mairie, celui-ci hocha la tête et commença à dessiner une carte sur une feuille de bloc-notes.

— Le Museo Tradonico, annonça-t-il.

La carte les envoya vers le nord ; ils durent faire l'ascension d'une colline, passer devant une prairie où paissaient des vaches, puis descendre une allée en zigzag jusqu'à un bâtiment de la taille d'un garage, recouvert d'une peinture bleuet écaillée. Au-dessus de la porte, une pancarte écrite à la main ne comportait que six mots, pour la plupart des mots croates abondamment pourvus de consonnes, mais un nom ressortait, identifiable sans difficulté : TRADONICO.

Sam et Remi poussèrent la porte. Un carillon égrena ses notes au-dessus de leurs têtes. Un comptoir de bois en L était installé à leur gauche, et droit devant eux s'étendait une pièce carrée de sept mètres de côté, aux murs recouverts de stuc blanc, avec des poutres verticales en bois sombre. Une demi-douzaine de vitrines étaient disposées autour de la salle. Sur les murs, de minuscules sculptures, des icônes encadrées et autres bibelots étaient présentés sur des étagères. Un ventilateur en osier grinçait et tremblotait au plafond.

Un homme d'âge mûr aux lunettes cerclées d'acier, qui portait un gilet en jacquard dépenaillé, se leva de son siège derrière le comptoir.

— *Dobar dan.*

Sam ouvrit le manuel de conversation croate qu'il avait acheté à Trieste et l'ouvrit à une page cornée.

— *Zdravo. Inne mi je Sam.*

L'homme appuya l'index sur sa poitrine.

— Andrej.

— *Govorite li Engleski ?* lui demanda Sam.

Andrej agita la main d'un côté, puis de l'autre.

— Pas parler beaucoup anglais. Américains ?

— Oui, dit Sam en hochant la tête. Californie.

— Nous cherchons Pietro Tradonico, intervint Remi.

— Le doge ?

— Oui.

— Le doge, mort.

— Oui, nous le savons. Est-il ici ?

— Non. Mort. Depuis longtemps.

Sam tenta une nouvelle approche.

— Nous sommes venus de Venise. De l'île de Poveglia. Tradonico a été amené ici, de Poveglia.

Le regard d'Andrej se mit à briller ; il hocha la tête.

— Oui, 1805. Pietro et sa femme Majella. Par ici.

Andrej sortit de derrière son comptoir et les mena jusqu'à une vitrine au centre de la pièce. Il leur montra une icône de bois gravé, encadrée et dorée à la feuille d'or. Elle représentait un homme au visage étroit avec un long nez.

— Pietro, annonça Andrej.

D'autres objets étaient exposés dans la vitrine, en particulier des bijoux et des figurines. Sam et Remi en firent le tour, et en inspectèrent tous les rayons. Ils se regardèrent alors, et secouèrent la tête.

— Êtes-vous un Tradonico vous-même ? demanda Remi en pointant l'index dans sa direction. Andrej Tradonico ?

— Oui.

Sam et Remi avaient discuté de la suite des événements, mais sans prendre de réelle décision. Comment annoncer à quelqu'un que l'on aimerait examiner les restes de son ancêtre ?

— Nous aimerions voir... peut-être serait-il possible...

— Voir corps ?

— Oui, si cela ne vous pose pas de problème.

— Bien sûr, pas de problème.

Ils suivirent Andrej derrière le comptoir, franchirent une porte et longèrent un couloir qui menait à une autre porte. Andrej sortit de la poche de son gilet un antique passe-partout et la déverrouilla. Ils furent accueillis par une vague d'air froid à l'odeur de renfermé. De l'eau coulait quelque part, goutte à goutte. Andrej franchit le seuil et tira sur un morceau de ficelle qui pendait au mur. Une ampoule solitaire s'alluma, révélant une volée de marches de pierre qui s'enfonçaient dans l'obscurité.

— Catacombes, précisa Andrej avant de descendre les marches.

Sam et Remi le suivirent. Au bout d'une dizaine de mètres, les marches tournaient soudain à droite avant de s'arrêter. Sam et Remi entendirent les chaussures d'Andrej râcler la pierre, puis un déclic. Sur leur droite, une série de six ampoules s'alluma pour éclairer un long et étroit couloir rocheux. Dans chacune des parois étaient creusées des niches rectangulaires, empilées les unes au-dessus des autres jusqu'au plafond et sur toute la longueur du passage. La plupart étaient plongées dans l'ombre entre les ampoules largement espacées.

— J'en compte cinquante, chuchota Sam à Remi.

— Quarante-huit, corrigea Andrej. Deux vides.

— Alors toute la famille Tradonico n'est pas là ? demanda Remi.

— Toute ? Non, répondit Andrej avec un petit rire. Trop nombreux. Les autres, dans cimetière. Venez, venez !

Andrej les mena jusqu'au bout du passage, en leur désignant à l'occasion une des niches.

— Drazan... Jadranka... Grgur... Nada. Mon arrière-arrière-arrière-grand-mère.

En passant devant chacune des niches, Sam et Remi apercevaient des restes de squelettes, une mâchoire, une main, un fémur... et des débris de tissu ou de cuir rongés.

Andrej fit halte au bout du couloir et s'agenouilla près de la niche la plus basse du mur de droite.

— Pietro, dit-il d'un ton détaché, avant de montrer la cavité qui se trouvait juste au-dessus. Majella. (Il sortit une lampe minuscule de sa poche de pantalon et la tendit à Sam.) Je vous en prie.

Sam alluma et éclaira la niche de Pietro. Un crâne semblait le contempler depuis l'intérieur. Il fit descendre le faisceau sur toute la longueur du squelette, puis répéta l'opération dans la niche de Majella. Un autre squelette, rien de plus.

— Que des ossements, murmura Remi. Mais qu'espérions-nous, d'ailleurs ? Que l'un des squelettes tiendrait une bouteille à la main ?

— Tu as raison, mais il fallait tenter notre chance, répondit Sam en se tournant vers Andrej. Lorsqu'ils ont été ramenés de Poveglia, y avait-il autre chose avec eux ?

— Je demande vous pardon ?

— Des objets ? insista Remi. Des affaires personnelles ?

— Oui, oui. Vous avez vu, à l'étage.

— Rien d'autre ? Une bouteille de vin, avec un texte en français ?

— Français ? Non. Pas bouteille.

Sam et Remi échangèrent un regard.

— Bon Dieu, maugréa Sam.

— Pas bouteille, répéta Andrej. Boîte.

— Comment ?

— Écriture française, oui ?

— Oui.

— Il y avait boîte à l'intérieur cercueil. Petite, comme... miche de pain ?

— Oui, c'est cela ! s'exclama Remi.

Andrej passa devant eux pour reprendre le couloir en sens inverse. Sam et Remi le suivirent. Le Croate s'arrêta devant la première niche près des escaliers. Il s'accroupit, se pencha vers la cavité, fouilla à l'intérieur, puis ressortit avec une caisse à munitions de la Seconde Guerre mondiale couverte de caractères cyrilliques au pochoir.

Andrej souleva le couvercle.

— C'est cela ?

Parmi des plis de toile pourrie, enfouie sous des bobines de ficelle, des outils rouillés et des boîtes de peinture écaillées, apparut une boîte à l'allure familière.

— Mon Dieu, souffla Sam.

— Je peux ? demanda Remi à Andrej.

Ce dernier haussa les épaules. Remi se baissa et souleva la boîte avec précaution. Elle la retourna, l'examina de tous côtés, puis leva les yeux vers Sam en hochant la tête.

— Est-ce qu'il y a...

— Quelque chose à l'intérieur ? compléta Remi. Oui.

CHAPITRE 55

TRIESTE, ITALIE

LE TÉLÉPHONE DE SAM SONNA.

— Vous avez battu un nouveau record : il vous a fallu moins de deux heures.

Sam et Remi étaient installés sur le balcon de leur chambre du Grand Hotel Duchi D'Aosta, où ils pouvaient contempler les illuminations de la piazza Unità d'Italia. La nuit était tombée et au loin, ils apercevaient les lumières scintillantes du port.

— Nous avons déjà déchiffré onze lignes d'énigmes et interprété des centaines de symboles, répondit Selma. À force, c'est devenu un second langage pour nous.

*

Après avoir ouvert la boîte – qui contenait bel et bien une bouteille de la cave perdue de Bonaparte –, Sam et Remi s'étaient trouvés confrontés à un dilemme. Visiblement, Andrej ignorait la valeur de l'objet qui était resté caché dans les catacombes familiales au cours des siècles passés. Bien entendu, ils n'envisageaient pas d'abandonner la bouteille. Elle n'appartenait d'ailleurs ni à eux ni à Andrej, mais aux Français, car elle représentait une partie de leur histoire.

— C'est une bouteille rare, expliqua Sam à Andrej.

— Ah ! Vous dites, française ?

— Oui.

Andrej renifla.

— Napoléon dérange tombe de Tradonico. Prenez bouteille.

— Nous allons vous donner quelque chose en échange, proposa Remi.

Les yeux d'Andrej s'étrécirent, et il se frotta le menton.

— Trois mille kuma.

Sam se livra à un rapide calcul mental.

— Cela fait à peu près cinq cents dollars, annonça-t-il à Remi.

Le regard d'Andrej brilla derrière ses lunettes à monture d'acier.

— Vous avez dollars américains ?

— Oui.

Andrej lui tendit la main.

— Nous conclure marché.

*

— Je viens de vous envoyer la nouvelle énigme par e-mail, dit Selma.

— Nous vous appellerons dès que nous aurons trouvé la réponse, répondit Sam avant de raccrocher.

Il vérifia aussitôt sa messagerie. Remi s'approcha et regarda par-dessus son épaule.

— Celle-ci est plus longue, commenta Sam.

A l'est du dubr
La troisième parmi les sept se lèvera
Le roi de Dies Iovis
De l'alpha à l'oméga, de la Savoie à Novara, sauveur de Styrie,
Le temple au carrefour du conquérant
Marche à l'est vers la coupe et trouve le signe.

— Les cinq premières lignes correspondent au schéma des précédentes énigmes, dit Remi, mais la dernière est différente. Ceux qui l'ont rédigée n'ont d'ailleurs jamais été aussi explicites.

— En effet. C'est la première fois qu'ils disent de façon claire :

« allez à tel endroit » ou « trouvez telle chose ». Remi, nous approchons peut-être de la ligne d'arrivée.

Remi hocha la tête.

— Eh bien au travail, il faut la déchiffrer.

*

Ils se mirent à l'œuvre en suivant le même processus que pour les autres énigmes, en se basant sur tout ce qui ressemblait à des noms de lieux ou de personnages. Pour le mot « Dubr », ils réduisirent leur champ de recherche à deux « candidats » possibles : Ad Dubr, un village du sud du Yémen, et « dubr », un mot celtique signifiant « eau ».

— Il s'agit donc de quelque chose qui se trouve à l'est d'Ad Dubr ou à l'est d'une étendue ou d'un cours d'eau. Que trouve-t-on à l'est d'Ad Dubr ?

Sam vérifia sur son écran.

— Environ cent trente kilomètres de montagnes et de désert, puis la mer Rouge. Ce ne doit pas être le bon « Dubr ». Jusqu'à présent, tous les lieux indiqués se situaient en Europe.

— Je suis d'accord avec toi. Continuons. Cette histoire de roi... de quel royaume parle-t-on ?

— Jovis n'est pas un territoire ou un royaume, nous avons compris de travers... Voilà ! C'est une expression latine. « Iovis Dies » est l'expression latine pour désigner le jeudi.

— Le roi du jeudi ?

— Jupiter, répondit Sam. Dans la mythologie latine, Jupiter est le roi des dieux.

— Et l'on parle de la planète Jupiter comme d'une planète jovienne, reprit Remi. Le latin « iovis » est devenu « jovis », d'où l'adjectif « jovien ».

— Tout à fait exact. Quelle est la cinquième ligne ?

— *Le temple au carrefour du conquérant.*

— Bingo, murmura-t-il. Nous y sommes. De nombreux temples furent consacrés à Jupiter : au Liban, à Pompéi... et à Rome. À Rome, la colline capitoline est consacrée à la triade du même nom – Jupiter, Junon et Minerve. La cerise sur le gâteau, c'est le fait que le temple de Jupiter Capitolin se trouve sur le Capitole, l'une des sept collines de Rome.

— Laisse-moi deviner : la troisième. *La troisième parmi les sept se lèvera.*

— Oui.

Sam trouva sur Internet un dessin réalisé par un artiste, montrant à quoi le site ressemblait à l'époque de l'apogée romaine.

— Tu ne vois rien de familier ? demanda Remi après l'avoir examiné un moment.

— À part la colline du Capitole ? Non.

— Regarde à l'ouest.

Sam passa l'index en travers de l'écran et l'arrêta sur une ligne bleue sinueuse qui courait du nord au sud.

— La rivière Tibre.

— Et quel est ce mot celtique pour désigner l'eau ?

— *Dubr*, répondit Sam, un sourire aux lèvres.

— Si l'énigme s'arrêtait là, je suggérerais de faire nos valises et de partir pour Rome, mais je crains que ce ne soit pas aussi simple.

*

Sam et Remi décidèrent de se baser sur l'hypothèse selon laquelle la dernière ligne – *Marche à l'est vers la coupe et trouve le signe* – trouverait d'elle-même sa solution au moment où ils atteindraient leur prochaine destination, ou même plus tôt. Ils se concentrèrent donc sur les quatrième et cinquième lignes : *De l'alpha à l'oméga, de la Savoie à Novara, sauveur de Styrie/Le temple au carrefour du conquérant.* Ils passèrent deux heures à griffonner des notes et à tourner en rond comme des lions en cage.

Un peu avant minuit, Sam s'enfonça sur le dossier de son fauteuil et se passa la main dans les cheveux. Soudain, son geste se figea.

— Que se passe-t-il ? lui demanda Remi.

— Il me faut la notice biographique de Bonaparte, celle que Selma nous a envoyée par courrier électronique. Voilà ! Styrie.

— Eh bien ? répondit Remi en feuilletant ses notes. C'est une région d'Autriche.

— C'était aussi le nom d'un des chevaux de Bonaparte, au moins jusqu'à la bataille de Marengo en 1800, puisqu'il a renommé ensuite son cheval pour célébrer sa victoire.

— Dans ce cas, le « sauveur de Styrie » aurait secouru le cheval de Bonaparte. Allons-nous rechercher un vétérinaire ?

— J'en doute, répondit Sam en riant.

— En tout cas, c'est un début. Supposons que les deux éléments de phrase précédents, *De l'alpha à l'oméga, de la Savoie à Novara*, aient quelque chose à voir avec ce fameux sauveur. Nous savons que la Savoie est une région de France et que Novara désigne une province italienne.

— Mais nous y retrouvons cependant Bonaparte, l'interrompit Sam. La ville de Novara était le chef-lieu du département de l'Agogna, partie intégrante du royaume d'Italie de Bonaparte avant d'être cédée à la Maison de Savoie en 1814.

— Parfait. Revenons à la première partie : *De l'alpha à l'oméga*.

— Commencement et fin ; naissance et mort ; premier et dernier.

— Peut-être s'agit-il d'une référence à celui qui dirigeait cette province du royaume d'Italie, puis de son successeur après 1814. Non, cela ne va pas, nous ne recherchons sans doute qu'un seul nom. Peut-être quelqu'un qui est né en Savoie et mort à Novara ?

— Bernard de Menthon, né en Savoie en 923, mort à Novara en 1008. Il fut canonisé par Pie XI en 1923.

— Bernard, répéta Remi. Comme dans saint Bernard ?

— Oui.

— Cela n'a rien à voir, mais la seule chose qui vienne à l'esprit, ce sont les chiens.

— Tu n'es pas loin de la vérité, dit Sam en souriant. Ces chiens sont devenus célèbres grâce à l'hospice et au monastère du col du Grand-Saint-Bernard. Nous y sommes allés, Remi !

Trois ans plus tôt, ils avaient visité l'hospice au cours d'une randonnée cycliste au col du Grand-Saint-Bernard. L'établissement, particulièrement renommé pour son œuvre en faveur des voyageurs perdus ou blessés, pouvait s'enorgueillir d'un autre titre de gloire : en 1800, Bonaparte y avait fait halte avec son armée de Réserve lors de sa traversée vers l'Italie.

— J'ignore si l'on peut trouver des comptes rendus de cet épisode, dit Sam, mais on peut imaginer que Bonaparte ait offert Styrie au supérieur ou au maréchal-ferrant de l'hospice en signe de reconnaissance. En pleine tempête, cette halte a dû être providentielle.

— Sans aucun doute, acquiesça Remi. Quant à cette partie – *Le temple au carrefour du conquérant* –, on peut dire que ces montagnes ont vu passer pas mal de conquérants : Hannibal, Charlemagne, les légions romaines.

Sam pianotait à nouveau sur son clavier.

— La construction de ce temple par Auguste remonte à 70 avant Jésus-Christ, lut Sam à haute voix, tout en visualisant le lieu grâce à un logiciel de géolocalisation.

Remi se pencha par-dessus son épaule. Ils ne virent que des blocs déchiquetés de granit gris.

— Je ne distingue rien, constata Remi.

— Et pourtant, c'est là. Ce n'est peut-être plus qu'un tas de pierres, mais c'est là.

— Peut-être faut-il regarder à l'est du temple, suggéra Remi. (De son index, elle traça une ligne en travers du lac jusqu'à la falaise, le long de la rive sud.) Je ne vois rien qui ressemble à une coupe.

— La résolution est trop faible. Lors de notre visite, nous avons peut-être marché sur les restes de ce temple.

*

— Excellentes nouvelles ! commenta Selma lorsque Sam et Remi l'appelèrent dix minutes plus tard.

Elle se laissa aller en arrière dans son fauteuil pour savourer une gorgée de tisane. Sans sa ration d'infusions aussi rares que sophistiquées, l'après-midi lui semblait toujours traîner en longueur.

— Je vais encore effectuer quelques recherches, poursuivit-elle, et je vous enverrai un itinéraire. Je vais essayer de vous réserver des places sur le premier vol du matin.

— Le plus tôt sera le mieux, répondit Remi. Je crois que nous touchons au but.

— Donc, pour résumer, reprit Selma, si nous ajoutons foi au récit de Bucklin au sujet des Immortels et des Spartiates, on peut supposer que les Spartiates ont emmené les cariatides à travers l'Italie jusqu'au col du Grand-Saint-Bernard, et puis... et puis quoi ?

— Et deux mille cinq cents ans après, Bonaparte les découvre plus ou moins par hasard. Comment et où, nous ne le saurons que lorsque nous aurons suivi les instructions de la dernière ligne de l'énigme : *Marche à l'est vers la coupe et trouve le signe.*

— C'est très excitant ! Cela me donnerait presque envie de vous y rejoindre.

— Et abandonner le confort de votre espace de travail ? la taquina Remi. J'ai peine à le croire !

— Vous avez raison. Je me contenterai des photos à votre retour.

Ils bavardèrent encore quelques minutes. Lorsque Selma raccrocha, elle entendit soudain un bruit de pas. Elle se retourna et aperçut l'un des gardes engagés par Rubin qui se dirigeait vers la porte.

— Vous êtes Ben, c'est bien cela ? demanda-t-elle.

L'homme se retourna.

— C'est cela. Ben.

— Que puis-je faire pour vous ?

— Euh... rien. Je croyais avoir entendu du bruit, et je suis venu vérifier. Ce n'était que votre conversation au téléphone, je suppose.

— Tout va bien ? s'enquit Selma. Vous n'avez pas l'air dans votre assiette.

— J'ai simplement pris froid. Un rhume que m'a passé une de mes filles, sans doute.

CHAPITRE 56

COL DU GRAND-SAINT-BERNARD, FRONTIÈRE ITALO-SUISSE

SAM ET REMI DÉCOUVRIRENT qu'il existait deux itinéraires pour atteindre le col, à partir d'Aoste côté italien, ou de Martigny côté suisse – celui suivi par Bonaparte et son armée de Réserve presque deux siècles plus tôt. Ils choisirent le plus court des deux, par Aoste. La route serpentait en grimpant à travers la montagne jusqu'à l'entrée du tunnel.

Chef-d'œuvre d'ingénierie, celui-ci coupait droit à travers la montagne sur une distance de presque six kilomètres et reliait les vallées d'Aoste et de Martigny ; il offrait aux voyageurs une protection idéale contre les intempéries et les avalanches fréquentes sur le col.

Le passage par le tunnel leur ferait perdre presque une heure, et comme ils ignoraient combien de temps il leur faudrait pour déchiffrer la dernière ligne de l'énigme, mieux valait opter pour la prudence.

Après trente minutes sur la route en lacets, ils pénétrèrent dans une gorge étroite qui débouchait sur le lac. Séparé en deux par la frontière virtuelle entre la Suisse et l'Italie, celui-ci formait un ovale bleu-vert entouré d'imposantes murailles de roche. La rive est, en Suisse, accueillait l'hospice et le monastère, tandis que trois bâtiments étaient construits sur la rive italienne : un hôtel-restaurant, des logements destinés au personnel et une caserne de carabiniers dont la forme évoquait celle d'un cigare, avec un poste de contrôle à l'entrée. Le soleil étincelait dans un ciel sans nuages et se réverbérait dans l'eau du lac, plongeant les pics qui longeaient la rive sud dans la pénombre.

Sam et Remi s'arrêtèrent sur un parking au bord de l'eau, en face de l'hôtel. Ils sortirent de voiture et s'étirèrent. Quatre autres automobiles étaient garées à proximité. Des touristes se promenaient le long du rivage, prenaient des photos du lac et des montagnes avoisinantes.

Remi chaussa ses lunettes de soleil.

— Quel paysage incroyable.

— Et quand on pense que Bonaparte est passé ici même, dit Sam. Peut-être même qu'il venait de découvrir les cariatides et qu'il préparait son plan avec Laurent.

— Ou alors ils se demandaient comment sortir vivants de ces montagnes malgré la tempête.

— Tu as raison. Eh bien, essayons de trouver ce fameux temple. Il devrait être au sommet de la colline derrière l'hôtel.

— Excusez-moi, s'il vous plaît ! lança derrière eux une voix à l'accent italien.

Sam et Remi se retournèrent. Un homme mince vêtu d'un costume bleu trottait vers eux depuis l'entrée de l'hôtel.

— Oui ? dit Sam.

— Je vous demande pardon... (L'homme contourna Sam et vint se placer près du pare-chocs de leur voiture de location. Il consulta une feuille de papier qu'il tenait à la main, puis la plaque d'immatriculation, avant de se tourner vers eux.) Monsieur et madame Fargo ?

— En effet.

— J'ai un message pour vous. Une certaine Selma cherche à vous joindre. Vous pouvez utiliser le téléphone de l'hôtel, si vous le désirez.

Sam et Remi le suivirent jusqu'à la cabine téléphonique qui se trouvait dans le hall. Sam inséra sa carte de crédit et composa le numéro de Selma, qui décrocha dès la première sonnerie.

— Des ennuis, annonça-t-elle.

— Nous n'avons eu aucun réseau depuis que nous avons quitté Saint-Rhémy-en-Bosses. Que se passe-t-il ?

— Pendant que je vous parlais hier, Ben, un des gardes de Rubin, était dans la salle de travail. Je n'y ai d'abord pas prêté attention, mais j'y ai repensé ensuite, et j'ai scanné tous les ordinateurs. Quelqu'un a installé un logiciel d'enregistrement de touches sur le mien, et l'a enlevé ensuite.

— Je ne comprends pas un mot, Selma.

— Il s'agit d'une clef USB équipée d'un logiciel qui enregistre les touches utilisées, et donc l'ensemble des activités informatiques. Il suffit de la brancher et elle travaille toute seule. J'ignore pendant combien de temps elle a fonctionné, mais elle a enregistré tout ce que j'ai tapé sur le clavier. Les e-mails, les documents, tout. Vous pensez que c'est Bondarouk qui est derrière tout cela ?

— Oui, par l'intermédiaire de Kholkov. Peu importe, dans l'immédiat. Est-ce que ce Ben est là pour le moment ?

— Non, et il est en retard pour prendre son poste.

— S'il arrive, ne le laissez pas entrer. Appelez le shérif si nécessaire. Dès que nous raccrocherons, contactez Rubin et répétez-lui ce que vous venez de nous dire. Il se chargera du reste.

— Qu'allez-vous faire ?

— Nous préparer à avoir de la compagnie.

*

Ils quittèrent le hall, prirent leurs sacs dans le coffre de la voiture, puis se dirigèrent vers l'arrière de l'hôtel pour entamer l'ascension. L'herbe commençait à verdir autour des affleurements rocheux et quelques fleurs sauvages violettes et jaunes pointaient çà et là. Lorsqu'ils atteignirent le sommet, Sam sortit son GPS de son sac et l'alluma.

— Tu crois qu'ils sont déjà par ici ? demanda Remi en utilisant le zoom de son appareil photo pour scruter le parking en contrebas.

— Peut-être, mais ce n'est pas la peine d'anticiper, il y a des centaines de personnes dans le coin. À moins que tu ne préfères partir et revenir plus tard, je suggère que nous continuions comme prévu.

Remi hocha la tête.

Les yeux rivés à l'écran GPS, Sam parcourut une trentaine de mètres vers le sud, puis une dizaine vers l'est avant de s'immobiliser.

— Nous marchons juste au-dessus.

Remi regarda autour d'elle. Rien en vue.

— Tu en es sûr ?

— Ici, répondit Sam et désignant un point entre ses pieds.

Ils s'agenouillèrent tous les deux. Une ligne droite ciselée de quarante-cinq centimètres, à peine visible, parcourait le sol. Ils distinguèrent vite d'autres fissures, qui croisaient la première ou partaient dans plusieurs directions.

— C'est certainement ce qui reste des pierres de fondation, jugea Remi.

Ils s'approchèrent de ce qui avait peut-être été le centre du temple, puis se tournèrent vers l'est. Sam consulta les données GPS, prit un repère de l'autre côté du lac, puis descendit de la colline avec Remi. Une fois parvenus en bas, ils traversèrent la route par laquelle ils étaient arrivés, suivirent un sentier le long de la rive, dépassèrent un bar-restaurant aux murs de pierres irrégulières, avec une allée de bois qui menait à l'entrée, puis montèrent sur une corniche qui parcourait la rive en formant un rebord abrupt. De là, ils empruntèrent un sentier qui contournait une petite anse jusqu'à un terrain plat parsemé de rochers et de taches de verdure. Au-dessus d'eux, la muraille de pierre s'élevait à un angle de cinquante degrés. À l'ombre des montagnes, la température avait chuté.

— Fin de parcours, constata Sam, à moins de faire de l'escalade.

— Nous avons peut-être manqué quelque chose en chemin ?

— Je crois surtout que deux siècles d'érosion ont changé notre mystérieuse « coupe » en soucoupe de dînette !

— Ou alors, nous cherchons trop loin. Il s'agit peut-être du lac lui-même.

Une rafale de vent plaqua une mèche de Remi sur son visage et elle l'écarta de la main. Sam entendit soudain sur sa droite un sifflement creux. Il tourna brusquement la tête, aux aguets.

— Que se passe-t-il ? demanda Remi.

Sam posa l'index sur ses lèvres.

Le son se répéta. Il venait de tout près, un mètre ou deux à peine. Sam baissa la tête et s'arrêta devant un bloc de granit, large d'un peu plus d'un mètre et trois fois plus haut, adossé à la muraille rocheuse. Sur les deux tiers de sa hauteur, il aperçut une fissure oblique remplie d'un lichen vert-jaune. Il se dressa sur la pointe des pieds et appuya du bout des doigts sur la lézarde.

— De l'air souffle de l'intérieur. Il y a un espace vide derrière. Cette roche ne doit pas peser plus de deux cents ou deux cent vingt-cinq kilos. Avec un levier adéquat, nous devrions y arriver.

Il sortit deux piolets à glace de leurs sacs et les glissa dans sa ceinture. Avant d'arriver sur place, ils ignoraient ce qu'ils allaient trouver, mais ils ne s'attendaient certainement pas à découvrir les cariatides dans un placard de l'hospice ; la cachette se trouvait plus sûrement sous terre, ou dans quelque fissure rocheuse en hauteur, aussi s'étaient-ils munis du matériel nécessaire.

— Pour nos prochaines aventures, je préférerais moins de spéléologie et un peu plus de plages tropicales, suggéra Remi.

— Est-ce que quelqu'un nous observe ? demanda Sam.

Ils examinèrent les routes et l'autre rive du lac.

— Si c'est le cas, ils sont bien cachés, dit Remi.

— Cela t'ennuierait de me faire la courte échelle ?

— Pour toi, je suis prête à tout, tu le sais bien.

Sam glissa les doigts dans la fissure et se hissa à la force de ses bras. Remi plaça ses épaules sous ses pieds et il put ainsi se soulever jusqu'au sommet du bloc de granit. Un fois rétabli, il se retourna, le dos contre la pente. Il coinça ensuite chaque piolet dans l'interstice entre le bloc et la pente rocheuse de telle sorte que leurs manches pointent vers le haut. Il en saisit un dans chaque main, un peu comme pour actionner simultanément deux freins à main.

— Attention dessous !

Les mâchoires serrées, Sam tira sur les deux manches en prenant appui sur ses jambes. Le bloc de pierre se pencha en s'éloignant de la pente, vacilla un instant, puis se renversa. Les pieds de Sam suivirent le mouvement. Il se tourna sur le ventre et croisa les bras qu'il plaqua contre le rebord. La masse de granit s'écroula sur le sol en soulevant un nuage de débris.

— Qu'est-ce que tu vois ? demanda Remi.

— Un tunnel très sombre, de soixante centimètres sur soixante, à peu près.

Sam sauta sur le sol et ils s'accroupirent tous deux près du bloc. Sam détacha la gourde d'eau de sa ceinture et en versa la moitié du contenu sur la pierre afin d'en ôter la poussière.

L'image d'une cigale était gravée dans le granit.

CHAPITRE 57

Sam et Remi mirent leurs lampes frontales et endossèrent leurs harnais d'escalade. Sam grimpa sur le bloc de granit et éclaira l'entrée du tunnel.

— Il part tout droit et à plat sur trois mètres avant de s'élargir, dit-il à Remi. Je ne vois pas d'aspérités.

Il se faufila dans l'ouverture les pieds devant, puis aida Remi à monter sur le bloc. Il poursuivit alors sa progression, Remi rampant derrière lui, jusqu'à la partie la plus large du souterrain, où il parvint à se retourner. Le passage était haut de quatre-vingt-dix centimètres et sa voûte était couverte de minuscules agrégats de calcite.

Un peu plus loin, un trou en forme d'entonnoir s'ouvrait dans le sol, bouché en partie par une stalactite. Aucune autre ouverture n'était visible. Ils rampèrent en avant et Sam jeta un coup d'œil vers le bas.

— Je vois une plate-forme deux mètres plus bas.

Sam roula sur le dos et frappa à coups de pied la stalactite, qui finit par se détacher de la voûte. Il l'écarta du trou.

— J'y vais, lança Remi, qui s'avança et fit passer ses jambes. Sam lui saisit les mains et la fit descendre jusqu'à ce que ses pieds atterrissent sur le terre-plein.

— Tout va bien, ça tient !

Sam lâcha prise et vint la rejoindre un instant plus tard. Il leva les bras pour remettre la stalactite en place, prit une vis à glace à sa ceinture et l'inséra entre la stalactite et le bord du trou.

— Un système d'alarme primitif, expliqua-t-il à Remi.

La plate-forme, légèrement biseautée, se terminait en saillie. Au-delà, la roche chutait en oblique. À la lueur de leurs torches, ils purent constater que la pente s'infléchissait ensuite sur la droite.

Sam tira un rouleau de corde d'alpinisme de son sac à dos, attacha un mousqueton à son extrémité, puis le laissa pendre par-dessus le rebord. Le mousqueton cliqueta en descendant le long de la roche, puis s'arrêta lorsque Sam eut lâché six ou sept mètres de corde.

— Encore un terre-plein horizontal, constata Sam, mais nous ignorons ses dimensions.

— Aide-moi à descendre.

Sam remonta le mousqueton et l'attacha au harnais de Remi. Les pieds bloqués contre la paroi, il la fit doucement descendre, donnant du mou à la corde lorsqu'elle le lui réclamait. Au bout d'un moment, elle lui demanda d'arrêter.

— Une nouvelle plate-forme, lança-t-elle, tandis que sa voix résonnait dans le passage. Je vois des parois à gauche et devant, et une saillie sur la gauche. Et encore une dénivellation qui part en travers.

— C'est assez large ?

— Aussi large que là où tu es.

— Mets-toi contre le mur, j'arrive.

Sam lança la corde par-dessus le bord et se laissa aller ; lorsque ses pieds rencontrèrent la pente rocheuse, il glissa sur le derrière et rejoignit Remi, qui l'aida à se relever. Le plafond, constellé de petites stalactites fistuleuses de deux ou trois centimètres, et plus haut que celui du niveau supérieur, dépassait la tête de Sam d'une soixantaine de centimètres.

Il avança jusqu'au bord et éclaira la pente en contrebas.

— Je commence à voir un schéma se dessiner, annonça-t-il à Remi.

*

Ils poursuivirent leur descente, suivirent une série de plates-formes et de dénivellations, puis débouchèrent enfin, quinze minutes plus tard, sur une caverne de la taille d'une grange, à la voûte couverte de stalactites. Les parois étaient tapissées de coulées successives de calcite brun crème. D'épaisses colonnes de stalagmites s'élevaient du sol, semblables à des bouches d'incendie grossièrement tordues.

Sam sortit un bâton lumineux de son sac, le plia et le secoua jusqu'à ce qu'il prenne une teinte vert néon. Afin qu'il demeure invisible depuis la plate-forme supérieure, il le posa derrière une stalagmite dont la forme évoquait celle d'un tonneau.

Le mur devant eux formait une impasse. Trois tunnels partaient sur la droite, chacun formant une crevasse sur la paroi. À gauche, un rideau de stalactites « dents de dragon » tombait jusqu'à moins de trente centimètres du sol.

— Nous sommes au moins à trente mètres sous la surface, observa Remi. Sam, personne n'aurait pu transporter les cariatides de cette manière.

— Je sais. Il doit exister une autre entrée. Plus loin en redescendant du col, je suppose. Attends... Tu as entendu ?

Quelque part sur leur gauche, au-delà de la stalagmite « dent de dragon », de l'eau ruisselait.

— Une cascade.

Ils longèrent le rideau de stalactites, s'arrêtant de temps à autre pour jeter un coup d'œil par-dessous. À mi-longueur, ils s'aperçurent que certaines des « dents » étaient brisées, laissant apparaître une ouverture, du sol jusqu'à la hauteur de la taille. De l'autre côté, un pont de pierre surplombait un gouffre. Vers le milieu du passage, une fine pellicule d'eau s'abattait dans le vide, formant un nuage de brume qui étincelait à la lueur de leurs lampes. À peine visible à travers la cascade, on distinguait de façon confuse les contours d'un nouveau tunnel.

— Incroyable ! s'exclama Remi. Tu crois que cette eau vient du lac ?

— C'est sans doute de la neige fondue qui s'évacue ainsi. Cette cascade n'existera peut-être plus d'ici deux mois.

Ils décidèrent de revenir sur leurs pas.

Quelque part au loin, un tintement métallique résonna, suivi d'un silence, puis d'autres tintements tandis que la vis à glace de Sam dégringolait le long des parois depuis l'entrée du souterrain.

— Elle a peut-être glissé toute seule, suggéra Remi.

Ils rampèrent jusqu'à la plate-forme et s'immobilisèrent pour écouter. Une minute s'écoula, puis une deuxième.

— Aide-moi à descendre, dit une voix amplifiée par l'écho.

La voix était reconnaissable entre mille : Bondarouk.

— De combien de temps disposons-nous ? demanda Remi.

— Il doit avoir d'autres hommes avec lui. Je dirais vingt, vingt-cinq minutes.

— Il pense que nous sommes sur la bonne piste, dit Remi. Il vient réclamer son trophée.

Seuls Sam, Remi, Bondarouk et ses hommes savaient que les cariatides étaient peut-être cachées dans ces grottes. La conclusion s'imposait : Bondarouk ne pouvait se permettre de les laisser sortir de là vivants.

— Dans ce cas, il risque d'être déçu, dit Sam. Allons, viens.

Ils se faufilèrent entre les stalagmites jusqu'à la paroi opposée et vérifièrent un par un chacun des trois tunnels. Le premier et celui du milieu ne leur offrirent qu'une totale obscurité. Le troisième formait un coude sur la gauche au bout de deux mètres. Sam échangea un regard avec Remi et haussa les épaules.

— Les dés sont jetés, dit-elle en imitant son geste.

Ils se glissèrent dans la fissure et suivirent le coude. Remi trébucha et tomba. Elle parvint à se rétablir et se frotta le genou. Sam l'aida à se relever.

— Je vais bien, le rassura-t-elle. Mais qu'est-ce que c'est que cela ?

Sur le sol, un objet brillait dans le faisceau de sa lampe. Sam passa devant elle et le ramassa. C'était une épée droite, étroite, longue d'une soixantaine de centimètres. Elle était ternie, mais des taches brillantes apparaissaient par endroits sur la lame.

— C'est un x*iphos*, Remi. Ces armes étaient portées par les soldats de l'infanterie spartiate. Oh, mon Dieu, alors ils sont vraiment venus ici...

Sam fit un effort pour s'arracher à ses pensées. Ils se remirent en route.

Le tunnel continuait, virant d'un côté ou de l'autre avant d'aboutir à un carrefour à trois branches.

— Celui de gauche rejoint celui du milieu dans la caverne, je crois, dit Sam.

— Très peu pour moi, merci.

Plus loin, l'autre tunnel descendait, d'abord en pente douce, puis de façon plus accentuée. Sam et Remi durent chercher des prises sur les parois et surveiller leurs pas pour conserver l'équilibre. Les minutes passaient. En arrivant à un tournant, Sam s'arrêta brusquement pour ne pas se cogner contre un mur qui barrait le passage.

— Voie sans issue, commenta Remi.

— Pas tout à fait.

Une crevasse horizontale apparaissait à l'endroit où le mur rejoignait le sol. Sam s'accroupit et éclaira l'intérieur. La crevasse était haute de moins de quarante-cinq centimètres. Un air froid s'échappait de l'ouverture.

— Cela pourrait être l'autre entrée, dit Remi. Je vais vérifier.

— C'est trop dangereux.

Derrière eux, une voix se réverbéra contre les parois.

— Vous avez trouvé ?

C'était la voix de Kholkov.

— Rien ! lui répondirent deux autres voix.

— Bondarouk, Kholkov et deux acolytes, constata Sam.

— Je vais voir, dit Remi.

— Remi...

— J'ai plus de chances que toi de ne pas rester coincée. Et si c'est le cas, j'aurai besoin de ta force pour me faire ressortir. Ne t'inquiète pas, je vais juste avancer un tout petit peu, dit-elle en ôtant son sac à dos et son harnais.

Sam fronça les sourcils, puis hocha la tête.

Il attacha une extrémité de la corde à la cheville de Remi, qui se mit à plat ventre pour entrer dans la crevasse. Lorsqu'elle y fut engagée jusqu'aux chevilles, Sam approcha la tête de la fissure.

— Cela suffit, Remi, tu es assez loin.

— Attends, je vois quelque chose devant moi.

Ses pieds disparurent et Sam l'entendit fouiller parmi des cailloux. Puis le silence se fit.

— Il y a une autre caverne, Sam, murmura-t-elle enfin.

Sam ôta à son tour son sac, son harnais et sa ceinture, les posa sur ceux de Remi et coinça le *xiphos* entre les deux sacs. Il prit la corde et tira pour avertir Remi, qui la fit disparaître à travers la crevasse.

— Tu peux venir, maintenant, Sam.

Sam s'aplatit et se faufila dans l'ouverture. Les parois latérales et la voûte se refermèrent autour de lui, frottant ses coudes et le sommet de son crâne.

Soudain, derrière lui, un bruit...

Sam se figea.

Des pas résonnèrent le long du tunnel, suivis par des bottes qui dérapaient sur les graviers. La lueur d'une torche se mit à danser sur les parois.

— Le voilà ! lança une voix. Je les ai trouvés !

Sam continua à avancer, les mains agrippant le sol, ses bottes poussant sur les parois.

— Vous ! Arrêtez !

Sam rampait toujours. Une nouvelle crevasse apparut trois mètres plus loin, puis la tête de Remi, qui se profilait dans le rayon de la lampe. Ses mains furent bientôt visibles elles aussi. Le mousqueton attaché à l'extrémité de la corde vint rebondir près de lui. Il l'attrapa et continua à avancer tandis que Remi tirait sur la corde.

— Abattez-le ! hurla Kholkov.

Un grondement retentit, et une lumière orangée inonda le passage. Sam sentit une forte piqûre sur son mollet droit. Il saisit la main tendue de Remi, replia les jambes et poussa de toutes ses forces. Il tomba tête la première, fit une roulade maladroite et atterrit cul par-dessus tête. L'arme rugit encore à deux reprises, mais les balles qui traversèrent la crevasse ricochèrent sans dommage au-dessus de leurs têtes.

Sam roula de côté et s'assit. Remi s'accroupit près de lui et appliqua un bandage élastique sur sa blessure. Sam se releva, s'assura que sa jambe était valide, et hocha la tête en signe d'approbation.

Ils entendirent ramper dans l'étroit passage qui menait à la caverne.

— Il faut bloquer l'entrée, dit Sam.

Ils examinèrent les alentours. Aucune des stalactites n'était assez mince pour se briser. Sur la paroi de gauche, un objet attira l'attention de Sam. Il souleva ce qu'il prit d'abord pour un piquet, et constata qu'il s'agissait en réalité d'une lance. La hampe, enduite d'une sorte de laque, était étonnamment bien conservée.

— Une lance spartiate ?

— Non, la forme de la pointe ne correspond pas. Je dirais qu'il s'agit plutôt d'une arme perse.

Sam la soupesa, fit volte-face et se plaqua contre la roche, sous la crevasse.

— Faites demi-tour et filez d'ici, cria-t-il.

Il n'obtint aucune réponse.

— Dernière chance !

— Allez rôtir en enfer !

Une nouvelle détonation retentit. La balle s'écrasa contre la paroi.

— À votre guise, marmonna Sam.

Il se leva, bascula le bras en arrière et enfonça la lance dans l'ouverture. La pointe frappa quelque chose de mou. Sam et Remi entendirent quelqu'un suffoquer. Sam retira la lance d'un geste brusque, puis se pencha en avant. Ils attendirent, certains d'entendre leur poursuivant appeler son camarade, mais le silence demeura total.

Sam leva un peu la tête. Un homme gisait, inerte, à quelques dizaines de centimètres à l'intérieur de la crevasse. Il étendit la main et s'empara de son arme, un Magnum .357.

— Je vais le prendre, dit Remi. Tu as les mains occupées, à moins que tu veuilles abandonner ton tisonnier perse. Il leur faudra un moment pour le sortir de là.

— Bondarouk ne prendra même pas cette peine. Ils vont essayer de trouver une autre entrée.

Sam et Remi regardèrent autour d'eux pour examiner les lieux. La caverne, en forme de haricot, était plus petite que la grotte principale. La voûte s'élevait à quatre mètres de hauteur et une sortie s'ouvrait sur la paroi de droite.

Sam et Remi fouillèrent parmi les stalactites, mais ne découvrirent aucun autre objet de fabrication humaine.

— Combien de Perses et de Spartiates ont-ils survécu, selon Bucklin ? demanda Sam.

— Une vingtaine de Spartiates et trente Perses.

— Remi, regarde cela.

Remi vint le rejoindre près de ce qui ressemblait à une paire de stalactites. Elles étaient creuses, et leur surface semblait faite d'accumulations de calcite, mais à l'intérieur, les espaces vides étaient parfaitement cylindriques.

— Rien dans la nature ne peut être aussi uniforme, jugea Remi. Ils sont venus ici, Sam.

— Et ils n'ont pu partir que par une seule issue.

Ils se dirigèrent vers la paroi et se penchèrent pour pénétrer dans le passage, qui serpentait avant de déboucher sur un surplomb. Un nouveau pont de pierre enjambait un précipice et menait à un nouveau tunnel. Sam s'inclina à droite, puis à gauche, pour tester l'épaisseur du pont.

— Il me paraît solide, mais...

Avant que Remi puisse émettre une protestation, Sam prit pied sur le pont. Il resta immobile quelques secondes, puis traversa. Remi le rejoignit. Ils se frayèrent un passage parmi une dense forêt de stalactites avant d'arriver dans un espace ouvert.

Ils s'arrêtèrent brusquement.

— Sam..., murmura Remi.

— Je les vois.

Prises dans le faisceau de leurs lampes, les cariatides étaient étendues côte à côte sur le sol, leur visage d'or contemplant la voûte de la caverne. Sam et Remi avancèrent et s'agenouillèrent près d'elles.

Fondus avec un soin méticuleux, les torses d'or des deux effigies étaient drapés de tuniques, restituées avec une telle finesse que Remi parvenait à distinguer les plis et les coutures. Une couronne de lauriers reposait sur leurs têtes ; chaque tige, chaque feuille, était en soi une œuvre d'art.

— Qui les a déplacées ? demanda Remi. Laurent ? Comment aurait-il réussi à faire cela tout seul ?

— Avec ça, répondit Sam en désignant la paroi.

Une sorte de traîneau improvisé, fait d'une demi-douzaine de boucliers empilés, se trouvait près du mur. Les boucliers en osier et en cuir laqué avaient la forme d'un immense sablier. Ils étaient liés par ce qui ressemblait à une corde en boyau de chat.

— Nous avons vu l'un de ces boucliers à Khotine, observa Sam. C'est un *gerron* perse. Essaie d'imaginer la scène : Laurent ici, travaillant seul pendant des jours, construisant ce traîneau et faisant passer les cariatides sur ce pont... Incroyable.

— Mais pourquoi les avoir laissées ici ?

— Je l'ignore. Nous savons qu'il y a un vide dans la biographie de

Laurent, quelques années avant qu'il ne recoure aux services d'Arienne et du *Faucon*. Bonaparte lui a peut-être ordonné de sortir les cariatides d'ici. Laurent aurait compris qu'il n'y parviendrait pas sans aide et les aurait laissées sur place avec l'espoir de revenir ensuite.

— Sam, la lumière du jour.

Sam leva les yeux. Remi, qui s'était déplacée plus loin le long de la paroi, était agenouillée près d'une fissure large comme l'épaule. L'intérieur, qui s'était effondré, était rempli de débris de pierres. Un trait de lumière de la taille d'un crayon se dessinait à l'autre bout de la fissure.

— Bonaparte et Laurent sont peut-être arrivés par ici, dit Remi, mais nous ne pourrons pas sortir par le même chemin.

— Il faut partir, dit Sam. Allons chercher de quoi nous défendre.

*

Ils découvrirent une autre ouverture, à peine plus grande que celle par laquelle ils étaient entrés. À son extrémité se trouvait en renfoncement un nouveau tunnel latéral, qui semblait conduire vers la caverne principale. Pendant une vingtaine de minutes, ils avancèrent avec précaution, puis se retrouvèrent devant une intersection. Quelque part sur leur gauche, ils entendirent à nouveau un ruissellement.

— La cascade, murmura Remi.

Ils rampèrent jusqu'à l'embouchure du passage, puis s'arrêtèrent. Le rideau de stalactites « dents de dragon » leur faisait face. Sur leur gauche, la plate-forme. Ils distinguaient à peine la lueur du bâton de lumière chimique qui formait une tache sur la paroi, derrière la stalactite en forme de tonneau.

— Je ne vois personne, dit Sam.

— Moi non plus.

Ils commencèrent la traversée de la caverne en se dirigeant vers la plate-forme.

À la périphérie de son champ de vision, Sam prit conscience d'un mouvement, une fraction de seconde avant le coup de feu. La balle s'écrasa sur une stalactite, tout près de sa hanche. Il se baissa d'un geste vif. À côté de lui, Remi se retourna, visa la silhouette en mouvement et appuya sur la détente. L'homme tournoya et s'abattit, mais roula presque aussitôt sur le flanc pour se relever.

— Cours ! aboya Sam. Par là !

Remi en tête, ils coururent vers le rideau de calcite, passèrent à l'endroit où certaines des dents étaient brisées, puis se lancèrent sur le pont rendu glissant par l'eau. Sans ralentir, Remi traversa la cascade, suivie par Sam. Lorsqu'ils atteignirent le surplomb, Remi continua sa course, mais Sam freina des quatre fers et se retourna.

— Sam !

À travers la chute d'eau, il aperçut une forme humaine qui courait. Il posa le *xiphos* et la lance, prit au creux de ses mains une grosse poignée de graviers qu'il lança sur le pont. Une seconde plus tard, l'homme passa à travers le rideau liquide, son arme pointée devant lui. Son pied d'appui dérapa sur les graviers et se déroba sous lui. Les yeux écarquillés, les bras battant l'air, il trébucha en arrière, le visage sous le ruissellement de la cascade, puis s'affaissa en avant. L'une de ses jambes glissa sur le bord, tandis que l'autre cherchait à retrouver un point d'appui. Il disparut en hurlant dans le gouffre.

Remi apparut près de l'épaule de Sam, qui ramassa la lance et se tourna vers elle.

— Deux hors course, il n'en reste que...

— Trop tard, lança une voix. Ne faites pas un geste.

Sam fit un mouvement de côté. Entouré d'une brume tourbillonnante, Kholkov était debout sur le pont, devant la cascade. Son Glock neuf millimètres braqué sur eux.

— Il me reste une balle, chuchota Remi. Ils vont nous tuer, de toute façon.

— C'est vrai, répondit Sam dans un murmure.

— Assez bavardé, lança Kholkov d'un ton hargneux. Fargo, écartez-vous de votre femme.

Sam détourna légèrement le corps en veillant à masquer la main de Remi, et il allongea avec lenteur la lance dans la direction de Kholkov. Mû par l'instinct, le Russe ne put s'empêcher d'en regarder la pointe. Remi profita de l'occasion. Plutôt que de lever le Magnum à hauteur de l'épaule, elle le garda vers la hanche et appuya sur la détente.

Un trou bien net apparut sur le sternum de Kholkov ; une tache rouge commença à s'élargir sur le devant de son pull. Il s'effondra sur les genoux et regarda Sam et Remi, les yeux grands ouverts. Sam vit sa main se contracter, et le Glock commencer à s'élever. La lance pointée droit devant lui, Sam chargea. Les réflexes déclinants de Kholkov n'étaient plus de taille à lutter contre une arme acérée. La pointe d'acier plongea dans la poitrine du Russe et ressortit par le dos. Sam se pencha en avant, lui arracha le Glock de la main, planta ses pieds fermement sur le sol et fit tourner la lance. Kholkov roula sur le flanc. Sam approcha du bord et regarda son corps disparaître en tournoyant.

— Triste fin, mais il ne méritait guère mieux, commenta Remi en s'approchant.

*

De retour dans la caverne, Sam et Remi se faufilèrent parmi les stalactites pour gagner la plate-forme, regardant avec soin autour d'eux et surveillant leurs arrières. Bondarouk demeurait invisible. Ils s'attendaient à chaque instant à le voir apparaître de l'obscurité de l'un des tunnels, mais ils ne décelèrent aucun mouvement, aucun son, à l'exception du ruissellement lointain de l'eau.

Ils firent halte sur la plate-forme.

— À mon tour de te faire la courte échelle, dit Sam en s'agenouillant et en mettant ses mains en coupe.

Remi resta immobile.

— Sam, où est le bâton de lumière chimique ?

— Juste là, répondit Sam en se retournant.

Derrière la stalagmite en tonneau, la lueur verte semblait se déplacer.

— Cours, Remi, murmura Sam du coin des lèvres.

Sans discuter, Remi fit volte-face et s'élança à travers la caverne vers les tunnels, de l'autre côté des « dents de dragon ».

Bondarouk apparut à trois mètres de Sam. Comme un fauve attiré par sa proie, il jaillit en avant, leva son arme et visa Remi.

— Non ! hurla Sam.

Il brandit le Glock et fit feu. La balle manqua la tête de Bondarouk et lui frôla la joue, lui déchirant l'oreille. Le Turkmène poussa un cri, se retourna et tira à son tour. Sam sentit une poussée brutale sur son flanc gauche. Une vague de douleur incandescente se propulsa à travers son torse et sembla exploser derrière ses yeux. Il trébucha et tomba en arrière. Le Glock dégringola sur le sol de pierre.

— Sam ! cria Remi.

— Restez où vous êtes, madame Fargo ! aboya Bondarouk. (Il sortit de derrière la stalagmite et vint tout près de Sam en pointant son arme sur sa tête.) Maintenant, revenez par ici !

Remi demeura sur place.

— Je vous ai dit de venir par ici !

Remi mit les mains sur ses hanches.

— Non. Vous avez de toute manière l'intention de nous éliminer.

Sam ne bougeait pas, il essayait de reprendre son souffle, tout en se concentrant sur la voix de Remi.

— C'est faux. Si vous me dites où se trouvent les colonnes, je vous...

— Vous êtes un menteur et un assassin, allez au diable ! Vous trouverez peut-être les colonnes, mais nous n'allons pas vous faciliter la tâche, croyez-moi.

Sur ce, Remi tourna les talons et commença à marcher. Son attitude de défi eut l'effet escompté.

— Bon Dieu, revenez ici, je vous dis !

Bondarouk fit un écart et braqua son arme dans sa direction. Sam prit une profonde inspiration, serra les mâchoires et réussit à se rasseoir. Il leva le *xiphos* au-dessus de sa tête et l'abattit d'un coup. La lame retomba sur le poignet de Bondarouk. L'épée spartiate n'avait peut-être pas été utilisée depuis plus de deux millénaires, mais elle était encore assez affûtée pour sectionner l'os et la chair.

La main de Bondarouk se sépara de son bras et tomba sur le sol. Il poussa un hurlement, empoigna le moignon de son autre main et s'affaissa à genoux.

Remi ne mit que quelques secondes à rejoindre son époux.

— Aide-moi à me relever, lui demanda Sam.

— Tu dois rester immobile.

Sam roula de côté et se redressa sur ses genoux.

— Aide-moi à me relever, répéta-t-il. J'ai du sang sur le dos ?

— Oui.

— C'est bien. Blessure ouverte des deux côtés.

— Et tu trouves que c'est bien ?

— Tout est relatif.

Sam s'approcha de Bondarouk, éloigna son arme d'un coup de pied et l'attrapa par le col de son blouson.

— Debout !

— Je ne peux pas ! haleta Bondarouk. Ma main !

Sam le souleva jusqu'à ce qu'il tienne sur ses pieds.

— Monsieur Bondarouk, aimez-vous voir les choses de haut ?

— Qu'est-ce que vous racontez ?

Sam lança un regard interrogatif à Remi, qui réfléchit un instant, puis hocha la tête d'un air déterminé.

Sam, tirant et poussant à la fois, entraîna Bondarouk de l'autre côté de la caverne vers les « dents de dragon » et, au-delà, le pont de pierre et le gouffre.

— Qu'est-ce que vous faites ? Lâchez-moi !

Sam avançait toujours.

— Arrêtez ! Arrêtez ! Où allons-nous ?

— Nous ? En ce qui nous concerne, nous n'allons nulle part. Quant à vous... vous prenez l'ascenseur express pour l'enfer.

Épilogue

BEAUCOURT, FRANCE
QUATRE SEMAINES PLUS TARD

REMI ENGAGEA LA CITROËN de location dans l'allée de graviers bordée d'arbres qu'elle suivit sur cent mètres jusqu'à une ferme à deux étages recouverte de stuc blanc, avec des fenêtres à pignons aux volets noirs. Elle s'arrêta près d'une palissade et coupa le moteur. La maison était flanquée sur la droite d'un jardin rectangulaire dont le sol noir labouré semblait attendre les semis. Une petite allée de pierres conduisait du portail à la porte de la ferme.

— Si ce que nous pensons est vrai, dit Remi, nous allons bouleverser la vie de cette fille.

— En l'améliorant, corrigea Sam. Et elle le mérite.

*

Après la confrontation de la caverne, il avait fallu deux heures à Sam et à Remi pour remonter à la surface, Remi grimpant en tête, fixant des pitons, des vis à glace, et supportant le poids de Sam du mieux qu'elle le pouvait. Sam refusa de la laisser partir en avant pour aller chercher de l'aide. Ils étaient descendus dans ces cavernes ensemble, et ils en ressortiraient ensemble.

Une fois dehors, Sam resta assis pendant que Remi courait demander de l'aide à l'hôtel.

Le lendemain, ils se rendirent à l'hôpital de Martigny. La balle n'avait atteint aucun organe vital, mais Sam éprouvait la même sensation que s'il venait de servir de punching-ball à un boxeur. On le garda en observation. Trois jours plus tard, Remi et lui étaient de retour à San Diego, où Selma leur expliqua comment Bondarouk avait réussi à les pister jusqu'au col du Grand-Saint-Bernard. Kholkov avait approché l'un des gardes envoyés par Rubin et lui avait imposé un ultimatum : s'il refusait d'installer le logiciel d'enregistrement de touches sur le système informatique de Selma, ses deux petites filles seraient enlevées. Sam et Remi se mirent à la place du malheureux et ne se sentirent pas le cœur de le blâmer pour ce qui était arrivé. La police fut tenue à l'écart de l'affaire.

Le lendemain matin, ils entamèrent le processus de restitution des cariatides au gouvernement grec. Ils appelèrent d'abord Evelyn Torres, qui contacta aussitôt le conservateur du musée archéologique de Delphes. À partir de là, les choses s'accélérèrent et moins d'une semaine plus tard, une expédition commanditée par le ministère grec de la Culture était à l'œuvre dans les grottes. Les membres de l'équipe découvrirent dans une caverne annexe les squelettes de dizaines de soldats perses et spartiates, avec leur matériel et leurs armes.

Selon Evelyn, il faudrait encore plusieurs semaines avant que l'expédition soit en mesure d'extraire les colonnes de la caverne, mais le ministère était confiant : les cariatides allaient rentrer au pays pour être intégrées aux collections du musée. Avant la fin de l'année, les chercheurs et érudits du monde entier devraient reconsidérer leurs connaissances sur une partie importante de l'histoire de la Grèce et de la Perse.

Hadeon Bondarouk était mort sans avoir pu admirer ses cariatides, tant désirées et si insaisissables.

Lorsque Sam fut presque entièrement rétabli, Remi et lui s'intéressèrent à nouveau à la cave perdue de Napoléon Bonaparte. À en croire la légende, Bonaparte aurait ordonné à son sommelier et caviste, Henri Émile Archambaud, de lui procurer douze bouteilles du vin de Lacanau. Sam et Remi n'étaient en mesure d'en répertorier que cinq : celle perdue par Manfred Boehm, puis détruite, ainsi que l'attestait l'éclat de verre trouvé par Ted Frobisher ; les trois qu'ils avaient eux-mêmes découvertes, à bord du *Molch*, à Saint-Barthololomé, et dans les catacombes de la famille Tradonico à Oprtalj ; et enfin, celle volée par Kholkov à Rum Cay à bord du *Marder*, et récupérée par Bondarouk. Les gouvernements français et ukrainien étaient d'ailleurs en pleine négociation à ce sujet. Sam et Remi, quant à eux, avaient déjà fait don des bouteilles en leur possession au ministère français de la Culture. Ils reçurent en retour une subvention de sept cent cinquante mille dollars pour la Fondation Fargo. Un quart de million de dollars par bouteille.

Un mystère demeurait : qu'étaient devenues les sept autres bouteilles ? Étaient-elles perdues, ou bien attendaient-elles quelque part que quelqu'un les découvre ? Constituaient-elles des éléments mineurs des énigmes, ou avaient-elles été cachées dans un but précis ? La réponse, se dirent Sam et Remi, était liée au sort de celui par qui tout avait commencé, l'initiateur de la légende de la cave perdue, le capitaine contrebandier du *Faucon* : Lionel Arienne, l'homme dont Laurent et Bonaparte avaient loué les services pour dissimuler les précieux flacons.

Pour autant qu'ils puissent en être sûrs, Bonaparte ne s'était fié qu'à Laurent, et à lui seul, pour mener à bien cette tâche, et ils avaient déployé les grands moyens pour s'assurer que les bouteilles soient à l'abri. Alors pourquoi Laurent avait-il eu recours à un marin rencontré dans une taverne du Havre ?

Il fallut des semaines à Sam et à Remi pour trouver les réponses à leurs questions. Ils se rendirent tout d'abord à la bibliothèque Newberry de Chicago, où ils passèrent trois jours à compulser et trier les documents de la collection Spencer, le plus vaste rassemblement d'archives originales de l'époque napoléonienne des États-Unis. De là, ils s'envolèrent pour Paris, où ils travaillèrent à la Bibliothèque Nationale de France puis au SHD, le Service historique de la Défense, au château de Vincennes. Enfin, armés de blocs-notes déjà bien remplis, de copies d'actes de naissance et de décès, de lettres de décharge de responsabilité pénale et d'autorisations de transfert, ils se rendirent en Normandie, à Rouen. C'est là qu'ils découvrirent, dans un sous-sol des archives provinciales, le maillon manquant de la chaîne.

Au mois de septembre 1818, le sergent Léon Arienne Pelletier, vétéran décoré de l'armée de Réserve de Bonaparte et attaché au service d'Arnaud Laurent pendant la campagne d'Italie de 1800, reçut son congé de l'armée et revint s'installer chez lui à Beaucourt, un peu moins de deux cents kilomètres à l'est du port du Havre. Deux mois plus tard, il disparaissait, puis refaisait surface au Havre avec de nouveaux documents d'identité. Il fit l'acquisition d'une barque à trois mâts, le *Zodiaque*. Le bâtiment coûtait plus que la solde de toute une vie d'un régiment entier. Il le rebaptisa du nom de *Faucon* et se lança dans la contrebande d'armes et d'alcool le long de la côte, engrangeant de modestes profits. Chose étrange, il n'eut jamais maille à partir avec les autorités françaises. Deux ans après, en juin 1820, Arnaud Laurent entra dans une taverne et loua les services de Lionel Arienne et du *Faucon*. Un an s'écoula, puis Arienne revint au Havre, vendit le *Faucon* et rentra à Beaucourt, où il dilapida lentement mais sûrement sa fortune entre alcool et jeux de hasard.

Pourquoi Arienne avait-il choisi de révéler son secret sur son lit de mort ? Sam et Remi l'ignoraient, mais il était clair que seuls Bonaparte, Laurent et Arienne lui-même connaissaient l'histoire des cariatides siphniennes. Et l'on ne saurait sans doute jamais comment ils les avaient découvertes.

La traduction et le déchiffrage par Selma du Journal de Laurent permit de trouver la solution de deux énigmes mineures : dix mois après être allés chercher le vin à Sainte-Hélène, alors qu'ils venaient de passer une année presque entière à répartir les bouteilles dans divers pays, Laurent et Arienne apprirent la nouvelle de la mort de Bonaparte. Désespéré, Laurent, qui avait déjà mis le cap sur Marseille, cacha trois bouteilles au Château d'If avant de gagner le port. Il ne souffla mot à personne des autres flacons.

Autre motif de désespoir pour Laurent : Napoléon II, le fils de Bonaparte, n'entreprit jamais la quête que son père avait initiée pour lui. Depuis son retour en France jusqu'à sa mort en 1825, Laurent écrivit au fils de l'Empereur des dizaines de lettres le suppliant de se conformer aux souhaits de son père, mais Napoléon II refusa, préférant le confort de la cour royale autrichienne à de « puérils jeux de cache-cache ».

Il s'avéra que le sergent Léon Arienne Pelletier avait une descendante vivante en la personne d'une lointaine cousine du nom de Louisa Foque, âgée de vingt et un ans. Cette jeune personne était endettée, car ses parents, morts dans un accident de la circulation un an plus tôt, ne lui avaient laissé que la ferme de Beaucourt, grevée d'hypothèques.

*

— Comment réagira-t-elle, à ton avis ? demanda Remi.

— Nous allons bientôt le savoir. En tout cas, sa vie va changer.

Ils sortirent de voiture et marchèrent jusqu'à la porte d'entrée. Remi tira sur une cordelette de cuir et une cloche résonna à l'intérieur. Quelques instants plus tard, la porte s'ouvrit sur une jeune femme menue aux cheveux châtain clair et au nez mutin.

— *Oui ?*

— *Bonjour.* Louisa Foque ?

— *Oui.*

Remi fit les présentations avec d'autant plus de facilité que Louisa parlait fort bien l'anglais.

— Pouvons-nous entrer ? Nous avons des renseignements qui concernent votre famille – Léon Pelletier. Vous connaissez ce nom ?

— Oui, je crois. Mon père m'a un jour montré notre arbre généalogique. Veuillez entrez, je vous en prie.

Ils pénétrèrent dans la cuisine, avec des murs peints en jaune, une table en chêne verni et un buffet vert cendré où étaient exposées quelques poteries chinoises. Des rideaux de toile orange à carreaux encadraient les fenêtres.

Louisa prépara du thé et ils s'assirent tous trois autour de la table.

— Votre anglais est excellent, observa Remi.

— J'étudiais la littérature américaine à Amiens, mais j'ai dû abandonner mes études. J'ai eu des... problèmes familiaux.

— Nous sommes au courant, répondit Sam. Nous en sommes vraiment navrés.

Louisa hocha la tête et se força à sourire.

— Vous me parliez de renseignements au sujet de ma famille ?

Tour à tour, Sam et Remi prirent la parole pour exposer à la jeune femme leur théorie sur Pelletier, la cave perdue et les cariatides siphniennes. Remi sortit quelques coupures de presse de son sac à main, les posa sur la table et les poussa vers Louisa, qui les étudia avec soin.

— J'ai déjà lu des articles à ce sujet. Vous êtes vraiment impliqués dans cette histoire ?

Sam approuva en silence.

— Je n'arrive pas à y croire. Je n'avais pas la moindre idée de tout cela. Ma mère et mon père ne m'en ont jamais rien dit.

— Je suis certain qu'ils n'en savaient pas plus que vous. Pelletier était le seul à partager ce secret avec Bonaparte et Laurent, et il l'a gardé jusqu'à sa mort. Et même alors, il n'a pas tout révélé.

— Personne ne l'a cru.

— Presque personne, corrigea Remi avec un sourire.

Louisa demeura silencieuse pendant trente secondes, puis secoua la tête, encore abasourdie.

— Eh bien je vous remercie de m'avoir tout raconté. Je suis heureuse de savoir que quelqu'un, dans notre famille, a accompli quelque chose d'important. Un peu étrange peut-être, mais important.

Sam et Remi échangèrent un regard.

— Je ne suis pas sûr que nous nous soyons bien fait comprendre, dit Sam. Certaines de ces bouteilles n'ont pas encore été découvertes.

Louisa écarquilla les yeux.

— Et vous pensez qu'elles... seraient ici ?

Sam sortit son téléphone à écran tactile et afficha l'image d'une cigale.

— Cette photo évoque-t-elle pour vous un souvenir ?

Louisa se contenta de se lever de table et de se diriger vers une étagère à casseroles, au-dessus de l'évier. Elle en tira une sauteuse qu'elle posa devant Sam. La poignée était remplacée par une tige d'acier de l'épaisseur d'un pouce. À son extrémité était gravée une cigale, identique à celle que Sam et Remi avaient découverte dans la crypte de Laurent.

— Mon père l'a trouvée dans le grenier il y a quelques années de cela. Il ignorait de quoi il s'agissait, et s'en est servi pour réparer cet ustensile.

— Pouvons-nous voir le sous-sol ? demanda Remi.

*

Les recherches de Sam et de Remi sur le sergent Pelletier leur avaient réservé quelques surprises, et ils en étaient venus à douter que Laurent ait pu à lui seul dissimuler l'ensemble des bouteilles.

Après tout ce temps consacré à leur quête, ils parvenaient presque à penser et à réagir comme Laurent et Pelletier eux-mêmes, et il ne leur fallut qu'une quinzaine de minutes pour trouver enfin ce qu'ils étaient venus chercher.

Du côté du sous-sol orienté au nord-ouest, sous un mur proche du cellier, ils aperçurent un bloc de pierre qui portait lui aussi la gravure d'une cigale. Selon un rituel maintenant bien rôdé, Sam creusa et déblaya, et Remi prit la suite en fouillant l'espace ainsi dégagé. Louisa se tenait derrière eux, une lampe électrique à la main.

Remi sortit la main de l'ouverture et se redressa sur les genoux.

— Sept, annonça-t-elle.

— Oh, mon Dieu ! s'écria Louisa, le souffle coupé. Depuis combien de temps sont-elles ici ?

— Cent quatre-vingt-dix ans, à peu de chose près, répondit Sam.

— Que va-t-il se passer, maintenant ?

— Vous êtes riche, Louisa, lui dit Remi en souriant. Vous allez pouvoir racheter les hypothèques de la ferme, reprendre vos études et oublier vos soucis financiers.

*

Main dans la main, Sam et Remi quittèrent la ferme et regagnèrent leur voiture.

— Nous avons trouvé onze bouteilles sur douze, dit Remi. Ce n'est pas si mal.

— C'est même mieux que cela. Quand on y pense, ces bouteilles ont survécu à un voyage autour du monde, à la chute de l'Empereur et à deux guerres mondiales. J'appelle cela un miracle.

— Tu n'as pas tort. Mais je dois dire que je suis tout de même un peu déçue.

— Déçue ? Mais pourquoi ?

— C'est la fin de notre aventure, répondit Remi avec une pointe de mélancolie.

— La fin ? Jamais de la vie ! Le trésor de Patty Cannon nous attend toujours, et nous n'avons exploré qu'une toute petite partie des marais de la rivière Pocomoke.

Remi éclata de rire.

— Et ensuite ?

— Eh bien ensuite, nous prendrons une mappemonde, nous poserons le doigt au hasard sur une destination et nous n'aurons plus qu'à faire nos valises !

Dans la collection Grand Format

Cussler (Clive)	*Atlantide ■ Odyssée ■ L'Or des Incas ■ La Poursuite ■ Raz de marée ■ Vent mortel ■ Walhalla*
Cussler (Clive), **Cussler** (Dirk)	*Le Trésor du Khan ■ Dérive arctique*
Cussler (Clive), **Dirgo** (Craig)	*Bouddha ■ Pierre sacrée*
Cussler (Clive), **Du Brul** (Jack)	*Quart mortel ■ Rivage mortel ■ Croisière fatale ■ Corsaire*
Cussler (Clive), **Kemprecos** (Paul)	*A la recherche de la cité perdue ■ Glace de feu ■ Mort blanche ■ L'Or bleu ■ Serpent ■ Tempête polaire ■ Le Navigateur*
Cuthbert (Margaret)	*Extrêmes urgences*
Davies (Linda)	*Dans la fournaise ■ En ultime recours ■ Sauvage*
Dekker (Ted)	*Adam*
Evanovich (Janet)	*Deux fois n'est pas coutume*
Farrow (John)	*La Dague de Cartier ■ Le Lac de glace ■ La Ville de glace*
Genna (Giuseppe)	*La Peau du dragon*
Hartzmark (Gini)	*A l'article de la mort ■ Mauvaise passe*
Kemprecos (Paul)	*Blues à Cape Cod ■ Le Meurtre du Mayflower*
Larkin (Patrick), **Ludlum** (Robert)	*Le Vecteur Moscou ■ La Vendetta Lazare*
Ludlum (Robert)	*L'Alerte Ambler ■ Le Code Altman ■ La Directive Janson ■ Le Pacte Cassandre ■ Le Protocole Sigma ■ La Trahison Prométhée ■ La Trahison Tristan*
Ludlum (Robert), **Cobb** (James)	*Le Danger arctique*
Ludlum (Robert), **Lynds** (Gayle)	*Objectif Paris ■ Opération Hadès*
Lustbader (Eric Van)	*Le Gardien du Testament ■ Le Danger dans la peau ■ La Peur dans la peau ■ La Trahison dans la peau ■ Le Mensonge dans la peau ■ La Poursuite dans la peau*
Lynds (Gayle)	*Le Dernier maître-espion ■ Mascarade ■ La Spirale*
Martini (Steve)	*L'Accusation ■ L'Avocat ■ Irréfutable ■ Le Jury ■ La Liste ■ Pas de pitié pour le juge ■ Réaction en chaîne ■ Trouble influence*
McCarry (Charles)	*Old Boys*
Moore Smith (Peter)	*Les Écorchés ■ Los Angeles*

Morrell (David) *Accès interdit* ■ *Le Contrat Sienna* ■ *Disparition fatale* ■ *Double image* ■ *Le Protecteur* ■ *Le Sépulcre des Désirs terrestres*

O'Shaughnessy (Perri) *Entrave à la justice* ■ *Intentions de nuire* ■ *Intimes convictions* ■ *Le Prix de la rupture*

Palmer (Michael) *Le Dernier échantillon* ■ *Fatal* ■ *Le Patient* ■ *Situation critique* ■ *Le Système* ■ *Traitement spécial* ■ *Un remède miracle*

Ramsay Miller (John) *La Dernière famille*

Scottoline (Lisa) *La Bluffeuse* ■ *Dans l'ombre de Mary* ■ *Dernier recours* ■ *Erreur sur la personne* ■ *Justice expéditive*

Sheldon (Sidney) *Avez-vous peur du noir ?* ■ *Crimes en direct* ■ *Racontez-moi vos rêves*

Sinnett (Mark) *La Frontière*

Slaughter (Karin) *A froid* ■ *Au fil du rasoir* ■ *Hors d'atteinte* ■ *Indélébile* ■ *Irréparable* ■ *Mort aveugle* ■ *Sans foi ni loi* ■ *Triptyque*

Impression réalisé par
CPI BRODARD ET TAUPIN
72200 La Flèche
en janvier 2012

Dépôt légal : janvier 2012
N° d'édition : 17000 – N° d'impression : 66805
Imprimé en France